DONGSUH MYSTERY BOOKS 139

THE SCARAB MURDER CASE
딱정벌레 살인사건
반 다인/신상웅 옮김

동서문화사

옮긴이 신상웅(辛相雄)

중앙대 영문학과 졸업. 동 대학원 문학박사. 〈세대〉지 《히포크라테스 흉상》 당선. 한국펜클럽 사무국장, 중앙대 문창과 교수, 예술대학원장 역임. 지은 책 《분노의 일기》 《쓰지 않은 이야기》 《심야의 정담》 《배회》 옮긴 책 반 다인 《딱정벌레 살인사건》 크리스티 《펼쳐진 트럼프》 등이 있다.

DONGSUH MYSTERY BOOKS 139

딱정벌레 살인사건

반 다인 지음/신상웅 옮김
초판 발행/1977년 12월 1일
중판 1쇄/2004년 5월 1일
중판 5쇄/2006년 4월 1일
발행인 고정일/발행처 동서문화사
창업 1956. 12. 12. 등록 16-345(윤)
서울강남구신사동540-22 ☎ 546-0331~6 (FAX) 545-0331
www.epascal.co.kr

*

이 책의 출판권은 동서문화사(동판)가 소유합니다.
의장권 제호권 편집권은 저작권 법에 의해 보호를 받는 출판물이므로
무단전재와 무단복제를 금합니다.

편찬·필름·제작 일체 「동판」 자본으로 이루어짐에 따라
출판권 소유권자 「동판」에서 제조출판판매 세무일체를 전담합니다.
사업자등록번호 211-90-02201
ISBN 89-497-0235-5 04800
ISBN 89-497-0081-6 (세트)

딱정벌레 살인사건
차례

1 살인! …… 11
2 사크메트의 복수 …… 27
3 스캐러비어스 새서(성스러운 딱정벌레) …… 42
4 피묻은 발자국 …… 49
5 메리트아멘 …… 64
6 네 시간 동안의 심부름 …… 81
7 지문 …… 92
8 서재에서 …… 107
9 번스의 실험 …… 123
10 노란 연필 …… 134
11 커피 여과기 …… 150
12 아편 통 …… 166

13 도망을 꾀하다 …… 181
14 상형문자 편지 …… 198
15 번스의 발견 …… 215
16 한밤중의 전화 …… 226
17 황금단검 …… 244
18 박물관 전등 …… 261
19 깨진 약속 …… 279
20 화강암 석관 …… 295
21 살인범 …… 314
22 아누비스의 심판 …… 336

심원한 학문을 끌어들인 대담한 수법 …… 350

앰브로스 랜싱, 루드로 불
그리고
뉴욕 메트로폴리탄 미술관 이집트부
헨리 A. 케리에게
감사의 뜻으로
바친다

주요 등장인물

민드럼 W.C. 블리스 박사 블리스 이집트 고대박물관 관장
메리트아멘 블리스 박사의 아내
벤저민 H. 카일 자선가이며 부호
로버트 솔비터 블리스 박물관 부관리인. 카일의 조카
도널드 스칼릿 블리스의 이집트 원정대 기술담당 전문가
아누프 하니 블리스 집안의 이집트인 고용인
브러시 블리스 집안의 집사
딩글 부인 블리스 집안의 요리사
헤네시
스니트킨 } 뉴욕 경찰국 형사
길포일
에머리
뒤부아 대위 지문 전문가
벨라미 뒤부아 대위의 조수로 지문 전문가
에마누엘 도머스 박사 의무검시관
어니스트 히스 뉴욕 경찰국 살인과 형사부장
존 F.X. 매컴 뉴욕 지방검사
반 다인 나. 번스의 고문변호사이며 친구
파이로 번스 미술애호가. 아마추어 탐정
퀴리 번스의 집사

1 살인!

                      7월 13일 금요일 오전 11시

파이로 번스는 우연히도 딱정벌레 살인사건에 휘말리게 되었다. 물론 뉴욕 지방검사 존 F.X. 매컴이 곧 도움을 청해올 터였으므로 조만간에 알게 될 일이었긴 하다.

그러나 번스가 아무리 뛰어난 분석력과 인간심리에 대한 해박한 지식을 지니고 있다 할지라도, 사건 현장의 첫 목격자가 아니었다면 그 기괴하고도 놀라운 수법의 살인사건을 과연 해결할 수 있었을지 의문이다. 왜냐하면 번스가 범인을 지목해 낼 수 있었던 것은, 그가 초동수사에서 확보한 사소한 단서들 덕분이었기 때문이다.

그 단서들은 물리적 관점에서 보면 수사의 방향을 흐릴 수 있는 것들이었지만 번스에게 살인범의 정신상태를 투시해볼 수 있는 열쇠를 쥐어 주어, 근대 경찰사상 가장 복잡하고도 믿어지지 않는 범죄사건 하나를 해결하도록 해주었던 것이다.

이름난 자선가이며 미술애호가였던 벤저민 H. 카일의 비참하고 기이한 죽음은 사건이 터지고 난 바로 뒤부터 '딱정벌레 살인사건'이라

불리웠다. 그것은 이 사건이 명망있는 이집트학자의 개인 박물관에서 일어났으며, 무참하게 숨진 시체 옆에서 발견된 희귀한 푸른 스캐럽(고대 이집트에서 사용한 딱정벌레 모양의 도장)이 사건의 중심적인 역할을 했기 때문이다.

이집트 왕조 초기의 파라오 (이 때는 아직 그 미라가 발견되기 전이었다.) 가운데 한 사람의 이름이 새겨진 오래되고 귀중한 옥새(玉璽)는 번스가 놀라운 솜씨로 증거의 뼈대를 세워나가는 데 있어 사건 정황의 토대가 되어주었다. 경찰의 눈으로 볼 때 '딱정벌레'는 범인이 누구인지를 짐작하는 데 단서를 제공해주는 우연한 증거품의 하나에 지나지 않았지만, 번스는 이 안이하고 겉보기에만 그럴 듯한 설명으로 만족할 수 없었다.

번스는 어니스트 히스 부장에게 말했다.

"살인범은 대개 피해자의 셔츠 앞가슴에 명함을 끼워놓는 멍청한 짓은 하지 않소. 푸른 딱정벌레의 발견은 심리학적으로나 증거면으로 볼 때 아주 흥미롭기는 하지만, 여기서 지나치게 낙관적인 결론을 내려서는 안 되오. 이 수수께끼의 살인사건에서 가장 핵심이 되는 것은 범인이 왜, 그리고 어떻게 그 고고학적 증거물을 시체 옆에 갖다 놓았는가 하는 점이요. 이 어처구니없는 행동의 이유를 알아내기만 하면 우리는 범죄의 실체를 파헤칠 수 있소."

용감한 히스 부장은 번스의 의견을 귓등으로 흘려듣고 그가 제기한 의혹을 문제삼지 않았으나, 하루도 채 지나지 않아 그 말이 옳았다는 것과 사건이 처음 생각했던 것보다 간단하지 않다는 걸 순순히 인정했다.

앞에서도 말했듯, 번스는 우연한 기회에 경찰보다 먼저 이 사건에 휘말리게 되었다. 번스의 친구 하나가 처참하게 살해당한 카일 노인의 시체를 발견하고 곧 그 끔찍한 소식을 가지고 그를 찾아왔던 것이다.

그것은 7월 13일 금요일 아침의 일이었다. 번스는 동(東) 38번 거리의 아파트 옥상정원에서 늦은 아침식사를 마친 후, 서재로 돌아가 20세기 초엽 이집트 고문서 속에서 발견된 메난드로스(고대 그리스의 극작가)의 짧은 글을 번역하려고 했다. 그때 집사인 퀴리가 문을 열고 살며시 들어와 미안한 듯 나직히 말했다.

"도널드 스칼릿님이 오셨습니다. 뭔가 몹시 걱정스러운 일이 있는지 흥분한 모습으로 곧 뵙고 싶다고 하십니다."

번스는 귀찮은 듯 게슴츠레한 눈을 들어 말했다.

"스칼릿? 그거 난처하군. 무엇 때문에 그렇게 흥분해서 찾아왔을까. 난 아무튼 조용한 사람이 좋거든. 브랜디 소다를 갖다드렸나? 아니면 브로마이드라도 한 잔 가득."

퀴리는 변명하듯 말했다.

"쿠르보와제 브랜디를 드렸습니다. 스칼릿님은 나폴레옹 코냑을 좋아하시거든요."

"아아, 맞아. 그랬었지. 좋아. 잘했네, 퀴리."

번스는 천천히 레지(담배의 한 가지)에 불을 붙이고 잠시 말없이 연기를 뿜어 올렸다.

"그가 좀 진정이 되거든 이리로 안내하게."

퀴리는 절을 하고 나갔다.

번스가 나에게 설명했다. 나는 아침 내내 함께 있으면서 그의 노트를 정리하고 있었다.

"스칼릿은 재미있는 사나이일세. 그를 기억하나, 반?"

나는 스칼릿을 두 번 만났지만, 벌써 한 달…… 아니, 그보다 더 오래 그를 잊고 있었다. 하지만 그 말을 듣고 보니 꽤 뚜렷하게 그 사나이의 인상이 떠올랐다. 스칼릿이 옥스퍼드 시절, 번스의 동창이라는 것을 알고 있었다. 그리고 번스는 2년 전 이집트에 머물 때 우연히 그와 다시 만났던 것이다.

스칼릿은 옥스퍼드 대학 재학 시절 F.Ll. 그리피스 교수 밑에서 이집트학과 고고학을 전공했다. 그리고 언제든 이집트 고적 답사에 참여할 생각으로 화학과 사진술도 익혀두었다. 부유한 영국인으로 딜레탕트(문학·예술 애호가)인 그는 말하자면 이집트학을 취미삼아 연구하고 있었던 것이다.

번스가 알렉산드리아에 갔을 때 스칼릿은 카이로 박물관 실험실에서 일하고 있었다. 다시 만난 두 사람은 우정을 새롭게 했다.

스칼릿은 얼마 전 미국으로 와서 유명한 이집트학자 민드럼 W.C. 블리스 박사 밑에서 일하고 있었다. 블리스 박사는 동20번 거리, 그래머시 공원 맞은편의 오래된 건물에 이집트 유물을 전시한 개인 박물관을 가지고 있다.

스칼릿은 미국에 온 뒤로 몇 번 번스의 아파트를 방문한 적이 있었기 때문에 나도 그의 얼굴을 알고 있었다.

그러나 스칼릿은 초대받지 않으면 결코 찾아오는 일이 없었으므로, 그날 아침 불쑥 번스의 아파트에 나타나자 나는 무척 의외의 인상을 받았다. 스칼릿은 사교에 관한 한 전통적인 영국인의 격식을 철저하게 지켰기 때문이다.

번스도 역시 내키지 않는 태도를 보였으나 매우 의아스러워하는 눈치였다.

번스는 생각에 잠긴 듯 조용히 말했다.

"스칼릿은 똑똑한 친구일세. 게다가 아주 예절바른 신사지. 어째서 이런 시간에 찾아왔을까? 그리고 왜 흥분해 있을까? 그 박학다식한 박물관 주인에게 뭔가 성가신 일이라도 일어난 게 아니었으면 좋으련만. 블리스 박사[*1]는 굉장한 인물이라네, 반. 세계에서 가장 위대한 이집트학 연구자 가운데 한 분이지."

나는 번스가 지난 겨울을 이집트에서 보낸 뒤 블리스 박사의 연구에 흥미를 갖게 되었음을 생각해 냈다.

블리스 박사는 그때 힉소스 왕조(BC 1750년 무렵부터 200년간 이집트를 지배했던 셈계의 왕조) 시대에 테베에서 북부 이집트를 통치하던 파라오 인테프 5세의 묘소가 있는 곳을 알아내기 위해 애쓰고 있었다. 실제로 번스는 그와 함께 제왕의 무덤이 있는 골짜기를 탐사하기도 했다. 그때 번스는 메난드로스의 글에 흥미를 느껴 번역을 하다가 '비숍살인사건'이 일어나는 바람에 번역을 일시 중단하고 있었던 것이다.

번스는 이집트 고왕국과 중왕국 시대의 연대구분에 대한 다양한 견해에 역사적인 견지가 아닌 이집트 예술의 발달이라는 관점에서 관심을 갖고 있었다.

그리하여 연구 결과 그는 블리스――웨이골이 주장하는 짧은 연대기에 찬성하고[*2], 제12왕조 및 그 이전의 역사를 1천랑성기(一天狼星期) 즉 1460년 거슬러 올라간 시대에 두는 홀이나 페트리의 긴 연대기에 반대하는 입장을 취했다.

번스는 힉소스 왕조 지배 전후의 미술품을 조사한 결과, 제12왕조와 제18왕조 사이의 기간은 짧은 연대기에서 주장하듯 300년을 넘지 않는다는 견해를 갖게 되었다.

아메넴헤트 3세(제12왕조 BC 1818~1770 재위) 시대에 만들어진 어떤 조상(彫像)과 투트모세 1세(제18왕조 BC 1493~1482 재위) 시대에 만들어진 작품을 비교해 볼 때――그 사이는 야만적인 아시아의 영향을 끌어들여 토착 이집트 문화를 절멸시킨 힉소스 침략기였다――300년이 넘도록 제12왕조 시대의 심미적 기준이 유지되기란 불가능하다는 결론에 도달했다. 간단히 말해서 중왕국과 신왕국 사이의 기간이 300년 보다 더 길었다면 제18왕조의 예술품은 보다 퇴폐적인 기운을 띠게 되었으리라는 결론이었다.

그 무더운 7월 아침 퀴리가 손님을 안내해 오길 기다리면서 나는 번스의 연구와 관련된 일을 떠올렸다. 스칼릿의 방문 때문에 번스의 연구 노트를 타이핑하고 도표로 만들며 바쁘게 보낸 지난 몇 주일이 생각난 것이다.

아마 나는 스칼릿의 갑작스러운 방문이 번스의 미학적인 이집트학 연구와 관련 있으리라는 막연한 예감이 들었던 모양이다. 어쩌면 나 자신도 모르는 사이 2년 전 겨울의 일을 마음속으로 정리하며 스칼릿이 이 아침에 방문한 목적을 좀더 잘 이해할 수 있도록 준비하고 있었는지도 모른다.

그러나 솔직히 말해 무슨 일인지 전혀 짐작조차 할 수 없었다. 그것은 너무도 끔찍하고 기괴하여 웬만한 상상력으로는 도저히 생각할 수 없는 엄청난 일이었다. 우리는 곧 평범한 일상생활에서 벗어나 믿을 수 없고 소름끼치는, 악마의 연회에서 행해지는 초자연적인 마법으로 가득찬 분위기에 빠져들었다. 단지 이번 경우에는 고대 이집트의 신비롭고 환상적인 이야기, 즉 복잡한 신화와 짐승의 머리를 한 신들의 판테온 같은 기괴한 것들을 배경으로 하고 있다는 차이가 있을 뿐이었다.

퀴리가 문을 열자 스칼릿이 서재의 휘장을 홱 젖히며 뛰어들었다. 쿠르보와제 브랜디가 그의 흥분을 더욱 돋구었든지 아니면 퀴리가 그의 신경 상태를 너무 얕잡아 보았든지 둘 중 하나일 것이다.

들어온 손님은 테이블을 짚고 눈을 크게 뜨며 번스를 바라보았다.
"카일 노인이 살해됐네."
"정말인가? 그렇다면 안됐군." 번스는 그에게 담배 케이스를 내밀었다. "레지야, 한 대 피워보게. 그리고 자네 옆에 있는 의자가 편안할 걸세. 17세기 찰스 왕 시대의 의자라네. 온 런던을 뒤져 찾아냈지. 야만적인 세상이야. 살인 사건이 속출하고 있으니……. 하지만 어쩔 수 없는 일일세. 인류는 지금 피에 굶주려 있으니까."

번스의 무관심한 태도가 스칼릿의 마음을 안정시킨 듯 그는 의자에 주저앉아 떨리는 손으로 담배에 불을 붙였다.

한참 뒤에 번스가 물었다.

"그런데 카일 노인이 살해된 것을 어떻게 알았나?"

스칼릿은 부르르 몸을 떨었다.

"거기 내버려진 시체를 보았네. 머리가 완전히 부서졌더군. 정말 끔찍한 모습이었네. 살해됐음에 틀림없어."

나는 스칼릿이 갑자기 방어자세를 취하는 것을 느꼈다.

번스는 거만하게 의자 속에서 몸을 바로잡더니 끝이 가느다란 긴 손가락을 깍지껴 머리에 올려놓았다.

"머리가 어떻게 부서졌던가? 시체가 어디에 뒹굴고 있던가? 그리고 어떻게 자네가 시체를 발견하게 됐지? 정신차리게, 스칼릿. 자, 되도록 차근차근 이야기를 들려주게."

스칼릿은 눈썹을 잔뜩 모으고 담배를 두어 모금 세게 빨았다.

그는 40대쯤 되어보이는 외모에 키가 크고 잘생긴 사나이로, 노르만 계라기보다는 알프스 계, 디나르 인종의 머리 모양을 하고 있었다. 이마가 좀 튀어나오고 약간 동그스름한 턱은 긴장감이 있었다. 학자다운 풍채였으나 그렇다고 책벌레 타입은 아니었으며, 몸에서 기운찬 힘이 느껴졌다. 얼굴은 몇 년이나 태양과 바람 속에서 싸워온 사람처럼 진한 갈색이었다. 날카로운 눈에서는 어딘지 광적인 분위기가 느껴졌고, 그런 분위기는 대머리 때문에 더 두드러져 보였다. 그러면서도 나는 그에게서 정직하고 직선적인 성품의 사나이라는 인상을 받았다. 적어도 그에게서는 영국적인 시민정신이 느껴졌다.

스칼릿은 한참 동안 침묵을 지킨 뒤에야 겨우 평정을 되찾았다.

"자네 말대로일세, 번스. 자네도 알다시피 나는 블리스 박사의 연구원 중 한 사람으로 지난 5월에 그와 함께 뉴욕으로 왔네. 그리고 박사의 기술 관계 일을 모두 도맡아했지. 우리집은 박물관 모퉁이를 돌아 어빙 광장에 있네. 오늘 아침에는 분류해야 할 사진이 몇 장 있어서 10시 조금 지나 박물관으로 갔지."
번스가 무심하게 물었다. "늘 그 시간에 출근하나?"
"아닐세. 오늘 아침에는 좀 늦었다네. 어젯밤 지난번 답사 때의 회계보고서를 늦게까지 작성해야 했거든."
"그래서?"
스칼릿은 말을 이었다. "이상하게도 바깥문이 조금 열려 있었네. 여느 때 같으면 벨을 눌렀겠지만, 브러시를 귀찮게 하고 싶지 않아서……."
"브러시?"
"블리스 박사의 집사일세. 그래서 그냥 열린 문을 통해 복도로 들어갔다네. 복도 오른쪽의 박물관으로 통하는 철문은 거의 잠가두지 않지. 나는 그 문을 열었어.

처음에는 어제 우리가 뚜껑을 연 미라의 관 중 하나인 줄 알았네. 그다지 햇살이 밝지 못했으니까. 그러다 차츰 눈이 어둠에 익숙해지자 카일 노인임을 알았네. 노인은 축 늘어져서 두 팔을 머리쪽으로 뻗고 있었지. 나는 그때까지도 그가 기절해 쓰러져 있는 줄로만 생각했지. 그래서 계단을 내려가 가까이에서 살펴보았네."
스칼릿은 말을 끊고 손수건을 꺼내 머리를 닦았다.
"나는 그만 정신이 아찔했네, 번스, 차마 눈뜨고 볼 수 없는 광경이었어. 어제 박물관에 진열한 새 조각상으로 머리를 얻어맞아 두개골이 마치 달걀껍질처럼 산산조각이 나 있었지. 조각상은 그때까지도 머리 근처에 놓여 있었네."
"자네, 뭔가 만진 건 없었나?"
스칼릿은 몸서리를 쳤다. "천만에. 나는 그만 가슴이 콱 막혀버렸네. 너무나 참혹해서…… 그리고 그 가엾은 노인이 죽었다는 것을 한눈에 알았으니까."

번스는 상대방의 얼굴에서 눈을 떼지 않았다.

"그래서 자네는 맨 먼저 어떻게 했나?"

"블리스 박사를 불렀네. 박사의 서재는 박물관 안쪽의 조그만 나선형 계단을 올라간 곳에 있지."

"그래, 응답이 있던가?"

"아니, 없었네. 나는 솔직히 말해서 겁이 덜컥 났네. 살해된 사람 옆에 혼자 있다니, 소름끼치는 일이 아닌가? 그래서 바깥문 쪽으로 비틀비틀 걸어갔지. 살그머니 빠져나와 그곳에는 가지 않은 척 해야겠다고 생각했네."

번스는 허리를 굽혀 신중하게 담배 한 개비를 골랐다.

"그런데 큰길로 나오자 또 걱정스러워졌다는 말이군?"

"그렇다네. 그 가엾은 노인을 거기 그렇게 내버려두는 것은 옳지 못하다고 생각되었네. 그러나 한편으로는 사건에 휘말려들고 싶지도 않았고, 어떻게 해야 할지 갈피를 잡을 수도 없어 그냥 사람들 틈에 섞여 4번 거리를 계속 걸어올라갔네.

그때야 비로소 자네 생각이 난 거야. 자네는 블리스 박사와 잘 아는 사이이고 그가 하는 일에 대한 이해도 있으니까 나에게 조언을 해줄 수 있을 것 같은 생각이 들었지. 게다가 나는 아직 이 나라가 낯설고 모든 일에 익숙지 못해서…… 이런 일을 당하니까 어떻게 해야 할지 사실 아득하기만 했네. 그래서 부지런히 자네를 찾아온 걸세."

스칼릿은 갑자기 말을 끊고 번스를 물끄러미 바라보았다.

"신고하려면 어떻게 해야 하나?"

번스는 긴 다리를 앞으로 뻗고 물끄러미 타들어가는 담배 끝을 바라보았다. 이윽고 그는 대답했다.

"그건 내가 하지. 별로 까다롭지 않네. 사정에 따라서 수속절차가 다르기는 하지만. 경찰에 직접 전화를 걸어도 되고, 창문으로 얼굴을 내밀고 비명을 질러도 되네. 아니면 교통순경에게 털어놓아도 되고, 시체 같은 건 아예 무시하고 누구든 다른 사람이 거기에 걸려 넘어지기를 기다려도 괜찮지.

어떻게 하든 결과는 하나일세. 살인범은 대체로 소리없이 꼬리를 감추는 법이니까. 그러나 이번에는 방식을 좀 바꿔서 형사법정으로 전화를 걸까 하네."

번스는 한 옆의 작은 베네치아풍 테이블 위에 놓인 진주빛 프랑스식 전화기 쪽으로 돌아앉아 번호를 댔다.

이윽고 그는 지방검사와 이야기를 시작했다.

"어떤가, 매컴. 날씨가 아주 지독하네."

그 목소리가 너무 한가로워서 믿음이 가지 않았다.

"그건 그렇고, 매컴. 벤저민 H. 카일이 좀 불쌍한 방식으로 하느님께로 간 모양일세. 지금 두개골이 엉망으로 부서진 채 블리스 박물관 마룻바닥에 뒹굴어 있네. 아아, 그렇다니까. 아주 숨이 끊어진 모양일세. 어때, 흥미없나? 친구 사이에 알리지 않을 수 없어 전화한 걸세.

물론 가엾지. 정말 안됐네. 나는 지금부터 범죄현장에 가서 두어가지 살펴보려는 참일세. 여보게, 그렇게 심각한 일은 아니야. 실은 자네도 와주었으면 하네. 알았네. 여기서 기다리지."

번스는 수화기를 내려놓고 다시 의자에 몸을 파묻었다.

"지방검사가 곧 올 걸세. 그러면 경찰이 도착하기 전에 얼마쯤 관찰할 시간이 있겠지."

번스의 눈이 꿈꾸듯 스칼릿 쪽을 향했다.

"자네 말이 맞네, 스칼릿. 나도 블리스 박사가 하는 일의 성격은 알고 있네. 이 사건에도 아주 매력적인 가능성이 숨어 있지. 어쩌면 이번 사건이 흥미롭게 전개될지도 모르네."

나는 그의 표정을 보고――얼마쯤 지레짐작일지도 모르지만――번스가 새로운 사건에 대해 은근히 기대를 품고 있음을 알았다.

"그런데 바깥문이 열려 있었다고? 그리고 자네가 불렀는데 아무도 대답하지 않았단 말이지?"

"들리지 않았을 걸세. 모두 아래층에 있었으니까. 내 목소리를 들을 수 있었던 사람은 블리스 박사뿐일세. 만일 서재에 있었다면."

"자네는 바깥문의 벨을 누르든가, 바깥복도에서 누군가를 부를 수 있었을 텐데?"

스칼릿은 의자 속에서 불안한 듯이 움찔거렸다.

"물론 그렇지. 하지만…… 그런 말 하지 말게, 번스. 나는 지금 완전히 겁에 질려서……."

"알아, 알겠네, 스칼릿. 그보다 더 자연스러운 일은 없지. 첫눈에 그건 다 아는 일이네. 내가 자네를 의심한다고 생각지는 말게. 그런데 여보게, 자네 설마 그 고집불통 노인을 귀찮게 생각한 적은 없겠지?"

"천만에, 그런 일 없었네." 스칼릿은 파랗게 질렸다. "그 노인이 후원금을 보내주었잖나. 그의 후원이 없었다면 블리스 박사의 발굴사업도 박물관도 불가능했을 걸세."

번스는 고개를 끄덕였다.

"이집트에 있을 때 블리스 박사로부터 이야기를 들었네. 박물관 부지와 건물은 아마 카일 노인의 소유였다지?"

"그렇다네, 두 채 모두. 집이 두 채인데, 블리스 박사 가족과 카일 노인의 조카 솔비터가 한 채에 살고, 나머지 한 채는 박물관으로 쓰지. 두 집의 입구가 하나이기 때문에 한 건물인 셈이네. 박물관으로 쓰는 집의 입구를 벽돌로 막아버렸거든."
"그런데 카일 노인은 어디서 지냈나?"
"박물관 옆의 적갈색 사암(砂岩) 저택일세. 노인은 그 쪽 큰 길 옆에 죽 늘어선 집을 예닐곱 채 갖고 있지."
번스는 자리에서 일어나 생각에 잠긴 듯 창가로 걸어갔다.
"카일이 어떤 계기로 이집트학에 흥미를 갖게 되었는지 알고 있나, 스칼릿? 내가 생각하기에는 도무지 어울리지 않네. 그 노인의 취미는 병원과, 그 말도 안 되는 영국의 게인즈버러파 초상화였지. '푸른 소년'의 경매에도 참가했었다네. 다행스럽게도 그에게 낙찰되지는 않았지만."
"조카 솔비터가 숙부를 부추겨 블리스 박사를 돕게 한 걸세. 그 젊은이는 블리스 박사가 하버드 대학에서 이집트학을 강의할 때 그의 학생이었다네. 졸업하고 빈둥빈둥 놀자 카일 노인이 뭔가 시켜야겠다고 생각해서 답사자금을 내놓은 거지. 그는 조카를 몹시 사랑했다네."
"그 뒤로 솔비터는 블리스 박사와 함께 일해 왔나?"
"함께 일하는 정도가 아닐세. 한집에서 살아왔다네. 3년 전 블리스 박사가 처음 이집트에 간 뒤로 지금까지 곁을 떠나지 않았다네. 박사는 그 젊은이를 박물관 큐레이터로 임명했지. 그 젊은이는 그만한 능력이 있네. 우수한 사람일세. 이집트학이라면 세 끼 식사도 거를 정도지."
번스는 테이블 앞으로 돌아와 벨을 눌러 퀴리를 불렀다. 그는 언제나처럼 무감동한 투로 말했다.
"꽤 전도유망하군. 그런데 블리스 박사 집에는 그밖에 또 어떤 사람들이 있나?"

"블리스 박사 부인이 있지. 자네도 카이로에서 만나봤을 걸세. 색다른 여자로 이집트인 혼혈인데, 박사보다 나이가 훨씬 적다네. 그리고 하니가 있지. 하니는 블리스 박사가 이집트에서 데려왔네. 아니, 그 아내가 데려왔다고 해야겠지. 하니는 메리트 아버님의 하인이었으니까."
"메리트?"
스칼릿은 눈을 깜빡이며 좀 당황하는 눈치였다.
"블리스 박사 부인일세." 스칼릿이 설명했다. "진짜 이름은 메리트 아멘이라네. 이집트에서는 부인을 부를 때 보통 결혼 전 이름을 쓰지."
"아아, 그렇군." 번스의 입가에 아련한 미소가 감돌았다. "하니는 그 집에서 어떤 위치에 있나?"
스칼릿은 입술을 오므렸다.
"그게 좀 특이하다네, 그는 콥트교도(예수를 믿는 이집트 사람)로, 메리트의 아버지 아베르크롬비에를 따라 여러 사적지로 답사여행을 다녔다네. 아베르크롬비에가 세상을 떠나자 메리트의 양아버지 역할을 하고 있지.
 지난 봄 블리스 박사의 답사 때에는 이집트 정부측 고대유물 현장조사원 자격으로 참가했었네. 지금은 블리스 박물관의 고급 고용직원이라고나 할까. 이집트학에 대해서도 꽤 많이 알고 있다네."
"현재 이집트 정부에서 공직을 맡고 있나?"
"그건 모르겠네. 그가 애국적 스파이라 해도 나는 놀라지 않을 걸세. 그런 사람들의 정체를 누가 알겠나."
"그 집에 사는 사람은 그들이 전부인가?"
"미국인 하인이 두 사람 있네. 집사 브러시와 요리사 딩글 부인."
그때 퀴리가 방으로 들어왔다. 번스가 말했다.
"아아, 퀴리. 어떤 유명인사가 이 근처에서 살해됐기 때문에 지금 그 시체를 조사하러 갈 참일세. 짙은 회색 양복과 방콕 모자를 내주게. 점잖은 넥타이도 함께. 그리고 퀴리, 우선 어몬틸랴도 _(스페인 몬틸랴 산의
신맛이 나는 셰리주)를 주게."

"알았습니다."

퀴리는 마치 살인이 늘 있는 흔한 일인 것처럼 그 뉴스는 귀담아듣지도 않고 나가버렸다.

번스가 스칼릿에게 물었다.

"자네 혹시 짚이는 일이 없나, 스칼릿? 왜 카일 노인이 살해됐을까?"

스칼릿은 눈에 띄지 않을 정도로 살짝 머뭇거렸다. 그는 눈썹을 찌푸리며 말했다.

"상상도 못하겠네. 그는 친절하고 배짱좋은 노인이었지. 밝은 성격이 돋보이는 썩 호감가는 사람이었네. 물론 개인적인 생활에 대해서는 모르겠네만. 적이 있었을지도 모르지."

번스가 의견을 말했다. "적이 박물관까지 쫓아와 언제 누가 들어올지 모르는 공개된 장소에서 복수를 한다는 건 좀 이상하잖은가?"

스칼릿이 갑자기 정색을 했다. "설마 자네는 가족 가운데 누군가가 노인을 죽였다고 생각하는 건 아닐 테지?"

"아니, 그게 무슨 소리인가?"

그때 퀴리가 셰리 주를 들고 방으로 들어왔다. 번스가 그것을 세 개의 글라스에 따랐다. 우리가 포도주를 마시는 동안 번스는 실례한다고 말하고 옷을 갈아 입으러 나갔다.

스칼릿은 번스가 자리를 비운 15분쯤 되는 짧은 시간 동안 부지런히 방 안을 서성였다. 그는 담배를 집어넣고 지독한 냄새를 풍기는 찔레나무 파이프에 불을 붙였다.

번스가 서재에 들어서는 것과 거의 동시에 밖에서 귀에 거슬리는 자동차 경적 소리가 들려왔다. 매컴이 밑에서 기다리고 있는 것이다. 문 쪽으로 걸음을 옮기며 번스가 스칼릿에게 물었다.

"카일 노인은 늘 이렇게 이른 아침에 박물관에 있었나?"

"아니, 좀처럼 없는 일일세. 그러나 오늘 아침에는 블리스 박사와 만날 약속이 있었지. 지난번 답사 때 지출한 경비 문제와 다음 시즌에도 발굴을 계속할 것인지 어떤지 여러 가지 일을 의논하기 위해서."

"자네는 그 약속에 대해 알고 있었나?"

"물론 알고 있었네. 블리스 박사는 어제 저녁 우리가 보고서를 정리하는 회의 도중에 전화를 걸었으니까."

"그랬었군." 번스는 복도로 나갔다. "그러니까 아침에 카일 노인이 박물관으로 온다는 건 다른 사람들도 모두 알고 있던 사실이었군."

스칼릿은 우뚝 멈춰섰다. "설마 자네는 누구를……."

번스는 벌써 계단을 내려가고 있었다.

"박사가 카일 노인과 통화하면서 약속하는 소리를 들은 사람은 누구누구인가?"

스칼릿은 눈을 내리뜨고 어리둥절한 얼굴로 그 뒤를 따랐다.

"그렇지, 잠깐만. 솔비터와 하니 그리고……."

"망설일 것 없네, 스칼릿."

"블리스 부인."

"그렇다면 식구들이 모두 들었군, 브러시와 딩글 부인만 제외하고."

"그렇네. 하지만 약속 시간은 11시였는데, 그 불쌍한 노인은 10시 30분 이전에 살해되었다네."

번스는 혼잣말처럼 중얼거렸다. "이거 점점 흥미로워지는군!"

*1 민드럼 W.C. 블리스 박사는 문학박사, 과학협회 간부이사, 고대유물협회회원, 왕실협회회원, 왕실과학 아카데미 명예회원으로 《콥토스의 인테포 석주》《힉소스 침략시대의 이집트사》《제17왕조》 등의 저술과 아멘호테프 3세 상에 대한 논문이 있다.

*2 블리스──웨이골 연대기에 의하면, 세브크네프루레의 죽음으로부터 멤피스의 힉소스 왕조(Shepherd Kings) 타도에 이르기까지의 기간은 기원전 1898~1577년, 즉 321년 동안이다. 이에 반대하여 긴 연대기의 지지자들은 1800년을 주장하고 있다. 이 짧은 연대기는 브레스테드와 독일학파에 의하여 더욱 단축되었다. 브레스테드와 메이어는 그 기간을 1788~1580년으로 잡고 있다. 그러면 208년이 되는데, 번스는 이 견해에 대해 현저한 문화적 변화가 일어나기에는 너무 짧다고 보았다.

2 사크메트의 복수

7월 13일 금요일 오전 11시 30분
매컴은 불만스러운 눈빛으로 번스를 맞았다.
그는 볼멘 소리로 말했다. "대체 이게 무슨 뜻인가? 나는 중요한 위원회의 회의에 참석 중이었네."
"무슨 뜻인지는 지금부터 알아볼 참일세, 매컴." 번스는 활달하게 상대방의 말을 가로막은 후 자동차에 올라탔다. "자네를 이렇게 출동시킨 이유는 그야말로 매력적인 살인사건 때문일세."
매컴은 날카로운 눈길로 번스를 흘끗 보더니 운전사에게 가능한 최고 속력으로 블리스 박물관을 향해 달리라고 명령했다. 지방검사는 번스의 흥분을 알아차렸다. 번스가 장난스러운 태도를 보일 때면 으레 정황은 정반대였던 것이다.
매컴과 번스는 15년 동안 사귀어온 친구로, 번스는 많은 사건에서 매컴의 수사를 도왔다. 사실 매컴은 자기에게로 넘어온 사건 중 복잡한 것은 대개 번스의 힘을 빌리고 있었다[*1]
그들 두 사람처럼 그렇게 서로 판이한 성격을 지닌 사람들도 달리 찾아보기 힘들 것이다. 매컴은 엄격하고 공격적이고 정직하고 성실하며 편협한 외고집이었다. 한편 번스는 쾌활하고 변덕스럽고 엉뚱한 데가 있으며 미술애호가이고 심각한 사회적 도덕적 문제에 대해서는 제삼자적인 관조적 성향이 다분했다. 바로 이처럼 서로 다른 기질이 그 두 사람을 굳게 맺어주고 있는 듯했다.

몇 블록 떨어지지 않은 박물관으로 가는 도중, 스칼릿은 지방검사에게 그 끔찍한 일의 경위를 짧게 간추려 들려주었다.

매컴은 주의깊게 귀기울여 듣다가 번스 쪽으로 고개를 돌렸다.

"이 사건은 큰길 쪽에서 숨어 들어온 강도의 짓에 지나지 않을지도 모르네."

"뭐라고?"

번스는 한숨을 내쉬며 안됐다는 듯 머리를 내저었다.

"여보게, 매컴, 강도는 훤한 대낮에 엄숙한 남의 저택에 들어가 조각상으로 노인 머리를 부수거나 하지 않네. 적어도 자기를 방어할 무기 정도는 가지고 다니며 얼마쯤 안전한 무대장치를 선택하지."

매컴은 신음하듯 말했다.

"하긴 그렇군. 히스 부장[*2]에게 연락했네. 곧 나타날 걸세."

20번 거리와 4번 거리가 만나는 모퉁이에서 매컴은 자동차를 세웠다. 제복 차림의 순찰경관이 공중전화 앞에 서 있다가 지방검사를 보자 차렷자세를 취하고 경례했다.

매컴이 경관에게 명령했다.

"앞좌석에 올라타게. 자네 도움이 필요할지도 모르니까."

박물관에 닿자 매컴은 경관을 입구의 이중문 밑 계단에 세워두었다. 우리는 곧 현관으로 올라갔다.

나는 스칼릿이 이미 간단하게 설명해 준 집 두 채의 구조를 대충 머릿속에 그려넣고 있었다.

두 집 모두 정면 길이가 25피트로, 크고 평평한 적갈색 사암으로 지어져 있었으며 오른쪽 집에는 입구가 없었다. 분명 문 하나는 없애 버린 게 틀림없었다. 그리고 1층에는 창문이 하나도 없었다. 왼쪽 집은 개조한 흔적이 없었다. 3층 건물로, 높직한 돌난간이 붙은 폭넓은 돌계단을 통해 1층으로 들어가게 되어 있었다. 지하실은 이런 건물에서 흔히 볼 수 있듯이 바닥에서 조금 아래로 내려가 있었다. 두 집은 지난 날 완전히 똑같은 구조였겠지만 지금은 건물 하나를 개조하고 입구를 하나로 만들어서 겉보기에 한 채의 건물같이 보였다.

좁은 입구——이 길가에 서 있는 오랜 적갈색 사암 저택의 특징이다——에 들어서자 나는 육중한 떡갈나무 문을 발견했다. 스칼릿이 오늘 아침 일찍 열려 있었다고 말한 그 현관문이다. 지금은 닫혀 있었다.

번스도 그것을 알아차리고 곧 스칼릿 쪽을 돌아보며 물었다.

"이곳에서 나갈 때 저 문을 닫았나?"

스칼릿은 자기 행동을 기억해 내려는 듯 묵직한 거울을 심각한 표정으로 바라보았다.

"글쎄…… 도무지 생각이 안 나는군. 넋이 빠져서 말이야. 닫았을지도 모르네."

번스가 손잡이를 비틀자 현관문이 스르르 열렸다.

"아니, 아무튼 잠기지는 않았던 듯싶군. 누군가가 부주의했던 거겠지. 늘 그런가?"

스칼릿은 어안이 벙벙한 모양이었다.

"걸쇠를 벗겨두었다니, 미처 몰랐는데."

번스는 손을 들어 우리를 현관에서 기다리도록 하고 조용히 들어가 박물관으로 통하는 오른쪽 철문 쪽으로 갔다. 우리는 번스가 조심스럽게 철문을 여는 것을 보았으나 저쪽에서 무슨 일이 있는지는 알 수 없었다. 번스는 잠시 우리들의 눈 앞에서 사라졌다가 다시 나타났다.
"카일 노인은 죽은 게 틀림없네." 번스는 되돌아와서 침울하게 말했다. "그리고 지금까지는 아무도 시체를 발견하지 못한 것 같군."
번스는 조심스럽게 현관문을 닫았다.
"자물쇠가 벗겨져 있다고 마음대로 들어갈 수는 없지. 그 점은 세상의 예의를 따르기로 하고, 누가 맞으러 나오는지 보기로 하세."
말을 마치고 나서 번스는 벨을 눌렀다.
한참 지나자 집사 복장의 해골처럼 마르고 얼굴빛이 누르스름한 사내가 문을 열었다. 그는 스칼릿에게 대충 인사하더니 우리 방문자들을 멀뚱멀뚱 바라보았다.
번스가 말을 걸었다.
"브러시 씨로군?"
사나이는 허리를 조금 굽혀보였으나 눈은 우리에게서 떼지 않았다.
번스가 물었다.
"블리스 박사님 계시오?"
브러시는 스칼릿에게 의아한 눈길을 보냈다. 스칼릿이 걱정하지 않아도 된다는 듯 고개를 끄덕이자 집사는 문을 좀더 넓게 열었다.
"네, 박사님은 지금 서재에 계십니다. 누구시라고 할까요?"
"아니, 만나볼 필요는 없소."
번스가 입구의 복도로 들어갔으므로 우리도 그 뒤를 따랐다.
"박사는 아침 내내 서재에 계셨소?"
집사는 허리를 뒤로 젖혀 불쾌한 내색을 하며 번스를 쏘아보았다.
번스는 그리 기분나빠하지 않고 빙그레 미소를 지었다.
"당신의 지금 태도는 당연하오. 하지만 우리는 지금 여기서 예의를 차릴 시간이 없소. 이분은 뉴욕 지방검사 매컴 씨요. 우린 물어볼 일이 있어 찾아왔소. 당신은 정직하게 우리의 물음에 대답해 주기만 하면 됩니다."

집사는 돌계단 밑에 있는 제복경관을 보더니 얼굴이 새파래졌다.

"대답하는 편이 박사님에게도 유리하오, 브러시." 스칼릿이 끼어들었다.

"블리스 박사님은 9시부터 죽 서재에 계셨습니다." 집사는 짐짓 자존심이 상한 듯 대답했다.

"어떻게 그처럼 정확히 알죠?" 번스가 물었다.

"아침식사를 그리로 갖다드렸거든요. 그리고 전 그 뒤로 줄곧 여기에 있었지요."

"블리스 박사님의 서재는 이 홀 뒤쪽에 있네." 그는 넓은 복도 끝의 커튼이 드리워진 문을 가리켰다.

"여기서 우리가 이야기하는 소리가 들릴 걸세." 매컴이 주의를 주었다.

"그렇지 않습니다. 문은 방음장치가 되어 있거든요." 스칼릿이 설명했다. "서재는 박사님의 성당입니다. 집안에서 나는 어떤 소리도 들리지 않습니다."

집사는 두 눈을 바늘 끝처럼 빛내며 그 자리를 뜨려고 했다.

"아아, 잠깐," 번스의 목소리가 그를 붙잡았다. "지금 집에는 누가 있소?"

집사는 고개를 돌렸다. 그리고 조금 떨리는 목소리로 대답했다.

"하니 씨는 위에 계십니다. 몸이 좀 좋지 않아서……."

"지금도 아픈가요?" 번스는 담배 케이스를 꺼냈다. "그리고 다른 사람들은?"

"마님은 9시에 외출하셨습니다. 살 물건이 있다고 하셨지요. 그 뒤 조금 있다가 솔비터 씨도 외출했습니다."

"딩글 부인은?"

"아래 부엌에 있습니다."

번스는 집사의 마음을 꿰뚫어보려는 듯 그 얼굴에서 눈을 떼지 않았다.

"당신은 강장제를 좀 먹어야겠소. 철분과 비소와 스트리키닌을 같이 복용하면 좋아질 거요."

"네, 나도 한 번 의사 선생님을 찾아가려던 참입니다. 산소가 부족한 듯해서요."

"정말 그렇소."

번스는 즐겨 피우는 레지를 한 개비 꺼내 노련한 손놀림으로 불을 붙였다.

"그런데 카일 씨는 지금 어디 있소? 여기에 와 계실 텐데."

"지금 박물관에 계십니다. 제가 잊고 있었군요. 블리스 박사님도 함께 계실지 모르겠습니다."

"흐음, 카일 씨는 몇 시쯤 여기에 오셨소?"

"10시쯤 오셨습니다."

"당신이 문을 열어드렸소?"

"네, 그렇습니다."

"그리고 블리스 박사님께 카일 씨가 오셨다고 전해드렸소?"

"아닙니다. 카일 씨가 박사님께 방해되지 않도록 하라고 이르셨습니다. 약속한 시간보다 좀 일찍 왔다면서 한 시간쯤 박물관의 보물들을 둘러 보겠다고 하셨지요. 그 뒤 직접 박사님 서재로 가겠다고 하셨습니다."

"그리고 곧장 박물관으로 가셨소?"

"네, 실은 제가 박물관 문을 열어드렸습니다."

번스는 잠시 여유롭게 담배를 피우고 있었다.

"또 한 가지 묻고 싶은 게 있소. 내가 보니 현관문의 자물쇠가 벗겨져 있었소. 그래서 벨을 누르지 않고도 들어올 수 있었던 거요."
 집사는 깜짝 놀라 현관문으로 다가가 허리를 굽히고 자물쇠를 살펴보았다.
 "그렇군요. 아주 이상한 일입니다."
 번스는 유심히 집사를 관찰했다.
 "이상하다고요?"
 "네, 이상합니다. 10시에 카일 씨가 오셨을 때는 자물쇠가 벗겨져 있지 않았습니다. 그분을 안으로 모시면서 특별히 잘 보아두었습니다. 카일 씨는 박물관에 혼자 있고 싶다고 하셨습니다. 그래서 식구들이 잠깐 볼일이 있어 나갈 때 곧잘 자물쇠를 벗겨두는 일이 있으므로 오늘 아침에는 그런 일이 없도록 잘 살펴보았지요. 혹시 누가 들어와서 카일 씨를 방해할까 봐서요."
 "하지만 브러시," 스칼릿이 흥분해서 끼어들었다. "10시 30분쯤 내가 여기 왔을 때 현관문이 열려 있었소."
 번스는 스칼릿에게 말리는 듯한 몸짓을 했다.
 "그건 아무래도 괜찮네, 스칼릿." 그러고 나서 그는 다시 집사 쪽을 보았다. "카일 씨를 박물관으로 안내하고 나서 당신은 어디로 갔소?"
 "응접실로 갔습니다." 집사는 복도 건너편 중간쯤의 왼쪽으로 난 계단 밑에 있는 커다란 문을 가리켰다.
 "언제까지 저기 있었소?"
 "10분 전까지 있었습니다."
 "스칼릿 씨가 현관문으로 들어왔다가 다시 나가는 소리를 들었소?"
 "아니요, 그때 저는 진공청소기를 사용하고 있었으므로…… 모터 소리가……."

사크메트의 복수

"흐음…… 진공청소기의 모터 소리가 요란했다면 블리스 박사가 서재에서 나오지 않았다는 것을 어떻게 알았소?"
"응접실문이 열려 있었습니다. 나오셨다면 보였을 겁니다."
"그러나 박사님은 박물관으로 내려가서——당신은 못 들었지만——현관문을 열고 밖으로 나갔을지도 모르오. 당신은 스칼릿 씨가 들어왔다가 다시 나간 것도 모르고 있었잖소?"
"절대로 그런 일은 없습니다. 블리스 박사님은 잠옷에 가벼운 가운을 걸쳤을 뿐입니다. 옷은 모두 2층에 있지요."
"좋소. 이제 한 가지만 더 묻겠소만, 카일 씨가 오고 난 뒤 혹시 현관문의 벨이 울린 적은 없소?"
"없습니다."
"벨 소리를 듣고 딩글 부인이 나갔을지도 모르잖소. 당신은 진공청소기의 모터 소리 때문에 듣지 못했고."
"그렇다면 딩글 부인이 올라와 내게 말했을 겁니다. 아침에는 그녀가 문을 열어 나가지 않습니다. 그 시간에는 미처 머리 손질도 하지 않았을 때니까요."
번스는 혼잣말처럼 중얼거렸다.
"여자 같구만……. 지금으로서는 됐소. 아래에 내려가 다시 부를 때까지 대기하시오. 카일 씨가 사고를 당했기 때문에 우리는 지금 그것을 조사하고 있소. 아무 말도 해서는 안 됩니다. 알았소?"
그의 목소리가 갑자기 엄격하고 위협적으로 들렸다.
집사는 숨을 크게 들이마시고 몸에 힘을 주었다. 정말 병든 사람처럼 보여서 나는 당장에라도 기절하지 않을까 염려가 됐다. 이마가 백묵처럼 새하얬다.
"네, 잘 알고 있습니다."
그는 간신히 목소리를 쥐어짰다. 그런 뒤에 그는 비틀비틀 걸음을 옮겨 블리스 박사의 서재문 왼편에 있는 안쪽 계단을 내려가 모습을 감추었다.

번스가 낮은 목소리로 매컴에게 무언가 말하자 이 지방검사는 곧 돌계단 밑의 경관을 불렀다.

"자네는 이 현관에 서 있다가 히스 부장과 경찰이 오거든 곧 우리에게 들여보내게. 우리는 저기 있겠네."

매컴은 박물관으로 통하는 커다란 철문을 가리켰다.

"만약 그밖의 사람이 찾아오거든 기다리게 하고 나에게 알리게. 아무도 벨을 울리지 못하게 하게."

경관은 경례를 하고 지시받은 자리에 가서 섰다. 우리는 번스를 앞세우고 철문을 지나 박물관으로 들어갔다.

카펫을 깐 너비 4피트쯤 되는 계단이 벽을 따라 아래쪽의 넓은 바닥으로 이어졌다. 바닥은 바깥 큰길과 같은 높이였다. 1층 바닥, 즉 우리가 방금 지나온 복도와 같은 높이에 있는 바닥이 제거되어 박물관 안 천장은 2층 높이였다. 박물관 안에는 두 개의 굵은 기둥이 버티어서고 거기에 쇠로 만든 들보를 가로올린 다음 다시 엇비슷하게 들보를 얹어 천장을 떠받치게 했다. 그리고 전에 각 방을 구분하던 벽도 뜯어내고 없었다.

그래서 우리가 들어간 방은 집 전체의 크기와 같았으며——가로 25피트, 세로 70피트——천장 높이는 거의 20피트나 되었다.

앞쪽은 테두리가 달린 높직한 창문이 거의 벽면 끝에서 끝까지 차지하고 있었으며, 뒤쪽은 죽 늘어선 떡갈나무로 만든 캐비닛 위로 역시 나란히 창문이 나 있었다. 앞쪽 창문에는 커튼이 쳐져 있으나 뒤쪽 커튼은 열려 있었다. 햇빛이 아직 비쳐들지 않아 방 안은 어두컴컴했다.

잠시 계단 꼭대기에 서 있을 때 나는 방 안쪽에 쇠로 된 조그만 나선형 계단이 있어, 지금 우리가 들어온 철문과 같은 높이에 있는 작은 철문으로 이어져 있음을 발견했다.

이 박물관의 구조와 블리스 집안이 살고 있는 집의 관계는 나중에 번스가 벤저민 H. 카일 살해사건을 해결하는 데 중요한 요소가 되므로 여기에 그 점을 명확하게 해두기 위해 내부구조도를 삽입한다.

박물관 바닥은 앞에서도 말했듯 큰길과 같은 높이로 전에는 지하실 바닥이었다. 그리고 주지해야 할 것은, 내부구조도 왼쪽의 방들은 박물관 바닥보다 한 층 높아서 박물관 바닥과 천장 중간에 위치한다는 점이다.

내 눈은 서둘러 방 저쪽 구석에 있는 시체를 찾았으나 그 언저리는 어두컴컴하여 맨 안쪽 캐비닛 앞에 누운, 사람 몽뚱이로 짐작되는 검은 물체가 보일 뿐이었다.

번스와 매컴이 계단을 내려가고, 나와 스칼릿은 계단참에서 기다렸다. 번스는 곧장 박물관 앞쪽으로 가서 커튼 줄을 잡아당겼다. 빛이 어스름 속으로 흘러들어와 비로소 나는 이 커다란 방의 놀라운 수집물을 볼 수 있었다.

저쪽 벽 가운데에는 헬리오폴리스(나일 강 삼각주에 있었던 고대 도시)에서 가져온 높이 10피트의 오벨리스크가 서 있었다. 이집트 제18왕조의 하트셰프수트 여왕의 어느 원정을 기념한 것으로, 여왕의 카투시 무늬(타원형으로 국왕 또는 신의 이름이 적혀 있음)가 새겨져 있었다. 오벨리스크 양쪽에는 두 개의 석고상이 놓였는데, 하나는 제17왕조의 테티시레트 여왕의 조상이고 다른 하나는 튜린에 있는 유명한 람세스 2세 상을 본뜬 검은 조상이었다. 둘 다 고대 조각상으로는 가장 아름답다고 일컬어지는 것들이었다.

그러한 조상 위와 옆에는 액자에 넣은 몇 장의 고문서가 걸려 있었다. 고문서의 빛바랜 적갈색 바탕에 빨강, 노랑, 녹색과 흰 반점이

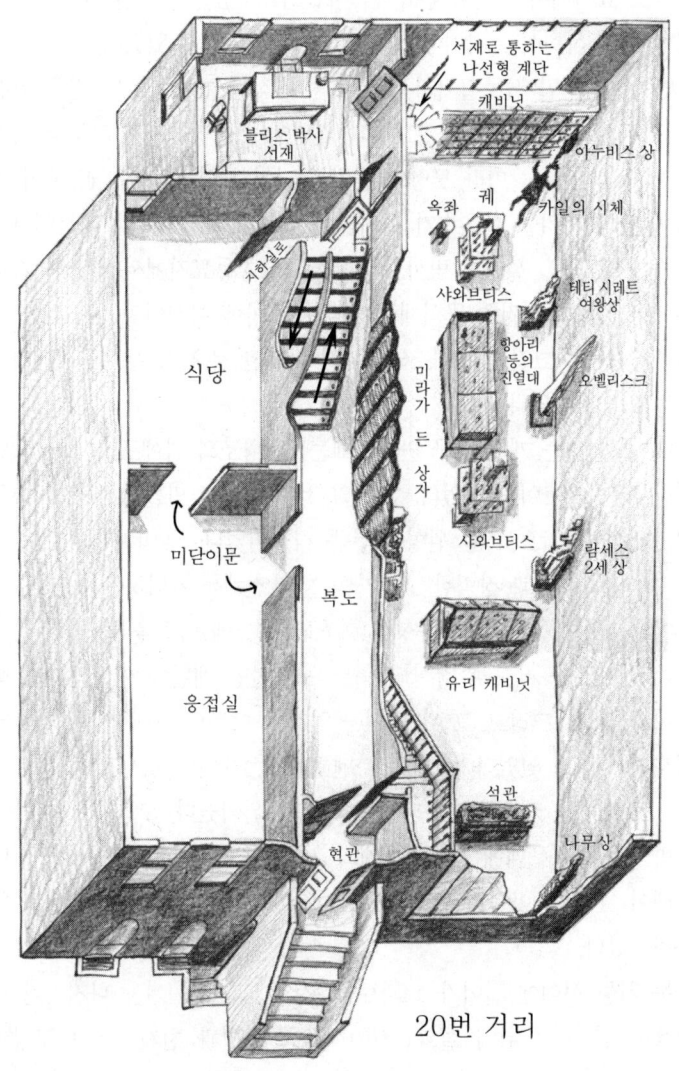

사크메트의 복수 37

떠올라 거무스름한 잿빛 벽면에 화사한 빛을 흩뿌렸다. 멤피스의 제19왕조 묘지에서 발굴한《사자의 서(死者의 書)》문구를 새긴 네 개의 커다란 석회석 조각이 고문서 위에 나란히 걸려 있었다.

앞쪽 창문 밑에는 길이가 10피트쯤 됨직한 제22왕조의 검은 화강암 석관(石棺)이 놓이고, 그 앞과 옆면에는 상형문자가 가득 새겨져 있었다. 석관에는 미라 모양의 뚜껑이 덮이고 영혼의 새, 곧 매의 몸에 인간의 머리를 한 '바'가 올라앉아 있었다. 이 석관은 미국에서는 귀중한 보물로, 블리스 박사가 테베의 옛 공동묘지에서 발굴해 가져온 것이었다. 그 저쪽 구석에는 삼나무 재목에 아시아인을 조각한 상이 있었는데, 그것은 팔레스타인에서 발견된 것으로, 투트모세 3세의 원정 기념품이었다.

내가 서 있는 계단 입구 가까이에는 제4왕조의 카에프레*3 상이 당당한 모습을 보이고 있었다. 파리의 검은 석고로 만들어 니스를 칠한 것인데, 섬록암으로 된 원형을 본뜬 작품이었다. 높이가 8피트나 되는 그 상의 위용과 장엄한 고요가 박물관 전체를 제압하는 듯했다.

이 상 오른쪽에는 신인동형설(神人同形說)에 바탕을 둔 미라 상자들이 다채로운 색으로 장식되어 뒤쪽 나선형 계단에 이르기까지 죽 놓여 있었다. 그리고 그 위 벽에는 엄청난 크기로 확대한 두 장의 착색사진이 걸려 있었다. 하나는 아멘호테프 3세의 콜로시(등신대 이상의 거상)*4이고, 또 하나는 카르나크의 대(大) 아문 사원이었다.

박물관 한가운데에 있는 두 개의 기둥 둘레에는 깊숙한 선반을 달아매어 그 위에 아름다운 조각으로 화려하게 채색한 나무조각상을 죽 올려놓았다.

두 기둥 사이에 길이가 14피트쯤 됨직한 우단을 씌운 나지막한 테이블이 있고 그 위에 설화(雪花)석고 향수병과 천개(天蓋) 모양의 꽃병, 푸른 연꽃무늬 항아리, 흑요석(黑曜石)으로 다듬은 눈썹먹

(아라비아 여성이 눈언저리를
검게 칠하는 데 쓰는 가루) 단지, 그밖에 반투명하고 광택이 없는 방해석(方解
石)으로 만든 몇 개의 조각된 화장품 그릇 등 더없이 진귀한 수집품
들이 놓여 있었다.

방 안쪽 옆에는 푸른 유약을 입힌 도자기와 희고 붉은 상아와 검은
흑단을 상감한 보물궤가 있고, 그 옆에 석고와 금으로 장식하고 연꽃
봉오리를 아로새긴 옥좌가 하나 놓여 있었다.

방 앞쪽으로 면한 곳에는 긴 유리 캐비닛이 놓였는데, 칠보 펜던
트, 마졸리카(이탈리아에서 15세기에
발달했던 특수 도기) 호신부(護身符), 조개목걸이, 황금색 자
패(紫貝) 허리띠, 루비로 깎은 마름모꼴 염주, 팔찌, 발찌, 반지, 금
과 흑단으로 만든 부채, 프톨레마이오스 시대(BC 305~30에 존속
했던 이집트 왕가)에까지 이
르는 거의 모든 파라오들의 '딱정벌레' 수집품 등이 보관되어 있었다.

주위 벽에는 천장 바로 아래께에 폭 5피트의 프리즈(건축에서 띠
모양의 장식물)가
빈틈없이 걸려 있고, 그 위에는 람세스 2세가 시리아의 카데시에서
히타이트 족을 진압한 일을 기념한 펜타웨레트의 유명한 서사시가 복
제되어 있다.

번스는 앞쪽의 무거운 커튼을 젖히고 곧장 매컴과 함께 방 안쪽으
로 걸어들어갔다. 스칼릿과 나는 계단을 내려가 그 뒤를 따랐다.

카일은 얼굴을 밑으로 하고 다리를 몸 쪽으로 조금 오므린 채 두
팔을 내밀어 구석에 있는 등신대 상의 다리를 껴안으려는 듯한 자세
로 쓰러져 있었다. 나는 그 상의 복제품을 본 적이 있었지만 이름은
알지 못했다.

그것을 가르쳐 준 것은 번스였다.

번스는 죽은 사나이의 무참한 몰골을 물끄러미 내려다보고 있다가
이윽고 천천히 음산한 조상 쪽으로 눈길을 옮겼다. 갈색 석회석에 조
각한 상으로, 승냥이 머리의 인간이 홀(笏)을 들고 있는 모습이었다.

번스는 긴장한 얼굴로 불쑥 말했다.

"아누비스로군. 이집트의 저승신(黃泉神)이지. 여보게, 매컴, 아누비스는 죽은이의 무덤을 방황하는 지옥의 신이라네. 죽은 영혼을 오시리스(이집트 신화에서 대지의 신. 명부의 왕으로 사자를 심판함)의 거처인 아메테트로 안내한다네. 《사자의 서》에서는 중요한 역할을 하고 있지. 묘지를 상징하고 있는 걸세.

아누비스는 인간의 영혼을 저울에 달아 저마다 머물 곳을 정해 준다네. 아누비스의 도움이 없으면 영혼은 저승길을 가지 못해. 아누비스는 죽어가는 인간, 죽은 인간의 유일한 친구지. 그리고 카일 노인은 지금 아누비스 앞에서 최후의 경건한 기도를 올리는 듯한 자세로 누워 있네."

번스의 눈이 잠시 동안 저승신의 음산한 모습 위에 머물렀다. 그런 다음 꿈꾸듯 엎어져 있는 시체 쪽으로 눈길을 옮겼다.

죽은 사람은 비록 머리에 무참한 상처를 입었으나 아누비스에게 불가사의한 복종의 예배를 드리고 있는 것인지도 모른다.

번스는 카일에게 죽음을 가져다준 조그만 조각상을 가리켰다.

그것은 높이 2피트 남짓한 조각상으로, 검고 광택이 났다. 아직도 죽은 노인의 뒤통수에서 대각선으로 좀 떨어진 곳에 놓여 있었다. 조상이 떨어지면서 움푹 패인 바닥에 그대로 박혀 있는 것처럼 보였다. 노인의 머리 둘레에는 검은 피가 고여 있었다.

그러고 보니——특별히 그 일을 깊이 생각한 것은 아니지만——그 핏덩어리 윤곽의 한모서리가 반들반들 윤이 나는 마룻바닥을 향해 바깥쪽으로 문지른 듯 눌어붙어 있었다.

번스가 나지막하게 말했다.

"이거 불길한데, 매컴. 정말 불길해. 카일 노인을 죽인 이 섬록암 조각상은 사크메트라네. 이집트의 복수의 여신이지. 파괴의 신일세. 선인을 지키고 악인을 몰살시키는 여신이라네. 사람을 죽이는 여신이지. 이집트인은 이 여신의 무서운 힘을 믿고 있네. 그리고 이 여신의 음험하고 잔혹한 복수 방식에 대한 기이한 전설이 많이 있지."

*1 나는 파이로 번스의 법률고문, 금전출납계, 영원한 동반자로서 번스가 매컴의 임기 중 참여한 주요 범죄사건을 모두 기록해왔다. 그 사건들 가운데 네 가지는 이미 책으로 발표되었다. 《벤슨살인사건》《카나리아살인사건》《그린살인사건》《비숍살인사건》이 그것이다.
*2 살인과의 어니스트 히스 형사부장은 매컴이 손댄 중요사건에서 거의 모두 함께 일해 왔다. 성실하고 능력 있지만 고집불통의 경찰관인 그는 '벤슨'과 '카나리아' 두 사건 뒤로 번스를 깊이 존경하고 있다. 번스도 또한 히스를 마음에 들어해 두 사람은 생김새며 사고방식이 근본적으로 다른데도 불구하고 서로 잘 협력하고 있다.
*3 대 스핑크스의 건설자며, 또한 기제의 거대한 세 피라밋 가운데 하나인 제2피라밋의 건설자다.
*4 일반적으로 멤논의 콜로시라 불린다.

3 스캐러비어스 새서
성스러운 딱정벌레

7월 13일 금요일 정오

번스는 눈썹을 찌푸리며 잠시 조그만 검은 조각상을 뚫어지게 바라보았다.

"아무것도 아닐지 모르지. 분명 초자연적인 것은 전혀 없네. 하지만 특별히 이 조각상을 살인 흉기로 택했다는 사실로 미루어 이 사건에 어떤 악마적이고 미신적이며 불길한 무언가가 관련되지 않았을까 하는 생각이 드는군."

"이것 보게, 번스." 매컴이 애써 사무적인 투로 말했다.

"여기는 현대의 뉴욕일세. 전설 속의 이집트가 아니야."

"그렇지, 사실 그래. 하지만 미신은 아직도 인간사회의 지배적인 요소일세. 그리고 이 방에는 이보다 더 편리한 흉기가 얼마든지 있네. 살인도구로 훨씬 적당하고 다루기 쉬운 무기가. 그런데 왜 하필이면 이 무거운 사크메트의 상을 골랐을까? 아무튼 이것을 휘두르려면 팔힘이 여간 세지 않으면 안될 걸세."

번스는 스칼릿을 바라보았다. 스칼릿의 눈은 홀린 듯 카일의 주검을 바라보았다.

"이 상은 어디 놓여 있었나, 스칼릿?"

스칼릿은 눈을 껌벅거렸다. 그는 분명 정신을 차리려고 애쓰고 있었다.

"그것은…… 그렇지, 저 캐비닛 선반에 있었네."

스칼릿은 머뭇머뭇하며 카일의 시체 앞 넓은 캐비닛 선반을 가리켰다.

"그것은 어제 짐에서 풀어놓은 새 물건 가운데 하나일세. 하니가 거기에 놓았지. 새 물건은 적당히 정리해 목록을 만들 때까지 언제나 저 캐비닛에 넣어두고 있네."

캐비닛 선반은 열 칸으로 구획지어져 있었는데 그 한 구획의 폭은 2피트 반쯤 되고 높이는 7피트가 조금 넘어 보였다.

이 캐비닛은——실은 문도 안 달린 선반에 지나지 않지만——여러 종류의 골동품으로 가득차 있었다. 도자기와 나무 항아리와 향수병과 설화석고 램프, 가슴받이와 활과 화살, 도끼와 검과 단검, 시스트럼(옛 이집트의 악기)과 청동이며 구리로 만든 손거울, 상아 장기판과 향 상자, 회초리, 야자수잎 샌들, 나무 빗, 팔레트, 베개, 갈대로 엮은 바구니, 조각한 스푼, 미장이 도구, 희생물을 요리하는 돌칼, 적토로 구워낸 가면, 기괴한 모양의 상, 조그만 조상, 관(冠) 등의 표본이 가득했다.

캐비닛의 각 칸에는 모두 가느다란 쇠막대에 놋쇠 고리로 매단 두툼한 비단 커튼이 쳐져 있었다. 그 커튼은 모두 열려 있었는데, 카일의 시체가 누워 있는 앞쪽 맨 큰 칸은 예외였다. 그 칸의 커튼은 반쯤 열려 있을 뿐이었다.

번스가 몸을 빙글 돌렸다.

"아누비스는 어떤가, 스칼릿? 이것도 요즘 들여왔나?"

"그것도 어제 도착했네. 저 구석에 놓아둔 것들은 모두 함께 도착해서 한데 놓아두었지."

번스는 고개를 끄덕이며 커튼이 반쯤 쳐진 칸으로 걸어갔다. 그리고 한참 동안 이리저리 선반을 살펴보았다.

번스는 혼잣말처럼 중얼거렸다.

"흐음, 아주 재미있는데. 참으로 진귀한 힉소스 후기의 수염달린 스핑크스가 있군. 그리고 저 푸른 유리접시는 굉장히 아름다워——저 푸른빛 표범머리보다는 못하지만.

오오, 인테프의 호전적인 기질을 보여주는 증거가 많군. 이를테면 저 전쟁용 도끼 말일세. 이거 참 아무리 보아도 아시아에서 출토된 듯한 초승달 모양의 칼이며 비수도 있는걸. 흐음······."

번스는 꼭대기 선반을 들여다보았다.

"훌륭한 의식용 메이스(중세의 무기로 갈/고리가 달린 철퇴) 수집품이로군."

그러자 스칼릿이 설명했다.

"블리스 박사가 얼마 전의 답사 여행에서 수집한 거라네. 그 돌칼과 반암(斑岩) 철퇴는 인테프의 무덤 전실(前室)에서 나왔지."

그때 박물관의 커다란 철문 경첩이 삐걱이며 어니스트 히스 형사부장과 세 형사가 계단 꼭대기에 나타났다. 히스 형사부장은 부하를 좁은 계단참에 세워두고 곧장 방으로 내려왔.

그는 매컴과 악수를 하고 카랑카랑한 목소리로 말했다.

"어떻습니까? 부지런히 쫓아왔습니다. 뒤부아 대위와 도머스 박사에게도 곧 와달라고 연락해 두었습니다[*1]."

"또 재미없는 일에 말려든 모양이오." 매컴이 비관적인 어조로 말했다. "피해자는 벤저민 H. 카일이오."

히스는 도전하는 듯한 눈길로 죽은 사람을 쏘아보더니 이윽고 신음하듯 내뱉았다.

"지긋지긋하군. 이거야말로 살풍경이군요. 사람을 쳐죽인 저 물건은 대체 뭡니까?"

우리에게 등을 돌리고 캐비닛 선반 앞에 서 있던 번스가 부드러운 미소를 지으며 고개를 돌렸다.

"부장, 그건 원시 이집트인의 여신 사크메트요. 하지만 그 여신은 지옥의 주민은 아니오. 그런데 이 신사는?" 그는 키큰 아누비스 상을 슬쩍 만졌다. "저 세상에서 오신 분이지요."

"당신이 오셨을 줄 알았습니다, 번스 씨." 히스는 진심으로 반가워하며 손을 내밀었다. "당신 이름은 내 용의자 리스트에 올라 있지요. 묘한 살인사건이 일어났다 하면 으레 현장에서 뵙게 되니까요. 뵙게 되어 정말 반갑습니다. 이제 곧 당신이 심리학적 수법을 동원해서 이 수수께끼를 멋지게 풀어주시리라 믿습니다."

"이 사건을 해결하려면 심리학 이상의 것이 필요하리라고 여겨지오, 히스 부장." 번스는 정답게 히스 부장의 손을 잡았다. "수박겉핥기식으로나마 이집트학이 필요해질지도 모르오."

"그런 성가신 것은 당신에게 맡기겠습니다, 번스 씨. 내가 지금 당장 바라는 것은 지문입니다. 저기 위에 달린…… 저어…… 뭐라고 하셨지요?" 히스는 조그만 사크메트 여신상을 쏘아보았다. "이런 묘한 것은 태어나서 처음 봅니다. 이것을 조각한 사람은 미치광이일 겁니다. 사자 머리를 하고 그 위에 또 커다란 원반을 올려놓더니……."

"사크메트의 사자 머리는 동물숭배 사상을 보여주는 것 같소, 부장." 번스는 쾌활하게 설명했다. "그리고 원반은 태양의 둥근 테를 표현하는 것이오. 이마에 감긴 코브라는 우레우스라고 하며 왕족의 표시지요."

"그 방면은 당신에게 맡기겠습니다." 히스 부장은 안타까운 듯이 말했다. "내가 바라는 건 지문입니다."

히스 부장은 몸을 홱 돌려 박물관 앞쪽으로 걸어갔다.

"스니트킨," 그는 전투적인 목소리로 계단참에 선 부하 한 사람을 불렀다. "밖에 있는 경관과 교대하게. 모두 원래 위치로. 뒤부아 대위가 오거든 곧바로 안내하도록."

그런 다음 히스 부장은 매컴에게로 돌아왔다. "이야기는 누구에게서 들어야 하지요, 지방검사님?"

매컴은 스칼릿을 소개했다.

"이분이 카일 노인을 발견했소. 지금 우리가 알고 있는 것은 모두 이분에게서 설명을 들었소."

스칼릿과 히스는 5분쯤 이야기를 나누었는데, 히스 부장은 대화하는 동안 내내 눈에 띄게 스칼릿에게 혐의를 두는 것 같은 태도를 보였다. 누구든 완전하게 결백이 증명되기 전까지는 유죄라고 인정하는 것이 그의 기본적인 원칙이었다.

그동안 번스는 카일의 시체 위에 얼굴을 대고 나로서는 도무지 납득되지 않을 만큼 꼼꼼히 살폈다. 이윽고 그는 눈을 가느다랗게 뜨더니 한쪽 무릎을 꿇고 머리를 마룻바닥에서 1피트쯤 쳐들었다. 그리고 외알안경을 꺼내 신중히 눈에 대었다. 매컴과 나는 그 모습을 잠자코 바라보았다.

한참 뒤 번스는 윗몸을 똑바로 폈다.

"여보게, 스칼릿. 쓸 만한 확대경 하나 어디 없을까?"

히스 부장과 이야기를 막 끝낸 스칼릿은 곧장 딱정벌레를 넣어두는 유리 케이스로 가서 서랍 하나를 열었다.

스칼릿은 코딩턴 확대경을 꺼내며 억지로 우스갯소리를 했다.

"확대경이 없어서야 박물관 체면이 서나."

번스는 그것을 받아들고 히스 쪽을 돌아보았다. "손전등 좀 빌려주겠소, 부장?"

"그러죠."

히스는 버튼 식 손전등을 건네주었다.

번스는 다시 무릎을 꿇고 앉아 한 손에 손전등을 들고 다른 손에는 확대경을 들고서 카일의 시체에서 1피트 떨어진 곳에 뒹굴고 있는 조그만 타원형 물체를 조사하기 시작했다.

"니수트 비티…… 인테프……시 레…… 누브 케페르레."

번스의 목소리가 낮으면서도 맑게 울렸다.

히스 부장은 두 손을 주머니에 찌르고 코를 울렸다.

"그건 어디 말입니까, 번스 씨?"

"고대 이집트의 상형문자를 읽어보았소. 이 스캐럽에 적힌 것을……."

히스 부장은 흥미있게 바라보았다. 그러고는 앞으로 나아가 번스가 조사하고 있는 물체를 들여다보았다.

"스캐럽이라고요?"

"그렇소, 부장. 때로는 스캐러비라고도 하고 스캐러비이스, 또는 스캐러비어스라고도 하오. 즉 딱정벌레라는 뜻이오.

이 조그만 달걀 모양의 유리(瑠璃)가 고대 이집트인의 신성한 기장(記章)이었소. 그 중에서도 여기에 있는 이것은 굉장히 훌륭하오. 제17왕조 파라오 인테프 5세의 옥새였소. 기원전 1650년, 즉 지금으로부터 3500년 전에 그 임금님이 사용한 것이오. '인테프 오' 또는 '인테프'라는 명칭과 왕호(王號)도 새겨져 있소. 인테프 5세의 태양신 이름은 내 기억이 틀림없다면 네페르케페루요. 힉소스족이 델타(나일 강의 삼각주)를 지배하고 있을 때 테베에 있던 토착 이집트 통치자 중 한 사람이지요.[2]

블리스 박사는 지난 몇 년 동안 이 왕의 무덤을 발굴했었소. 그리

고 당신도 물론 알아차렸겠지만 히스 부장, 이 스캐럽은 현대풍 넥타이핀으로 쓰이고 있소……"

히스는 만족스럽게 고개를 끄덕였다. 이것으로 적어도 구체적인 증거품이 나온 셈이니까.

"딱정벌레라고요? 그리고 넥타이핀? 흐음, 그렇다면 어떻게 해서든 그 파란 것을 넥타이에 꽂았던 사람을 붙잡아내야겠군요."

"그 점에 대해서는 내가 가르쳐줄 수 있소, 부장."

번스는 일어나서 나선형 계단 꼭대기의 조그만 철문을 바라보았다.

"이 넥타이핀은 블리스 박사의 소지품이오."

---

*1 뒤부아 대위는 그 즈음 뉴욕 경찰국의 지문전문가였으며, 도머스 박사는 의무검시관이었다.

*2 인테프 5세의 딸 네프라는 우연히 H. 라이더 해거드의 소설 《새벽의 여왕》의 표제 여주인공이 되었다. 해거드는 H.R. 홀의 연대기에 따라 인테프를 제17왕조로 하는 대신 제14왕조의 왕으로 잘못 설정하여 네프라를 위대한 힉소스의 파라오인 아포피의 아들 카이안과 결혼하는 것으로 그리고 있다. 블리스──웨이골의 연구 결과는 이 관계가 터무니없는 시대착오임을 증명했다.

4 피묻은 발자국

                              7월 13일 금요일 오후 12시 15분
 스칼릿은 긴장된 눈으로 번스를 지켜보았다. 햇볕에 그을린 구릿빛 둥근 얼굴에 공포와 놀라움의 표정이 떠올랐다.
 "자네 말이 맞네, 번스." 스칼릿은 마지못해 고개를 끄덕였다. "블리스 박사는 2년 전 인테프의 무덤 전실에서 그 딱정벌레를 발견했지. 그리고 그 사실을 이집트 당국에 보고하지 않았었네. 이어 미국으로 돌아오자 넥타이핀으로 만들었지. 하지만 그 물건이 여기에 있다고 해서 큰 문제가 되는 건 아니잖나?"
 "지금 당장은 그렇네." 번스는 스칼릿과 마주서서 물끄러미 그를 바라보았다. "디라 아부은네가 사건은 나도 잘 알고 있지. 말하자면 나도 그 절도의 공범자였네. 하지만 인테프 왕의 다른 딱정벌레는 원통형 인장과 함께 대영박물관에 보관 중이므로 나는 모른 체했네. 이 딱정벌레를 손으로 만져보는 것은 이번이 처음일세."
 히스 부장이 바깥쪽으로 걸음을 옮겼다. 그는 계단참에 있는 두 형사 가운데 한 사람을 향해 고함쳤다.

"에머리, 블리스 박사를 찾아서 어서 데려오게!"

"아니, 부장," 번스가 급히 다가가 부장의 팔을 잡아당겼다. "뭘 그리 서두르시오? 좀 침착하게 해야 하오. 아직은 블리스 박사를 데려올 시기가 아니오. 그리고 그를 만날 필요가 있을 때는 저 조그만 문을 두드리기만 하면 되오. 분명 서재에 있으며, 빠져나갈 수는 없으니까. 그 전에 몇 가지 조사할 게 있소."

히스는 얼굴을 잔뜩 찡그렸다.

"그럼 그만두게, 에머리. 뒷마당으로 나가서 누구든 달아나는 녀석이 없나 지켜보게. 그리고 헤네시!"

부장은 다른 한 명의 형사에게 지시했다.

"자네는 바깥복도에 서 있게. 누구든 집에서 빠져나가려는 사람이 있거든 이리 끌고와. 알았나?"

두 형사는 말없이 사라졌다. 내 눈에는 그 모습이 아주 재미있고 우스꽝스럽게 보였다.

히스 부장은 믿음직스러운 듯 번스를 바라보았다.

"달리 생각이 있습니까? 이 사건은 내가 보기에 그리 어려울 것 같지 않군요. 피해자는 머리를 한 대 맞고 쓰러졌습니다. 그리고 그 곁에 블리스 박사의 넥타이핀이 떨어져 있습니다. 아주 간단하지 않습니까?"

"너무 지나치게 간단하오." 번스는 물끄러미 시체를 바라보더니 조용히 대답했다. "그것이 바로 이상한 점이오, 부장."

번스는 갑자기 아누비스 상 쪽으로 다가가 무릎을 꿇더니 위로 뻗친 카일 노인의 한쪽 손 밑에 보이지 않게 깔려 있던 종이쪽지를 주워들었다. 그리고 밝은 쪽에서 조심스럽게 펴보았다. 그 안에는 숫자가 가득 씌어 있었다.

"이 서류는," 번스가 말했다. "카일 노인이 숨질 때 가지고 있었던 게 틀림없네. 자네 여기에 대해 뭐 아는 것 없나, 스칼릿?"

 스칼릿은 기세좋게 앞으로 나와 떨리는 손으로 종이를 받아들었다.

 "아니, 어떻게 된 거지?" 그는 갑자기 크게 외쳤다. "이건 어젯밤 우리가 작성한 회계보고서일세! 블리스 박사는 이 일을 하고 있었 군."

 "흐음······." 히스 부장은 만족스러운 얼굴로 싱긋 웃었다. "그렇 군. 이 노인은 오늘 아침 블리스 박사를 만났군. 그렇지 않다면 이 종이가 어디서 났겠습니까?"

 스칼릿은 눈살을 찌푸렸다.

 "그렇게 생각할 수밖에 없군요." 그는 한 발 물러섰다. "어젯밤 우리들이 나올 때까지 이 보고서는 아직 완성되지 않았었지요. 블리스 박사는 오늘 아침 카일 씨가 여기 오시기 전까지 마무리해야 한다고 말했습니다."

 스칼릿은 쪽지를 번스에게 돌려주면서 암담한 표정이 되었다. "하지만 틀림없이 뭔가 잘못되었을 걸세. 그렇지 않은가, 번스? 이건 말이 안 돼."

 "두말할 필요도 없지, 스칼릿." 번스가 불쑥 그의 말을 가로막으며 한마디 했다. "블리스 박사가 사크메트상을 휘둘렀다면 자신을 함정에 빠뜨릴 수 있는 이런 보고서를 남겨둘 리 없지. 자네 말대로 뭔가가 잘못되어 있네."

 "잘못되어 있다고요?" 히스가 비웃음 섞인 목소리로 말했다. "저 딱정벌레가 있습니다. 그리고 지금 또 그 보고서가 나왔습니다. 여기에 또 뭐가 필요하다는 말입니까, 번스 씨?"

 "더 많은 것이 필요하오." 번스가 차분하게 말했다. "대개 사람을 죽인 범인들은 현장에 이처럼 뚜렷한 증거를 남겨놓지는 않소. 이것은 얕은 속임수요."

히스는 코를 킁킁거렸다.

"당황한 거지요. 그렇습니다, 겁이 나서 허둥지둥 내뺀 겁니다."

번스의 눈은 블리스 박사의 서재로 통하는 작은 철문에 머물렀다.

"스칼릿," 이윽고 그가 물었다. "자네가 딱정벌레 넥타이핀을 마지막으로 본 게 언제였나?"

"어젯밤이었네." 스칼릿은 초조하게 방 안을 왔다갔다하기 시작했다. "서재는 아주 더웠지. 그래서 블리스 박사는 칼라와 넥타이를 끌러 테이블 위에 올려놓았네. 그때 스캐럽은 넥타이에 꽂혀 있었네."

"아!" 번스의 눈길은 작은 철문에서 떠나지 않았다. "그 핀은 회의를 하는 동안 내내 테이블 위에 있었단 말이지? 그리고 자네 말대로 그 자리에 있었던 사람은 하니와 블리스 부인과 솔비터와 자네뿐인가?"

"그렇다네." 번스는 잠깐 생각에 잠겼다.

"그럼, 누군가가 그때 훔쳤을지도 모르겠군."

"그렇다고 할 수 있지."

"그건 그렇다 치고, 이 보고서는…… 좀 이상하군. 어떻게 카일 노인의 손에 들어갔는지 전혀 짐작이 안 가네. 스칼릿, 자네 말대로라면 회의가 끝났을 때에도 아직 완성되지 않았었는데……."

"나도 도무지 납득할 수 없군." 스칼릿은 머뭇머뭇 말했다. "우리가 저마다 맡은 계산을 해내고 블리스 박사는 그것을 집계해서 오늘 카일 노인에게 넘겨주겠다고 말했었지. 그리고 우리가 있는 자리에서 노인에게 전화를 걸어 오늘 아침 11시에 만나기로 약속했다네."

"박사가 전화로 카일 노인에게 한 말은 그뿐인가?"

"가만 생각해보니 어제 도착한 새 짐에 대해 말한 것 같네."

"재미있는 이야기로군. 블리스 박사가 짐에 대해 뭐라고 말하던가?"

"내 기억으로는…… 실은 그다지 주의해서 듣지는 않았지만……
짐을 푼 다음 내용물을 보아주었으면 좋겠다고 말했네. 박사는 사
실 카일 노인이 다음번 답사에 돈을 댈 것인지에 대해서 좀 불안하
게 생각하고 있었다네. 이집트 정부가 성가시게 굴었기 때문일세.
귀한 물건들은 카이로 박물관에 모조리 빼앗겨버렸지.
 카일 노인은 그것이 못마땅해서 이미 적잖은 돈을 투입했던 이
사업에서 손을 떼고 싶어하고 있었네. 노인으로서는 명성같은 건
문제가 아니니까. 사실 어젯밤의 회의도 카일 노인의 태도 때문에
열었던 걸세. 블리스 박사는 지난번 답사 때 쓴 정확한 지출을 노
인에게 보고하고, 사업을 계속 지원해 주도록 설득할 생각이었지."
"그런데 노인이 그것을 거절한 모양이군요." 히스가 덧붙였다. "그
래서 박사님이 화가 나 저 검은 조각상으로 머리를 부순 겁니다."
"당신은 늘 인생사를 너무 쉽게 처리하려드는 버릇이 있소, 부장."
번스는 한숨을 쉬었다.
"나는 당신처럼 복잡하게 생각하는 건 질색입니다, 번스 씨."
히스는 얼마쯤 비웃음 섞인 말투로 대답했다.
부장의 입에서 그 말이 떨어지자마자 조용히 바깥문이 열리더니 이
집트 원주민 옷차림을 한 거무스름한 살갗의 중년 사나이가 계단 꼭
대기에 나타났다. 사나이는 침착한 태도로 의아한 듯이 우리를 내려
다보고 있다가 이윽고 아주 점잖은 걸음걸이로 천천히 계단을 내려왔다.
그는 억양 없는 낮은 목소리로 말했다.
"안녕하십니까, 스칼릿 씨."
그러고는 죽어 있는 사람을 흘끗 보았다.
"아아, 이 집에 비극이 찾아든 모양이군요."
스칼릿이 얼마쯤 상대방을 위로하는 듯한 투로 말했다.
"그렇소, 하니. 카일 씨가 살해됐소. 이분들은……"

피묻은 발자국 53

스칼릿은 가벼운 몸짓으로 우리를 가리켰다.
"사건을 조사하시는 중이오."
하니는 정중하게 인사했다. 보통 키에 아주 늘씬했으며, 어딘지 사람을 얕보는 것 같은 오만한 인상이 느껴졌다. 미간이 좁은 눈에는 숨길 수 없는 민족적 증오감이 어려 있었다. 이목구비는 비교적 뚜렷하고 두상이 길었다. 곧게 뻗은 코는 끝이 동그스름하니 전형적인 이집트 콥트족의 특징이 나타나 있었다.

눈은 살빛과 같은 갈색이었으며 눈썹이 짙었다. 짧게 다듬은 수염은 희끗희끗했고 입술은 두툼하니 육감적이었다. 머리에는 부드러운 검은색 터키 모자를 쓰고, 어깨에 무명 카프탄(터키나 아라비아 인들이 입는 통이 헐렁하고 소매가 긴 겉옷)을 걸치고 있었다. 카프탄은 발꿈치까지 늘어뜨려져 노란 가죽 슬리퍼가 보일락말락했다.

하니는 꼬박 1분쯤 혐오나 슬픔의 빛 따위는 보이지 않고 카일의 시체를 내려다보며 서 있었다. 그리고 얼굴을 들어 아누비스 상을 바라보았다. 그의 얼굴에 경건해 보이는 기묘한 표정이 떠오르고 입술은 어렴풋하게 비웃음으로 일그러졌다.

이윽고 그는 왼손으로 무엇인가를 뿌리치듯 천천히 몸을 돌려 우리와 마주보았다. 그러나 눈길은 우리에게 쏠리지 않고 창 밖의 어디 먼 곳에 못박혀 있었다.

그는 음울한 목소리로 말했다.
"조사할 필요 없습니다, 나리들. 사크메트 여신의 심판이십니다. 몇십 년 동안 우리 선조들의 신성한 무덤은 보물을 찾는 서구 인간에게 짓밟혀왔습니다. 그러나 고대 이집트의 신들은 힘이 강해 그 자손을 능히 지키셨습니다. 그들은 지금까지 참고 또 참아왔습니다.

그러나 모독자들의 수법은 너무도 참혹했습니다. 이제 신이 복수의 철퇴를 내릴 때가 되었고, 실제로 그렇게 된 것입니다. 인테프 왕의 무덤은 야만인들의 손에서 지켜졌습니다. 사크메트는 헤넨엔수[1]에서 모반자들의 손으로부터 아버지 레를 지키고 적을 쩔렀을 때처럼 신통력을 나타내셨습니다."

하니는 말을 끊고 깊이 숨을 들이마셨다.

"하지만 아누비스는 신을 모독한 이단자들을 결코 오시리스의 궁전으로 인도하지 않을 것입니다. 아무리 엎드려 빌어도."

하니의 태도와 말은 참으로 인상적이었다. 한편 나는 그의 말을 들으며 얼마 전에 있었던 카나본 백작(1922년 투탕카멘의 분묘를 발굴하고 이듬해 죽었음)의 비극과 그의 죽음을 초자연적 현상으로 설명한 고대 마법의 불가사의한 이야기를 암울한 마음으로 떠올렸다.

그때 시큰둥한 번스의 목소리가 들려와 나는 문득 정신을 차렸다.

"아주 비과학적인 이야기로군요. 나는 인간이 저 검은 화성암 상을 휘두른 것이 아니라면 어떻게 저 상이 살인을 저지를 수 있었는지 의심스럽소. 꼭 그렇게 잠꼬대같은 소리를 하고 싶거든 아무도 듣지 않는 침실에서 해주었으면 고맙겠소. 아주 성가시군."

이집트인은 증오에 찬 눈길로 번스를 쏘아 보았다.

마침내 하니는 주문을 외듯 말했다.

"영혼에 대해서는 서양이 동양에서 배울 게 많습니다."

"물론 그렇겠지요." 번스는 온화하게 미소지었다. "하지만 지금 우리는 영혼에 대해 이야기하고 있는 게 아니오. 당신이 경멸하는 서양은 실용성을 중요시하지요. 그러므로 당신도 우선 윤회설은 잠시 접어두고 지방검사가 묻는 말에 대답해 줘야겠소."

하니는 얌전하게 허리를 굽혀보였다.

매컴은 물고 있던 담배를 빼고 엄격한 눈으로 그를 바라보았다.

"아침에 당신은 어디 있었소?" 매컴이 물었다.

"위층 방에 있었습니다. 몸이 좀 불편해서요."
"이 박물관에서 나는 소리를 듣지 못했소?"
"이 방에서 나는 소리가 내 귀에 들릴 리 없지요."
"누가 드나드는 것은 보았소?"
"아니오. 내 방은 뒤쪽에 있고, 조금 전까지 방에 틀어박혀 있었습니다."
그러자 번스가 물었다.
"그런데 왜 방에서 나왔소?"
"이 박물관에서 할 일이 있었습니다."
하니가 뿌루퉁하게 대답했다.
"내가 알기에는 당신은 블리스 박사가 오늘 아침 11시에 카일 씨와 만나기로 약속한 것을 들었을 텐데," 번스는 하니를 빤히 바라보았다. "그 면담을 방해할 셈이었소?"
"그 일은 까맣게 잊고 있었습니다." 그러나 이 대답은 자연스럽게 들리지 않았다.
"블리스 박사님과 카일 씨가 면담 중임을 알았다면 바로 돌아갔을 겁니다."
"그렇겠지요." 번스의 말투에는 비웃음이 섞여 있었다. "그런데 당신의 정확한 이름은 뭐지요?"
"아누프 하니*2입니다."
번스의 눈썹이 치켜올라가더니 입가에 천천히 떠오른 미소에는 비웃는 빛이 뚜렷하게 드러났다.
"아누프……." 번스는 되뇌었다. "이거 아주 재미있는걸. 아누프란 아누비스의 이집트 이름으로 알고 있는데, 정말 그렇소? 아무래도 당신은 저 구석에 있는 승냥이 머리를 가진 우아하지 못한 분과 동족인 모양이군요."

하니는 두툼한 입술을 꾹 다문 채 아무 대답도 하지 않았다.
"그건 아무래도 좋소." 번스가 선선히 말했다. "그건 그렇고, 저 조그만 사크메트 상을 캐비닛에 올려놓은 건 당신이었소?"
"그렇습니다. 어제 짐을 풀었지요."
"맨 마지막 칸의 커튼을 친 것도 당신이었소?"
"그렇습니다. 블리스 박사의 요청에 따른 것이었지요. 저 안의 물건들은 모두 뒤죽박죽입니다. 아직 정리할 시간이 없었지요."
번스는 생각에 잠긴 얼굴로 스칼릿 쪽을 돌아보았다.
"블리스 박사는 어젯밤 전화로 카일 씨에게 뭐라고 말했나?"
"아까 자네에게 다 말했다고 생각하는데, 번스." 스칼릿은 번스가 끈질기게 그 일에 호기심을 갖는 것을 의아하게 여기는 듯했다. "박사님은 11시에 카일 씨와 만나기로 약속하고, 그때 회계보고를 하겠다고 말씀하셨을 뿐이네."
"그리고 새로 도착한 짐에 대해서는 뭐라고 했지?"
"아무 말도 없었네. 그냥 카일 씨에게 내용물을 보아달라고 말했을 뿐일세."
"장소를 말했나?"
"그래, 생각나는군. 캐비닛 맨 마지막 선반에 놓아두었다고 말했네. 커튼을 친 선반 속에."
번스는 만족스럽게 고개를 끄덕였다. 그러나 나는 그때도 그 의미를 알지 못했다.
"그래서 카일 씨는 아침 일찍 나온 모양이군. 뭐라고 할까. 전리품을 점검하기 위해서."
번스는 애교있게 미소지으며 다시 하니 쪽을 보았다.
"어젯밤 회의에 참석한 당신과 그밖의 다른 사람들도 역시 그 전화 내용을 들었겠지요?"

"그렇습니다, 우리 모두 들었습니다." 이집트인은 언짢은 얼굴이 되었다. 그러나 눈꼬리로 몰래 번스를 살펴보고 있음을 나는 알아차렸다.

"그렇다면 생각건대" 번스는 생각에 잠겼다. "카일 씨를 아는 사람은 모두 그가 오늘 아침 일찍 캐비닛 끝 선반의 물건을 점검하러 오리라 추측했겠구먼. 그렇지 않나, 스칼릿?"

스칼릿은 불안한 듯 머뭇거리더니 마침내 카에프레 상 쪽으로 눈길을 돌렸다.

"글쎄…… 자네가 그렇게 말하니 그렇군. 사실 블리스 박사는 카일 노인에게 아침 일찍 와서 보물을 훑어보는 게 좋을 거라고 말했거든."

그런 곁가지 이야기가 히스 부장을 안타깝게 만들었다.

"실례지만 번스 씨," 히스는 화가 나서 못 견디겠다는 듯 불쑥 끼어들었다. "당신은 혹시 블리스 박사의 변호인이 된 게 아닙니까? 당신이 박사의 알리바이를 만들기에 급급해 있는 게 아니라고 한다면 나는 시바의 여왕(솔로몬 왕에게 가르침을 청한 여왕)입니다."

"분명 당신은 솔로몬 왕은 아니오, 부장." 번스가 대꾸했다. "당신은 왜 온갖 가능성을 저울질해 보려고 하지 않소?"

"저울질해 볼 필요가 뭐 있습니까?" 히스는 울화통을 터뜨렸다. "나는 저 딱정벌레 넥타이핀을 꽂고 회계보고서를 만든 사람을 만나 묻고 싶습니다. 움직일 수 없는 증거물은 첫눈에 알 수 있지요."

"나도 마찬가지요." 번스는 명랑하게 대꾸했다. "하지만 아무리 엄연한 증거라 해도 여러 가지 해석이 나올 수 있소."

그때 스니트킨이 요란한 소리를 내며 문을 열었고, 뉴욕 경찰국 검시관 도머스 박사가 경쾌한 걸음으로 계단을 내려왔다. 박사는 여위고 신경질적인 인물로, 실제보다 나이들어 보이는 주름진 얼굴에 고집스러우면서도 장난스러운 표정이 떠올라 있었다.
 도머스 박사는 시원스럽게 인사했다.
 "여러분, 안녕하십니까!"
 박사는 매컴과 히스에게 의례적인 악수를 청한 뒤 자세를 바로하고 번스 쪽으로 과장되고 불만스러운 눈길을 던졌다.
 그리고 밀짚모자를 일부러 삐뚜름히 밀어올리면서 커다랗게 소리질렀다. "여어, 궂은 일이 있으면 늘 뵙게 됩니다, 번스 씨."
 그리고는 손목시계를 흘끗 보았다. "벌써 점심시간이로군."
 박사는 재빠르게 박물관을 한 바퀴 둘러보더니 신(神)이라고 불리는 미라 관 앞으로 가서 걸음을 멈추었다. "이 방에 있으면 건강에 좋지 않을 것 같군. 부장, 시체는 어디 있소?"
 히스는 카일의 시체 앞에 서 있었다. 그는 옆으로 비켜서면서 죽은 사내를 가리켰다.
 "여기입니다, 박사님."
 도머스는 그쪽으로 걸어가서 시큰둥하게 시체를 들여다보았다. 그리고 히스 부장 쪽으로 고개를 돌리면서 말했다.
 "으음, 죽었구먼."
 "맹세코 말입니까?" 부장은 기분좋게 대꾸했다.
 "놀라운데…… 카렐(노벨의학상수상자)의 실험 이후로 사람이 죽었는지 살았는지 함부로 말할 수 없게 됐소. 아무튼 나는 내 생각에 따를 수밖에……"
 도머스는 소리죽여 웃으며 무릎꿇고 앉아 카일의 한쪽 손을 어루만졌다. 그리고 죽은 사나이의 한쪽 다리를 옆으로 구부렸다.
 "죽은 지 두 시간쯤 됐소. 그 이상은 아니오. 어쩌면 그 이전일지도 모르겠군."
 히스는 큰 손수건을 꺼내 아주 조심스럽게 검은 사크메트 상을 들어올렸다.

"이것은 지문 때문에 잘 간수해야겠습니다, 박사님. 저항한 흔적은 없습니까?"

도머스는 시체를 벌렁 뒤집어놓고 얼굴과 두 손과 옷을 신중하게 살핀 뒤 간단히 설명했다.

"그런 흔적은 없소. 등 뒤에서 얻어맞았소. 팔을 뻗치면서 앞으로 쓰러진 거요. 바닥에 쓰러진 뒤로는 움직이지 않았소."

번스가 물었다. "혹시 여기서 얻어맞기 전에 이미 죽어 있었다고 볼 수는 없을까요?"

도머스는 벌떡 일어나 초조한 듯 발끝에 중심을 두고 몸을 흔들거렸다. "그렇게 볼 수는 없습니다. 출혈량이 너무 많거든요."

"그렇다면 단순히 머리를 얻어맞고 죽은 겁니까?"

"그런 모양입니다. 하지만 나는 마술사가 아니니까요." 박사는 더욱 초조한 빛을 띠었다. "그 점은 부검해 보면 알 수 있지요."

"바로 검시보고서를 뗄 수 있습니까?" 매컴이 물었다.

"부장이 시체를 수용소에 넘겨주기만 하면 곧 됩니다."

"당신이 점심식사를 마칠 무렵에는 시체는 수용소에 가 있을 겁니다." 히스가 말했다. "이리로 오면서 운반차를 수배해 놓았으니까요."

"그럼, 나는 그렇게 알고 이만 물러가보겠습니다." 도머스는 다시 매컴과 히스와 악수를 나누고 번스에게 친숙한 눈인사를 던진 뒤 성큼성큼 나가버렸다.

나는 히스가 사크메트 상을 옆으로 치워놓고 멍하니 서서 피가 괸 자리를 내려다보고 있음을 알아차렸다. 도머스가 나가자 그는 곧 무릎을 꿇고 앉아서 마룻바닥 위의 무언가를 몹시 흥미있게 들여다보기 시작했다.

이윽고 그는 번스가 돌려준 손전등을 꺼내 아까 나도 주의깊게 보았던 핏자국의 얼룩에 초점을 맞췄다. 그러고 나서 조금 뒤 히스는 약간 거리를 두고 노란 마룻바닥에 묻어 있는 희미한 자국에 손전등을 비추어 조사했다.

히스는 다시 자리를 바꾸었다. 이번에는 조그만 나선형 계단 쪽으로 방향을 돌렸다. 그리고 만족스러운 탄성을 올리며 일어나 빙 돌아서 그 계단 옆으로 걸어나갔다. 거기서 다시 무릎을 꿇더니 계단 맨 밑단에 손전등을 비췄다. 세 번째 단에서 손전등 불빛이 멈추었다. 그리고는 사뭇 긴장되고 몰입한 얼굴을 앞으로 내밀었다.

회심의 미소가 천천히 그의 큰 얼굴에 번져가더니 이윽고 히스는 벌떡 일어나 자랑스러운 듯한 눈길로 번스를 보았다.

"이제 범인은 완전히 독 안에 든 쥐입니다."

번스가 대답했다. "범인의 발자국을 찾아낸 모양이군요."

"그렇습니다. 내가 말한 그대로입니다."

히스는 힘있게 고개를 끄덕여 사건이 해결되었음을 강조해 보였다. 번스의 얼굴이 어두워졌다.

"그렇게 단정짓는 게 아니오, 부장. 조급한 설명은 자칫 틀리기 쉽소."

"그렇습니까?" 히스 부장은 스칼릿 쪽을 돌아다보았다.

"스칼릿 씨, 당신에게 한 가지 물어볼 게 있습니다. 분명히 대답해 줘야 합니다."

스칼릿은 화난 얼굴을 하고 있었으나 부장은 상대방의 기분 같은 것은 아랑곳하지 않았다.

"블리스 박사는 집에 있을 때 어떤 신을 신지요?"

스칼릿은 망설이며 호소하는 표정으로 번스를 바라보았다.

번스가 충고했다. "자네가 아는 것을 모두 부장에게 이야기하게.

지금은 입 다물고 있을 때가 아닐세. 나를 믿어도 좋네. 이렇게 된 이상 의리는 문제가 아니니까. 오직 진실만이 문제일세."

스칼릿은 신경질적으로 기침을 했다. 그리고 낮은 목소리로 대답했다. "고무 테니스화를 신습니다. 첫 번째 이집트 발굴 때부터 박사님은 발이 약해져서, 몹시 아파하셨지요. 그래서 편안하게 고무창을 댄 흰 캔버스 운동화를 신습니다."

"그럴 줄 알았소." 히스는 카일의 시체 쪽으로 돌아갔다. "잠깐 이리와 보십시오, 번스 씨. 당신에게 보여드리고 싶은 것이 있습니다."

번스가 그를 따라갔으므로 나도 그 뒤를 따랐다.

히스 부장은 카일의 머리가 누워 있는 피웅덩이 가장자리의 자국을 가리키면서 말을 이었다.

"저 발자국을 보십시오. 가까이에서 보지 않으면 또렷하지 않습니다. 하지만 자세히 보면 고무창을 댄 신임을 곧 알 수 있지요. 바닥에 장기판 같은 줄무늬가 있고 뒤꿈치에는 둥근 점이 있습니다."

번스는 허리를 굽히고 피묻은 발자국을 살펴보았다.

"그렇군요, 부장." 번스는 더없이 엄숙하고 심각한 표정을 지었다.

"그리고 여기를 보십시오, 번스 씨." 히스는 걸어가서 철계단으로 가는 도중의 마룻바닥에 있는 다른 두 개의 자국을 가리켰다.

번스는 허리를 굽혀 그 반점을 들여다보며 고개를 끄덕였다. 그는 인정했다. "그렇군요. 이 자국은 분명 범인의 발자국이오."

"또 있습니다." 히스는 계단으로 가서 손전등으로 세 번째 단을 비쳤다.

번스는 외알안경을 고쳐 쓰고 가까이로 가서 바라보았다. 잠시 후 허리를 펴더니 그는 손으로 턱을 괴고 우두커니 서 있었다.

히스 부장이 물었다.

"어떻게 생각합니까, 번스 씨? 이래도 충분한 증거가 못됩니까?"

매컴이 나선형 계단 밑으로 다가가 한 손을 번스의 어깨 위에 얹고 정답게 말을 걸었다.

"뭘 그리 고집부리나, 번스? 사건은 이제 방향이 잡힌 것 같은데."

번스는 눈을 들었다. "방향이 잡혔다고? 무슨 방향이 잡혔나? 그것만으로는 아무 의미가 없네. 블리스 박사 같은 지성인이 만날 약속이 되어 있는, 그것도 남들이 다 아는 사람을 함부로 죽이고 게다가 범죄현장에 자기에게 혐의가 돌아오게 할 딱정벌레 핀이며 회계보고서를 남겨두겠나? 그리고 그 정도의 증거물로도 모자라 자신의 피묻은 발자국을 시체에서부터 서재에까지 남겨놓겠는가? 그것이 상식적인 일인가?"

"비상식적일지는 모르네." 매컴이 양보했다. "하지만 이 여러 가지가 다 사실 아닌가. 블리스 박사에게 이 사실을 들이댈 수밖에 달리 도리가 없네."

"옳은 말일세." 번스의 눈이 다시 나선형 계단 위의 작은 철문 앞을 헤매고 있었다. "그래, 블리스 박사를 처형장에 끌어낼 때가 된 것 같군. 하지만 매컴, 나는 도무지 내키지 않네. 뭔가 잘못되어 있네. 어쩌면 박사가 그것을 가르쳐줄지도 모르지. 내가 가서 모시고 오겠네. 오래 알고 지낸 사이니까."

번스는 몸을 돌려 히스 부장이 발견한 뜻깊은 발자국을 밟지 않도록 조심하며 나선형 계단을 올라갔다.

*1 헤라클레오폴리스의 고대 이집트 이름
*2 좀 색다른 이 이름은 나중에 알려진 바에 의하면 하니의 아버지가 마스페로(프랑스의 이집트학자)를 모시고 있던 무렵 이집트 신화에 흥미를 느낀 결과 지어진 것이다.

5 메리트아멘

7월 13일 금요일 오후 12시 45분
 번스는 작은 철문을 노크하고 주머니의 담배 케이스를 더듬었다. 우리는 아래 마룻바닥에 서서 기대에 찬 눈길로 말없이 철문을 지켜보았다.
 나는 까닭모를 공포에 사로잡혀 몸이 굳어졌다. 지금도 나는 그때 느낀 공포의 원인이 무엇인지 설명할 수 없다. 어쨌든 그때 온몸에 소름이 끼쳤다. 뚜렷이 드러난 모든 증거물은 의심할 여지 없이 저 문 안의 작은 방에 있는 위대한 이집트학자를 범인으로 지목하고 있었다.
 번스 혼자만이 무관심한 것 같았다. 그는 아무렇게나 담배에 불을 붙이더니 라이터를 주머니에 넣고 다시 문을 두들렸다. 이번에는 좀더 세게. 그래도 대답이 없었다.
 그러자 번스는 팔을 들어 그 큰 박물관이 쩌렁쩌렁 울릴 정도로 크게 문을 두들겼다.
 기분나쁜 침묵이 흐른 뒤 손잡이가 돌아가는 소리가 들리고 육중한 문이 천천히 안으로 열렸다.

그리고 문 앞에 마흔 대여섯 살쯤 되어보이는 훤칠한 사내가 나타났다.

사내는 발꿈치까지 닿는 공작새 빛깔의 무늬있는 실크 가운을 입었는데, 그의 엉성한 금발은 방금 침대에서 일어난 듯 헝클어져 있었다. 전체적인 모습이 이제 막 깊은 잠에서 깨어난 사람 같았다. 눈은 몽롱하고 눈꺼풀은 축 늘어져 있었다. 문 안쪽 손잡이에 매달려 몸을 버티고 있던 그가 조금 비틀거리면서 번스를 멀거니 바라보았다.

아무튼 이 사나이는 아주 개성적인 인물이었다. 얼굴이 길고 좁으며 주름진 살갗은 검게 그을려 있었다. 이마는 높고 좁으며 눈썹은 학자다웠다. 가장 두드러진 특징은 독수리 부리처럼 꼬부라진 코였다. 입은 일자로 다물어지고 그 밑에는 입체적인 네모 턱이 튀어나와 있었다. 뺨에는 살이 전혀 없어 육체적인 약함을 오직 정신력으로 이겨내고 있다는 인상을 강하게 풍겼다.

사내는 잠시 의아한 듯 번스를 바라보았다.

그런 다음 마취에서 깨어나듯 몇 번 눈을 깜박이더니 깊이 숨을 들이마셨다.

그러고는 무겁고 쉰 듯한 목소리로 말했다.

"오오, 번스 씨. 오랜만이오!"

그의 눈길은 박물관 쪽으로 더듬어나와 계단 밑에 있는 우리 일행 위에 멎었다.

사내는 천천히 한 손을 들어올려 손가락으로 헝클어진 머리칼을 쓸어올렸다.

"무슨 일이 일어났소? 어찌나 머리가 무거운지. 실례했소. 잠들었던 모양이오. 저분들은 누구시오? 스칼릿과 하니도 있군. 서재 안은 너무 더워서……."

번스가 낮은 목소리로 말했다. "박사님, 중대한 사건이 일어났습니다. 박물관으로 내려와주시지 않겠습니까? 박사님의 도움이 필요합니다."

"사건……?"

블리스 박사는 얼른 몸을 곤추세우더니 처음으로 눈을 크게 떴다.

"중대 사건이라니, 무슨 일이 일어났소? 도둑이 든 건 아닐 테지요? 늘 걱정하고 있었는데……."

"도둑이 아닙니다, 박사님."

번스는 계단을 신경질적으로 걸어 내려가는 박사를 부축했다.

박물관 바닥에 닿자 방 안 사람들의 눈길이 모조리 박사의 발에 쏠렸다. 나도 분명 본능적으로 박사의 발을 살피려고 했다. 내 옆에 서 있는 히스 부장의 시선도 박사의 발에 고정되어 있었다.

그러나 블리스 박사가 고무창 테니스화를 신고 있으리라 기대했던 사람들은 모두 실망하지 않을 수 없었다. 박사는 가운과 잘 어울리는 파란빛에 오렌지 색 선을 두른 부드러운 산양가죽 침실용 슬리퍼를 신고 있었던 것이다.

그러나 나는 박사가 입은 실내복의 깊숙하게 파인 V자형 깃 사이로 잿빛 비단 잠옷의 넓은 칼라가 보이고, 그 위에 보랏빛 매듭넥타이가 엉성하게 매어져 있는 걸 발견했다.

블리스 박사의 눈은 앞에 서 있는 한무리의 사람들을 죽 훑어본 뒤 번스 쪽으로 되돌아갔다.

"도둑이 아니라면 무슨 일이오, 번스 씨?"

박사의 목소리는 아직도 흐리멍텅하고 무거웠다. 번스는 블리스 박사의 팔을 부축한 채 대답했다.

"도둑보다 훨씬 더 중대한 사건입니다, 박사님. 카일 씨가 죽었습니다."

"카일 씨가 죽었다고요!" 블리스 박사의 입이 힘없이 벌어지고 눈에는 절망과 놀라움의 빛이 떠올랐다. "하지만…… 하지만…… 나는 어젯밤, 그와 오늘 아침에 여기서 만나기로 약속했었소. 다음번 답사에 대해서 의논하기 위해. 그가 죽다니, 내 일은 이제…… 내 생애를 건 일은 이제 끝장이오!"

박사는 박물관 여기저기에 놓인 20여 개의 접이형 의자 하나에 털썩 주저앉았다. 비통한 체념의 빛이 얼굴을 덮었다. "이런 끔찍한 일이……"

"안됐습니다, 박사님." 번스는 위로하듯 낮은 목소리로 말했다. "얼마나 낙심되시겠습니까."

블리스는 일어섰다. 지금까지의 잠에 취한 듯한 모습이 깨끗이 사라지고 그 얼굴에는 엄격하고 굳은 의지가 떠올라 있었다. 그는 번스를 똑바로 바라보며 분노에 찬 목소리로 물었다.

"죽었다고요? 왜 죽었소?"

"살해되었습니다."

번스는 매컴과 히스와 내 뒤쪽에 있는 카일의 시체를 가리켰다.

블리스 박사는 카일이 누워 있는 쪽으로 다가갔다. 그는 거의 1분쯤 서서 시체를 내려다보았다. 그런 다음 작은 사크메트 상으로 눈길을 옮겼다가 한참 뒤 아누비스의 승냥이 모습에 못박혔다. 이윽고 갑자기 몸을 돌리더니 박사는 하니를 똑바로 마주보았다.

이집트인은 박사가 무슨 난폭한 짓을 할까 봐 두려운지 한 발자국 뒤로 물러섰다.

"넌 뭔가를 알고 있을 거야. 이 늑대!" 블리스의 목소리는 격렬한 증오로 떨리고 있었다. "너는 몇 년 동안이나 스파이 짓을 하고 있었어. 나에게서 돈을 뜯어내고 네놈의 그 거지 같은 정부에서 뇌물을 받아냈지. 내 아내에게 나를 헐뜯고 욕하는 말을 했어. 네놈은 언제나 내가 하려는 일을 방해했어. 너는 인테프의 피라밋 앞에 있는 두 개의 오벨리스크를 나에게 가르쳐준 원주민 늙은이까지 죽이려고 했었지[*1].

너는 내가 뭔가 하려 하면 늘 방해해 왔어. 그런데도 널 지금까지 이 집에 둔 건 아내가 너를 좋아했기 때문이야. 지금 인테프의 무덤을 발견해 전실까지 들어가서 이제 막 연구 결과를 세상에 발표하려는 이 시점에, 내 일생의 업적을 성공시켜 줄 단 한 사람이 살해당했어. 아누프 하니, 넌 뭔가 알고 있을 거야. 말해! 이 벌레보다 더러운 이집트 농부의 개 같으니!"

블리스의 눈은 불타오르는 석회 같았다.

하니는 몇 발자국 뒷걸음질쳤다. 그는 블리스 박사의 뼈아픈 추궁에 가엾을 정도로 기가 질려 있었다. 그러나 애원하지는 않았다. 얼굴이 무섭게 일그러졌다. 아누프 하니는 입을 열어 비웃음 섞인 목소리로 말했다.

"나는 살인에 대해 아무것도 모릅니다. 사크메트의 복수입니다. 사크메트가 인테프의 무덤을 파헤치기 위해 돈대는 사람을 죽인 것입니다."

블리스의 입에서 거침없이 욕설이 쏟아져 나왔다.

"사크메트의 복수라고? 기껏해야 혼혈 신화의 돌부스러기에 지나지 않아. 너는 지금 무지한 점술사들 틈에서 살고 있는 게 아니야. 네 눈 앞에 있는 사람들은 진실을 바라는 문명인들이야. 누가 카일 씨를 죽였지?"

"사크메트가 아니라면 나는 모릅니다, 나리."

이집트인의 말씨는 매우 공손함에도 불구하고 그 태도와 억양에는 경멸이 담겨 있었다.

"나는 아침 내내 방에 있었습니다. 당신이야말로 나리, 부호 후원

자가 이 세상에서 저승으로 떠날 때 바로 가까이 계셨습니다."

블리스의 뺨에 붉은 분노의 반점이 두 개 돋아났다. 눈은 번들번들 불타고 손은 경련하며 옷의 주름을 쥐어뜯었다. 당장에라도 이집트인의 목을 물어뜯지 않을까 나는 걱정되었다.

번스 역시 그런 걱정이 들었는지 박사에게로 다가가 그 팔을 가만히 잡았다.

번스는 차분한 목소리로 말했다.

"당신의 기분은 잘 압니다, 블리스 박사님. 하지만 화를 낸다고 해서 이 문제를 해결하는 데 도움이 되는 건 아닙니다."

블리스는 한 마디도 하지 않고 의자에 털썩 주저앉았다. 지금까지 놀라고 당황해 내내 이 광경을 지켜보던 스칼릿이 급히 번스 곁으로 다가갔다.

"이건 뭔가 근본적으로 잘못되어 있네. 박사님은 제정신이 아니네."

"나도 그렇게 생각하네."

냉정하게 대꾸하는 번스의 얼굴에 당황스런 표정이 가득했다. 그는 한참 동안 블리스 박사를 찬찬히 살펴보았다.

"블리스 박사님, 오늘 아침 당신은 서재에서 몇 시에 잠드셨습니까?"

블리스가 졸린 듯 눈을 들었다. 노여움이 가신 듯 눈은 다시 무거워보였다.

"몇 시냐고요?" 블리스는 생각을 더듬어 보려는 듯 되풀이해서 말했다. "그렇지……. 브러시가 9시쯤 아침식사를 가져왔소. 그리고 한참 뒤 커피를 마셨는데…… 그 뒤 얼마 동안……."

박사의 눈길이 허공을 헤맸다.

"그 뒤로는 생각나지 않소. 그리고 그리고 문을 두드리는 소리가 났지요. 지금 몇 시요, 번스 씨?"

"벌써 12시가 지났습니다. 아마 커피를 마신 뒤에 곧 잠드신 모양이군요. 당연하지요. 스칼릿의 이야기로는 어젯밤에 늦게까지 일하셨다니까요."

블리스는 무겁게 고개를 끄덕였다. "그렇소, 오늘 새벽 3시까지 일했지요. 카일 씨가 오기 전에 보고서를 다 정리해 두려고. 그런데 이렇게……."

박사는 길게 누워 있는 후원자의 시체를 절망적으로 바라보았다.

"살해됐군요. 난 모르겠소."

번스가 대답했다. "지금으로선 우리도 마찬가지입니다. 하지만 지방검사 매컴 씨와 뉴욕 경찰국 살인과의 히스 부장이 사실을 밝혀내기 위해 와 있습니다. 마음놓으셔도 좋습니다, 박사님, 정의는 반드시 이루어지니까요. 우선 몇 가지 묻는 말에 대답해 주시면 크게 도움이 되겠습니다."

"물론 기꺼이 대답하지요." 블리스 박사는 좀 신경질적인 기색이었다. 그는 타는 입술을 혀로 핥으며 덧붙였다. "몹시 목이 마르군요. 물 좀……."

"네, 그럴 줄 알았습니다. 갖다주겠소, 히스 부장?"

히스는 이미 바깥 계단 쪽으로 발길을 돌리고 있었다. 그 모습이 문 밖으로 사라지자 밖에 있는 누군가에게 지시하는 목소리가 띄엄띄엄 들려왔다. 1, 2분쯤 지난 뒤 히스는 물이 담긴 컵을 들고 다시 돌아왔다.

블리스 박사는 목이 말라 참을 수 없었다는 듯 단숨에 들이켰다.

블리스가 컵을 내려놓자 번스가 물었다.

"카일 씨에게 줄 회계보고서는 몇 시에 완성되었지요?"

"오늘 브러시가 아침식사를 가져오기 바로 전이었소." 블리스는 힘주어 말했다. 말투에는 활기마저 깃들어 있었다. "어젯밤 잠자리에 들기 전에 대충 끝났었지요. 나머지 일은 약 한 시간 정도면 될 것 같았소. 그래서 오늘 아침 8시에 서재로 내려왔지요."
"그 보고서는 지금 어디 있습니까?"
"서재 책상 위에 있소. 아침식사를 마치고 카일 씨가 오기 전에 숫자를 다시 한 번 확인할 생각이었소. 내가 가지고 오겠소."
블리스 박사는 일어서려고 했으나 번스가 말렸다.
"그럴 필요 없습니다. 내가 여기 가지고 있으니까요. 카일 씨 손에서 발견되었습니다."
블리스는 번스가 내민 종이를 어처구니없다는 듯이 바라보았다. 그는 더듬더듬 말했다.
"카…… 카일 씨 손에 있었다고요? 하지만 어떻게……."
번스의 태도는 천연덕스러웠다. "그 점에 대해서는 너무 신경 쓰시지 마십시오. 좀더 사태가 밝혀지면 자연히 설명될 테니까요. 이 보고서는 분명 박사님이 주무실 때 서재에서 집어낸 겁니다."
"어쩌면 카일 씨 자신이……."
"그럴 가능성도 있지만 그렇지는 않을 겁니다. 그런데 박사님, 서재에서 박물관으로 통하는 문은 대개 잠가두지 않는 모양이지요?"
번스는 카일 자신이 보고서를 집어냈으리라고는 생각지 않는 듯했다.
"그렇소. 잠근 적이 없지요. 잠글 필요가 없으니까요. 사실 열쇠가 어디 있는지도 얼른 생각나지 않소."
번스는 생각에 잠겼다. "그렇다면 당신이 잠든 9시 이후에 박물관에 있었던 사람이라면 누구나 서재에 들어가 보고서를 꺼내올 수 있었겠군요."
"하지만 대체 누가……."

"그것은 아직 밝혀지지 않았습니다. 수사는 현재 추측단계니까요. 그러니 괜찮으시다면 몇 가지 물어보게 해주십시오. 박사님, 혹시 솔비터 씨가 오늘 아침 어디 있었는지 아십니까?"

블리스는 화난 얼굴을 번스 쪽으로 돌렸다. 그는 턱을 긴장시키면서 대답했다. "물론 어디 있었는지 알고 있소."

나는 블리스가 카일의 조카를 온갖 혐의에서 감싸려고 하는 듯한 인상을 받았다.

"아침에 내가 메트로폴리탄 미술관으로 심부름을 보냈소."

"당신이? 몇 시에 보냈습니까?"

"아침 일찍 가도록 어젯밤에 일러두었소. 얼마 전에 발견된 제4왕조 케우프의 어머니 호트페헤레스의 무덤 속에 있던 부장품(副葬品)의 복제에 대하여 물어볼 일이 있어서……."

"호트페헤레스? 케우프? 박사님, 헤테프히르에스와 쿠푸 말씀입니까?"

"물론이오." 박사의 말투는 퉁명스러웠다. "나는 웨이골 음역(音譯)을 쓰고 있소. 그의 《파라오 사(史)》에 의하면……."

"네, 그러셨군요. 실례했습니다. 웨이골이 지금까지 써온 이집트 상형문자 음역에 많은 변혁을 가져왔다는 것이 방금 생각났습니다. 그런데 내 기억이 틀리지 않는다면 헤테프히르에스——또는 호트페헤레스——의 무덤을 발굴한 것은 하버드 대학과 보스턴 미술관이 후원한 발굴단이었지요?"

"그렇소. 하지만 내 친구이자 메트로폴리탄 미술관 이집트부 주임인 라이스고 박사에게 물으면 필요한 정보를 얻을 수 있지요."

"네, 그렇군요." 번스는 잠시 말을 끊었다. "오늘 아침에 솔비터 씨와 이야기를 나누셨습니까?"

블리스 박사는 다시 분개했다.

"아니오, 나는 8시부터 죽 서재에 있었소. 그 젊은이는 나를 방해하지 않으려 했을 거요. 아마 9시 30분쯤 집을 나갔겠지요. 메트로폴리탄 미술관은 10시에 문을 여니까."

번스는 머리를 끄덕였다.

"네, 집사도 솔비터 씨가 그때쯤 나갔다고 말했습니다. 그런데 왜 지금까지 돌아오지 않을까요?"

블리스는 어깨를 으쓱했다. 그리고 그것이 무슨 상관이냐는 듯이 말했다.

"주임을 기다리고 있는지도 모르지요. 아무튼 일이 끝나는 대로 돌아올 거요. 아주 착하고 양심적인 젊은이오. 나도 아내도 그를 퍽 좋아하오. 그 젊은이가 숙부에게 말해서 인테프의 무덤을 발굴하게 된 것이오."

"스칼릿도 그렇게 말했습니다."

번스는 관심이 없는 듯한 천연덕스러운 태도로 이야기하며 접이식 나무의자를 끌어당겨 걸터앉았다. 그러면서 재빨리 매컴을 쳐다보았다. 그의 눈길은 말로 하는 것보다 더 뚜렷하게 '당분간 이야기는 나에게 맡겨두게'라고 얘기하고 있었다.

번스는 가슴을 펴면서 두 손을 머리 뒤로 돌려 깍지꼈다. 그리고 가볍게 하품하며 말을 이었다.

"그런데 블리스 박사님, 인테프의 발굴 이야기라면 박사님이 그 전실에서 굉장한 딱정벌레를 발견했을 때 나도 그 자리에 있었잖습니까……"

블리스의 손이 넥타이로 갔다가 나쁜 짓이라도 한 것처럼 하니를 흘끗 보았다.

하니는 마침 테티시레트 상 앞으로 가서 우리와 등지고 서 있었다. 번스는 블리스 박사의 그런 움직임을 못 본 척하며 꿈꾸듯이 뒤 창문 밖을 바라보았다.

번스는 말을 계속했다.

"그야말로 흥미로운 딱정벌레였지요, 진귀한 조각이 되어 있는……. 스칼릿의 말을 들으니 그것을 넥타이 핀으로 만드셨다고요, 박사님? 지금도 가지고 계십니까? 한번 보았으면 합니다만."

"그러지요." 블리스의 손이 다시 넥타이로 올라갔다. "위층에 있을 거요, 브러시를 불러서……."

스칼릿이 박사 곁으로 갔다.

"박사님, 그것은 어젯밤 서재에 있었습니다. 책상 위에."

"오오, 그렇지." 블리스는 이제 완전히 자제력을 되찾은 것 같았다.

"어젯밤 매고 있던 넥타이가 내 책상 위에 있는데 거기에 꽂혀 있소."

번스는 자리에서 일어나 얼음장보다 더 차가운 눈길을 스칼릿에게 퍼부었다. 번스는 싸늘하게 말했다.

"정말 고맙군, 스칼릿. 자네 도움이 필요하면 내 쪽에서 부탁하겠네."

번스는 다시 블리스 박사 쪽으로 몸을 돌렸다.

"실은 말입니다, 박사님. 나는 지금 당신이 그 딱정벌레 핀을 마지막으로 사용한 게 언제인지 확인하려는 겁니다. 그것은 지금 박사님 서재에 없습니다. 우리가 여기 들어왔을 때 카일 씨 시체 옆에 떨어져 있었습니다."

"내 인테프 스캐럽이 여기에 있었다고요!" 블리스 박사는 의자에서 벌떡 일어나 완전히 공포에 질린 눈을 치뜨고 죽은 사나이를 내려다보았다. "어떻게 그런 일이……."

번스는 카일의 시체로 다가가 딱정벌레를 집어들었다.

"엄연히 여기 있습니다, 박사님." 그는 핀을 쳐들었다. "정말 불가사의한 일입니다. 아마 회계보고서와 함께 서재에서 집어내온 거겠지요."

블리스는 쉰 목소리로 천천히 중얼거렸다. "나는 도무지 짐작조차 안 가오."

히스가 턱을 내밀고 도전하듯 말했다. "박사님 넥타이에서 빠져떨어진 건지도 모르지요."

블리스 박사는 잔뜩 겁에 질린 풀죽은 목소리로 물었다. "그건 무슨 뜻이오? 나는 그것을 이 넥타이에 꽂고 있지 않았소. 서재에 놓아두었지요."

번스가 히스에게 엄한 눈길을 던졌다. "이 문제는 차분하고 신중하게 다뤄야 하오, 부장."

히스의 도전적인 태도는 누그러지지 않았다. "번스 씨, 내가 여기 있는 것은 누가 카일 씨를 잠들게 했는지 알아내기 위해서입니다. 그리고 살인을 저지를 기회가 있었던 사람은 블리스 박사입니다. 게다가 블리스 박사와 죽은 사람을 결부시키는 회계보고서와 핀이 발견되었습니다. 그리고 저 발자국이 있습니다."

번스가 얼른 부장의 말을 가로막았다. "당신 말은 모두 사실이오, 부장. 하지만 박사님을 다그쳐봐야 이 기묘한 상황을 설명할 수는 없을 거요."

블리스는 쓰러질 듯이 의자에 기대며 신음했다. "오오, 이 무슨 짓이람! 당신들이 무엇을 노리고 있는지 이제야 알겠소. 내가 카일 노인을 죽였다고 생각하고 있군."

박사는 절망적인 호소가 담긴 눈길을 번스에게로 돌렸다. "아까도 말했듯 나는 9시부터 잠들었지요. 노인이 여기 와 있는지도 몰랐소. 분명히 번스, 당신은 설마……."

박물관 현관문 쪽에서 떠들썩한 소리가 들려왔다. 우리는 모두 그쪽을 돌아보았다. 계단 맨 위에 헤네시가 두 팔을 벌리고 서서 연신 항의투로 떠들어대고 있었다. 그 앞에는 젊은 여자가 있었다.

그녀는 분노에 떨리는 높은 목소리로 말했다. "이건 내 집이에요. 무슨 권리로 나를 못 들어가게 하는 거예요?"

스칼릿이 부지런히 계단 쪽으로 갔다.

"메리트."

"내 아내요." 블리스가 말했다. "들어오면 안 되오, 번스?"

번스가 대답하기 전에 히스가 소리질렀다.

"괜찮네, 헤네시. 부인을 들여보내게."

젊은 부인은 급히 계단을 내려오자 거의 달리듯 남편에게로 갔다.

"어떻게 된 거예요, 민드럼? 무슨 일이 있었나요?"

부인은 무릎을 꿇고 박사의 어깨에 팔을 감았다. 그때 부인은 카일의 시체를 발견하고 흠칫 숨을 들이마시더니 몸서리치면서 눈길을 돌렸다.

정말 눈부시도록 아름다운 여자였다. 나이는 스물 예닐곱쯤 되었을까. 커다란 눈이 검게 빛나고 속눈썹은 길고 짙었으며, 살갗은 짙은 올리브 빛이었다. 이집트인의 피가 흐르고 있음을 뚜렷이 말해 주는 관능적인 도톰한 입술과 툭 튀어나온 광대뼈가 그녀의 얼굴에 동양적인 특성을 부여해 주었다.

부인에게는 어딘지 저 위니프레드 브런턴의 네프레트이티 여왕의 유화를 생각나게 하는 무언가가 있었다[*2] 부인은 밝은 감청색 토크 모자를 쓰고 있었는데, 그것은 얼마쯤 네프레트이티 여왕의 머리 장식과 비슷해 보였다. 감색 조젯 크레이프 드레스는 그녀의 매끈하고 동그스름한 몸에 찰싹 달라붙어 그 관능적이고 화사한 몸매의 곡선이 또렷이 떠올랐다. 유연한 자태에 힘과 아름다움이 고루 갖추어져 있어 앵그르가 그린 '터키탕'에서 볼 수 있는 이상적인 동양의 선이 나타났다.

그녀는 젊은데도 불구하고 그 자태와 움직임에는 성숙함과 침착성이 엿보이고 천성적으로 타고난 깊이가 느껴졌다. 또한 블리스 박사 옆에 무릎꿇고 있는 젊은 부인에게서 나는 풍부한 감성과 강한 실행력을 느낄 수 있었다*3.

블리스 박사는 아버지처럼 애정어린 손길로 부인의 어깨를 가볍게 두드려주었다. 그러나 그 눈은 넋나간 듯 보였다.

박사는 공허한 목소리로 말했다.

"카일이 죽었소, 메리트. 살해되었소. 이 사람들은 내가 그를 살해했다고 다그치고 있소."

"당신이?"

블리스 부인은 갑자기 벌떡 일어났다. 한순간 그 커다란 눈이 의아한 빛을 띠고 남편을 바라보았으나 마침내 분노에 타올라 우리 쪽을 돌아보았다.

그러나 부인이 입을 열기 전에 번스가 한 발 다가섰다. 그는 낮고 평온한 목소리로 말했다.

"박사님 말씀은 당치도 않습니다, 부인. 우리는 박사님을 다그치고 있지 않습니다. 이 슬픈 사건을 조사할 뿐입니다. 그런데 우연히도 박사님의 딱정벌레 핀이 카일 씨 시체 옆에서 발견되었던 겁니다."

블리스 부인은 뜻밖에도 침착했다.

"그것이 어떻다는 거지요? 누가 떨어뜨렸는지 모르잖아요?"

번스는 안심시키려는 듯 대답했다. "그렇습니다. 우리 수사의 주된 목적도 누가 그것을 떨어뜨렸는지 확인하는 데 있습니다."

블리스 부인의 눈은 반쯤 감겨져 있었다. 부인은 갑자기 무서운 생각에 몸이 얼어붙은 듯 우뚝 버티고 섰다.

그녀는 숨을 헐떡였다. "네, 그래요. 누군가가 딱정벌레 핀을 저기에 떨어뜨렸어요. 누군가가······."

목소리가 끊기고 얼굴이 고통으로 흐려졌다. 그러나 이내 정신을 가다듬고 깊이 숨을 들이마시더니 짚이는 바가 있는 듯 번스의 눈을 들여다보았다.

"이런 무서운 짓을 한 사람이 누구든 나는 꼭 찾아내겠어요. 꼭 찾아내주세요. 나도 돕겠어요. 아시겠어요? 나도 돕게 해주세요."

부인의 표정은 무섭도록 비장했다. 번스는 대답하기 전에 잠시 부인을 물끄러미 바라보았다.

"부인 말씀을 믿겠습니다. 그리고 도와달라고 부탁드리겠습니다." 번스는 가볍게 허리를 굽혀보였다. "하지만 지금으로서는 부탁드릴 만한 일이 아무것도 없군요. 그전에 먼저 몇 가지 형식적인 일을 처리하지 않으면 안됩니다. 그동안 응접실에서 기다려주시면 고맙겠습니다. 우선 두어 가지 물어볼 것이 있으니까요. 하니 씨와 함께 가셔도 좋습니다."

이 짧은 드라마가 진행되는 동안 나는 죽 이집트인을 지켜보고 있었다.

블리스 부인이 박물관으로 들어오자 하니는 언뜻 그녀 쪽을 돌아보더니 부인이 번스와 이야기하기 시작하자 말없이 두 사람 쪽으로 다가갔다. 그리고 지금은 상감한 나무궤짝 바로 뒤에 팔짱을 끼고 서서 부인을 지키겠다는 태도로 지켜보고 있었다.

"자, 메리트아멘," 그는 말했다. "이분들이 당신과 이야기하자고 할 때까지 내가 함께 있겠습니다. 무서워할 것 없습니다. 사크메트는 정당한 복수를 하셨으니까요. 사크메트는 서양법률의 세속적인 힘이 미치지 못하는 아득한 곳에 계시지요."

블리스 부인은 잠시 머뭇거리다가 블리스 곁으로 다가가 이마에 가볍게 입맞추고 바깥문 쪽을 향해 걸어갔다. 하니가 엄숙하게 그 뒤를 따랐다.

*1 내가 번스에게서 들은 이야기에 의하면, 블리스 박사는 대영박물관에서 여러 무덤에 대한 조사 보고서인 제20왕조의 애보트 파피루스를 낭독했다고 한다. 그 보고서에는 인테프 5세의 무덤에 침입자가 들어온 적은 있으나 도굴당하지는 않았으며, 침입자는 분명 무덤의 방 자체에는 들어갈 수 없었던 것으로 나타나 있었다. 그래서 블리스 박사는 인테프의 미라가 아직 그 무덤에 있을 것으로 결론지었다. 핫산이라는 원주민 노인이 인테프(인테프오)의 피라밋 앞에 선 두 개의 오벨리스크가 있는 곳을 블리스 박사에게 가르쳐주었다. 이 정보에 의하여 블리스 박사는 피라밋의 소재를 찾아내는 데 성공하여 그 지점을 발굴했던 것이다.
*2 그 채색된 초상화는 네페르티티라는 여왕의 이름과 함께 《고대 이집트 왕과 여왕》에 수록되어 있다.
*3 내가 나중에 스칼릿으로부터 들은 이야기에 의하면, 블리스 부인의 어머니는 고귀한 혈통의 콥트교도로 그 계보는 사이테 파라오 중 마지막 왕에게까지 거슬러올라간다고 한다. 블리스 부인의 어머니는 그리스도교를 믿으면서도 그녀가 태어난 나라의 신들에 대한 전통적인 존경심을 지니고 있었다. 그녀의 외동딸 메리트아멘(아문의 소중한 자식)의 이름은 대(大)람세스 2세의 이름을 따서 지은 것으로, 태양의 아들로서의 왕의 칭호는 라모세수메리아문이었다(블리스 부인의 이름을 더욱 정확히 하면 메리에트아문이라고 읽을 수 있지만, 메리트아멘으로 한 것은 플린더스 페트리, 마스페로, 아베르크롬비 에 등의 이집트학자들 음역에 의한 것임에 틀림없다)

메리에트아문이라는 이름은 고대 이집트 여자 및 왕녀에게 드문 이름이 아니었으며, 같은 이름의 세 여왕이 이미 발견되고 있다. 하나는 아 모세 1세의 가족으로 그 미라가 카이로 박물관에 있으며, 또 하나는 람세스 2세의 가족으로 그 무덤과 석관이 여왕골짜기에 있다. 세 번째 여왕의 매장실과 미라는 메트로폴리탄 미술관 발굴단에 의해 테베의 데이르 엘 바리 사원 가까운 언덕에서 최근 발견됐다. 이 마지막 메리에트아문 여왕은 투트모세 3세와 메리에트레 사이에 태어난 딸로서 아멘호트페 2세의 아내다. 그 무덤의 발견에 대해서는 1929년 11월호 메트로폴리탄 미술관 발행 신문 제2부에 자세히 실려 있다.

6 네 시간 동안의 심부름

7월 13일 금요일 오후 1시 15분
 스칼릿의 눈이 흐려지며 동정하는 듯한 표정으로 블리스 부인의 뒷모습을 좇았다.

 "가엾은 여자일세, 번스." 그는 한숨을 내쉬며 말했다. "블리스 부인은 카일 노인을 아주 소중하게 여겼다네. 아버지와 퍽 친한 사이였으니까. 아베르크롬비에 씨가 세상을 떠나자 카일 노인은 마치 자기 딸처럼 저 부인을 돌보았지. 이번 일은 그녀에게 더없이 큰 충격일걸세."

 "잘 아네." 번스는 건성으로 대답했다. "하지만 하니가 있으니 위로해 주겠지. 그런데 박사님, 저 이집트인은 부인과 아주 가까운 사이로군요."

 "뭐라고, 뭐라고 했소?" 블리스는 얼굴을 들고 정신을 집중하려고 했다. "아아, 하니 말이오? 아내에 관한 한 충실한 개 같지요, 사실 그 아버지가 돌아가신 뒤로는 메리트를 기른 거나 마찬가지요. 그는 내가 그녀와 결혼한 것을 좋지 않게 생각하고 있소."

박사는 음울한 미소를 띠더니 다시 얼빠진 상태로 돌아갔다. 히스는 담배의 불이 꺼져버렸는데도 계속 빼끔대고 있었다. 그는 두 다리를 벌리고 두 손을 주머니에 찌른 채 끓어오르는 증오심을 억누르지 못하고 블리스 박사를 흘기며 카일의 시체 옆에 서 있었다.
 "대체 언제까지 질문을 하고 있을 겁니까?" 그는 화난 목소리로 물었다. 그리고는 매컴을 돌아보았다.
 "보십시오, 검사님. 기소할 만한 충분한 증거가 나오지 않았습니까?"
 매컴은 몹시 당황했다. 그의 본능은 블리스의 체포를 명령하고 있었지만 번스에 대한 신뢰가 그것을 제지시켰다. 그는 번스가 이 상태에 만족하지 못하며, 그의 태도로 미루어 카일 사건에는 아직 겉으로 드러나지 않은 무언가가 있음을 느꼈던 것이다. 그리고 박사를 가리키는 증거물의 확실성에 대해서도 마음 속에 다분히 미심쩍은 바가 있는 모양이었다.
 매컴이 히스에게 대답하려는 순간 헤네시가 문에서 얼굴을 내밀고 소리쳤다.
 "히스 부장님, 복지과 사람들이 왔습니다."
 "그래, 마침 잘됐군." 히스는 매우 마음이 불편한 듯 보였다. 그는 매컴을 흘끗 보면서 덧붙였다. "아무튼 검사님, 시체를 끌어내면 안 된다는 법은 없겠지요?"
 매컴이 번스를 흘끗 바라보자 번스는 고개를 끄덕였다.
 "좋소, 부장." 매컴이 대답했다. "빨리 수용소로 가져가면 그만큼 빨리 검시 보고서를 받게 되겠지."
 "알겠습니다." 히스는 두 손을 입에 대고 헤네시에게 고함쳤다. "안으로 들여보내게!"
 이윽고 캔버스 천으로 된 들것을 든 두 젊은이가 계단을 내려왔다.

그들은 의과대학 2학년생들처럼 무관심한 태도를 보였다. 한 마디 말도 없이 들것을 펼치더니 그 위에 아무렇게나 카일의 시체를 옮겼다.
매컴이 부탁했다.
"수용소에 가거든 도머스 박사님 조수에게 보고하오."
두 남자는 매컴에게 못마땅한 듯한 경멸의 눈길을 던지고는 처참한 짐을 들고 계단 쪽으로 걸어갔다. 들것의 뒤쪽을 들고 있던 사나이는 떡갈나무 마룻바닥을 가로질러 가며 짓궂게도 댄스 스텝을 밟고 있었다. 번스가 싱긋이 미소지으며 말했다.
"아주 애교 있는 젊은이들이로군. 저래도 2, 3년만 지나면 개복(開腹)수술을 하게 되거든. 신이여, 보호하소서."
카일의 시체가 없어지자 박물관 안은 한결 홀가분한 기운이 감돌았다. 그러나 아직도 핏물이 괴어 있고 사크메트 상이 모로 쓰러져 있어 무서운 비극을 이야기해 주었다. 히스는 아무 말 없이 묵묵히 앉아 있는 블리스 박사를 바라보며 서 있었다.
"이제 우리는 무엇을 어떻게 해야 하지요?"
히스의 질문에는 빈정거림과 체념이 깃들어 있었다. 매컴은 차츰 침착성을 잃고 번스를 한 옆으로 불러 낮은 목소리로 무언가 이야기를 주고받았다. 그러나 내게는 잘 들리지 않았다. 번스는 한참 동안 열심히 매컴에게 이야기했다. 매컴은 긴장하여 귀기울이고 있었는데, 이윽고 어깨를 으쓱했다.
"알았네, 번스."
두 사람은 우리 쪽으로 천천히 걸어왔다.
"하지만 결론이 쉽게 나지 않을 경우에는 행동을 취해야 하네."
번스는 탄식했다.
"행동? 아아, 자네들은 걸핏하면 '행동'이라는 말을 들먹인단 말이야. 행동은 로터리클럽 회원의 이상이지. 부지런히 일하라, 마구 휘저어라, 능률적으로. 무엇 때문에 정의의 권력이 수선스러운 금욕주의자들과 경쟁해야 한단 말인가? 인간의 두뇌에는 요컨대 일정한 기능이 있는 법일세, 매컴."

번스는 눈을 아래로 내리뜨고 캐비닛 앞을 왔다갔다했다. 그리고 우리는 그를 지켜보고 있었다. 블리스 박사도 몸을 일으켜 희망적인 표정으로 그를 뚫어지게 바라보았다.

이윽고 번스가 말했다.

"지금까지 나온 단서는 모두 진짜 같은 냄새가 풍기지 않네, 매컴. 거기에는 눈에 보이지 않는 뭔가가 있네. 한 가지 말이 또 다른 의미를 지니고 있는 암호 비슷한 거지. 어딘가에 이 사건을 푸는 열쇠가 있을 걸세. 그 열쇠는 지금 눈앞에서 우리를 주시하고 있네. 그런데도 우리 눈에는 그것이 보이지 않는 걸세."

번스는 깊은 곤혹의 수렁에 빠져들어 갔다. 그는 조용히 방안을 왔다갔다하고 있었으나, 그것은 마음 속의 긴장을 감추려는 데 지나지 않다는 것을 나는 벌써 알아차리고 있었다.

갑자기 번스는 캐비닛 끝의 피 웅덩이 앞에 멈춰서더니 얼른 무릎을 굽혔다. 그는 잠시 그 피 웅덩이를 지켜보다가 이윽고 눈길을 캐비닛으로 옮겼다. 그의 눈길은 반쯤 가려진 커튼을 타고 천천히 올라가 커튼 가로대 위의 나무선반에서 멈췄다. 그리고 한참 뒤 그는 다시 피 웅덩이 쪽을 바라보았다. 내가 받은 인상으로는 번스가 거리를 측정해 피 웅덩이와 캐비닛과 커튼과 선반 윗모서리 사이의 정확한 관계를 파악하려는 것 같았다.

번스는 이제 몸을 똑바로 세우고 우리에게 등을 돌린 채 커튼에 바싹 다가가 있다. 그는 중얼거렸다.

"이거 참, 재미있군. 어쩌면……."

번스는 몸을 돌려 접이식 의자 하나를 끌어와 캐비닛 앞 카일의 머리가 있었던 곳에 정확하게 놓았다. 그리고 의자 위에 올라서서 꽤 오랫동안 캐비닛 위를 조사했다. 그리고 거의 들리지 않을 만큼 작은 목소리로 중얼거렸다.

"이거 정말 놀랐는데……."

번스는 외알안경을 꺼내 눈에 댔다. 그리고 캐비닛 위로 한 손을 뻗쳐 하니가 사크메트 상을 놓아두었다고 한 곳 바로 가까이에서 무언가를 집어냈다.

그것이 무엇인지 우리로서는 알 수 없었는데, 번스는 그 물건을 주머니에 집어넣었다. 이윽고 의자에서 내려와 그는 진지하고 만족스러운 얼굴로 매컴과 마주보았다.

"이 살인에는 놀라운 가능성이 있네, 매컴."

그 수수께끼 같은 말을 막 설명하려고 할 때 헤네시가 계단 위에 나타나 히스 부장을 불렀다.

"솔비터라는 사나이가 와서 블리스 박사님을 만나겠다고 합니다."

어찌된 일인지 번스가 몹시 반가워했다.

"아아, 좋아. 들어오라고 하오, 히스 부장."

"그렇게 하지요."

히스는 좀이 쑤셔 못 견디겠는 듯이 사뭇 얼굴을 찌푸리고 있었다.

"좋아, 헤네시. 그 사나이를 이리 들여보내. 사람이 많아야 기분도 나아지지. 그런데 지금 대체 뭘 하자는 거지요, 번스 씨? 무슨 사정입니까?"

불만이 가득한 목소리였다.

솔비터는 계단을 내려와 어리둥절한 얼굴로 다가왔다. 그는 스칼릿을 향해 무뚝뚝하게 고개를 숙여 보이고 번스가 거기 있음을 알아차렸다.

"아니, 웬일이십니까, 번스 씨?"

분명 번스가 이 자리에 와 있는 것이 뜻밖인 듯했다.

"이집트에서 뵌 지도 퍽 오래되었군요, 오늘은 또 무슨 소동입니까? 우리가 군대에 포위되기라도 한 겁니까?"

그 농담은 어쩐지 어색하게 들렸다.

솔비터는 30살쯤 된 참하고 다부진 사나이로, 잿빛 머리카락에 잿빛 눈을 하고 있었고, 눈 사이의 간격이 넓었다. 작은 코에 얇은 입술이 다부지게 다물어지고, 보통 키에 등이 넓었다. 대학 시절에 운동선수로 활동했을 것 같은 체격이었다. 그는 몸에 맞지 않는 검소한 트위드 양복을 입고 물방울무늬 넥타이를 비뚜름하니 매고 있었다. 말가죽 옥스퍼드 구두는 한 번이라도 닦은 적이 있는지 의심스러웠다.

나는 첫눈에 이 젊은이가 마음에 들었다. 풍기는 인상이 너무도 풋풋하고 솔직해 보였기 때문이다. 그러나 그때 당시에는 무어라 정확하게 꼬집어 말할 수 없었지만 그의 성격에는 고집스러운 면이 있어 함부로 그 고집을 꺾으려 들면 안될 것 같은 데가 있었다.

솔비터는 번스와 이야기하면서 무슨 호기심에 찬 눈으로 잘못이라도 찾아내려는 듯 방 안을 둘러보았다. 번스는 그 젊은이를 저울로 재는 듯 이리저리 살펴보고 있다가 얼마쯤 뜸을 들인 뒤 대답했다. 그의 말투가 지나치다 싶을 정도로 단호해 나는 깜짝 놀랐다.

"군대가 아니오, 솔비터 씨. 경찰이오. 실은 당신 숙부님이 돌아가셨소. 살해되었소."

"벤 숙부님이!"

솔비터는 넋이 나간 듯 했으나 곧 이마에 분노의 골이 깊이 패였다. 그는 턱을 긴장시키면서 곧 싸움이라도 걸 기세로 블리스 박사를 노려보았다.

"그랬었군. 숙부님은 오늘 아침 당신과 만나기로 약속했었지요. 언제, 어떻게, 살해된 겁니까?"
그러나 이 질문에 대답한 사람은 번스였다.
"솔비터 씨, 당신 숙부님은 10시쯤 사크메트 상으로 머리를 맞았소. 스칼릿 씨가 아누비스 상 발치에 쓰러져 있는 시체를 발견하고 나에게 알려주었지요. 그래서 나는 지방검사에게 보고했소. 이분이 지방검사인 매컴 씨요. 그리고 이분은 뉴욕 경찰국 살인과 히스 부장이오."
솔비터는 두 사람을 거들떠보지도 않았다. 그는 네모져 강인한 인상을 풍기는 턱 근육을 잔뜩 긴장시켰다.
"지독하군!"
블리스의 애처로울 정도로 맥없는 눈이 솔비터의 눈과 마주쳤다.
"지독하네, 정말. 이제 우리들의 발굴작업도 끝장일세, 솔비터."
솔비터는 여전히 대선배를 지켜보았다.
"발굴? 그런 거야 아무래도 상관없습니다. 나는 이런 짓을 저지른 개 같은 녀석을 잡아내야 합니다."
그는 몸을 홱 돌려 매컴에게 말을 걸었다.
"도와 드리겠습니다, 어떻게 하면 되지요?"
가늘게 뜬 그의 눈이 일직선을 그리고 있었다. 그는 당장에라도 덤벼들 듯 싶은 위험한 야수 같았다.
"솔비터 씨, 너무 기운이 넘치는군요."
번스는 힘겹게 말하고 나서 슬그머니 의자에 앉았다.
"함부로 기운을 쓰면 안 되오. 당신 기분은 잘 아오. 그러나 완력이란 때와 경우에 따라서 효과적일 수도 있지만 지금 이 상황에서는 전혀 소용없소. 자, 거리를 두어 바퀴 거닐고 와주지 않겠소? 우리는 당신과 마음을 터놓고 이야기하고 싶소. 그러기 위해서는 먼저 냉정함과 자제심이 필요하오."

솔비터는 광기어린 눈길로 번스를 쏘아보았으나 번스는 성가신 듯 차가운 눈길로 받아넘겼다. 거의 30초 동안 두 사람 사이에 어느 쪽도 물러설 줄 모르는 눈싸움이 계속되었다.

나는 지금까지 몇 번이나 사람들이 번스를 흘겨봄으로써 그를 이기려 하는 것을 보아왔다. 그러나 그 싸움에서 성공한 사람은 단 한 명도 보지 못했다. 번스의 타고난 냉정함과 태연자약한 위력에는 깊이를 알 수 없는 무언가가 있어 누구든 그와 눈싸움해서 이길 생각 따위는 아예 그만두는 편이 좋다.

마침내 솔비터가 넓은 어깨를 으쓱했다. 그의 굳게 다문 입가에 타협을 바라는 희미한 미소가 번졌다.

그는 정중하게 말했다. "산책은 그만 두겠습니다. 자, 이제 이야기를 들려주시겠습니까?"

번스는 담배를 깊숙이 빨아들이고 커다란 펜타월레트의 서사시 액자를 한가로이 바라보았다.

"오늘 아침 집을 나간 게 몇 시쯤이었소, 솔비터 씨?"

"9시 30분쯤이었습니다."

솔비터는 이제 완전히 긴장이 풀린 모습으로 윗옷주머니에 두 손을 찌르고 서 있었다. 도전적인 빛이 완전히 사라지고 번스를 바라보는 태도에는 더이상 증오도 반발도 없었다.

"그런데 우연히 현관문의 자물쇠를 벗긴 채 그냥 두지 않았소?"

"아니요, 왜 그런 짓을 하겠습니까?"

번스는 상대방에게 적의 없는 소탈한 미소를 지어 보였다.

"실은 나도 모르오. 그러나 이것은 중요한 문제요. 스칼릿 씨가 10시에서 10시 30분 사이에 여기 왔을 때 저 문이 열려 있었소."

"그래요? 하지만 난 열어두지 않았습니다."

"당신은 메트로폴리탄 미술관에 갔었지요?"

"그렇습니다. 호트페헤레스 무덤 부장품의 복제에 대해 물어보러 갔었습니다."

"그래, 알아보았소?"

"알아보았습니다."

번스는 자기 시계를 보았다.

"1시 25분이 좀 지났군. 그렇다면 당신은 거의 네 시간 동안 집을 비웠단 말이 되오. 혹시 82번 거리까지 걸어갔다 온 건 아니겠지요?"

솔비터는 잠시 이를 악물고 번스의 태연한 얼굴을 밉살스러운 듯 쏘아보았다.

"고맙게도 갈 때도 올 때도 걷지는 않았습니다." 나는 솔비터가 굳건히 자제심을 발휘하고 있는 것인지, 아니면 겁을 집어먹고 있는 것인지 판단할 수 없었다. "갈 때는 버스로 5번 거리를 올라갔고, 올 때는 택시를 탔습니다."

"그렇다면 왕복에 한 시간쯤 걸렸다고 합시다. 그럼, 조사하는 데 세 시간의 여유가 있었군요."

"수학적으로는 그렇습니다." 솔비터는 거리낌없이 웃음지었다. "나는 페르네브의 무덤을 잠깐 보려고 입구 왼쪽에 있는 방으로 들어갔습니다. 얼마 전 그 무덤 부장품 중에 새로운 것이 진열되었다는 말을 들었기 때문이지요. 페르네브는 아시다시피 제5왕조의……."

"아아, 알았소. 헤테프히르에스의 아들 쿠푸가 그 바로 전왕조에 속해 있으므로 당신은 무덤 부장품에 관심이 많겠지요. 아주 당연한 일이오. 얼마 동안이나 그 페르네브의 부장품 사이를 거닐며 유령과 교류했소?"

"번스 씨," 솔비터는 불안한 표정이 되었다. "당신의 목적이 뭔지 나는 전혀 짐작을 할 수 없군요. 이것이 벤 숙부님 사건 수사에 뭔가 도움이 된다면 두말없이 참겠습니다. 나는 이집트 실 캐비닛 앞에 한 시간 가까이 서 있었습니다. 흥미가 끌렸고 또 서두를 필요도 없었으니까요. 벤 숙부님이 아침에 블리스 박사님과 만나기로 약속한 것을 알고 있었으므로 점심식사 시간까지 돌아가면 되리라 생각했지요."

"하지만 당신은 점심식사 때 돌아오지 않았소." 번스가 지적했다.

"그게 어떻다는 겁니까? 나는 메트로폴리탄 미술관 위층에 가서 한 시간 가까이 주임을 기다렸습니다. 라이스고 씨는 오늘 아침 늦게 나왔지요. 게다가 나는 다시 30분쯤 어슬렁거리고 있어야 했습니다. 라이스고 씨가 보스턴 미술관의 라이스너 박사에게 전화거는 동안 말입니다. 지금 돌아온 것도 운이 좋았다고 할 정도입니다."

"정말 그렇소, 나도 그런 종류의 일이 어떤지 잘 아오. 아주 성가신 일이지요."

내가 보기에 번스는 솔비터의 이야기를 그대로 받아들인 듯했다. 그는 슬그머니 일어나 주머니에서 조그만 수첩을 꺼내고 연필을 찾는 듯 조끼 호주머니를 손으로 더듬었다.

"미안하지만 솔비터 씨, 연필 좀 빌려주시겠소? 내게도 있었는데 어디 갔을까……."

나는 재미있다고 생각했다. 번스는 연필을 가지고 다니는 일이 없으며, 늘 시계줄에 매달아놓은 조그만 금 만년필을 쓰고 있었기 때문이다.

"네, 여기 있습니다."

솔비터는 주머니에서 노란색 긴 육각형 연필을 꺼냈다. 번스는 그것을 받아 가지고 수첩에 뭔가 적어 넣었다. 그리고 연필을 돌려주려다가 문득 손을 멈추고 연필에 씌어진 상표를 들여다보았다.

"아아, 몽골 1호군. 이 페버스 482는 참 좋은 연필이지. 늘 이걸 쓰오?"

"다른 것은 절대로 안 씁니다. 이것은 어디서나 쉽게 구할 수 있고 연필심이 매끄럽게 나가며 또 부러지지 않지요."
"고맙소."
번스는 연필을 돌려주고 수첩을 주머니에 집어넣었다.
"자, 솔비터 씨. 당신도 응접실에 가서 잠깐 기다려 주었으면 좋겠소. 다시 물어 볼 게 있으니까."
그리고 그는 천연스럽게 덧붙였다.
"블리스 부인도 거기 계시오."
솔비터의 눈꺼풀이 눈에 띄게 밑으로 내리깔리면서 재빨리 번스를 곁눈질했다.
"그렇습니까? 고맙습니다. 응접실에서 기다리지요."
솔비터는 블리스 박사에게로 다가갔다.
"도무지 어떻게 된 일인지 모르겠군요, 박사님. 박사님의 비통한 심정은 잘 압니다."
그러고 나서 솔비터는 뭔가 덧붙여 말하려다 그만두었다. 그는 문 쪽으로 성큼성큼 걸어갔다.
솔비터가 계단을 반쯤 올라갔을 때 그때까지 생각에 잠겨 사크메트 상을 바라보던 번스가 문득 고개를 돌리며 그를 다시 불렀다.
"솔비터 씨, 하니에게 잠깐 와달라고 전해주겠소? 그는 아주 좋은 사람이오."
솔비터는 알았다는 듯한 몸짓을 한 뒤 돌아다보지도 않고 커다란 철문 밖으로 나갔다.

7 지문

7월 13일 금요일 오후 1시 30분

하니는 곧 우리에게로 왔다.
"무슨 볼일이 있습니까, 나리님들?"
아누프 하니는 우리들 한 사람 한 사람을 무례한 태도로 훑어보았다. 번스는 이미 캐비닛 위를 더듬을 때 올라섰던 의자 옆에 다른 의자를 하나 더 끌어다 놓고 있었다.
그는 이집트인을 손짓해 부르더니 쾌활하게 말했다.
"하니 씨, 당신의 그 열렬한 협력정신에 감사하오. 미안하지만 이 의자에 올라서서 당신이 어제 사크메트 상을 놓아둔 정확한 자리를 가르쳐주지 않겠소?"
나는 하니를 주시해 보았다. 그때 그의 눈썹은 조금 떨렸다. 그러나 거의 망설이지 않고 번스의 요구에 따랐다. 하니는 천천히 깊이 허리를 굽히고 캐비닛으로 다가갔다.
번스가 주의를 주었다.
"선반에 손을 대면 안 되오. 그리고 커튼도 건드리지 마시오."

길고 헐렁헐렁한 카프탄 때문에 하니는 힘들게 한쪽 의자에 올라섰고 번스도 다른 의자에 올라섰다.

이집트인은 잠시 캐비닛 위를 살펴보고 있다가 이윽고 마디 굵은 손가락으로 가장자리 가까이를 가리켰다. 2피트 반쯤 되는 칸막이 캐비닛 한가운데쯤이었다.

"여기입니다, 나리. 가까이 가서 잘 보면 압니다만, 사크메트 상 때문에 먼지가 마구 흩어졌지요."

"그렇군요."

번스는 그 자리를 보는데 열중한 것처럼 보였으나 사실은 하니의 얼굴빛을 살피고 있었다. 다시 번스가 말했다.

"그러나 잘 보면 다른 자리에도 먼지가 흩어져 있는 것이 보일 거요."

"바람 때문이겠지요, 저쪽 창문에서 불어 들어온……."

번스는 소리 죽여 웃었다.

"'부는 것만으로는 피리 소리가 나지 않으니, 움직여라, 손가락을' 이것은 괴테의 말이오. 하니, 당신 설명은 지나치게 시적인 것 같군요."

번스는 캐비닛 위쪽의 한 지점을 가리켰다.

"당신이 말한 이른바 시문(simoon)――아니, 당신은 '사뭄(samûm)'[1]이라고 부르기를 더 좋아할지 모르지만――이 휘몰아쳤다 해도 사크메트 상을 놓은 자리에 저런 흔적이 남을지 의문이오. 아무래도 당신이 함부로 어질러 놓은 것 같군요."

"물론 그럴 수도 있겠지요. 하지만 그렇게 생각되지는 않습니다."

"하긴 그렇게 생각할 수 없겠지요. 당신은 저 사자 같은 여신상을 미신적으로 숭배하고 있으니까."

번스는 의자에서 내려섰다.

"아무튼 카일 씨가 아침에 새 보물을 보러 왔을 때 사크메트 상은 캐비닛 위 한가운데쯤에 있었던 모양이오."

우리는 호기심을 가지고 번스를 지켜보았다. 히스와 매컴은 특별히 관심을 쏟는 듯했고 스칼릿은 눈썹을 모은 채 꼼짝도 않고 번스를 지켜보았다. 이 비극으로 완전히 절망 상태에 빠져 있던 블리스 박사조차 열심히 지켜보고 있었다.

번스는 무언가 중대한 단서를 발견했음에 틀림없었다. 그의 끈기를 과소평가하기에는 나는 번스를 너무나 잘 알고 있었으므로, 마음 속으로 흥분하며 그가 새로 발견한 것을 우리에게 속히 알려주기를 기대하고 있었다.

매컴이 마침내 견디지 못하고 화난 듯 입을 열었다.

"번스, 뭘 생각하고 있나? 장난할 때가 아닐세."

번스는 태연하게 대답했다.

"나는 이 매력적인 사건의 한층 더 깊은 가능성을 탐구하고 있을 뿐일세. 여보게 매컴, 나는 원래가 복잡한 정신의 소유자가 아닌가? 너무도 뻔한 이치라든가 흔해빠진 것은 나에겐 불구대천의 적과 같다네. 자네는 시편(詩篇)을 지은 저 젊은이(다윗)가 진정을 토로한 말을 기억하고 있겠지. '사물의 눈에 보이는 바와 진실은 다르도다'네."

매컴은 번스의 이런 화법에는 이미 익숙해 있었으므로 더 이상 묻지 않았다. 그런데 마침 이때 훼방꾼이 끼어들어 그 등장이 사건 전체에 복잡하고 불길한 양상을 더해주었다.

헤네시가 문을 열자 지문계의 뒤부아 대위와 벨라미 형사가 요란하게 계단을 내려온 것이다.

뒤부아는 히스의 손을 잡고 흔들면서 말했다.

"기다리게 해서 미안하오, 히스 부장. 풀턴 거리의 금고털이 강도

사건 때문에 늦었소."

그러고 나서 뒤부아 대위는 주위를 둘러보았다. 지문계 주임은 지방검사에게 손을 내밀었다.

"매컴 검사님, 그리고 번스 씨도 오셨군요."

뒤부아의 목소리는 정중했으나 의욕이 결여돼 있었다. '카나리아 살인사건' 때 번스와 하찮은 실랑이를 벌인 것이 아직도 마음에 남아 있는 모양이었다. 히스 부장이 기다렸다는 듯 끼어들었다.

"대단한 일은 아닙니다, 뒤부아 대위. 조사할 것은 저기 나동그라져 있는 검은 조각상뿐이지요."

뒤부아는 금방 직업적인 태도로 돌아갔다. 그는 그리 시간이 걸리지 않을 거라고 중얼거리며 섬록암 사크메트 상을 바라보았다.

"이건 대체 뭐요, 부장? 뭐라고 할까…… 미래파 예술작품이라는 거요?"

히스는 언짢은 듯 내뱉었다. "나도 모르겠습니다. 당신이 결정적 단서가 될 만한 지문이라도 찾아내기 전에는."

뒤부아는 혼잣말로 중얼거리며 손을 들어 조수를 불렀다. 인사를 나누는 동안 뒤에 물러서 있던 벨라미가 얼른 앞으로 나와 들고 온 검은 손가방을 열었다.

뒤부아는 상을 커다란 손수건으로 싸서 조심스럽게 들어올려 의자에 똑바로 세워놓았다. 그런 다음 손가방에서 조그만 분무기를 꺼내 상 전체에 미세하고 엷은 사프란 빛가루를 뿌렸다. 그리고는 부드럽게 불어 털어 버리고 보석상에서 쓰는 확대경을 눈에 대고 무릎 꿇고 앉아 상을 빈틈없이 조사했다.

하니는 큰 흥미를 가지고 그 작업을 지켜보았다. 그는 마침내 조금씩 뒤부아 쪽으로 다가가 나중에는 아예 몇 피트 옆까지 다가서 있었다. 그의 눈길은 지문 채취 작업에 못박혔고, 양옆에 늘어뜨린 손은 굳게 쥐어져 있었다.

하니는 낮고 긴장된 목소리로 말했다.

"사크메트에서 내 지문을 찾아내지는 못할 겁니다. 잘 닦아두었지요. 그리고 당신들에게 단서가 될 만한 지문은 없을 겁니다. 복수의 여신은 자신의 의지와 힘으로 벌하시기 때문에 심판할 때 인간의 손을 빌릴 필요가 없습니다."

히스는 경멸을 담아 이집트인을 쏘아보았으나 번스는 흥미를 느꼈는지 하니 쪽으로 몸을 돌렸다.

"당신 지문이 나타나지 않으리라는 것을 어떻게 알지요? 어제 이 상을 캐비닛에 얹은 건 당신 아니오?"

이집트인은 뒤부아에게서 눈을 떼지 않고 대답했다.

"그렇습니다, 나리. 내가 거기에 놓았지요. 하지만 조심조심 경건하게 놓았습니다. 짐을 풀었을 때 미리 잘 닦아두었지요. 나는 블리스 박사님께서 분부하신 대로 그것을 캐비닛 위에 세워 놓았습니다. 그런데 캐비닛 위에 놓은 뒤 닦은 표면에 내 손자국이 나 있는 것이 보여 다시 한 번 사슴가죽으로 잘 닦았지요. 사크메트의 정령이 슬픈 마음으로 이 방 안의 훔쳐온 보물을 내려다 보시도록요. 그래서 내가 물러갈 때는 아무 자국도 흔적도 없었습니다."

뒤부아가 무감동하게 선고했다.

"그런데 지금 보니 지문이 있군요."

대위는 강력한 확대경을 꺼내 사크메트 상의 도톰한 발꿈치에 초점을 맞추었다.

"이건 뚜렷한 지문이오. 아마 이 상을 들어올린 사람의 지문이겠지요. 양쪽 손의 지문이 다 나 있소. 양쪽 발에 하나씩…… 카메라를 이리 주게, 벨라미."

블리스 박사는 지문계가 들어왔을 때는 전혀 거들떠 보지도 않았으나, 하니가 말하기 시작하자 멍한 상태에서 벗어나 이집트인에게 주의를 집중시켰다. 그리고 뒤부아 대위가 지문이 있다고 말하자 무시무시하게 긴장된 얼굴로 상을 지켜보았다. 그의 모습에 놀랄 만한 변화가 일어났다. 마치 지옥의 공포에 짓눌린 것 같은 모습이었다.

블리스 박사는 뒤부아가 채 말을 끝내기도 전에 자리에서 벌떡 일어나 끝없는 공포로 굳어져서 외쳤다.

"이 무슨 짓이오! 그 상에 묻은 건 내 지문이오!"

그 포효하는 목소리에 나는 온 몸을 떨었다.

이 자백에 모두들 얼이 빠져버렸다. 번스조차 한순간 평정을 잃은 것 같았다. 그는 조그만 재떨이로 다가가 멍청한 표정으로 아직 반도 타지 않은 담배를 비벼껐다. 블리스 박사의 고민에 짓눌린 절규 뒤의 암울한 침묵을 맨 처음 깨뜨린 사람은 히스 부장이었다. 부장은 불꺼진 담배를 입에서 떼어내며 몸을 앞으로 내밀었다.

그는 내뱉듯 말했다. "물론 당신 지문임에 틀림없소. 달리 누구 것이겠소?"

번스는 그때 완전히 냉정을 되찾아 온화한 목소리로 말했다.

"잠깐만, 히스 부장. 지문이란 오해가 생기기 쉬운 거요. 흉기에 손가락 자국이 좀 났다고 해서 그가 곧 범인이라고 단정할 수는 없소. 가장 중요한 것은 그 지문이 언제 어떤 상황에서 찍혔는가 하는 점이오."

번스는 감전된 사람처럼 사크메트 상을 바라보며 블리스 박사 곁으로 다가갔다.

번스는 한가롭고 개방적인 태도로 물었다.

"블리스 박사님, 당신은 어떻게 이 지문이 당신 것이라는 걸 아십니까?"

블리스 박사는 체념한 듯한 윤기없는 목소리로 질문을 되받아 중얼거렸다. "어떻게 알았느냐고요?"

그는 갑자기 늙어버린 것 같았다. 핏기없이 쭈글쭈글한 뺨이 죽은 사람의 얼굴을 연상시켰다.

"그것은…… 오오, 이게 무슨 꼴이람…… 그것은 내가 만졌기 때문이오. 어젯밤, 아니, 오늘 새벽 침대에 들기 전에 내가 만졌소. 그 상을 집어든 것이오…… 발꿈치를…… 지금 저 분이 손자국이 있다고 말한 그 근처를."

번스가 조용히 물었다.

"왜 그런 짓을 하셨습니까, 박사님?"

"아무 생각 없이 만졌소. 지문 이야기가 나오기 전까지는 잊고 있었을 정도요."

블리스 박사는 신들린 사람처럼 열심히 이야기했다. 자기 말을 믿어주느냐 않느냐에 목숨이 달려 있다고 느끼는 것 같았다.

"새벽 3시쯤 회계 보고서를 다 정리하고 나는 이 박물관으로 내려 왔소. 카일 씨에게 새로 짐이 왔다고 말해 두었으므로 그가 볼 만하게 잘 정리되어 있는지 확인해 보려고. 어쨌든 새 보물이 그에게 어떤 감흥을 주느냐가 앞으로 우리 일에 지대한 영향을 미칠 테니까요, 번스 씨. 그래서 저 끝 캐비닛에 있는 물건을 대충 보고 다시 커튼을 내렸소. 그 뒤 나가려고 했을 때 문득 캐비닛 위의 사크메트 상이 똑바로 놓여 있지 않음을 알았소. 정확하게 한가운데 있지 않고 조금 옆으로 놓여 있었소. 그래서 손을 뻗어 바로 놓았지요. 발꿈치를 잡아서."

스칼릿이 걱정스러운 표정을 지으면서 앞으로 나왔다.

"말 참견하는 것 같지만 번스, 내가 보증하네만 그것은 박사님으로서 지극히 자연스러운 일일세. 박사님은 성격이 아주 깔끔하셔서 우리들 사이에서는 악의 없는 웃음거리가 되고 있을 정도라네. 하나라도 아무렇게나 놓아두는 걸 용납하지 않기 때문에 늘 정돈하지 않는다고 우리를 꾸중하신다네."
번스는 머리를 끄덕였다.
"스칼릿, 그러니까 블리스 박사님께서 만일 상이 조금이라도 비뚤어져 있는 것을 알았다면 똑바로 해놓지 않고는 못 견디셨을 거라는 말인가?"
"그렇지, 그렇게 결론지어도 되네."
"고맙네, 스칼릿."
번스는 다시 블리스 박사 쪽으로 돌아섰다.
"박사님 말씀은 사크메트 상의 발뒤꿈치를 잡아 위치를 바로잡아 놓은 뒤 주무셨다는 거지요?"
"그렇소."
블리스 박사는 열심히 번스의 눈치를 살폈다.
"나는 불을 끄고 위층으로 올라갔소. 그리고 당신이 서재 문을 노크하기 전까지는 박물관에 발을 들여놓지 않았소."
히스 부장은 분명 이 설명으로는 만족하지 못하는 듯했다. 그로서는 블리스 박사가 유죄라는 신념을 거둘 생각이 없었던 것이다. 그가 말했다.
"그 알리바이의 문제점은 증인이 하나도 없다는 겁니다. 꼬리가 밟히면 누구나 내미는 알리바이지요."
이때 매컴이 불쑥 나섰다. 사실 그로서는 어느 쪽 의견에도 확신을 갖지 못했던 것이다.
"히스 부장, 내 생각으로는 듀부아 대위에게 지문을 빨리 확인해 달라고 하는 게 좋겠소. 그렇게 하면 적어도 그 지문이 블리스 박사님의 것인지 아닌지 알 수 있을 테니까. 지금 곧 되겠소, 대위?"

"물론이지요."

뒤부아는 손가방 안으로 손을 넣어 조그만 잉크 롤러와 얇은 유리판과 작은 용지를 꺼냈다.

"엄지손가락만 하면 됩니다. 상에는 지문이 한 쌍밖에 묻어 있지 않으니까요."

그는 잉크 롤러를 유리판 위에 굴리고 블리스 박사 곁으로 다가가서 두 손을 내밀도록 요구했다.

"엄지손가락을 잉크 위에 눌렀다가 이 종이에 올려놓으십시오."

블리스는 말 없이 시키는 대로 했다. 지문채취가 끝나자 뒤부아 대위는 보석상용 확대경을 눈에 대고 지문을 살폈다.

"비슷한데요. 저 상에 묻어 있는 것과 같습니다. 아무튼 조사해 봅시다."

뒤부아는 상 가까이에 무릎을 꿇고 앉아 종이를 상의 발꿈치에 댔다. 그는 한참 동안 두 쌍의 지문을 대조해 보았다. 이윽고 그는 단언했다.

"맞습니다, 틀림없습니다. 그리고 이 상에는 달리 눈에 띄는 자국이 아무것도 없습니다. 이 사람이……."

대위는 지목하듯 블리스 쪽을 몸짓으로 가리켰다.

"내가 보는 한 이 상에 손을 댄 유일한 인물입니다."

히스는 싱글벙글했다.

"그 말을 들으니 만족스럽군요. 되도록 빨리 확대해 주십시오. 곧 필요해질 테니까."

히스 부장은 새 담배를 꺼내 기분 좋게 끝을 물어뜯었다.

"이제 일은 끝났군. 수고가 많았습니다, 대위. 가서 뭘 좀 잡수십시오."

"정말 그래야겠소."

뒤부아가 카메라며 그 밖의 자질구레한 도구들을 조수 벨라미에게 건네주자 조수는 그것들을 네모 반듯하게 차곡차곡 가방에 챙겨 넣었다. 그리고 두 사람은 부지런히 박물관을 나섰다.

히스는 그제야 담배에 불을 붙이고 한동안 사뭇 맛있게 피우며 한쪽 눈으로 번스의 표정을 살폈다.

"앞뒤가 잘 들어맞는 것 같군요, 번스 씨, 어떻습니까? 그래도 박사가 주장하는 알리바이를 그냥 믿을 생각입니까!"

그리고 그는 매컴에게 말을 건넸다.

"당신에게 맡기겠습니다, 검사님. 저 상에는 지문이 한 쌍밖에 없습니다. 어젯밤에 찍힌 거라면, 누구든 카일 노인의 머리통을 부순 범인의 지문은 어떻게 되었는지 설명해 주시겠습니까? 카일 노인은 이 상의 머리부분으로 가격당했습니다. 범인이 누구든 그는 이 발꿈치를 잡았을 게 틀림없습니다. 잠깐 묻겠는데요, 매컴 검사님, 자기 지문을 닦아내고 대신 박사의 지문을 묻혀 놓을 수 있을까요? 그것은 아무리 하고 싶어도 할 수 없는 일입니다."

매컴이 대답하기 전에 번스가 끼어들었다.

"히스 부장, 당신은 카일 씨를 죽인 범인이 정말로 저 상을 휘둘렀다는 것을 어떻게 증명할 수 있소!"

히스는 놀라서 번스를 쳐다보았다.

"아니, 설마 당신은 이 사자 머리의 부인이 스스로 그 일을 해치웠다고 생각하는 건 아니겠지요? 저 요기(주술사)가 말하는 것처럼."

히스 부장은 눈길을 돌리지도 않고 하니 쪽을 가리켰다. 번스는 고개를 끄덕였다.

"물론이오, 부장. 나도 아직 그 정도로 초자연적인 현상을 믿는 것은 아니오. 그리고 범인이 자기 지문을 지우고 대신 블리스 박사의 지문을 남겨 놓았다고 생각지도 않소. 하지만 이 놀라운 사건이 지니고 있는 여러 가지 모순을 모조리 풀어줄 어떤 설명이 있으리라 생각하오."
"물론 그럴지도 모르지요."
히스는 자기도 얼마든지 배짱 좋고 너그럽게 될 수 있다고 생각하는 듯했다.
"하지만 나는 감식된 지문과 구체적인 증거에 바탕을 두고 말하는 겁니다, 번스 씨."
그러자 번스가 아주 진지하게 말했다.
"그것은 아주 위험한 발상이오, 부장. 당신이 지금 가지고 있는 증거로 블리스 박사를 유죄로 단정지을 수 있을지 의심스럽소. 지나치게 과장되었소. 당신은 편협한 생각에 빠져 있소. 틀림없이 보통 사람이라면 범행을 저지른 뒤 이처럼 우스꽝스럽고 불리한 증거 부스러기를 많이 남겨두지는 않소. 지방 검사의 의견도 나와 같으리라 생각하오만……."
매컴이 망설이면서 대답했다.
"나로서는 그 정도로 확신하지는 않네. 자네 말에도 일리가 있지, 번스. 그러나 한편……."
히스가 갑자기 활기를 띠었다.
"잠깐만, 여러분. 헤네시를 좀 만나보고 곧 돌아오겠습니다."
그는 뭔가를 굳게 결의한 표정으로 성큼성큼 현관문 쪽을 향해 걸어갔다.
블리스 박사는 자신의 유죄 가능성에 대해 펼치는 이 논쟁에 더 이상 아무 관심도 없는 듯한 표정이었다. 그는 의자에 몸을 깊숙이 파묻고 체념한 듯 마룻바닥을 내려다보았다. 비통하고 애처로운 모습이었다.

히스 부장이 나가자 박사는 천천히 번스 쪽으로 얼굴을 돌렸다. 그는 억양도 꾸밈도 없는 침통한 목소리로 말했다.

"부장의 말이 옳소, 번스. 나는 그의 의견을 이해할 수 있소. 모든 것이 나에게 불리하오, 모든 것이. 오늘 아침에 잠들지만 않았어도 일이 어떻게 된 것인지 알 수 있었을 텐데. 딱정벌레 넥타이핀, 회계 보고서, 지문······."

박사는 현기증이 나는지 머리를 내저었다.

"억울하오, 너무나 억울하오."

떨리는 손이 얼굴로 올라갔다. 그는 팔꿈치를 무릎에 올려놓고 절망의 구렁텅이에 빠진 사람처럼 몸을 앞으로 굽혔다. 그러자 번스가 위로하듯 말했다.

"정말 너무 괘씸한 일입니다, 박사님. 거기에 해결의 열쇠가 감춰져 있습니다."

번스는 다시 캐비닛 곁으로 다가가 잠시 멍하니 바라보며 섰다. 하니는 다시 수도사같은 자세로 테티시레트를 바라보고 있었고, 스칼릿은 양미간을 모은 채 시무룩한 표정으로 화려한 옥좌와 샤와브티스(고대 이집트의 조각상. 분묘의 부장품으로 쓰였음.)를 보관한 선반 사이를 신경질적으로 왔다갔다했다.

매컴은 뒷짐을 지고 깊은 생각에 잠겨 뒤쪽의 높은 창문으로 비스듬히 비쳐드는 햇살을 바라보고 있었다. 나는 헤네시가 조용히 현관문을 열고 들어와 계단참에 자리잡고 한 손을 묘하게 윗옷 오른쪽 주머니에 찌르고 서 있는 것을 보았다.

그때 나선형 계단 꼭대기의 작은 철문이 열리고 블리스 박사의 서재 문 앞에 히스가 나타났다. 그는 한 손을 등 뒤로 돌려 보이지 않게 하고서 박물관으로 내려왔다.

히스는 곧장 블리스 박사 앞으로 걸어가 그가 유죄로 확신하는 사나이를 한동안 가혹한 눈길로 흘겨보며 서 있었다. 그리고 불쑥 등 뒤에 감추었던 한 손을 앞으로 내밀었다. 흰 캔버스 운동화가 들려 있었다. 히스는 소리쳤다.
"이건 당신 것이지요, 블리스 박사님!"
블리스는 멍청하게 넋을 잃고 그것을 바라보았다.
"으음, 그렇소. 분명 내 것이오."
"그렇겠지요. 당신의 소중한 생명이 당신 것인 것과 마찬가지로."
히스 부장은 매컴에게로 다가와 운동화 바닥을 뒤집어 보였다. 나는 매컴 옆에 서 있었기 때문에 바둑판 무늬가 든 고무창 뒤꿈치에 작고 둥근 구멍이 패어 있음을 보았다. 다음 순간 얼음장 같은 공포가 엄습해 왔다. 운동화 바닥이 온통 말라붙은 피로 빨갛게 물들어 있었기 때문이다. 히스가 말했다.
"서재에서 찾아냈지요. 신문지에 싸서 휴지통에 넣고 온갖 휴지 조각으로 덮어놓았더군요. 숨겨 놓은 거지요."
매컴이 입을 열기까지는 좀 시간이 걸렸다. 그는 시선을 운동화에서 블리스 박사에게로 옮겼다가 다시 운동화로 돌리더니 마침내 번스에게로 가져갔다.
그는 단호한 목소리로 말했다.
"이제 이야기는 끝난 게 아닐까, 번스? 이렇게 되면 문제는 분명하네……."
블리스 박사가 의자에서 벌떡 일어나 히스 부장 쪽으로 뛰어갔다. 그의 눈은 최면술에 걸린 것처럼 계속 운동화에 못 박혀 있었다. 그는 외쳤다.
"그게 뭐지요? 그 신발이 카일 노인의 죽음과 어떤 관계가 있소!"
그는 피를 보았다. 그리고 비명을 질렀다.
"오오, 이게 어찌된 일일까!"
번스는 박사의 어깨에 손을 얹었다.

"히스 부장은 이 방에서 발자국을 찾아냈습니다. 그것은 당신의 테니스화 자국이었지요, 박사님."

블리스 박사의 넋을 잃은 듯한 눈이 피에 물든 운동화 바닥에 못 박혀 있었다.

"어떻게 그런 일이…… 그 운동화는 어젯밤 위층의 침실에 놓아두었소. 아침에는 슬리퍼를 신고 내려왔지요. '악마가 이 집에서 일을 저지르고 다니는 것 같군요'."

"악마가 일을 저지른다고요? 그렇습니다. 아주 사악한 일을 저지르고 다닙니다. 그러나 안심하십시오, 블리스 박사님, 내가 그 정체를 찾아냈습니다."

이때 매컴의 차가운 목소리가 불길한 여운을 남겼다.

"안됐지만 번스, 자네가 블리스 박사의 유죄를 믿지 않는다는 것은 알고 있네. 하지만 내게는 해야 할 임무가 있네. 이만한 증거를 앞에 놓고도 아무 행동을 취하지 않는다면 나는 나를 지방검사에 임명한 사람들을 배반하는 게 되네. 그리고 자네의 판단이 잘못일 수도 있으니까."

그리고 매컴은 오랜 벗으로서의 애정을 담아 마지막 한 마디를 덧붙였다.

"아무튼 내게 맡겨진 책임인 이상 어쩔 수 없네."

그는 히스에게 눈짓을 보냈다.

"히스 부장, 블리스 박사를 체포하고 벤저민 H. 카일 살해 혐의로 기소하시오."

*1 나는 번스가 왜 samûm이라는 말을 썼는지 정확히 알지 못한다. 아마도 simoon(아라비아 지방의 모래 폭풍)이라는 말이 아랍 어의 Samma(독에 감염된다는 의미)라는 말에서 나온 것으로서, 올바른

어원적인 형태로 말하면 하니에게 더한층 잘 이해되리라고 여겼기 때문인 것으로 볼 수밖에 없다.

8 서재에서

7월 13일 금요일 오후 2시
 중대한 시점에 번스와 매컴의 판단이 서로 엇갈리는 것을 나는 자주 보아왔다. 그때마다 감정이야 어떻든 번스는 코웃음치며 잘해보라는 듯한 태도를 보이곤 했다. 그런데 이번에는 번스의 모습에서 장난스러운 데라곤 조금도 찾아볼 수 없었다. 침통하고 진지한 표정으로 이마에 깊은 주름이 패이고 싸늘한 잿빛 눈에 곤혹스러운 절망의 빛까지 감돌았다. 입술은 굳게 다물어지고 두 손은 주머니 속에 깊숙이 찔러 넣어 주먹을 쥐고 있었다.
 나는 번스가 매컴의 결정에 강력하게 항의하리라 기대했으나 그는 계속 침묵을 지키고 있어 그 자신조차 일생에 가장 곤란하고 기묘한 문제에 맞닥뜨려 있음을 알 수 있었다.
 번스의 눈은 블리스 박사를 뚫어지게 바라보는 하니의 등으로 옮겨가 멎었다. 그러나 그 눈은 아무것도 보지 않는 눈, 바야흐로 위대한 학자에게 취해지려는 과격한 조치를 저지할 방법을 모색하며 자신의 마음 속으로 돌려진 눈이었다. 반면 히스는 의기양양했다. 매컴의 지시가 떨어지자 히스는 지금까지 찌푸리고 있던 얼굴에 만족스러운 웃음을 떠올리며 블리스 박사 앞에 막아서서 계단참에 있는 형사를 소리쳐 불렀다.

"헤네시, 스니트킨에게 제 8지서로 전화해 호송차를 부르도록 이르게. 그리고 나가서 에머리를 찾아와."

헤네시의 모습이 사라지자 히스는 블리스가 도망칠까봐 두려웠는지 그 앞에 버티고 서서 감시했다. 만약 이처럼 심각한 상황이 아니었다면 그러한 부장의 태도는 우스꽝스럽게 보였을 것이다. 매컴이 말했다.

"지서에 구류할 것 없네. 곧장 경찰본부로 연행하게. 모든 책임은 내가 지겠네."

"나로서도 그편이 좋습니다." 히스 부장은 더없이 흐뭇한 기색이었다. "나중에 이 양반과 단둘이 이야기해 볼 생각입니다."

블리스 박사는 어느 정도 충격이 가라앉자 정신이 돌아온 모양이었다. 그는 똑바로 몸을 펴고 앉아 머리를 조금 뒤로 젖히고 경멸에 찬 눈길로 뒤쪽의 창 밖을 바라보았다. 그 태도에는 이미 위축감도 공포감도 없었다. 피할 수 없는 사태를 앞에 두고 초극적인 인내력으로 그것을 받아들이기로 결심한 모양이었다.

나는 극한 상황에서 용기를 발휘하는 이 인물의 위대한 정신에 찬탄하지 않을 수 없었다. 스칼릿은 몸이 마비된 것처럼 웅크리고 서서 입을 반쯤 벌린 채 도저히 믿어지지 않는 듯 공포에 질린 표정으로 박사를 바라보았다.

방 안에 있는 사람들 가운데 하니 한 사람만이 태연자약했다. 그는 테티시레트를 물끄러미 바라보며 돌아보지도 않았다. 한참 지나자 번스는 턱을 아래로 떨어뜨렸다. 그의 근심어린 얼굴에 주름살이 더욱 깊이 패였다. 그러다 갑자기 충동에 이끌린 듯 몸을 홱 돌려 캐비닛 마지막 칸 쪽으로 다가갔다.

번스는 무심한 태도로 아누비스 상에 기대고 있었으나 곧 천천히 얼굴을 이리저리 움직이면서 캐비닛과 반쯤 내려진 커튼을 유심히 살펴보고는 히스 부장 곁으로 돌아왔다.

"부장, 그 테니스화를 다시 한 번 보여주게."

그 목소리는 낮으면서 잔뜩 긴장되어 있었다. 부장은 경계심을 늦추지 않고 주머니를 더듬어 신을 꺼냈다. 번스는 그것을 받아들자 외알안경을 쓰고 바닥을 찬찬히 살펴보았다. 그리고 다시 운동화를 부장에게 돌려주었다.

"그건 그렇고, 블리스 박사님은 발이 하나가 아니오. 다른 한 짝은 어떻게 됐소!"

히스는 서슴없이 대답했다.

"찾지 못했습니다. 이 한 짝만으로도 충분합니다. 이것은 오른쪽 신발인데 저 자국도 역시 오른발입니다."

"물론 그렇겠지요."

나는 그 느릿한 말투로 번스의 마음에 여유가 생겼음을 알았다.

"그러나 다른 한 짝도 어디 있는지 알아야 할 텐데."

히스는 얕보는 듯 자신만만한 태도로 대답했다. "찾아낼 테니 마음 놓으십시오. 블리스 박사를 안전하게 경찰본부에 가둬둔 뒤 서둘러 조사해야 할 일이 몇 가지 있으니까요."

번스가 중얼거렸다. "전형적인 경찰 방식이구려. 먼저 사람을 가둬놓고 나중에 조사한다니…… 쓸 만한 관습이오."

매컴은 불끈 화를 내며 위엄 있게 말했다.

"내가 보기에는 지금까지의 조사로 꽤 결정적인 단서가 나왔다고 생각하네, 번스. 앞으로 다른 단서가 나온다 해도 부수적인 증거에 지나지 않겠지."

번스는 빙그레 미소를 지었다. "아아, 그런가. 그거 재미있군. 내가 보기에 자네는 점술사가 된 것 같군. 혹시 자네는 한가할 때 수정알과 눈싸움을 하지 않나? 나는 자네들이 말하는 선견지명은 갖지 못했지만 앞일에 대해서는 자네보다 잘 아네, 매컴. 그리고 보증하지만, 이 조사를 계속해 봐야 블리스 박사에 대한 부수적 증거는 아무것도 나오지 않을 걸세. 사실 앞으로 이 사건이 어떻게 전개될지 안다면, 자네는 아마 깜짝 놀랄 걸세."

번스는 지방검사 곁으로 다가가 비웃는 듯한 말투를 고쳐 진지하게 말했다. "모르겠나, 매컴? 자네는 살인범의 손에 놀아나고 있네. 카일 노인을 죽인 사람은 자네가 지금처럼 하도록 사건을 꾸며놓은 걸세. 아까도 말했듯 지금 확보한 애매한 증거로는 유죄판결을 얻어내지 못할 걸세."

매컴이 반격했다. "가는 데까지는 가봐야지. 아무튼 내가 지금 무엇을 해야 할지는 명백하네. 판결이야 내려진 뒤가 아니면 모르는 일일세. 하지만 번스, 이번 경우에는 간단한 사실을 무시한 자네의 이론에 문제가 있네."

번스가 대답하기 전에 헤네시와 에머리가 박물관으로 들어섰다. 히스 부장이 명령했다.

"이 사람을 감시하게. 호송차가 오거든 경찰본부로 연행해 가서 내가 갈 때까지 보호하고 있게."

매컴은 스칼릿을 돌아보았다.

"당신은 응접실에서 기다려 주시오. 일단 모두들 질문에 대답해 줘야 합니다. 당신에게서도 참고될 만한 진술을 확보할 수 있으리라 여겨집니다. 하니 씨와 함께 가시지요."

스칼릿이 당황한 목소리로 말했다. "기꺼이 지시대로 따르겠습니다. 하지만 천만뜻밖의 실수로 당신이……."

매컴은 냉정하게 상대방의 말을 가로챘다. "그 점은 내가 알아서 처리합니다. 어서 응접실에 가서 대기해 주십시오."

스칼릿과 하니는 마지못해 박물관을 가로질러 계단을 올라가 커다란 철문 밖으로 나갔다.

번스는 나선형 계단 앞으로 가서 불안을 억누르고 서성거렸다. 방 안에는 긴박한 분위기가 가득차 있었다. 아무도 입을 열지 않았다. 히스 부장은 짐짓 태연한 표정으로 작은 사크메트 상을 살펴보고 있었다. 매컴은 엄숙한 표정으로 서 있었다. 그러나 그 긴박한 침묵은 몇 분밖에 계속되지 않았다.

스니트킨이 철문에서 얼굴을 내밀고 소리쳤던 것이다.

"호송차가 왔습니다, 부장님."

블리스 박사가 벌떡 일어서자 두 형사가 재빨리 그 곁에 다가섰다. 세 사나이가 두어 발자국 떼어놓았을 때 번스의 목소리가 날카롭게 울려 퍼졌다.

"잠깐!" 번스는 매컴을 똑바로 노려보았다. "그런 짓을 해선 안되네, 매컴. 이건 엉터리일세. 자네는 스스로 자신을 웃음거리로 만들고 있네."

나는 그토록 격렬한 감정에 휩싸인 번스를 본 적이 없었다. 여느 때의 냉정은 찾아볼 수 없었다. 매컴은 확실히 압도돼 있었다.

번스가 급히 말을 이었다.

"10분만 여유를 주게. 찾아내야 할 것이 있네. 한 가지 실험을 해보고 싶네. 그래도 자네들이 만족하지 못한다면 이 우스꽝스러운 체포를 단행해도 좋네."

히스의 얼굴이 노여움으로 붉게 물들었다. 그는 재빨리 항의했다.

"검사님, 우리는 엄연한 증거를 확보하고……."

"자, 잠깐만 기다리시오, 부장."

매컴은 손짓으로 그의 말을 가로막았다. 분명 매컴은 번스의 불같은 열의에 감화된 것이다.

"10분 정도면 괜찮겠지. 그리고 번스가 우리들이 알지 못하는 어떤 증거를 잡고 있다면 우리도 알아두는 게 좋겠고."

매컴이 느닷없이 번스 쪽으로 고개를 돌렸다.

"여보게, 번스. 자네는 대체 뭘 생각하고 있나? 기꺼이 10분의 여유를 주겠네. 자네 요구는 자네가 캐비닛 위에서 발견하여 주머니에 집어넣은 물건과 어떤 관계가 있나!"

"그렇네."

번스는 여느 때의 여유만만한 태도로 돌아가 있었다.

"내 청을 들어 주어 고맙네, 매컴. 먼저 저 두 형사에게 블리스 박사님을 바깥 복도로 모시라고 이르게. 그리고 이쪽에서 지시가 있을 때까지 기다리도록."

매컴이 잠시 머뭇거리다가 히스에게 눈짓하자 부장은 헤네시와 에머리에게 필요한 지시를 내렸다. 그들이 나가자 번스는 나선형 계단 쪽을 바라보았다.

번스는 거의 명랑하다고 해도 좋을 만한 목소리로 말했다.

"맨 먼저 나는 블리스 박사의 서재를 뒤져보고 싶어서 견딜 수 없네. 뭔가 아주 희한하고 흥미로운 물건이 나올 것 같은 예감이 드네."

번스는 이미 나선형 계단을 반쯤 올라가 있었고, 매컴과 히스와 나는 그 뒤를 따랐다.

서재는 사방 20피트쯤 되는 넓은 방이었다. 뒤쪽으로 큰 창문이 두 개 있고, 동쪽에도 좁은 안마당이 내려다보이는 작은 창문이 하나 있었다. 벽을 따라 육중한 붙박이 책장이 몇 개 놓이고 방 안 한구석에 작은 책자와 두꺼운 표지의 서류철들이 쌓여 있었다.

복도로 나가는 문이 달린 벽 쪽에는 긴 의자가 하나 놓여 있었다. 뒤쪽의 두 창문 중간쯤에 커다랗고 반들반들한 마호가니 책상이 놓여 있고 그 앞에 쿠션 딸린 회전의자가 있었다. 그리고 책상 둘레에 몇 개의 의자가 놓여 있어 어젯밤에 회의가 있었음을 시사했다.

잘 정돈된 방으로, 모든 것이 놀라울 만큼 깔끔했다. 반듯하게 정돈되어 있는 책상 위의 서류며 책들이 블리스 박사의 깔끔한 성격을 그대로 반영하고 있었다. 그 방에서 오직 한 군데 흐트러진 곳은 히스가 테니스화를 찾느라고 휘저은 등나무 휴지통이 놓인 자리뿐이었다. 뒤쪽 창문 블라인드가 올려져 있어 오후의 햇살이 들이비쳤다.

번스는 잠시 문 바로 안쪽에 서서 천천히 주위를 둘러보았다. 그의 눈길은 잠깐 책상 둘레에 배치되어 있는 의자에 머물렀는데, 내가 보기에는 책상에서 2, 3피트 떨어져 놓인 박사의 회전의자를 특별히 주의해 보는 것 같았다. 그리고 나서 번스의 눈길은 복도로 통하는 문에 덧댄 두꺼운 방음 벽포로 향했다가 옆의 창문에 쳐진 커튼으로 옮겨갔다. 잠시 그것을 눈여겨 본 뒤 번스는 그 창문 근처로 다가가 블라인드를 걷어 올렸다. 창문은 닫혀 있었다.

"아무래도 이상해. 이처럼 무더운 날씨에 창문을 닫아두다니. 매컴, 이 사실을 기억해 두게. 그리고 물론 자네는 옆집에 이와 마주보는 창문이 있다는 것을 알아냈겠지!"

매컴이 발끈 화를 내며 물었다.

"거기에 또 무슨 의미가 있다는 건가!"

"나도 도무지 짐작이 안 가네. 다만 이 방 사람——또는 사람들이——여기서 옆집 사람에게 알리고 싶지 않은 어떤 일을 하지 않았나 짐작할 뿐일세. 뒤쪽 창문으로는 나무가 가려서 잘 보이지 않거든."

히스가 끼어들었다.

"흐음, 그건 우리에게 유리한 점인 것 같군요. 저 선생은 옆 창문을 닫아걸고 블라인드를 내려 박물관에서 나는 소리가 아무에게도 들리지 않게 한 다음 운동화를 감쪽같이 감춘 겁니다."

번스는 고개를 끄덕였다.

"거기까지의 당신 추측은 제법 그럴듯하오. 하지만 그 공식을 거기서 한 단 밀고 올라가 보면 어떻겠소? 예를 들어 당신이 유죄로 단정짓고 있는 박사는 일을 저지른 뒤 왜 창문을 열고 블라인드를 올리지 않았을까요? 자신의 유죄를 말해 주는 명료한 단서를 왜 또 하나 남겨 놓았을까요!"

히스 부장은 지지 않고 반박했다. "번스 씨, 살인을 저지르는 녀석들은 그처럼 용의주도하지 못합니다."

번스가 조용히 대답했다. "이 사건에서 난처한 점은 범인이 너무 많은 것을 지나치게 앞질러 생각했다는 것이오. 말하자면 꾀가 지나친 거요."

번스는 책상 곁으로 다가갔다. 한쪽 끝에 풀먹인 칼라가 놓여 있고 거기에 짙푸른 매듭넥타이가 매어져 있었다.

"보시오." 번스가 다시 말했다. "박사가 어젯밤 회의 때 벗어놓은 칼라와 넥타이요. 딱정벌레 핀은 이 넥타이에 꽂혀 있었소. 누구든 훔칠 마음만 있다면 훔칠 수 있었을 거요. 어떻소, 부장!"

"자네는 아까도 그런 말을 했지." 매컴이 지루해하는 목소리로 말했다. "자네는 넥타이를 보여 주려고 우리를 여기로 데려왔나? 넥타이가 여기 있다는 것은 스칼릿 씨도 말했네. 안됐지만 번스, 솔직히 말해서 나는 자네의 대발견에 조금도 놀라지 않았네."

"나는 블리스 박사의 넥타이를 보여주려고 자네들을 이리 안내한 게 아닐세." 번스는 침착하게 자신을 가지고 대답했다. "다만 기왕 온 김에 넥타이에 대해 한 번 더 주지시켰을 뿐이지."

번스는 휴지통에서 떨어진 종이쪽지를 발끝으로 휘저었다.

"그보다 나는 박사의 한쪽 테니스화가 어디 있는지 알고 싶네. 그것이 어디 있는지 알면 뭔가를 가르쳐 줄 수 있을 것 같은 기분이 드네."

"그렇군요. 휴지통 속에는 없었습니다." 히스가 말했다. "있었다면 내가 찾아냈지요."

"저런…… 그런데 왜 휴지통 속에 없었을까요, 히스 부장? 그 점은 생각해 볼 가치가 있소."

"아마 피가 묻지 않았기 때문이겠지요. 그렇다면 구태여 감출 필요가 없습니다."

"바로 그 점이요, 부장. 아무 해될 게 없는 왼쪽 신발이 유죄 증거가 되는 오른쪽 신발보다 더 정성스럽게 숨겨진 사실을 나는 납득할 수 없소." 그동안 번스는 보이지 않는 테니스화를 찾아 서재 안을 꽤 자세하게 살펴보고 있었다. "분명 이 언저리에는 없소."

매컴은 우리가 박물관에서 나온 뒤 처음으로 관심을 나타내 보였다.

"자네의 착안점은 이해하겠네, 번스." 지방검사는 마지못해 양보했다. "문제의 운동화는 이 서재에 숨겨져 있었는데 다른 한 짝이 눈에 띄지 않는다, 좀 이상하긴 해. 자네는 어떻게 설명하겠나!"

"아, 억지 설명을 늘어놓기 전에 운동화를 찾아보세."

그리고 번스는 히스에게 말했다.

"부장, 집사를 불러 블리스 박사의 침실을 보여 달라고 하오. 없어진 운동화는 틀림없이 거기 있을 것 같소. 당신도 기억하고 있겠지만, 박사는 어젯밤 테니스화를 신고서 침실에 올라갔다가 오늘 아침 침실용 슬리퍼를 신고 아래로 내려왔소, 부장."

"흐음……." 히스는 그 제안을 건성으로 받아들였다. 그리고 날카롭게 더듬는 듯한 눈길을 번스에게 흘끗 던졌다. 그러나 부장은 이내 생각을 고친 듯했다. 그는 어깨를 으쓱하더니 부지런히 복도로 나갔다. 곧 뒤쪽 계단에서 집사를 부르는 목소리가 들렸다.

"부장이 침실에서 운동화를 찾아낸다면," 번스가 매컴에게 설명했다. "그것은 블리스 박사가 오늘 아침에 테니스화를 신지 않았다는 결정적인 증거가 되네. 아침 식사 전에 서재로 내려온 뒤 침실에 올라가지 않았다는 것은 알고 있으니까."

매컴은 어리둥절한 표정을 지었다.

"그렇다면 누군가가 아침에 박사의 침실에서 운동화를 한 짝 꺼냈단 말인가? 어떻게 그것이 휴지통에 들어가 있었을까? 이게 대체 어찌된 일일까? 범인은 히스 부장이 여기서 찾아낸 운동화를 신었음에 틀림없네."

"물론 그렇지, 그 점에 대해서는 조금도 의문이 없네." 번스는 무겁게 고개를 끄덕였다. "내가 보기에 범인은 한 쪽 테니스화를 신고 한 쪽은 위층에 남겨놓은 것 같네."

매컴은 골치 아프다는 듯 혀를 찼다.

"그런 이론은 아무 의미도 없네, 번스."

"미안하지만 나는 자네 주장에 찬성할 수 없네." 번스는 차분하게 대답했다. "자네가 그토록 신뢰하며 박사를 유죄로 만들 수 있다고 믿는 그 증거물들보다 이것이 더 큰 의미를 지녔다네."

그때 마침 히스가 손에 왼쪽 테니스화를 들고 뛰어들어왔다. 그는 부끄러운 듯한 표정으로 흥분해서 눈을 껌벅거리고 있었다.

"침대 발치에 있었습니다." 히스가 큰소리로 알렸다. "그런데 어떻게 그런 곳에 있을까요!"

"틀림없이" 번스가 부드럽게 말했다. "블리스 박사가 말한 대로 어젯밤에 신고 올라간 거겠지요."

"그렇다면 왜 한 짝만 여기에 내려왔을까요!" 부장은 이제 두 손에 테니스화를 한 짝씩 들고 멀거니 바라보고 있었다.

"오늘 아침 운동화 한 짝을 아래로 가지고 내려온 사람을 알아내면 누가 카일 노인을 죽였는지 밝혀지겠지요. 하지만 지금으로서는 운동화의 나머지 한 짝을 찾아냈어도 아무 소용이 없을 것 같소."

매컴은 얼굴을 찌푸리고 바닥을 쏘아보며 줄곧 담배를 빨아댔다. 침실에서 나온 신발 때문에 혼란에 빠진 것이다. 이윽고 매컴은 얼굴을 들더니 못 견디겠다는 듯한 몸짓을 해 보였다. 그리고 단호하게 주장했다.

"번스, 자네는 이 문제를 지나치게 확대 해석하고 있네. 간단한 설명이 얼마든지 가능하지 않나? 가장 타당한 설명은 이렇네. 블리스 박사는 오늘 아래로 내려올 때 서재 가까이에 두려고 테니스화를 집어 들었네. 그런데 불안했기 때문인지——또는 우연히——한 짝을 떨어뜨렸네. 아무튼 양 쪽 다 집어오지 못했지. 그리고 아래로 내려올 때까지 그 사실을 알아차리지 못했던 걸세……."

번스는 동양인처럼 살짝 웃으며 말을 이어 받았다.

"그리고 한 쪽 발만 슬리퍼에서 테니스화로 갈아 신은 뒤 카일 노인을 죽이고 잠깐 벗어 놓았던 슬리퍼를 다시 신고 테니스화는 휴지통에 버렸단 말인가!"

"있을 수 있는 일이지."

번스는 크게 한숨을 내쉬었다.

"물론 있을 수 있는 일일세. 이 비논리적인 세계에서는 거의 모든 일이 있을 수 있다고 생각하네. 그러나 솔직히 말해서 매컴, 나는 블리스 박사가 테니스화를 한 짝만 집어들고 그런 실수를 알아차리지 못했다는 자네의 주장에 열렬한 지지를 보낼 수 없네. 블리스 박사는 성격이 규칙적이고 깔끔하며 지나칠 정도로 꼼꼼하거든."

매컴은 물고 늘어졌다.

"그렇다면 이렇게 추정하면 어떨까? 박사는 오늘 아침에 서재로 내려올 때 실제로는 테니스화와 침실용 슬리퍼를 한 짝씩 신었다고, 스칼릿 씨 말로는 박사가 발이 몹시 불편했다고 했었지."

"그 가설이 옳다면" 번스가 반격했다. "어떻게 다른 한 짝의 슬리퍼가 아래층으로 내려왔을까? 박사가 주머니에 넣어 가지고 다녔다고는 생각되지 않네."

"집사가 혹시……."

두 사람의 입씨름에 열심히 귀기울이고 있던 히스가 그 말을 듣자 곧 행동으로 옮겼다.

"그 점은 확인할 수 있습니다, 번스 씨."

그는 서둘러 복도 문 앞으로 가서 아래층을 향해 집사를 불렀다. 그러나 집사에게서는 도움이 될 만한 답을 듣지 못했다. 집사는 자기는 물론 다른 식구들도 모두 블리스 박사가 8시에 서재로 들어간 뒤 서재 근처에 가지 않았다고 단언했다. 그가 박사의 아침 식사를 가져갔을 때만 빼고는. 그때 박사가 어떤 신을 신고 있었느냐고 묻자 집사는 주의해 보지 않았기 때문에 모르겠다고 대답했다.

집사가 물러가자 번스는 어깨를 으쓱했다.

"테니스화가 한 짝씩 따로 떨어져 있는 수수께끼에 대해서는 이제 그만 머리를 썩이기로 하세. 내가 자네들을 서재로 끌어들인 가장 큰 이유는 박사가 먹다 남긴 식사를 조사하는 데 있네."

매컴은 옆에서 보아도 눈에 띌 만큼 크게 놀랐다. 그는 눈을 가늘게 떴다.

"흐음…… 자네는 설마…… 실은 솔직히 말해서 나도 그 점을 생각했다네. 그러나 그에게 불리한 증거가 쏟아져 나와……."

히스 부장이 가시 돋친 말투로 물었다.

"무엇을 생각했다는 겁니까, 검사님!"

번스가 타이르듯 설명했다.

"매컴 검사도 나도 오늘 아침 내가 요란하게 문을 두드리는 소리에 일어나 문을 열고 나온 박사의 멍청하고 얼빠진 듯한 모습에 생각이 미친 거요."

"잠에 취했던 거지요. 본인도 그렇게 말하지 않았습니까!"

"그랬지요, 그래서 나는 박사의 아침 커피에 큰 관심이 끌리오."

번스는 책상 쪽으로 다가갔다. 거기에 은쟁반이 있고 그 위에 토스트 그릇과 커피잔과 받침접시가 놓여 있었다. 토스트는 건드리지 않았으나 커피잔은 비어 있었다. 그리고 분명히 커피였던 갈색 찌꺼기가 바닥에 남아 있었다. 번스는 얼굴을 가까이 대고 잔을 들여다 보다가 코로 냄새를 맡았다.

"조금 신 듯한 냄새가 나는군."

그는 손가락 끝으로 찻잔 바닥의 커피 찌꺼기를 찍어 혀에 댔다. 그리고 찻잔을 내려놓으며 말했다.

"역시 생각했던 대로군. '아편'일세. 가루아편이야. 이집트에서 흔히 쓰는 것이지. 똑같은 아편이라도 아편 정제나 모르핀, 헤로인, 테바인, 코데인 같은 것은 이집트에서는 좀처럼 구하기 힘드네."

히스가 앞으로 나서서 화난 눈길로 찻잔을 들여다보고는 으르렁거리는 목소리로 물었다.

"커피에 아편이 들었다 치고, 대체 그게 어떻다는 겁니까!"

"글쎄요."

번스는 다시 담배에 불을 붙여 물고 허공을 바라보았다.

"물론 그것은 블리스 박사가 오늘 아침 늦게 일어난 것과 내 노크 소리를 듣고 나왔을 때의 멍청한 모습에 대한 설명이 될 거요. 그리고 누군가가 어떤 목적으로 박사의 커피에 아편을 넣었다는 것을 말해 주는 것인지도 모르오. 실제로 부장, 박사의 커피에 아편이 들어 있었다는 사실은 여러 가지 의미를 지닐 수 있소. 지금 당장은 아무 의견도 말하지 않겠소. 다만 마취제가 들어 있었다는 일에 매컴 검사의 주의를 환기시키고 싶었을 뿐이오. 하지만 이것만은 말해 두겠소. 오늘 아침 나는 박사를 만나 그의 행동을 관찰했을 때 곧 서재에 아편 증거물이 있으리라 추정했다고. 그리고 이집트의 사정을 잘 알고 있었기에 그 아편은 가루아편이리라 추측했소. 아편을 먹으면 몹시 목이 타오. 그러므로 박사가 물을 마시고 싶다고 했을 때도 나는 전혀 놀라지 않았었소."

번스는 매컴을 보았다. "이 아편의 발견이 법적으로 블리스 박사에게 어떤 영향을 주는가!"

매컴은 잠시 사이를 두었다가 대답했다. "그야 물론 박사의 입장을 아주 유리하게 해주지."

그가 깊은 혼란에 빠져 있음은 분명했다. 그러나 블리스 박사가 유죄라는 신념을 버리기가 못내 아쉬운 모양이었다. 그리하여 다시 입을 열었을 때 그는 번스의 새로운 발견을 거의 필사적으로 반박하려고 했다.

"유죄 판결을 내리려면 먼저 이 아편에 대해 충분히 설명하고 결론을 내려야 한다는 것을 나도 잘 아네. 그러나 우리는 박사가 아편을 얼마쯤 먹었는지 모르네. 왜 먹었는지도 모르고. 살인을 저지른 뒤 커피를 마셨는지도 모르지. 9시에 마셨다는 것은 박사의 주장일 뿐일세.

그러므로 확실히 이 아편 문제는 사건 해결에 근본적인 영향을 미치지는 않네. 아주 중대한 의문을 제기하기는 하지만 말일세. 아무튼 지금 상황에선 박사에게 불리한 증거가 너무도 유력해서 이 아편으로는 결코 증거물의 효력이 상실되지 않는다네. 자네도 알다시피 번스, 커피잔에 아편이 묻어 있었다는 것만으로는 블리스 박사가 9시부터 자네가 서재문을 두드릴 때까지 잠들어 있었다는 결정적인 증거가 못 되니까."

"자네는 정말 완벽한 검찰관이로군." 번스는 한숨을 쉬었다. "하지만 머리 좋은 변호인이라면 배심원들에게 수많은 의문의 씨를 뿌려 놓을 수 있을 걸세. 어떤가!"

잠깐 생각해 본 뒤 매컴은 동의했다.

"그렇겠지. 하지만 블리스 박사가 카일 노인을 죽일 수 있는 기회를 가진 유일한 사람이었다는 사실은 무시할 수 없네. 다른 사람은 모두 집에 있지 않았네. 하니만 빼고, 그리고 하니는 이집트 신들의 초자연적인 힘을 믿고 있는 광신자일 뿐일세. 우리가 아는 한 카일 노인이 살해되었을 때 실제로 가까이에 있었던 사람은 블리스 박사 한 사람뿐이었네."

번스는 한동안 매컴을 물끄러미 쏘아보고 있더니 이윽고 물었다.

"카일 노인이 사크메트 상에 맞아 죽었을 때 범인이 박물관 가까이 있을 필요가 없었다고 하면 어떻겠나!"

매컴은 천천히 담배를 입에서 떼어냈다.

"그게 무슨 말인가? 그 자리에 있지도 않으면서 어떻게 그 상을 휘두를 수 있었다는 건가? 자네 왜 자꾸 그런 어처구니없는 말을 하나, 번스!"

그러나 번스는 아주 진지했다.

"그래, 어처구니없는 말일 테지. 매컴, 나는 그 캐비닛 위에서 어떤 것을 찾아냈네. 그것을 보고 범인은 악마적인 지혜를 짜내어 이 범죄를 계획한 게 아닐까 하는 생각이 들었지. 아까도 말했듯이 나는 한 가지 실험을 해야겠네. 이 범죄에는 무시무시하고 교묘한 뭔가가 깃들어 있네. 겉으로 드러난 것들이 사람을 현혹시키고 있지만, 그것은 일부러 그렇게 만들어 놓은 것일세."
"그 실험은 얼마나 걸리나!"
매컴은 번스의 말투에 완전히 기가 죽었다.
"2, 3분이면 되네, 매컴."
히스는 휴지통에서 신문지 한 장을 집어내어 정성스럽게 커피 잔을 싸며 무뚝뚝하게 설명했다.
"경찰국 감식과에 넘겨야겠습니다. 번스 씨, 당신을 의심하는 건 아니지만 전문가의 감정은 받아야겠지요."
"옳은 말이오, 히스 부장."
번스의 눈은 그때 책상 위에 놓인 작은 청동접시를 포착했다. 거기에는 몇 자루의 노란 연필과 만년필 하나가 담겨 있었다. 그는 손을 뻗쳐 연필을 집어서 얼른 보고는 도로 접시에 놓았다. 매컴도 나와 마찬가지로 그의 동작을 알아차렸으나 묻지는 않았다.
번스가 말했다.
"실험은 박물관에서 해야 하네. 그러려면 소파 쿠션이 두 개쯤 필요하겠군."
번스는 긴 의자로 가서 커다란 쿠션을 두 개 집어 들었다.
매컴과 히스와 내가 앞장서서 나선형 계단을 내려오고 번스가 그 뒤를 따랐다.

9 번스의 실험

7월 13일 금요일 오후 2시 15분
 번스는 곧장 카일의 시체가 누워 있던 캐비닛 끄트머리로 가더니 두 개의 쿠션을 바닥에 던졌다. 그리고 생각에 잠겨 캐비닛 위를 올려다보았다.
 번스는 중얼거렸다.
 "이거 잘못하다간 잘 안 되겠군. 고민인데. 자칫 잘못하다가는 모든 것을 망쳐놓고 말겠어."
 매컴은 조바심을 냈다.
 "뭘 혼자 중얼거리나, 번스? 보여줄 게 있으면 얼른 좀 보여주게."
 "자네 말이 맞네."
 번스는 재떨이 쪽으로 가서 단호하게 담뱃불을 비벼껐다. 그리고 캐비닛 옆으로 돌아가자 매컴과 히스를 손짓해 불렀다. 그는 설명을 시작했다.
 "먼저 이 커튼을 주의해서 보게. 이처럼 끄트머리 놋쇠고리가 가로막대에서 빠져나와 늘어져 있네."

나는 그때 비로소 커튼 끄트머리의 작은 고리쇠가 막대에서 빠져나와 커튼 왼쪽 끝이 축 늘어져 있는 것을 보았다. 번스는 설명을 계속했다.

"그리고 이 캐비닛의 커튼이 반밖에 쳐져 있지 않네. 누군가가 커튼을 치다가 어떤 이유로 도중에 그만두었다고 보아야겠지. 나는 아침에 반쯤 닫힌 이 커튼을 보았을 때 좀 이상한 생각이 들었네. 대개 모두 치든가 열어놓든가 하지.

카일 노인이 이 방에 왔을 때 커튼은 쳐져 있었다고 추정해도 놓을 걸세. 거기에 대해서는 한 사람의 증언이 있으니까. 그는 캐비닛 안이 지저분해서 커튼을 쳐놓았다고 말했네. 그리고 블리스 박사는 카일 노인에게 전화해서 새로 도착한 보물이 이 캐비닛 끄트머리에 있다고 말했네. 커튼을 친 캐비닛에.

커튼을 열기 위해서는 다만 팔을 조금 움직이면 되지. 즉 커튼의 왼쪽 끝을 잡고 오른쪽으로 끌어당기기만 하면 되네. 놋쇠고리는 가볍게 가로막대 위를 미끄러져 가니까.

그런데 우리가 지금 본 상황은 어떤가? 커튼은 반밖에 쳐져 있지 않네. 카일 노인이 캐비닛 안의 물건을 감상하면서 커튼을 반만 열어놓았다고는 생각되지 않네. 따라서 나는 커튼을 반쯤 열었을 때 뭔가가 그것을 방해했으며, 카일 노인은 커튼을 열다 말고 죽었다는 결론에 이르렀네. 알겠나, 매컴!"

매컴은 점차 흥미를 보였다.

"계속하게."

히스도 열심히 번스를 지켜보고 있었다.

"여기서 잘 생각해 보세. 카일 노인은 캐비닛 마지막 칸 바로 앞에서 죽어 있었네. 무거운 섬록암 사크메트 상에 머리를 맞고 말이야. 그 여신상은 우리가 아는 한 하니가 캐비닛 위에 놓아둔 걸세.
 나는 캐비닛의 커튼이 반밖에 열려 있지 않은 것을 보고, 그리고 커튼 맨 끝의 놋쇠고리, 왼쪽 맨 끝의 고리가 가로막대에서 벗겨져 있는 것을 보았을 때 이상하다고 생각하기 시작했네. 게다가 블리스 박사가 박물관으로 내려왔을 때 만일 고리가 막대에서 벗겨져 있었다면 박사는 틀림없이 그것을 발견했을 걸세."
매컴이 물었다.
"그러니까 아침에 누군가가 어떤 목적을 위해 일부러 고리를 벗겨 놓았다는 말인가!"
"그렇지. 어젯밤 블리스 박사가 카일 노인에게 전화했을 때부터 오늘 아침 노인이 오기 전까지 사이의 어느 한 시각에 누군가가 막대에서 고리쇠를 벗겨놓았다고 여겨지네. 자네 말대로 어떤 목적을 위해."
히스가 도전적인 목소리로 물었다. "어떤 목적이지요!"
번스는 거의 억양이 없는 목소리로 말을 이었다. "그것을 이제부터 밝혀내려는 거요, 부장. 말해 두겠는데, 나는 거기에 대해서 이미 추론이 섰소. 사실 카일 노인의 시체가 누워 있는 위치를 보고 하니가 캐비닛 위에 상을 놓아두었다는 것을 안 순간 내 머릿속에 그 이론이 떠오른 거지요. 반만 열린 커튼과 벗겨진 놋쇠고리가 그 이론을 뒷받침해 주었소."
매컴이 천천히 고개를 끄덕였다. "번스, 자네가 무슨 생각을 하고 있는지 차츰 알 것 같군. 그래서 자네는 캐비닛 위를 살펴보고 하니에게 상을 놓아둔 정확한 위치를 물었구먼."
"그렇다네. 그리고 찾던 것을 발견했을 뿐만 아니라 하니는 상을 놓아둔 장소를 지적함으로써 내 의혹을 확인시켜 주었네. 그는 캐비닛 위 앞쪽 가장자리에서 몇 인치쯤 뒤로 물러 난 곳에 상을 두었다고 했는데, 가장자리에도 눈에 띄는 흠집이 있고 또 상 밑바닥 앞부분에도 먼지에 찍힌 두 개의 자국이 있어 하니가 놓아둔 뒤 그것이 앞으로 움직여졌음을 말해주고 있지."

"하지만 블리스 박사가 어젯밤 잠들기 전에 상을 움직였다고 말하지 않았나!" 매컴이 지적했다.

"박사는 다만 상이 똑바로 서 있도록 바로잡아 놓았다고 말했을 뿐일세." 번스가 대답했다. "그리고 상 밑바닥 앞부분 먼지 위에 찍힌 두 개의 자국은 정확하게 평행선이었네. 그러므로 블리스 박사가 상을 고쳐놓았다고 말한 건 그것을 6인치나 앞으로 움직였다는 뜻으로 해석할 수 없네."

"무슨 말인지 알겠네. 자네의 추론으로는 박사가 상을 똑바로 고쳐놓은 뒤 누군가가 상을 캐비닛 앞쪽 가장자리로 다시 밀어 놓았다는 것이지? 그 추론은 일리가 있군."

반쯤 눈을 감고 말없이 듣고 있던 히스가 갑자기 캐비닛 앞에 놓인 의자 하나에 올라서서 위를 살펴보았다.

"어디 확인해 봐야겠군." 히스가 중얼거렸다.

이윽고 그는 내려와서 매컴 쪽으로 머리를 무겁게 흔들어보였다.

"번스 씨 말대로입니다. 그런데 이런 장난이 대체 사건과 무슨 관계가 있습니까!"

번스는 빙그레 웃었다.

"지금부터 그것을 확인해볼 거요, 어쩌면 사건과 아무 관계가 없을지도 모르지만. 한편으로는……."

번스는 허리를 굽혀 아주 힘겹게 사크메트 상을 들어올렸.

앞에서도 말했듯 그 상은 키가 약 2피트쯤 되었다. 나는 나중에 시험삼아 그것을 들어보았는데, 적어도 30파운드는 넉넉히 되었다.

번스는 의자에 올라가 캐비닛 위 가장자리에 아주 정확한 위치를 찾아 그 상을 올려놓았다. 그 상의 대좌를 먼지에 찍힌 자국 위에 정성스럽게 얹고 커튼을 쳤다. 그리고 벗겨져 있는 놋쇠고리를 왼손으로 잡아 고리가 그 상 왼쪽 끝에 닿도록 커튼을 잡아당겼다. 그런 다음 상을 오른쪽으로 기울이고 고리를 밑바닥 앞쪽에 끼웠다.

그렇게 해둔 뒤 윗옷주머니에 손을 넣어 아까 캐비닛 위에서 발견한 물건을 꺼냈다. 그는 그것을 우리 쪽으로 내밀었다.

"내가 발견한 것은 3인치쯤 되는 연필도막이라네. 곱게 잘라서 단면이 아주 반듯하네. 내가 추정하기에 이것은 4자형 '덫'에 쓰이는 것과 같은 수제품 '받침대'일세. 잘될지 어디 한 번 해보세."

번스는 사크메트 상을 앞으로 기울이고 연필도막을 그 밑바닥 뒤쪽 가장자리에 밀어넣었다.

손을 떼자 그 상은 우리 쪽으로 기울어져 간신히 평형을 유지하고 있었다. 처음에는 당장이라도 엎어질 것같이 생각되었으나 준비된 연필은 상이 앞으로 기울어져도 그대로 평형을 유지하도록 정확하게 필요한 길이만큼 잘라져 있었다.

"여기까지는 내 추론과 일치하네." 번스는 의자에서 내려왔다. "이제 그럼, 실험을 해보세."

번스는 의자를 한 옆으로 치워놓고 두 개의 소파 쿠션을 카일의 머리가 놓여 있던 아누비스 상 발치에 나란히 놓았다. 그리고 허리를 펴더니 지방검사를 쳐다보며 침울한 목소리로 말했다.

"매컴, 지금부터 자네에게 한 가지 가능성을 보여주겠네. 먼저 저 커튼 위치를 보게. 그리고 벗겨진 놋쇠고리의 위치를 생각하게. 놋쇠고리는 사크메트 상 밑바닥 끄트머리에 있네. 그리고 우리 복수의 여신의 기우뚱한 모습에 유의하게.

이제 오늘 아침 카일 노인이 여기에 들어온 것을 상상해보게. 그는 새로 도착해 보관된 보물이 커튼이 쳐진 캐비닛 마지막 칸에 있다고 들었네. 그래서 집사 브러시에게 박사를 방해하고 싶지 않다며 박물관으로 내려가 새로 온 짐의 내용물을 구경하겠다고 했지."

번스는 말을 끊고 차분히 담배에 불을 붙였다. 귀찮아하는 듯한 그 느린 동작으로 미루어 나는 번스의 신경이 잔뜩 긴장되어 있음을 알았다.

번스는 말을 이었다.

"내가 말하려는 것은 카일 노인이 죽음의 덫에 걸려 죽었다는 뜻은 아닐세. 솔직히 말해 내가 추측한 대로 만든 이 덫이 기대한 대로 움직여줄지 어떨지 나도 모르네.

그러나 나는 이 이론에도 가능성이 있다는 것을 보여주고 싶은 걸세. 왜냐하면 이 실험이 블리스 박사 이외의 다른 손——즉 '현장에 있지 않았던 사람의 손'——으로 카일 노인을 죽일 수 있었다는 것을 증명해 보이면 자네의 주장은 치명적인 타격을 받게 되기 때문일세."

번스는 아누비스 상 곁으로 다가갔다. 그리고 커튼 왼쪽 아래 귀퉁이를 잡고 박물관 서쪽 벽에 붙어섰다.

"아마 카일 노인은 이 캐비닛 마지막 칸 앞에 서서 손을 뻗쳐 커튼을 잡아당겼을 걸세. 그런데 무슨 일이 일어났는가? 죽음의 덫이 정말로 설치되어 있었다면……"

번스는 느닷없이 커튼을 세게 오른쪽으로 잡아당겼다.

커튼은 가로막대를 미끄러져 중간까지 가더니 사크메트 상 대좌 밑에 끼운 놋쇠고리 때문에 걸려버렸다. 가까스로 평형을 유지하고 있던 사크메트 상의 자세가 그 진동으로 허물어졌다. 그 상이 앞으로 쓰러지더니 무섭게 큰 소리를 내면서 소파 쿠션 위, 바로 카일 노인의 머리가 있었던 자리에 떨어졌다.

잠시 침묵이 흘렀다. 매컴은 쉴새없이 담배를 빨면서 떨어진 상을 지켜보았다. 그는 눈썹을 잔뜩 찌푸린 채 생각에 잠겨 있었다.

그러나 히스는 더 이상 자제할 수 없다는 듯 놀란 표정을 지었다. 사실 그로서는 죽음의 덫이라는 가능성은 생각지도 못했던 것이다. 번스의 실험은 부장이 지금까지 생각해온 이론을 모조리 뒤엎어 버리고 말았다. 그는 놀라서 말도 하지 못하고 담배를 깨물며 사크메트 상을 흘겨보고 있었다.

먼저 번스가 입을 열었다.

"실험은 잘된 모양이군. 이것으로 카일 노인이 박물관에 혼자 있을 때 살해되었을 가능성이 증명된 셈일세. 카일 노인은 키가 작은 편이었으므로 캐비닛 꼭대기와 노인의 머리 사이 거리가 그 상이 치명적인 위력을 발휘하기에 충분했지. 캐비닛은 폭이 2피트 남직 되므로 노인이 그 앞에 서 있는 한 머리를 맞지 않을 수 없었을 걸세.

그리고 카일 노인이 커튼을 잡아당겼을 때 캐비닛 바로 앞에 서 있었다는 것은 분명하네. 상의 무게는 두개골을 부수기에 충분했지. 그 상이 카일 노인의 머리에서 대각선 방향에 놓여 있었던 것은 노인이 치밀하게 계획된 덫에 걸려 살해되었음을 충분히 입증해 주네."

번스는 강조하는 몸짓을 해보였다.

"매컴, 자네도 지금 해본 실험으로 현장에 없었던 사람이라도 이 범죄를 실행에 옮길 수 있었다는 사실이 입증됐음을 인정하지 않으면 안 되네. 따라서 블리스 박사를 유죄로 보는 가장 유력한 근거 가운데 하나, 즉 현장 가까이 있었다는 것, 살인할 기회가 있었다는 것은 아무 의미가 없어졌네. 그리고 이 사실은 커피에서 아편이 검출된 것과 아울러 생각해 볼 때 절대적이라고 할 수는 없어도 박사에게 충분히 납득갈 만한 알리바이를 제공하고 있네."

매컴은 신중한 얼굴로 천천히 입을 열었다.

"그렇군. 자네가 찾아낸 부정적 단서는 딱정벌레며, 회계보고서며, 피투성이 발자국 등의 직접증거를 뒤엎기에 충분하네. 그것은 의심할 여지가 없네. 박사는 강력한 변론을 펼 수 있겠지."

번스는 싱긋 미소지었다.

"즉 타당한 의혹이라는 거군. 의미 없는 미사여구일 뿐이야. 물론 전형적인 법률용어지. 그러나 인간의 정신이 과연 합리적일 수 있느냐 말일세. 게다가 매컴, 박사가 단순히 사크메트 상으로 카일 노인의 머리를 부수는 것만을 목적에 두었다면 이 '죽음의 덫'의 증거는 없었을 거라는 사실을 간과해서는 안 되네. 노인을 죽이는 것만이 박사의 목적이었다면 어째서 도막낸 연필이 캐비닛 위에 그대로 있었겠나!"

매컴은 인정했다.

"자네 설명은 완전히 정당하네. 머리가 잘 돌아가는 변호사라면 나의 박사 유죄론을 여지없이 무너뜨릴 수 있겠군."

번스는 의자에 앉아 다리를 포갰다.

"자, 그럼, 자네의 직접증거를 잠시 생각해 보세. 시체 옆에서 발견된 딱정벌레 핀은 어젯밤 회의에 참석했던 사람이라면 누구나 훔칠 수 있었고, 시체 옆에 일부러 떨어뜨려 놓을 수 있었네. 더욱이 박사가 커피에 탄 아편 때문에 잠들었다면 범인이 아침에 위에서 핀을 훔쳐내기란 누워서 떡먹기였겠지. 서재문은 자네도 들었듯 잠그는 일이 없으니까. 그와 동시에 회계보고서를 집어다 죽은 노인의 손에 쥐어주는 일은 더욱 간단했네.

피묻은 발자국은, 이 집 사람이면 누구든 블리스 박사의 침실에서 테니스화를 꺼내 피를 묻혀 발자국을 남기고 박사가 아편 기운으로 잠들어 있는 사이 휴지통에 감출 수가 있었을 걸세. 그리고 안마당 쪽으로 난 동쪽 창문을 닫고 블라인드를 내린 것은, 서재에 있었던 누군가가 자신이 하는 행동을 옆집 사람에게 들키고 싶지 않았기 때문임을 말해 주는 증거가 아닐까!"
번스는 천천히 담배를 빨아 길게 연기를 뿜어냈다.
"매컴, 나는 데모스테네스(고대 그리스 아테네의 정치가·웅변가. BC 384~322)는 아니지만 블리스 박사 사건에 관한 한 어느 법정에서나 무죄방면시킬 자신이 있네."
매컴은 뒷짐을 지고 방 안을 서성거리기 시작했다. 이윽고 그는 한 발 양보해서 말했다.
"이 죽음의 덫이 있었다는 것과 커피잔에 아편이 들어 있었다는 사실은 사건이 완전히 새로운 국면에 접어들었음을 의미하네. 사건의 범위를 크게 확대해 누군가 다른 사람이 범인일 가능성을 만들어냈을 뿐만 아니라 오히려 그편이 옳다고까지 여겨지게 되었네."
매컴은 갑자기 우뚝 서서 히스를 바라보았다.
"히스 부장, 당신 의견은 어떻소!"
잠시 사이를 두었다가 부장이 고백했다.
"나는 거의 미칠 지경입니다. 이 시시한 사건은 한 치 틈도 없는 자루 속에 보기좋게 몽땅 처넣었다고 생각했었는데, 지금 번스 씨가 교묘한 재간을 부려 저 선생에게 빠져나갈 구멍을 만들어 주었군요."
히스는 분한 듯 번스를 흘겨보았다.
"번스 씨, 당신은 변호사가 될 걸 그랬습니다."
그의 어조에는 대단한 경멸이 담겨 있었다.
매컴은 미소를 참지 못했으나 번스는 짐짓 풀죽은 듯 머리를 내저으며 히스 부장을 보았다.
번스는 농담투로 항의했다.
"아니 부장, 왜 나를 모욕하시오? 나는 다만 당신과 매컴 검사가 바보짓하는 걸 구해주었을 뿐이오. 그런데 이런 식의 감사를 받다니. 나보고 변호사가 되라고? 아아, 슬프고 원망스러운지고."
"빈정거리지 말기로 하세."
매컴은 번스의 들뜬 태도에 장단맞추기에는 너무나 기분이 비참했다.
"자네 주장이 맞았네. 그건 좋은데, 덕분에 나는 정말 심각한 문제를 떠안게 되었네."
히스가 말을 받았다.
"하지만 아직도 블리스 박사에 대한 불리한 증거가 많이 있지 않습니까!"
"그렇소, 부장" 하고 번스가 말했다. "하지만 그 증거들이 엄밀한 검토에 견뎌낼는지가 문제요."
"자네 생각은 그러니까" 매컴이 나섰다. "일부러 남겨놓은 증거라는 건가? 즉 진짜 범인이 블리스 박사를 모함하기 위해 일부러 여러 가지 증거를 남겨놓았다는 말인가!"
"그런 수법은 그리 신기할 것도 없지. 남에게 혐의를 뒤집어씌우려는 살인범은 그 동안에도 얼마든지 있었으니까. 범죄의 역사는 죄 없는 인간이 상황증거로 유죄가 된 예로 가득차 있네. 이런 사건에서는 오판으로 이끌려는 진범인에 의해 증거물이 일부러 만들어지는 일이 흔히 있지."
"하지만 지금 단계로서는 블리스 박사를 지목하는 증거물을 완전히 무시할 생각이 없네, 번스. 박사에 대한 의심을 완전히 떨쳐버리기 전에 그에 대한 음모를 먼저 입증하지 않으면 안 되네."
"그래서 체포는!"
매컴은 머뭇거렸다. 생각건대 지방검사는 번스가 이처럼 많은 모순되는 증거를 제시한 이상 자신의 증거가 절망적임을 깨달았던 게 틀림없다.

"물론 못하겠지. 자네가 제시한 증거의 가능성 때문에 지금으로서는 박사를 체포하라고 명령할 수 없네. 그러나……"

매컴은 엄숙한 표정을 지었다.

"나는 블리스 박사에게 불리한 증거를 무시할 생각은 전혀 없네."

"이렇게 법률적으로 복잡한 상황일 때는 대개 어떻게 하나!"

매컴은 난처한 듯 잠시 말없이 담배를 피웠다. 이윽고 그는 선언했다. "블리스 박사에게 엄중한 감시를 붙이겠네." 그리고 히스 부장을 돌아보았다. "부장, 부하들에게 박사를 풀어주도록 명령하시오. 단 밤낮으로 미행을 붙이도록 하시오."

"나도 그렇게 하는 편이 좋다고 생각합니다, 검사님."

바깥계단을 향해 걸어가는 히스 부장을 매컴이 다시 불렀다.

"그리고 부장, 블리스 박사에게 집을 나갈 때에는 반드시 나에게 말하라고 이르시오."

이윽고 히스의 모습이 사라졌다.

10 노란 연필

7월 13일 금요일 오후 2시 30분
 매컴은 천천히 새 담배에 불을 붙이고 상감세공한 보물궤 가까이 놓인 의자에 털썩 주저앉아 번스를 마주보았다.
 매컴은 지친 듯 한숨을 내쉬었다.
 "정세는 중대하고, 또 아주 복잡해졌네."
 번스가 대답했다. "일은 자네가 생각하는 것보다 훨씬 더 중대하네. 그리고 훨씬 더 복잡해. 잘 듣게, 매컴, 이 살인사건은 자네가 지금까지 다루어온 범죄 가운데 가장 경탄할 만한 교묘한 음모일세. 얼른 보기에는 간단하고 명백한 것 같네. 범인이 그렇게 보이도록 만들어 놓았으니까. 최초의 단서에 대한 자네의 판단은 바로 범인이 노린 바였네."
 매컴은 번스에게 날카로운 시선을 던지며 말했다.
 "자네는 범인의 계획이 어떤 것인지 짐작하고 있겠지!"
 이 말은 질문이라기보다 사실의 단정에 가까웠다.
 "물론 짐작은 했지." 번스는 갑자기 초연한 태도로 바뀌었다. "하지만 자네가 '계시'라고 부를 만한 것은 아닐세. 나는 이 사건에 음모가 있다는 것을 곧 알아차렸네. 꼬리를 물고 발견된 증거들이 내 추론을 뒷받침해 주었지.

그러나 이 음모에 대한 나의 짐작은 모호할 뿐이네. 음모의 정확한 목적은 전혀 알지 못하니 말이야. 하지만 겉으로 드러난 단서가 일부러 누군가에게 혐의를 씌우려는 의도임을 알아낸 이상 진상을 파악할 필요는 있네."

매컴은 덤벼들 듯이 벌떡 일어섰다.

"자네가 속으로 생각하고 있는 짐작이란 뭔가!"

"여보게, 매컴, 서두르지 말게." 번스는 부드럽게 미소지었다. "내 마음은 구름에 덮이고 그림자에 가려져 있네. 아지랑이와 안개비와 증기와 구름과 연기로 차 있네. 새털구름과 안개구름과 뭉게구름과 겹구름으로 가득차 있어. 솜털과 숫말의 꼬리와 망아지 꽁지와 고양이 꼬리와 서릿발과 물보라가 넘쳐흐르네. '천지가 어두컴컴하여 지척을 분간할 수 없도다' 내 마음은 그야말로 운학적(雲學的 : 운학은 기상학에서 구름을 연구하는 한 분야)이라네."

"자네의 그 기상학 용어에는 두 손 들었네. 나는 무식한 지방검사에 지나지 않는다는 것을 잊지 말게, 번스."

매컴의 목소리에는 노여움이 서려 있었다.

"하지만 이제 어떤 방법을 취해야 할지 일러주겠지? 솔직히 말하지만 나로서는 블리스 박사의 가족을 한 사람 한 사람 심문하는 것 말고는 이 문제를 다룰 방법이 전혀 없네. 안 그런가? 블리스 박사가 범인이 아니라면 이 범죄는 집안 사정을 잘 알 뿐만 아니라 자유로이 드나들 수 있는 누군가가 저지른 것이 틀림없으니까."

번스가 제안했다.

"내가 생각하건대 첫째, 이 가정의 상황과 가족 구성원들간의 관계를 잘 알아내야 하네. 그렇게 하면 얼마쯤 밑그림이 그려지겠지. 수사의 구체적인 방향이 잡힐지도 모르네."
번스는 의자에서 몸을 꿈틀거렸다.
"매컴, 이 사건의 해결은 우리가 동기를 찾아낼 수 있느냐 없느냐에 달렸네. 그리고 그 동기에는 음산한 잔가지들이 뻗어 있네. 이 사건은 흔한 범죄가 아닐세. 천재적이라고 할 만큼 교묘하고 교활하게 계획되었네. 거대한 동기만이 이런 범죄를 낳을 수 있지.

이 범죄의 배후에는 광신적인 것이 있네. 냉혹하고 극도로 잔인하며 강한 세계가. 살인은 더없이 악마적인 어떤 일을 위해 행해졌음에 틀림없네. 목적을 위한 수단이지.

그 준비된 행동의 궁극적인 목적은 카일의 죽음보다 훨씬 더 무섭고 비열한 것을 목표로 하고 있음이 분명하네. 단순하고 깨끗한 순간적인 살인이라면 경우에 따라 당연한 일로 해석될 수 있고 적어도 정상참작의 여지가 있지. 그러나 지금 문제되고 있는 사건의 범인은 단순한 살인만으로는 끝낼 것 같지 않네. 그는 살인을 무기 삼아 죄없는 사람을 파멸시키려 하는 걸세."
매컴은 불안한 듯 일어나 샤와브티스를 보관한 장식장에 기대섰다.
"자네 말이 옳아. 그럼 직접 면담해 보지 않고서 어떻게 이 집 사람들의 대인관계를 파악할 수 있을까!"
"지금 이 집에 살고 있는 사람들과는 다른 입장에 있는 한 인물을 심문하는 걸세."
"스칼릿 씨 말인가!"
번스는 고개를 끄덕였다.
"그는 지금까지 우리에게 말한 것 이상의 무언가를 확실히 알고 있네. 2년 동안이나 블리스 박사의 발굴단에 있었으니까. 이집트에서 살았기 때문에 이 집 가정 사정에 대해서도 잘 알고 있네. 이 집

식구들과 만나기 전에 잠깐 그와 인터뷰를 해도 안 될 건 없겠지. 심문하기 전에 알아둬야 할 일이 몇 가지 있네."

매컴은 번스를 빤히 바라보았다. 이윽고 그는 천천히 머리를 끄덕였다.

"자네는 마음 속에 뭔가 짚이는 바가 있군, 번스. 그것은 비구름도, 안개구름도, 뭉게구름도, 새털구름도 아닐세. 뭐, 아무래도 좋겠지. 스칼릿 씨를 불러다 어서 심문해 보게나."

마침 히스가 박물관으로 돌아왔다.

"블리스 박사는 침실로 들어갔습니다. 밖으로 나가지 말라고 일렀지요. 다른 식구들은 지금 응접실에 있습니다. 헤네시와 에머리가 눈을 떼지 않고 지키고 있습니다. 호송차는 돌려보냈습니다. 스니트킨은 현관문을 감시하고 있습니다."

나는 그처럼 어깨가 처진 히스를 본 적이 없었다.

"체포하지 않겠다고 했을 때 블리스 박사의 태도는 어땠소!"

번스가 그에게 물었다.

"아무래도 상관없다는 태도였습니다." 부장은 화가 치미는 듯 대답했다. "말 한마디 없었습니다. 얼빠진 듯 얼굴을 숙이고 2층으로 올라갔습니다. 이상한 사람입니다, 정말."

"이집트학자란 대개 그렇다오, 부장." 번스는 위로하듯 말했다.

매컴은 다시 초조한 얼굴이 되었다. 그는 무뚝뚝하게 히스에게 말했다.

"심문에 들어가기 전에 번스와 내가 스칼릿 씨의 이야기를 들어보기로 했소. 가서 데리고 오시오."

히스 부장은 두 팔을 들어 체념의 몸짓을 했다. 그리고 박물관을 나갔다.

한참 뒤 그는 스칼릿과 함께 돌아왔다.

번스는 의자 몇 개를 끌어당겼다. 그 진지한 몰입으로 미루어 나는 그가 스칼릿과의 면담을 크게 중요시하고 있음을 짐작했다. 그때 나는 번스가 속으로 무슨 생각을 하고 있는지도 몰랐을 뿐더러 왜 스칼릿을 주요 정보원으로 택했는지도 알 수 없었다.

그러나 날이 저물기 전에 모든 것을 알게 되었다. 한 치의 빈틈도 없는 정확하고 정밀한 판단력으로 번스는 카일 살해사건의 해결에 필요한 자료를 공급해 줄 인물을 선택했던 것이다. 그리고 스칼릿으로부터 알아낸 정보가 사건 해결에 결정적인 단서가 되었다는 사실이 그날 오후 밝혀졌다.

번스는 아무런 설명도 없이 불쑥 블리스 박사를 체포하지 않기로 했다는 것을 스칼릿에게 알렸다.

"매컴 지방검사는 박사의 체포를 미루기로 했네. 지금까지 드러난 증거에는 모순이 많거든. 법적으로 보아 박사가 유죄라는 주장에 중대한 의문을 던지는 점이 두어 가지 발견된 걸세. 솔직히 말해서 결정적인 행동을 취하려면 재조사가 필요하다는 결론에 이르렀다네, 스칼릿."

스칼릿은 안도의 빛을 감추려하지 않았다.

"아아, 번스, 그 말을 들으니 정말 기쁘군." 그는 진심으로 기뻐하며 외쳤다. "블리스 박사가 범인이라니, 상상도 할 수 없는 일일세. 도대체 동기가 없지 않아? 카일 노인은 박사의 은인이고……."

"자네는 이 사건을 어떻게 생각하나, 스칼릿!"

번스가 가로막고 물었다.

스칼릿은 머리를 세게 내저었다.

"생각이라니, 당치도 않네. 그저 어안이 벙벙할 뿐일세. 어째서 이런 일이 생겼는지 도무지 모르겠네."

"정말 기이한 일일세." 번스가 중얼거렸다. "먼저 이 사건은 동기부터 찾지 않으면 안 되네. 그래서 자네의 도움을 받고 싶네. 나는 블리스 박사의 집안 내부사정에 대해 알고 싶네. 자네는 이 집에 늘 드나드니까 틀림없이 내가 알고 싶어하는 것을 가르쳐줄 수 있으리라 생각하네. 예를 들어 자네는 카일 노인과 블리스 부인의 아버지가 아주 친한 사이였다고 말했었지. 모두 이야기해 주겠나!"

"그건 좀 로맨틱하지만 아주 간단한 이야기라네."

스칼릿은 말을 끊고 파이프 담배를 꺼냈다. 그리고 담배에 불을 붙이더니 설명을 이었다.

"메리트의 아버님 아베르크롬비에 노인의 이야기는 자네도 알고 있겠지? 아베르크롬비에는 1885년 이집트에 가서 다음해 가스통 마스페로 경이 프랑스로 돌아가 콜레쥬 드 프랑스 강단에 복귀할 때 그레보의 조수가 되었네.

마스페로는 1899년에 다시 이집트로 돌아와 1914년에 사직할 때까지 카이로의 이집트 고대박물관 관장으로 있었지. 1914년에 마스페로는 파리 역사고고학 아카데미의 상임 서기장으로 선출되었거든. 그리하여 아베르크롬비에가 마스페로의 뒤를 이어서 카이로 고대박물관 관장이 되었다네. 그런데 1898년 그는 콥트교도 여자와 사랑에 빠져 그녀와 결혼했네. 메리트는 그 2년 뒤에 태어났지. 1900년에."

스칼릿은 파이프가 말을 잘 듣지 않는지 두 번 성냥을 그어 불을 붙였다.

"카일은 메리트가 태어나기 4년 전인 1896년에 나일 강 관개공사[1]에 재정적으로 참여한 뉴욕 은행단 대표의 한 사람으로 이집트에 갔었지. 그때 아직 그레보의 조수였던 아베르크롬비에를 만나 두 사람 사이에 깊은 우정이 싹텄네.

카일은 댐 건설공사가 진행되는 동안, 그러니까 1902년까지 거

노란 연필

의 해마다 이집트를 방문했네. 당연히 아베르크롬비에와 결혼한 콥트족 여자와도 만났지. 그리고 나는 카일이 그녀에게 굉장한 애착을 가졌었다고 믿을 만한 여러 가지 증거를 쥐고 있네. 그러나 그는 아베르크롬비에의 친구며 또 신사였으므로 지나친 행동은 절대로 하지 않았네.

그러다 그녀가 메리트를 낳고 죽자 카일은 공공연히 그 애정을 어머니에게서 딸에게로 옮겼네. 메리트의 대부(代父)가 되어 친자식처럼 사랑을 쏟아 그녀를 뒷바라지했지. 카일은 결코 나쁜 사람이 아니었네."

"그런데 블리스 박사는!"

"블리스 박사는 1913년 겨울에 처음으로 이집트에 갔네. 그때 아베르크롬비에와 만났는데, 두 사람은 곧 친해졌지. 그리고 그 무렵 13살이었던 메리트와도 만났네.

7년 뒤인 1920년에 솔비터 청년이 블리스 박사를 카일 노인에게 소개했네. 그리하여 제1차 이집트 발굴이 1921년부터 1922년에 걸쳐 이루어졌지. 아베르크롬비에는 1922년 여름 이집트에서 죽고 그들의 관습에 따라 예부터 집안을 받들던 하인 하니가 메리트의 아버지가 되었네.

블리스 박사의 제2차 이집트 발굴은 1922년에서 1923년에 걸쳐 이루어졌네. 이때 블리스 박사는 다시 메리트를 만났지. 메리트는 그 무렵 22살이었고, 그 다음 해 봄 박사는 메리트와 결혼했네. 번스, 자네는 1924년 블리스 박사의 제3차 발굴 때 메리트를 만난 셈일세.

블리스 박사는 제2차 발굴이 끝나자 메리트를 미국으로 데려왔네. 그리고 지난 해 하니도 자신의 개인 고용인으로 만들었지. 그때 하니는 이집트 정부로부터 탐험 현장검사관에 임명되었네. 이것이 블리스 박사와 카일 노인과 아베르크롬비에 씨와 메리트의 대체적인 관계일세. 자네가 알고 싶다는 게 이런 것인가!"
번스는 생각에 잠겨 담배 끝을 바라보았다.
"그렇다네. 요컨대 카일 노인이 블리스 부인에게 관심을 가진 것은 그 어머니에 대한 애정과 아버지에 대한 우정에서 비롯된 것이었군. 그리고 블리스 박사의 발굴을 도울 만큼 블리스 박사의 일에 계속 관심을 가져준 것은 박사가 자신이 사랑하던 여자의 딸과 결혼했기 때문이라고 볼 수 있겠구먼."
"그렇지. 그렇게 보아도 될 걸세."
"그렇다면 카일 노인은 블리스 부인의 이름을 유언장에 올리는 것을 잊지 않았겠구먼. 스칼릿, 자네 혹시 카일 노인이 부인을 위해 어떤 유산을 남겨두었는지 아나!"
스칼릿이 설명했다.
"내가 듣기에 카일 노인은 메리트를 위해 막대한 재산을 남겼다고 하더군. 언젠가 하니로부터 카일 노인이 엄청난 액수의 재산을 그녀에게 남겼다는 말을 들었네. 하니는 그 얘기를 듣고 여간 기뻐하지 않았네. 어쨌든 그는 메리트에 대해서 주인을 따르는 충실한 개 같은 애정을 가지고 있음에 틀림없네."
"그럼, 조카 솔비터는!"
"카일 노인은 그 젊은이에 대해서도 충분한 배려를 했으리라 생각하네. 카일 노인은 독신이었네. 메리트의 어머니에 대한 사랑 때문에 독신으로 지내게 된 건지도 모르지. 게다가 솔비터는 노인의 하나뿐인 조카였거든. 그는 조카를 더없이 사랑하고 있었네. 아마 유언장을 조사하면 메리트와 솔비터 젊은이에게 같은 액수를 남겨놓지 않았을까 생각되네."
번스는 매컴에게로 눈길을 돌렸다.

"매컴, 자네에게는 외교 수완이 뛰어난 각 분야의 조사원이 있으니 그 가운데 한 사람을 시켜 카일 노인의 유언장 내용을 은밀히 알아볼 수 없을까? 그 자료가 입수되면 실제로 큰 참고가 될 것 같네만."
매컴은 확실한 대답을 꺼리는 듯했다.
"조사해서 안 될 건 없겠지. 이 사건이 신문에 발표되면 카일 노인의 변호사가 나타날 걸세. 그때 압력을 좀 넣겠네."
번스는 다시 스칼릿에게로 말머리를 돌렸다.
"자네는 카일 노인이 요즘들어 블리스 박사의 발굴 작업에 드는 비용을 대는 것을 꺼렸다고 말했지. 그 까닭 가운데 발굴 결과가 즉시 나타나지 않는다는 것 말고 또 다른 이유가 있지 않았을까!"
스칼릿은 잠깐 생각에 잠겼다.
"아…… 아닐세. 자네도 알다시피 블리스 박사가 계획하는 이런 발굴 작업은 엄청나게 돈이 들면서도 결과가 도무지 확실치 않다네. 그리고 비록 성공한다 해도 뚜렷한 가치가 증명될 때까지 오랜 시간이 걸리지. 카일 노인은 싫증이 나기 시작한 걸세. 그는 이집트 학자도 아니고 그 방면에 대한 지식도 전혀 없었거든.

그는 블리스 박사가 남의 돈을 빼내 봉잡이 노름이나 하는 줄 알았던 모양일세. 사실 지난 해에도 새로 시작한 발굴에서 무언가 결정적인 결과가 나오지 않으면 더 이상 돈을 대지 못하겠다고 못박았지. 그때문에 박사는 어젯밤 회계보고서 작성에 온 정성을 다 쏟았고, 어제 새로 도착한 보물을 노인에게 보여주려고 했던 걸세."
"카일 노인의 태도에서 어떤 개인적인 감정은 느낄 수 없었나!"
"전혀 그렇지 않았네. 개인적인 관계는 아주 원만했지. 노인은 블리스 박사를 개인적으로 좋아하고 또 존경하고 있었네. 그리고 블리스 박사는 카일 노인에 대해 고맙게 생각하고 있었지. 틀림없네, 번스. 그런 각도에서는 아무리 찔러봐야 소용이 없을 걸세."
"어젯밤 블리스 박사는 카일 노인과의 만남에 대해 어떤 결과를 전망하고 있었나? 걱정하고 있었나, 아니면 낙관했었나!"
스칼릿은 눈썹을 찌푸리며 파이프를 빨았다.
이윽고 그가 대답했다.
"어느 쪽도 아닌 것 같았네. 박사의 정신 상태는 말하자면 철학적이라고 할 수 있네. 그는 사물을 담담하게 생각하는 사람으로, 순리에 맡기는 그런 성격이지. 자제심이 말할 수 없이 강하다네. 어디까지나 진지한 학자라고나 할까!"
"흐음……"
번스는 담배를 버리고 두 손을 머리 위로 돌려 깍지꼈다.
"만일 카일 노인이 더 이상 발굴 비용을 대지 못하겠다고 거절하면 박사에게 어떤 영향을 미치게 된다고 생각하나!"
"그건 간단하게 대답할 수 없네. 아마 어디 다른 데서 자금을 구해야겠지. 아무튼 블리스 박사가 인테프의 묘역에 실제로 발을 들여놓은 건 아니지만, 일이 크게 진척되어 있었으니까."
"만일 발굴이 중단되었다면 솔비터는 어떤 태도를 취했을까!"
"블리스 박사 이상으로 그는 이 일에 집착하고 있었네. 그는 굉장히 정열적인 젊은이로, 이 작업을 계속 지원해 주기를 몇 번이나 숙부 카일 노인에게 간청하고 있었지. 노인이 막무가내로 거절했다면 그도 아마 크게 실망했을 걸세. 내가 알기로는 발굴이 끝날 때까지 카일 노인이 계속 재정적으로 도와주면 유산을 받지 않아도 좋다고까지 말했던 모양일세."
"젊은이의 열의에는 조금도 의심할 게 없군."
번스는 꽤 오랫동안 입을 다물고 있었다. 이윽고 그는 담배 케이스를 꺼냈으나 열려고 하지도 않고 손가락 끝으로 가볍게 두드렸다.
"또 한 가지 묻고 싶은 점이 있는데, 스칼릿. 블리스 부인은 남편의 일에 대해 어떻게 생각하고 있나!"

그 질문은 너무도 막연했다. 내가 생각하기에 번스는 일부러 그런 방식을 택한 것 같았다.

스칼릿은 조금 어리둥절했다. 하지만 그는 곧 대답했다.
"오오, 메리트는 아주 정숙한 부인일세. 결혼해서 처음 1년 동안은 박사의 일에 무엇이든 흥미를 가졌었지. 자네도 알다시피 1924년의 발굴에는 박사와 동행했을 정도였네. 텐트에서 지내면서도 더할 나위 없이 행복해 보였네.

그러나 솔직히 말하자면 번스, 그녀의 관심은 차츰 식어갔네. 나는 민족적인 반응이 아닌가 생각하네. 그녀의 몸에 흐르고 있는 이집트인의 피가 강력한 영향을 미친 거지. 그녀의 어머니는 이집트의 신성한 것에 대해 거의 광신적인 신앙을 가지고 있었고, 그것들을 더없이 자랑스럽게 생각했다네. 서양 야만인들——그녀의 어머니는 서구의 과학자들을 그렇게 불렀다네——이 조상의 무덤을 파헤치는 것을 몹시 증오했지.

하지만 메리트는 자신의 의견을 말한 적이 한 번도 없었네. 이것은 단순한 내 추측이지만, 어머니의 적개심이 요즘 들어 얼마쯤 그녀의 마음 속에 되살아나지 않았나 싶네. 그렇다고 해서 중대하게 받아들일 만한 건 아닐세. 그 점은 아무쪼록 오해없기 바라네. 메리트는 어디까지나 블리스 박사와 그가 하는 일에 충실했으니까."
"하니가 블리스 부인의 정신 상태에 어떤 영향력을 끼치고 있지 않을까!"

스칼릿은 번스에게 의아해하는 눈길을 슬쩍 던졌다. 그리고 마지못해 대답했다.

"그럴지도 모르지."
그는 더 이상 입을 열지 않았다.
번스는 집요하게 그 문제를 물고 늘어졌다.
"내가 보기에는 큰 영향을 미치고 있는 것 같네. 좀더 극단적으로 말하면 나는 블리스 박사 자신도 부인에 대한 하니의 영향력을 느끼고 몹시 미워하고 있는 것이 아닐까 생각되네. 오늘 아침 박사가 박물관으로 내려왔을 때 하니에게 퍼부은 욕설을 기억하겠지? 그는 드러내놓고 하니가 아내의 정신을 해쳤다고 비난했네."
스칼릿은 의자 속에서 편치 않은 듯 몸을 움직이며 파이프를 깨물고 있었다.
그는 변명하듯 말했다.
"블리스 박사와 하니 사이에는 정 같은 건 전혀 없었네. 박사가 그를 이리 데려온 것은 메리트가 강력하게 요구했기 때문일세. 박사는 하니가 이집트 정부를 위해 스파이 짓을 하고 있다고 믿는 모양일세."
"그런 건 터무니없는 일이 아닌가!"
스칼릿은 갑자기 심각한 표정을 지었다.
"사실 나로서도 뭐라고 말할 수 없네, 번스. 그러나 이것만은 말해두지. 메리트는 남편을 근본적으로 배신하는 그런 짓은 절대로 못할 걸세. 비록 박사와의 결혼이 잘못되었다고 생각할지라도——어쨌든 박사는 아내보다 훨씬 나이가 많고 늘 일에만 매달려 있으니까——부인은 자신이 선택한 길을 버리지 않을 걸세."
"그렇겠지."
번스는 희미하게 고개를 끄덕이며 담배 케이스에서 담배를 한 개비 꺼냈다.
"그렇다면 이제 좀 대답하기 곤란한 질문을 하겠네. 블리스 부인은

"…… 저어 뭐랄까…… 남편 이외의 다른 무언가에 관심을 갖고 있지는 않나? 다시 말해서 그 여자의 속마음이 블리스 박사의 일생을 건 사업 이외 다른 어떤 것으로 옮겨지는 일이 가능한가!"
스칼릿은 일어나 빠른 말투로 주워섬겼다.
"무슨 소린가, 번스. 집어치우게. 자네는 나에게 그런 질문을 할 권리가 없네. 나를 수다쟁이 여자로 취급하지 말아주게. 그런 일에 대해서는 말할 수 없네. 자네는 정말 나를 곤란한 입장에 몰아넣을 참인가!"
나도 스칼릿의 딱한 입장을 동정했다.
번스는 태연하게 대답했다.
"살인이란 고상한 사회에서는 일어나지 않는 법일세, 스칼릿. 우리는 그 예가 없을 만큼 기괴한 상황에 맞닥뜨려 있네. 누군가가 카일 노인을 세상에서 가장 무참한 방법으로 없애버렸네. 자네의 예민한 감정이 그토록 혼란스러웠다면 지금 그 질문은 취소하겠네."
번스는 맑게 웃었다. "자네도 메리트의 매력에 전혀 무감각하지는 않은 모양이로군, 스칼릿."
스칼릿은 번스 쪽으로 몸을 홱 돌리더니 무섭게 그를 흘겨보았다.
스칼릿이 입을 열어 무슨 말을 하기도 전에 번스가 벌떡 일어나 스칼릿의 눈을 마주 쏘아보며 조용히 말했다.
"한 사람이 살해됐네, 스칼릿. 더욱이 이 살인에는 잔인한 음모가 있네. 또한 사람의 목숨이 위험에 노출돼 있는 걸세. 나는 누가 그 끔찍한 음모를 꾸며냈는지 찾아내고, 죄없는 사람을 전기의자에서 구해내기 위해 여기 있는 걸세. 그러므로 하찮은 인습에 구애받을 수는 없네. 여느 경우라면 그것도 괜찮겠지. 하지만 이 경우 그것은 어리석기 짝이 없는 일일세."
스칼릿은 끄떡없이 번스의 눈길을 받아넘겼다. 잠시 후 스칼릿은 다시 앉았다. 그리고 낮은 목소리로 인정했다.

"사실 자네 말이 맞네, 번스. 자네가 묻는 일에 모두 대답하지."

번스는 무관심하게 고개를 끄덕이며 계속 담배를 피웠다.

"자네가 할 만한 이야기는 이제 다 했네, 스칼릿. 하지만 나중에 또 부를지도 모르네. 벌써 점심때가 훨씬 지났군. 집에 잠시 들렀다 오게."

스칼릿은 안도의 숨을 내쉬며 일어섰다.

"고맙네." 그리고 그는 아무 말 없이 나가버렸다.

히스가 그 뒤를 쫓아가 스니트킨에게 스칼릿을 밖으로 내보내라고 이르는 목소리가 들렸다.

히스 부장이 돌아오자 매컴이 번스에게 말했다.

"스칼릿 씨의 정보는 어느 정도 참고가 되었나? 이 문제에 실마리를 제공하지는 못한 듯싶네만."

"농담 그만두게, 매컴." 번스는 안됐다는 듯이 머리를 내저었다. "스칼릿 덕분에 사건 해결에 큰 진전이 있었네. 정말 크게 도움이 되었어. 이제 이 집 식구들을 심문할 때 우리가 기댈 수 있는 결정적인 토대가 마련되었네."

매컴은 자리에서 일어나 싸늘하게 번스를 내려다보았다.

"그처럼 자신이 있다니 고맙군. 자네는 정말로 믿고 있나……."

매컴은 자신의 생각을 감히 입에 담을 용기가 없었던지 말 끝을 흐렸다.

"그렇네. 나는 이 범죄가 어떤 목적을 위한 수단에 지나지 않는다고 믿고 있네. 그 참된 목적은 어떤 죄없는 사람을 끌어들여 방해되는 몇 가지 요소를 깨끗이 없애려는 데 있다고 나는 확신하네."

매컴은 한동안 꼼짝도 않고 서 있었다. 그는 머리를 끄덕이며 말했다.

"자네의 말뜻은 알겠네. 물론 갖가지 일이 있을 수 있지."

지방검사는 머리 위에 담배연기의 구름을 만들면서 박물관 안을 왔다갔다하기 시작했다. 이윽고 매컴은 걸음을 멈추고 심각한 얼굴로 번스를 내려다보면서 말했다.

"자네에게 한 가지 물어볼 게 있네. 자네는 솔비터의 연필을 빌렸었지. 저 캐비닛 위에서 자네가 발견한 '받침대'로 쓴 연필의 상표가 뭐였나? 몽골 1호였나!"

번스는 머리를 가로저었다.

"아니, 아니었네. 코이노르였지. 몽골 1호보다 훨씬 단단한 HB연필이었네. 몽골 1호는 아주 연하지. 자네도 알다시피 몽골과 코이노르는 아주 비슷하네. 둘다 육각형으로 노란 빛깔이지. 코이노르는 체코슬로바키아의 할트무트 회사에서 만들어낸다네. 유럽에서 가장 오래된 회사 가운데 하나지. 코이노르는 본디 오스트리아 연필이었는데, 제1차 세계대전이 끝난 뒤 오스트리아 제국이 분할되어……."

매컴의 얼굴이 갑자기 어두워졌다.

"초보적인 역사강의는 그만두게. 그러면 죽음의 덫에 쓰인 건 몽골 연필이 아니었구먼."

매컴은 번스 쪽으로 바싹 다가섰다.

"또 한 가지 묻겠는데, 오스트리아 제국의 분열에 대한 강의 따위로 나는 속아넘어가지 않네. 자네가 블리스 박사의 서재 책상 위에서 본 연필은 상표가 뭐였나!"

번스는 한숨을 쉬었다.

"그렇게 나올 줄 알고 걱정하고 있었지. 실은 그것을 자네에게 말하기가 좀 겁이 나네. 자네는 성미가 급해서."

매컴은 화난 듯 번스를 흘겨보고 나서 블리스 박사의 서재 쪽으로 발길을 돌렸다.
 "아, 굳이 나선형 계단을 오르내릴 필요는 없네" 하고 번스가 뒤에서 말을 던졌다. "내가 가르쳐주지. 그건 코이노르였네."
 "아아."
 "설마 그걸 가지고 또 이러쿵저러쿵하지는 않겠지!"
 매컴이 대답할 때까지는 조금 시간이 걸렸다.
 "요컨대 그 연필은 특별히 단정적인 증거가 안 되니까. 게다가 누구나 서재에 드나들 수 있었잖나."
 번스는 싱긋 웃음지었다.
 "지방검사께서 이토록 너그러우신 줄은 미처 몰랐는데."

*1 스칼릿이 언급한 관개공사를 통해 아스완 댐, 아시우트 둑, 에스네 댐이 완공되었다.

11 커피 여과기

7월 13일 금요일 오후 2시 45분
 매컴은 자리로 돌아왔다. 그는 너무도 낙심한 나머지 번스의 우스갯소리에 화낼 여유도 없는 듯했다. 처음에는 아주 단순하고 간단해 보이던 사건이 점점 복잡해져갔다. 바야흐로 교묘하고 무서운 저류가 느껴지지 시작했던 것이다.
 이제는 이 범죄가 한낱 잔인한 살인사건에 그치지 않고 사악한 음모가 여러 갈래로 깊이 뿌리내리고 있음이 확실해졌다. 히스 부장조차도 처음에 사건의 급속한 해결을 기대하게 만들었던, 겉보기에 명백한 단서에서 숨겨진 뜻을 느끼기 시작했다.
 부장은 얇은 입술 사이로 담배를 올렸다내렸다하며 동의했다.
 "그렇지요. 그 연필에 특별한 뜻이 있는 것도 아니니까. 이 사건은 ──당신 말대로 번스 씨──좀 골치아프게 되었습니다. 누구든 머리가 있는 녀석이라면 자신에게 혐의가 돌아올 단서를 사방에 뿌려놓지는 않겠지요."
 히스는 눈썹을 찌푸리고 매컴을 보았다.

"검사님, 그 커피 속의 아편은 어떻게 생각합니까!"
매컴은 입술을 꽉 다물었다.
"지금 그것을 생각하고 있는 참일세. 누가 블리스 박사에게 아편을 먹였는지 당장 알아내도록 수배해야 할 걸세. 번스, 자네 의견은 어떤가!"
번스는 여전히 생각에 잠겨 담배를 피우고 있었다.
"좋은 생각이네. 누가 박사의 커피에 아편을 집어넣을 수 있었는지 알아내야 하네. 그 일을 한 인물이 카일 노인을 먼 순례여행으로 보낸 장본인일 테니까. 사실 사건의 열쇠는 누가 커피잔에 손댈 기회를 가지고 있었느냐에 달려 있네."
매컴은 결연히 자세를 가다듬었다.
"히스 부장, 집사를 데려오게. 응접실 사람들 눈에 띄지 않도록 서재 쪽으로 살짝 데려오게."
히스는 벌떡 일어나 나선형 계단을 한 번에 세 단씩 뛰어올라갔다. 잠시 뒤 그는 브러시를 앞세우고 서재 입구에 다시 나타났다.

집사는 이미 공포상태에 빠져 있었다. 얼굴이 파랗게 질리고 주먹을 꽉 움켜쥐고 있었다.

그는 비틀비틀 우리에게 다가왔다. 그래도 본능적으로 예절바르게 허리굽혀 인사하고 잘 훈련된 하인이 명령받을 때 취하는 자세로 서 있었다.

"편히 앉으시오."
번스는 새 담배에 불을 붙이느라고 바빴다.
"당신이 흥분한 것도 무리는 아니오. 사실 곤란한 입장이니까. 하지만 되도록 마음을 가라앉히고 우리를 도와 주시오. 자, 겁내지 말고······."
"네, 나리."

집사는 의자 끝에 걸터앉아 두 손으로 무릎을 감싸안았다.
"잘 알겠습니다. 하지만 정신이 빠져서…… 어쨌든 15년 동안이나 이 댁 어른의 시중을 들어왔습니다만, 지금까지 이런 일은 한 번도……"
번스는 너그럽게 미소지었다.
"물론 그렇겠지요. 당신 입장은 동정하오. 그러나 뜻밖의 일이란 흔히 있는 법이오. 그리고 이것은 당신의 활동 영역을 넓히는 더없이 좋은 기회가 될지도 모르오. 사실 당신은 이 불행한 사건에서 우리들의 안내역이 되어 진상을 밝히는데 큰 도움을 줄 수 있을지도 모르오."
"그렇게 되면 저로서도 기쁘겠습니다."
집사는 번스의 허물없는 태도에 이끌려 냉정을 되찾았다. 번스는 매컴의 말없는 동의를 얻어 심문역을 맡았다.
"그럼, 먼저 이 집의 아침식사에 대해서 말해 보구려. 모두들 아침 커피를 어디서 마시지요!"
브러시는 이제 완전히 자신을 통제하고 있었다.
"아래층 식당에서 마십니다. 아래층 바깥쪽으로 작은 방이 있는데, 마님께서 이집트풍으로 꾸며놓았지요. 위쪽 식당에서는 점심과 저녁식사만 하십시다."
"모두들 함께 아침식사를 하오!"
"대개 그렇습니다. 8시에 모두 모여 8시 30분에 식사하십니다."
"그처럼 이른 시간에 누가 일어나 나오지요!"
"박사님과 마님과 솔비터 님과 하니 씨입니다."
번스의 눈썹이 조금 치켜올라갔다.
"하니 씨도 함께 식사하오!"
브러시는 당황했다.

"네, 아니오. 저어, 저는 이 댁에서의 하니 씨 위치를 잘 모릅니다…… 내 말뜻을 알아들으실지 모르겠습니다만. 박사님은 그를 하인처럼 다루시지만 하니 씨는 마님과 이야기할 때 마님의 이름을 부릅니다. 하니 씨는 부엌 안쪽 방에서 식사합니다. 저나 딩글 부인과 함께 식사를 하지는 않습니다."

그 말투에서 얼마쯤 반감이 느껴졌다. 번스는 그를 위로하듯 말했다.

"당신도 알겠지만 하니 씨는 부인의 친정에서 오래 전부터 시중들던 사람이고 또 이집트 정부의 관리요."

그러자 브러시는 얼버무리듯 대답했다.

"네, 그 사람이 그렇게 하는 편이 딩글 부인이나 저는 편합니다."

번스는 그 문제를 더 이상 추궁하지 않고 다시 물었다.

"스칼릿 씨가 아침식사를 함께 한 적도 있소!"

"꽤 자주 있습니다. 박물관 쪽 일이 있을 때는 더욱."

"오늘 아침에는 왔었소!"

"아니오, 오시지 않았습니다."

"그럼, 하니 씨는 아침 내내 방에 있었고 블리스 박사는 서재에 계셨다니 부인과 솔비터 씨 둘이서 식사했겠군요."

"그렇습니다. 마님은 8시 30분 조금 지나서 내려오셨고, 솔비터 님은 2, 3분쯤 뒤에 오셨습니다. 박사님은 8시에 서재로 가시면서 일이 있으니 기다릴 필요 없다고 말씀하셨습니다."

"하니 씨가 몸이 좋지 않다는 말은 누구에게서 들었소!"

"솔비터 님입니다. 하니 씨가 아침식사하러 내려오지 않는다고 나에게 전해주도록 부탁했답니다. 두 분의 방은 3층에 마주보고 있습니다. 그리고 하니 씨는 밤에 늘 문을 열어놓고 자는 모양입니다."

번스는 알았다는 듯이 고개를 끄덕였다.

"당신은 머리가 아주 좋군요. ……그러니까 오늘 아침 8시 30분에 집안 식구들의 위치는 이랬겠구려. 블리스 부인과 솔비터 씨는 아래층 식당에, 하니 씨는 3층 자기 침실에, 박사님은 서재에. 스칼릿 씨는 아마 자기 집에 있었겠지요. 당신과 딩글 부인은 어디 있었소!"

"딩글 부인은 부엌에 있었고, 저는 부엌과 식당 사이를 왔다갔다하며 시중들었습니다."

"그리고 당신이 아는 한 이 집에 다른 사람은 아무도 없었겠지요!"

집사는 조금 놀라는 눈치였다.

"네, 다른 사람은 아무도 없었습니다. 있을 까닭이 없습니다."

번스가 다그쳐 물었다.

"하지만 당신은 아래층에 있었는데 어떻게 정면 현관으로 아무도 들어오지 않았다는 걸 아오!"

"잠겨 있었습니다."

"확실하오!"

"확실합니다. 밤마다 잠자리에 들기 전에 자물쇠가 걸렸는지 어떤지 확인하는 것이 제 임무 가운데 하나입니다. 오늘 아침 9시 전에는 아무도 벨을 누른 사람이 없었고, 현관문으로 드나든 사람도 없었습니다."

"좋소."

번스는 잠시 생각에 잠겨 담배연기를 뿜어냈다. 그리고 귀찮은 듯이 의자에 기대어 눈을 감았다.

"그런 그렇고, 아침 커피는 어디서 어떻게 준비하오!"

"커피 말씀입니까!"

집사는 흠칫 놀라는 표정이었으나 곧 평정을 되찾았다.

"커피는 박사님께서 좋아하시는 것 가운데 하나로, 아시겠지만 언제나 9번 거리의 어느 이집트인 가게에서 가져옵니다. 새까맣고 촉촉한데, 볶을 때 조금 탈 정도로 볶는 모양입니다. 프랑스 커피 맛과 비슷하지요. 프랑스 커피 맛을 아시는지 모르겠습니다만."

"안됐지만 알고 있다오." 번스는 한숨을 내쉬며 얼굴을 찡그렸다. "살인적인 음료지요. 프랑스인이 뜨거운 우유를 듬뿍 치는 것도 무리는 아니오. 당신도 그 커피를 마시오!"

집사는 조금 당황했다. "아닙니다, 저는 마시지 않습니다. 그 맛을 별로 좋아하지 않기 때문에…… 마님께서 친절하게도 저와 딩글 부인은 재래식 커피를 마셔도 좋다고 허락해 주셨지요."

번스는 반쯤 눈을 감았다.

"흐음, 그럼, 박사의 커피는 재래식이 아닌가 보구려."

"그렇습니다. 제 표현이 잘못되었는지 모르겠지만, 아무튼 여느 커피와 다릅니다."

번스는 태도를 누그러뜨렸다.

"그걸 설명해 보시오. 커피 끓이는 방법에 대해서는 여러 가지 주장이 많지요. 이 문제에 대해서는 모두들 미친 듯이 야단이라오. 끓여야 한다는 파와 끓이지 말아야 한다는 파, 점적기(點滴器) 파와 여과기 파 사이에 시가전이 벌어진대도 나는 놀라지 않을 거요. 다 미친 짓이지요……. 마치 커피가 세상에서 가장 중대한 일인 듯 말이오. 게다가 한편에서는 차가…… 아니, 설명을 계속하시오. 이 문제에 대해서는 당신의 고견을 듣기로 하겠소."

매컴은 초조해하며 발 끝으로 마루를 쿵쿵 찍었다. 히스는 견디지 못하겠다는 듯 머리를 내젓고 있었다.

그러나 번스는 그런 엉뚱한 이야기로 그가 바라는 효과를 올리고 있었다. 브러시의 신경을 가라앉혀 그의 관심을 심문의 직접적인 목적에서 다른 데로 돌리는 데 성공했던 것이다.

"이 댁에서는 커다란 찻주전자 비슷한 일종의 여과기로 커피를 끓이므로……."

"그 진귀한 도구는 어디에 놓아두오!"

"늘 아침식사를 드시는 식탁 한 옆에 놓아둡니다. 그 밑에 알코올 램프가 있고, 커피가 그 밑으로……."

"떨어진다는 말이지요!"

"떨어진 뒤에도 식지 않도록 합니다. 그 여과기는 두 부분으로 나뉘어 있는데, 한 부분은 프랑스식 커피포트처럼 한쪽이 쑥 들어가 있습니다.

먼저 여과지를 구멍에 놓고 가루로 된 커피를 넣습니다. 딩글 부인이 아침마다 새로 빻지요. 그런 다음 조그만 쇠판자를 커피 위에 올려놓습니다. 박사님은 그것을 '물 배급기'라고 부르십니다. 그것을 놓은 뒤 찻주전자에서 끓인 물을 부으면 커피가 밑으로 똑똑 떨어집니다. 그러면 작은 꼭지를 비틀어서 따릅니다."

"재미있구려…… 그럼, 그 도구의 윗부분을 들어내면 바로 커피가 있겠군요!"

브러시는 이 질문을 듣자 조금 어리둥절한 표정을 지었다.

"네, 나리. 하지만 그럴 필요는 없습니다. 꼭지가 있기 때문에……."

"방식은 잘 알아들었소. 나는 다만 커피를 따르기 전에 뭔가 섞으려면 어떻게 할까 생각하고……."

"커피에 뭘 섞는다고요!"

집사는 그야말로 깜짝 놀란 눈치였다. 번스는 짐짓 아무 것도 아니라는 듯이 얼버무렸다.

"그냥 생각이 나서 물었을 뿐이오. 그럼, 이제 오늘 아침식사 이야기로 다시 돌아갑시다. 당신은 아까 블리스 부인과 솔비터 씨 둘이서 식사했다고 말했는데, 그들이 식사하는 동안 당신이 그 식당에 있었던 건 정확하게 몇 분 정도나 되오!"
"몇 분 안 됩니다. 식사를 갖다드리고 곧 부엌으로 물러나왔지요. 마님께서는 늘 커피를 손수 따르니까요."
"하니 씨는 아침에 식사하러 나왔었소!"
"아닙니다. 마님께서 저에게 커피를 갖다주라고 이르셨습니다."
"그게 몇 시였소!"
브러시는 잠깐 생각하고 있었다.
"9시 15분쯤이었다고 생각합니다."
"물론 당신은 갖다 주었겠지요!"
"그렇습니다. 마님께서 저를 부르셨을 때는 이미 준비가 다 되어 있었습니다."
"블리스 박사님은 아침식사를 어떻게 했소!"
"마님께서 커피와 토스트를 서재로 갖다드리는 게 어떻겠느냐고 말씀하셨습니다. 그렇지 않다면 벨을 누르시지도 않았는데 제가 불쑥 들어가는 일은 하지 않습니다."
"블리스 부인이 그렇게 말한 것이 몇 시쯤이었소!"
"마님과 솔비터 님이 식당을 나가시기 바로 전이었습니다."
"9시쯤이었다고 했지요!"
"그렇습니다. 어쩌면 9시 2, 3분 전이었을지도 모릅니다."
"부인과 솔비터 씨는 식당에서 함께 나가셨소!"
"그것은 모르겠습니다. 마님께서는 식사를 끝내시자 곧 저를 불러 박사님께 커피와 토스트를 갖다드리라고 이르셨으니까요. 그리고 커피를 가지러 다시 식당에 가보니 마님도 솔비터 님도 안 계셨습니다."

"블리스 부인이 박사님의 커피를 준비했소!"
"아니오, 제가 준비했습니다."
"언제!"
"토스트가 다 구워지기 전에요. 그리고 마님과 솔비터 님이 위로 올라가신 뒤 5분쯤 지나 커피를 따랐습니다."
"그 5분 동안 당신은 부엌에 있었소!"
"그렇습니다. 뒤쪽 복도에서 전화를 건 동안은 빼고 말입니다. 언제나 가게에 그날 필요한 물건을 주문합니다."

번스는 지금까지 겉보기에 조는 듯 흐리멍덩한 얼굴을 하고 있었는데, 갑자기 몸을 일으키며 담배를 비벼껐다.

"그럼, 식당에는 블리스 부인과 솔비터 씨가 위로 올라간 뒤 당신이 박사님의 커피를 따르러 가기까지 한 5분 동안 아무도 없었다는 말이 되는군요."
"그렇습니다, 5분밖에 안 됩니다."
"그럼, 그 5분 동안의 일을 잘 생각해 보시오. 그동안 식당에서 어떤 소리가 나지 않았소!"

집사는 의아한 눈길로 번스를 바라보며 정신을 집중시키려고 애썼다.

"아무 생각 없이 있어서…… 그동안 저는 전화를 걸고 있었습니다. 하지만 무슨 소리가 들린 것 같지는 않습니다. 실제로 그 5분 동안에 식당에 사람이 있었을 리 없습니다."

번스가 넘겨짚었다.

"블리스 부인이나 솔비터 씨가 무슨 일로 되돌아왔을지 모르지요."

브러시는 어정쩡하게나마 일단 동의했다.

"네, 그럴지도 모릅니다."
"그리고 하니 씨도 그 사이에 아래로 내려왔을지도 모르오."

"하지만 그는 몸이 좋지 않았습니다. 제가 커피를 가져다 주었을 정도였으니까요."

"그랬었지요. 그런데 당신이 그 야릇한 커피를 가지고 올라갔을 때 하니 씨는 침대에 있었소!"

"소파에 누워 있었습니다."

"옷을 입고!"

"그는 집 안에 있을 때는 대개 그 줄무늬진 긴 옷을 입고 있습니다."

번스는 꽤 오랫동안 입을 다물고 있었다. 이윽고 그는 매컴을 돌아보며 털어놓았다.

"아주 투명한 상황이라곤 하지 못하겠는걸. 커피를 끓인 여과기는 오늘 아침에 거의 누구나 손댈 수 있는 상태였으니 말일세. 블리스 부인과 솔비터 씨는 식사하는 동안 단둘이 있었으며, 두 사람 중 누군가가 식사가 끝난 뒤에도 식당에 남아 꾸물거리고 있었을지 모르네. 또는 일단 나갔다가 되돌아왔을 가능성도 있고.

그리고 하니 씨도 블리스 부인과 솔비터 씨가 위층으로 올라간 뒤 슬그머니 식당에 내려올 수 있었네. 사실 모두들 누구나 집사가 박사에게 아침식사를 가져가기 전 커피에 손댈 기회가 있었네."

"그렇구먼."

매컴은 잠시 우울하게 생각에 잠겨 있었다. 그리고 이번에는 자신이 직접 집사에게 말을 걸었다.

"당신이 박사님의 커피를 따를 때 뭔가 이상한 점이 없었소!"

브러시는 이 질문에 대해 경악을 감추지 못했다.

"천만에요! 아무것도 이상한 점은 없었습니다."

"커피의 빛깔도 농도도 여느 때와 같았소!"

"다른 점은 눈에 띄지 않았습니다."

집사의 공포는 극도에 달했다. 그렇지 않아도 헬쑥한 얼굴이 다시 병적으로 파리해졌다. 그는 신경질적으로 덧붙였다.

"조금 짙었는지는 모르지만…… 박사님은 아주 짙은 커피를 좋아하시지요."

번스가 일어나서 하품을 했다.

"그 식당과 기묘한 여과기를 한번 보고 싶군. 참고가 될지도 모르니까."

매컴은 곧 찬성했다.

번스가 말했다.

"박사님 서재를 통과하여 가는 편이 좋을 걸세. 그러면 응접실에 있는 사람들 눈에 띄지 않을 테니까."

브러시는 말없이 앞장섰다.

나는 그가 파리한 얼굴로 앞장서서 나선형 계단을 오를 때 쇠난간을 꽉 붙잡고 있는 것을 보았다. 나로서는 이 사나이의 정체가 도무지 아리송했다. 때로는 이 비극적인 사건에 전혀 무관심한 것처럼 보이다가 또 어떤 때는 태연한 척하는 태도 속에 크게 걱정스러운 비밀이 있는 듯한 인상을 받았다.

아침식사 때 쓰는 식당은 좁은 복도를 빼고는 집 정면 넓이를 온통 차지하고 있었으나, 길이는 8피트쯤밖에 안 되었다. 큰길과 집 사이의 빈터 쪽으로 난 창문에 젖빛 유리가 끼워져 있고 두꺼운 커튼이 드리워져 있었다.

방은 이집트 풍으로 꾸며져 이국 정취가 물씬 풍겼다. 식탁 길이는 최소한 12피트는 돼 보였으며 폭이 몹시 좁았고, 신왕국 (제18왕조~제31왕조 기간, BC 1635~330) 때의 퇴폐적인 로코코 풍으로 상감세공이 되고 도료가 칠해져 있었다. 투탕카멘 왕의 묘에서 발견된 바로크풍 가구와 비슷한 것 같기도 했다.

그 식탁 끝에 커피를 끓이는 찻주전자가 놓여 있었다. 반들반들한 구리 제품으로 높이가 2피트쯤 되었으며, 알코올램프와 삼발이 위에 올라앉아 있었다.

어이없게도 번스는 그것을 흘끗 쳐다보았을 뿐 도무지 관심을 기울이지 않았다. 그보다는 방 안 배치에 더 흥미가 끌리는 모양이었다. 식당과 부엌 중간에 있는 식기실에 머리를 들이밀기도 하고 문 앞에 서서 뒤계단에서 집밖으로 통하는 좁은 복도를 둘러보기도 했다.

이윽고 그는 중얼거렸다.

"아무도 모르게 이리로 들어오는 것쯤은 손쉬운 일이겠군. 부엌문은 계단 뒤에 있으니까."

"네, 정말 그렇습니다."

브러시는 열심히 동의했다. 번스는 집사의 태도에는 관심을 보이지 않았다.

"당신은 그러니까 블리스 부인과 솔비터 씨가 위층으로 올라간 뒤 5분쯤 지나 박사님에게 커피를 가져갔군요. 그런 다음 무엇을 했지요!"

"응접실을 치우러 갔습니다."

"아아, 그래…… 그랬었지."

번스는 의자의 상감세공을 손가락으로 쓰다듬고 있었다.

"그리고 블리스 부인은 9시 조금 지나 외출했다고 말했지요? 나가는 것을 보았소!"

"네, 보았습니다. 나가실 때 응접실 앞에 멈춰서서 쇼핑을 나가니까 박사님이 찾거든 그렇게 말씀드리라고 이르셨습니다."

"외출하신 건 확실하지요!"

브러시의 눈이 동그래졌다. 그 질문에 감전이라도 된 것 같았다. 그는 아주 힘주어 대답했다.

"물론 확실합니다. 제가 현관문을 열어드렸으니까요. 마님께서는 4번 거리 쪽으로 걸어가셨습니다."
"그리고 솔비터 씨는!"
"솔비터 님은 15분인가 20분쯤 뒤 아래로 내려와서 나가셨습니다."
"당신에게 뭐라고 말하지는 않았소!"
"'점심때쯤 돌아오겠소'라고 말씀하셨습니다."
번스는 길게 한숨을 내쉬며 시계를 꺼냈다.
"점심…… 그러고 보니 시장하군."
번스는 시무룩하게 매컴을 쳐다보았다.
"벌써 그럭저럭 3시로군……. 나는 10시에 차와 머핀을 들었을 뿐이라네. 어떤가? 우스꽝스러운 사건이 하나 터졌다고 해서 굶을 수야 없잖은가."
"제가 무엇을 마련해야……."
브러시가 입을 열기 무섭게 번스는 그 말을 받았다.
"좋은 생각이오. 차와 토스트면 되오. 그런데 그 전에 먼저 딩글 부인을 만나게 해주시오."
브러시는 눈인사를 하고 부엌 쪽으로 갔다가 50살쯤 된 뚱뚱한 여자와 함께 다시 나타났다.
"이 사람이 딩글 부인입니다. 잘한 일인지 어떤지 모르겠습니다만, 제가 딩글 부인에게 카일님께서 돌아가셨다고 일러주었습니다."
딩글 부인은 물끄러미 우리를 바라보며 두 손을 풍만한 엉덩이에 대고 의젓하게 기다렸다.
번스는 식탁 끝에 걸터앉았다.
"딩글 부인이지요? 집사로부터 들었듯이 이 댁에 큰 사고가 일어났소."
딩글 부인은 거만하게 머리를 끄덕였다.

"사고라고요? 그래요, 사고지요. 하지만 그리 놀랄 일은 아니에요. 좀더 일찍 일어나지 않은 게 오히려 이상할 정도지요. 이 댁에는 젊은 솔비터 님이 계시고 스칼릿 님이 거의 살다시피 하시며, 박사님은 밤낮 미라만 주무르고 계신답니다. 그러나 설마 카일 님에게 무슨 일이 일어나리라고는 생각지 못했어요. 그분은 훌륭한 신사였지요."
"그렇다면 누구에게 어떤 일이 일어나리라고 생각했었소, 딩글 부인!"
딩글 부인의 얼굴이 굳어졌다.
"그런 거야 알 수 없지요. 제가 관여할 일이 아니니까요. 하지만 이 댁은 어딘지 모르게 부자연스러워요."
딩글 부인은 다시 뽐내듯 머리를 내저었다.
"내게는 참하고 예쁜 조카딸이 하나 있는데, 그 아이가 중년 사나이와 결혼하겠다고 하지 뭐예요. 그래서 나는 말해 주었지요……."
번스는 상대의 말을 가로막았다.
"틀림없이 당신은 그 조카딸에게 훌륭한 충고를 해주었을 거요, 딩글 부인. 그런데 지금 우리는 블리스 박사님 집안에 대한 당신의 의견을 듣고 싶소."
"벌써 들으셨잖아요!"
부인의 턱이 소리내며 닫혀져 이제 어르고 달래도 그 문제에 대해서는 한 마디도 더 들을 수 없을 게 분명했다.
"그래요? 그렇다면 하는 수 없지요."
번스는 부인이 대답하지 않아도 아무 상관없다는 듯한 태도를 취했다.
"그러나 우리가 알아야 할 일이 한 가지 있소. 그것을 이야기해 주어도 당신에게 전혀 피해가 없을 거요. 당신은 오늘 아침 블리스 부인과 솔비터 씨가 위층으로 올라간 뒤 이 식당에서 무슨 소리를 듣지 못했소? 당신이 박사님의 아침 토스트를 만들고 있던 동안에 말이오."
딩글 부인은 곁눈질로 주위를 살피며 한동안 잠자코 있었다.
"아이, 그런 일이에요? 들은 것 같기도 하고 듣지 않은 것 같기도 하군요. 특별히 신경을 쓴 건 아니니까요. 누가 이 방에 있었다는 말인가요? 나로서도 전혀 짐작이 가지 않는군요."
번스는 비위를 맞추듯 웃었다.
"그래서 지금 알아내려는 거요."
딩글 부인의 눈이 여과기 언저리를 헤매었다. 그녀는 뭔가 뜻있는 목소리로 말했는데, 나는 그때 왜 그런지 알지 못했다.
"물으시니 말씀입니다만, 누군가가 커피를 따르는 것 같았어요."
"당신은 그가 누구라고 생각했소!"
"브러시라고 생각했지요. 그런데 마침 그때 브러시가 뒤쪽 복도에서 나와 토스트가 어떻게 됐느냐고 물었어요. 그래서 브러시가 아니었단 걸 알았지요."
"그래서 당신은 어떻게 생각했소!"
"아무렇게도 생각하지 않았어요."
번스는 고개를 끄덕이며 갑자기 브러시에게 말을 던졌다.
"이제 토스트와 커피를 먹을 수 있겠소!"
"네, 알았습니다."
집사는 요리사에게 눈짓을 하고 부엌 쪽으로 걸음을 옮겼다.
번스가 말했다.
"조그만 그릇 하나 갖다주겠소? 이 여과기에 남은 커피를 따라놓았으면 하는데."
그러자 딩글 부인이 차갑게 내뱉었다.

"커피는 없어요. 그 그릇은 아침 10시에 아주 깨끗이 닦았어요."
번스는 한숨지었다.
"아아, 그거 고맙군요. 여보게, 매컴. 커피가 조금이라도 남아서 분석했더라면 자네는 진상에서 좀더 멀어졌을 걸세."
번스는 이처럼 수수께끼 같은 말을 하더니 천천히 담배에 불을 붙여 물고 벽에 걸린 그림을 감상하기 시작했다.

12 아편 통

7월 13일 금요일 오후 3시 15분
조금 뒤 브러시가 차와 토스트를 가져왔다.
그는 자랑스럽게 번스에게 설명했다.
"이것은 대만산 우롱차입니다. 그리고 토스트에는 버터를 바르지 않았습니다."
번스는 탄복한 듯 말했다.
"직관력이 뛰어나군요. 그런데 블리스 부인과 솔비터 씨는 어떻게 됐소? 아직 점심식사 전일 텐데."
"아까 차를 갖다드렸습니다. 아무것도 들고 싶지 않다고 하셔서요."
"블리스 박사는!"
"부르시지 않으셨습니다. 박사님은 흔히 점심을 안 드십니다."
10분 뒤 번스는 다시 브러시를 불렀다.
"하니 씨를 데려다주시오."
집사의 눈꺼풀이 위로 치켜졌다.

"알겠습니다."
브러시는 딱딱한 어조로 대답하고 나갔다.
번스가 매컴에게 말했다.
"몇 가지 문제가 있는데, 서둘러 밝혀둘 필요가 있네. 아마도 하니에게 물어보면 알게 될 걸세. 이 음모에 있어 카일 살해 자체는 시작에 불과해. 나는 솔비터와 블리스 부인에게 큰 기대를 걸고 있네. 그래서 나는 먼저 되도록 많은 탄약을 저장해 두려는 걸세."
히스가 나섰다.
"하지만 한 사람이 이미 숨졌습니다, 번스 씨. 그를 해치운 녀석에게 손댈 수가 있다면 나는 음모니 뭐니 하면서 이 고생 하지 않겠습니다."
번스는 안됐다는 듯한 얼굴로 히스를 바라본 후 계속 차를 마셨다.
"당신은 너무 순진하오, 부장. 살인범은 잡아내기 쉽소. 하지만 그에게 쇠고랑을 채워봐야 아무 소용 없소. 48시간도 지나기 전에 당신은 사과문을 써야 할 거요."
히스는 씹어뱉듯이 말했다.
"그런 녀석은 맛 좀 보여줘야 합니다. 카일 노인을 죽인 녀석을 나에게 넘겨주기만 하십시오. 그야말로 신문에도 절대 비밀로 하고 솜씨를 한 번 보이겠습니다."
번스가 차분하게 대답했다.
"지금 범인을 체포하면 당신들 둘 다 신문에 대문짝만하게 날 거요. 기사는 모두 당신들을 공격하겠지요. 나는 당신들의 실수를 막아주려는 거요."
히스는 콧방귀를 뀌었으나 매컴은 진지한 표정으로 번스를 보았다.
"나도 이제 자네 의견이 옳은 것 같은 생각이 드는군. 이 사건 내용은 너무나 복잡하고 기괴해."

그때 마침 부드럽고 조심스러운 발소리가 들리더니 하니가 문가에 나타났다. 그는 우리가 식당에 있는 것을 보고도 무표정한 얼굴에 전혀 놀라워하는 기색이 없이 침착하고 의젓하게 서 있었다.
"이리 들어와 앉으시오."
번스의 태도는 지나칠 정도로 부드러웠다.
이집트인은 천천히 우리 쪽으로 다가왔으나 앉지는 않았다.
"서 있는 편이 좋습니다, 나리님들."
"긴장했을 때는 물론 서 있는 게 편하지요."
하니는 가볍게 머리를 숙여보이며 대꾸하지 않았다. 그것은 전형적인 동양인의 자세로, 감탄스러운 데가 있었다.
번스는 눈길을 들지도 않고 말하기 시작했다.
"스칼릿 씨로부터 들었는데, 블리스 부인은 카일 노인의 유언으로 꽤 많은 재산을 물려받을 거라고요? 그는 당신에게서 그 이야기를 들었다고 하더군요."
하니는 차분한 목소리로 되물었다.
"카일 씨가 양녀에게 재산을 남기는 건 당연하지 않습니까!"
"노인이 직접 당신에게 말해 주었소!"
"그렇습니다. 그분은 언제나 내게 모든 일을 말씀해 주셨습니다. 내가 메리트아멘을 딸처럼 아낀다는 것을 알고 계셨으니까요."
"유산 이야기는 언제 하던가요!"
"몇 년 전입니다. 이집트에서 해주셨습니다."
"그밖에 유산 이야기를 알고 있는 사람이 또 있소!"
"모두 알고 있다고 생각합니다. 그분은 블리스 박사 앞에서도 그 이야기를 하셨습니다. 그리고 나는 물론 메리트아멘에게 일러주었습니다."
"솔비터 씨도 그 이야기를 알고 있소!"

"내가 말했습니다."

하니의 목소리에서 묘한 울림이 느껴졌으나 그때 나는 그 까닭을 이해하지 못했다.

번스는 눈길을 들어 이집트인을 찬찬히 뜯어보았다.

"그리고 스칼릿 씨에게도 당신이 이야기했군요. 당신은 비밀을 털어놓기에 이상적인 상대는 아닌 것 같군요."

"나는 이 이야기를 비밀이라고 생각지 않습니다."

"으음, 그런 것 같군요."

번스는 자리에서 일어나 찻주전자 쪽으로 어슬렁어슬렁 다가갔다.

"당신은 혹시 솔비터 씨도 카일 씨의 유산을 받게 된다는 사실을 알고 있지 않았소!"

"확실히는 모릅니다."

하니의 눈은 꿈꾸듯 맞은편 벽에 못박혔다.

"하지만 카일 씨가 평소 하신 말씀으로 미루어 솔비터 씨에게도 충분한 유산이 돌아가리라고 생각합니다."

번스는 찻주전자 뚜껑을 열고 속을 들여다보았다.

"당신은 솔비터 씨를 좋아하지요!"

"그분은 내가 보기에 훌륭한 젊은이입니다."

번스는 싱긋 미소를 지으며 찻주전자 뚜껑을 덮었다.

"그렇고말고요. 그리고 블리스 박사보다 부인과 나이 차이도 덜나고."

순간 하니의 눈에 조금 놀라는 빛이 스쳤다. 그러나 아주 짧은 한 순간의 반응에 지나지 않았다. 하니는 천천히 팔짱을 끼더니 스핑크스처럼 입을 다문 채 초연히 서 있었다.

번스는 이집트인 쪽은 쳐다보지 않고 혼잣말처럼 중얼거렸다.

"이제 카일 씨가 죽었으니 블리스 부인도 솔비터 씨도 부자가 되겠군요."
번스는 잠시 사이를 두었다가 물었다.
"블리스 박사의 발굴사업은 어떻게 될까요?"
"아마 끝장이겠지요, 나리."
하니의 말투는 단조로웠으나 그 말에는 확실히 만족스러운 여운이 남아 있었다.
"우리 고귀한 파라오들의 신성한 안식처가 짓밟혀야 할 까닭은 전혀 없습니다."
번스가 부드럽게 말했다.
"그 점에 대해서는 나로서도 뭐라고 말할 수가 없군요. 발굴된 미술품은 중국 것뿐이오. 그리고 근대의 모든 조형미술은 그리스로부터 이어진 것이오. 하지만 지금은 창조 본능을 논의하기에 알맞은 때가 아니지. 자, 블리스 박사의 연구사업으로 돌아갑시다. 블리스 부인은 박사의 사업이 계속되도록 돈을 대지 않을까요?"
하니의 얼굴에 검은 구름이 덮였다.
"있을 수 있는 일입니다. 메리트아멘은 충실한 아내니까요……. 그리고 여자란 대개 무슨 일을 저지를지 아무도 모르지요. 메리트아멘이 남편을 후원하는 게 싫다고 말하지 않는 한 계속 그를 도와주겠지요."
하니는 말을 하다 말고 갑자기 입을 다물었다.
번스는 상대방이 갑자기 말을 중단한 것을 알아차리지 못한 듯했다.
"이건 내 추측이오만, 당신은 블리스 부인이 박사의 발굴사업을 원조하려고 나서면 못하도록 말리겠지요?"
하니는 고개를 가로저었다.
"아니, 그렇지 않습니다. 나는 메리트아멘에게 아무 조언도 할 생각이 없습니다. 부인은 자신이 해야 할 일을 잘 알고 있으니까요. 부인은 블리스 박사에 대한 성실함으로 일을 결정지을 겁니다…… 내가 뭐라고 하든."
"흐음…… 그런데 하니 씨, 카일 노인의 사망으로 누가 가장 이득을 본다고 생각하오!"
"인테프의 '카'*1입니다."
번스는 눈길을 돌리고 질렸다는 듯이 미소지었다.
"그렇겠지요, 물론. 훌륭한 견해요."
하니는 환각에 사로잡힌 듯한 표정으로 말을 이었다.
"그렇기 때문에 사크메트의 혼령이 오늘 아침 박물관에 와서 신을 모독한 자를 때려 눕혔습니다."
"그리고 신을 모독한 자의 손에 회계보고서를 쥐어주고 시체 곁에 딱정벌레 핀을 떨어뜨려 놓았으며 피묻은 발자국이 서재로 이어지게 하다니…… 당신네 복수의 여신은 그리 공명정대한 정신의 소유자가 아니구려. 범죄를 조작해서 죄없는 사람을 죄의 구렁텅이에 빠뜨리려고 하다니, 그건 사기꾼이오."
번스는 눈을 가늘게 뜨고 이집트인을 물끄러미 바라보다가 식탁 끝에서 몸을 앞으로 내밀었다. 이윽고 그는 엄하고 차가운 목소리로 입을 열었다.
"당신은 누군가를 감싸고 있소. 그게 누구지요!"
하니는 눈을 동그랗게 뜨며 깊은 숨을 들이마셨다. 그는 가늘게 떨리는 목소리로 대답했다.
"알고 있는 것은 모두 말씀드렸습니다, 나리. 내가 믿고 있는 것은 사크메트가……."
"그만두시오."
번스가 느닷없이 상대방의 말을 가로막았다. 그는 어깨를 들썩하더니 싱긋 미소지었다.
"바보에 대한 대답은 침묵뿐." (아랍의 옛 속담)
하니의 눈에 교활한 빛이 어렸다. 나는 그의 입가에서 비웃음을 읽은 것 같았다.
그러나 번스는 그 정도의 일로 당황하지 않았다. 나는 이집트인의 어물쩡한 대답에도 불구하고 번스가 알아낼 만한 것은 다 알아냈다고 여겨졌다.
잠시 사이를 두었다가 번스는 찻주전자를 툭툭 치면서 달래듯 말했다.
"신화는 잠깐 접어두고, 내가 알기로는 오늘 아침 집사가 블리스 부인의 분부를 받아 당신 방으로 커피를 갖다 주었다지요!"
하니는 고개를 끄덕였다.
"몸이 어디 불편했소!"
"이 나라에 온 뒤 늘 소화불량에 시달리고 있습니다. 아침에 잠에서 깨면……."
번스가 동정하듯 중얼거렸다.
"그거 안됐군요. 그래, 한 잔의 커피로 충분했소!"
하니는 분명 그 질문에 화가 치민 듯했으나 대답에는 아무 감정도 실려 있지 않았다.
"그렇습니다. 나는 그다지 시장하지 않았기 때문에……."
번스는 좀 놀란 표정을 지었다.
"그래요? 나는 당신이 아래로 내려와 여과기에서 두 잔째 커피를 따라마신 줄 알았지요."
다시 한번 신중한 표정이 하니의 얼굴에 나타났다. 대답하기 전에 무언가 망설이고 있음이 분명했다.
"두 잔째 커피요? 이 식당에서 말입니까? 난 모릅니다."

"그건 아무래도 좋소. 오늘 아침에 누군가가 이 여과기 옆에 혼자 있었소. 그리고 그가 누구였든지――즉 여과기 옆에 혼자 있었던 사람이 누구였든지――그 사람은 카일 씨의 죽음과 관계있소."
"왜 그렇지요, 나리!"
하니의 얼굴에 처음으로 걱정스러워하는 빛이 떠올랐다.
번스는 그 질문에 대답하지 않았다. 그는 식탁 위에 걸터앉아 상감세공을 열심히 들여다보았다.
"블리스 부인과 솔비터 씨가 아침식사를 마치고 위층으로 올라간 뒤 이 식당에 누가 있는 듯한 기척이 있었다고 딩글 부인이 말했소. 그래서 나는 혹시 당신이 아닌가 했지요." 번스는 날카롭게 하니를 올려다보았다. "물론 블리스 부인이 다시 커피를 가지러 내려왔을지도 모르고 솔비터 씨가……."
하니는 천천히 힘주어 말했다.
"여기 있었던 건 나였습니다. 메리트아멘이 방으로 돌아가자 곧 내려왔습니다. 그때 딩글 부인이 어떤 소리를 들었을 겁니다. ……방금 거짓말을 한 건 아까 박물관에서 아침 내내 방에 있었다고 말했기 때문입니다. 이 식당으로 내려왔던 일을 깜박 잊고 있었습니다. 그리 중요한 일이라고 생각되지 않았기 때문에……."
번스는 생각에 잠긴 듯한 얼굴로 싱긋 웃었다.
"으음, 이제야 이해가 가는군요. 그럼, 기억을 되살린 김에 이 집에서 누가 가루아편을 가지고 있는지 가르쳐주겠소!"
나는 하니의 얼굴에 두려워하는 표정이 떠오르리라고 생각했지만 당황하는 빛이 떠올랐을 뿐이었다. 그는 30초쯤 지난 뒤에야 입을 열었다.
"이제야 당신이 왜 커피에 대해 묻는지 알겠습니다. 하지만 당신은 속고 있습니다."

"그거 재미있군요."

번스는 하품을 삼켰다.

"블리스 박사님은 오늘 아침에 잠에 취한 게 아닙니다."

이집트인의 목소리는 단조로웠다. 그런데도 그 말의 저변에는 증오의 여운이 깔려 있었다.

"그래요? 그런데 누가 박사님이 잠에 취했다고 했지요!"

"당신이 커피에 관심을 가지고, 또 아편에 대해 물어오셨기 때문에……."

하니의 목소리는 꼬리 잘린 잠자리같이 되었다.

"그래서요!"

"더 이상 말씀드릴 게 없습니다."

번스가 퉁명스럽게 말했다.

"박사님 커피 잔에서 아편이 발견되었소."

하니는 이 말에 정말로 놀란 모양이었다.

"정말입니까, 나리? 나는 뭐가 뭔지 모르겠습니다."

"어떻게 당신이 알 수 있겠소."

번스는 한 발자국 앞으로 나와 하니 앞에 서더니 살피듯 그를 노려보았다.

"당신은 이 범죄에 대해 어느 정도나 알고 있소!"

어두운 장막이 다시 이집트인의 얼굴을 덮었다. 그는 화난 듯 대꾸했다.

"아무것도 모릅니다."

번스는 기진맥진한 듯한 몸짓을 해보였다.

"적어도 이 집 안에서 누가 아편을 가지고 있는지쯤은 알고 있잖소!"

"네, 그것은 알고 있습니다. 가루아편은 이집트 발굴여행에서 꼭 준비하는 의약품 가운데 하나입니다. 블리스 박사님이 보관하고 계십니다."
번스는 다음 말을 기다리고 있었다.
하니는 설명을 계속했다.
"위층 복도에 큰 캐비닛이 있습니다. 의약품들은 모두 거기에 있지요."
"캐비닛 문은 잠겨 있소!"
"그렇지 않을 겁니다."
"지금 곧 가서 아편이 아직 거기 있는지 보아주겠소!"
하니는 고개를 끄덕이며 말없이 나갔다.
매컴 지방검사가 일어나 방 안을 서성거렸다.
"여보게, 아편이 캐비닛에 있는지 없는지 알아서 뭘 하려는 건가? 그리고 나는 저 사람을 믿지 않네."
"그는 지금까지 가장 많은 것을 가르쳐주었네. 조금만 더 내 마음대로 저 사람과 장난치게 내버려두게. 저 사람에게는 그 나름대로의 생각이 있네. 그거야말로 흥미있는 일이지. 아편 말인데, 나는 약이 든 캐비닛에서 갈색 가루약 통이 틀림없이 자취를 감추었으리라는 예감이 드네."
매컴이 도중에 말을 막았다.
"하지만 아편을 덜어낸 사람이 무엇 때문에 나머지를 모두 캐비닛에서 꺼내가야 한단 말인가? 설마 약통을 자기 화장대에 올려놓고 스스로 범인임을 알려주려는 짓은 하지 않겠지."
번스는 진지한 목소리로 말했다.
"내 말은 그런 뜻이 아닐세. 하지만 어느 특정한 사람에게 혐의를 씌우기 위해 사용했을지도 모르겠네. 이렇게 생각하는 편이 이치에 맞지. 아무튼 그가 캐비닛에서 통을 찾아오면 나는 크게 실망할 걸세."
 히스가 불만스런 표정을 지으며 항의했다.
 "나는 우리가 그 아편을 보러 갔어야 했다고 여깁니다, 검사님. 그런 스와미(요술장이)의 말을 믿다니!"
 번스가 대답했다.
 "하지만 부장, 그 사람의 반응만은 믿을 수 있소. 그리고 또 그 사람 혼자 2층으로 올려보낸 데에는 그럴 만한 이유가 있소."
 그때 하니의 발소리가 바깥 복도에서 들려왔다.
 번스는 창가로 갔다. 그는 늘어진 눈꺼풀 밑으로 열심히 문 쪽을 지켜보았다.
 이집트인은 체념한 순교자와도 같은 모습으로 들어왔다. 손에 흰 종이 라벨이 붙은 작고 동그란 통이 들려져 있었다. 그는 정중하게 통을 식탁 위에 놓고 번스 쪽으로 무거운 눈길을 돌렸다.
 "아편 통을 찾았습니다."
 "어디서요!" 번스의 말투는 부드러웠다.
 "캐비닛에는 없었습니다. 늘 놓아두는 자리에는 없었지요. 그런데 문득 생각이 나서……"
 번스는 비웃듯 말했다.
 "그거 잘했군요. 언젠가 당신이 아편을 꺼낸 적이 있었음을 생각해 냈군요. 안 그렇소? …… 잠이 안 와서였든가 또는 다른 어떤……"
 하니는 아무 감정도 담겨 있지 않은 평온한 목소리로 말했다.
 "당신은 뭐든지 잘 아시는군요. 몇 주일 전 나는 침대에 들어도 잠이 오지 않아 며칠이나 잠을 이루지 못했습니다. 그래서 캐비닛에서 아편을 꺼내왔습니다. 그리고 통을 벽장에 집어넣고……"
 번스가 그 말을 받아 매듭지었다.

"나중에 갖다놓는다는 걸 잊어버렸군요. 그것으로 당신의 불면증이 나았다면 됐소."

번스는 묘한 웃음 소리를 냈다.

"당신은 엄청난 거짓말쟁이요. 하지만 당신을 나무랄 생각은 없소."

"나는 사실을 말씀드렸습니다."

"Se non é vero, é molto ben trovato." 번스는 이마를 찌푸리며 자리에 앉았다.

"나는 이탈리아 어를 모릅니다."

"브루노(이탈리아의 철학자 1548?~1600)의 말이오."

번스는 이집트인을 저울에 달 듯이 흘끗흘끗 보았다.

"알기 쉽게 간단히 말하자면, 당신은 사실을 말하지 않았지만 아주 교묘하게 거짓말을 만들어냈다는 뜻이오."

"고맙습니다, 나리."

번스는 한숨을 내쉬고 심한 피로를 떨쳐버리려는 듯이 머리를 흔들었다. 그리고 말했다.

"당신은 아편을 찾으러 이리저리 다니지 않았소. 시간이 걸리지 않았소. 처음에 간 자리에서 찾아냈지요. 어디 가면 있을지 잘 알고 있었으니까……."

"지금 말씀드린 대로……."

"그만두시오. 그렇게 고집부리지 마오. 이제 아주 지겹소."

번스는 위협하듯 일어나 이집트인 쪽으로 다가섰다. 그 눈은 싸늘하고 몸짓은 경직돼 있었다.

"어디서 이 아편 통을 찾았소!"

하니는 주춤주춤 뒤로 물러서며 팔을 양옆에 축 늘어뜨렸다.

"어디서 찾아냈소!" 번스는 같은 말을 되풀이했다.

"아까 말씀드렸습니다, 나리."
완강한 태도에도 불구하고 그의 말투에는 힘이 없었다.
"물론 아까 말했소. 하지만 당신은 사실을 말하지 않았소. 아편은 당신 방에 있지 않았소. 당신은 까닭이 있어 그렇게 고집하겠지만, 그 까닭이 대체 뭐요? 나는 그 까닭을 알 것 같소. 당신이 거짓말 한 건 아편을 찾아내서……."
"그 다음 말은 그만두십시오. 당신은 지금 속고 계십니다."
"당신 같은 사람에게 속지는 않소. 당신이야말로 형편없는 바보요. 당신이 아편을 어디서 찾았는지 내가 이미 알고 있다는 것을 모르겠소? 어디 있는지 확실히 알지도 못하면서 당신에게 찾으러 보낸 줄 아오? 당신이 그 답답한 이집트 식으로 더없이 분명하게 가르쳐 주었잖소!"
번스는 긴장을 풀고 미소지었다.
"하지만 내가 아편을 찾으러 당신을 보낸 진짜 이유는, 당신이 어느 정도나 이 음모에 연루되어 있는지 확인하고 싶었기 때문이오."
"그래서 아셨습니까, 나리!"라고 묻는 이집트인의 목소리에서는 공포와 체념이 느껴졌다.
"물론 알아냈소."
번스는 무심한 눈길로 사나이를 바라보았다.
"당신은 머리가 나쁘군. 이런 짓을 하면 더욱 깊이 빠져들 뿐이오. 타조는 위험이 닥치면 모래 속에 머리를 묻는다던데, 당신도 아편통에 머리를 처박았구려."
"나처럼 이해력이 모자라는 사람으로서는 당신이 너무 많은 것을 알고 계셔서……."
번스는 등을 돌리고 한쪽 끝으로 갔다.
"정말 지긋지긋한 사람이군. 자, 이제 제발 나가주시오."

그때 바깥복도가 소란스러워졌다. 복도 저쪽에서 싸우는 듯한 소리가 들려왔다. 소리가 차츰 커졌다. 이윽고 식당문 앞에 스니트킨이 블리스 박사의 팔을 꽉 움켜잡고 있는 모습이 보였다.

외출복 차림에 모자까지 쓴 박사는 계속 항의하고 있었다. 얼굴이 핼쑥하고 눈에는 공포의 빛이 어려 있었다.

박사는 누구에게라고 할 것도 없이 말을 걸었다.

"이게 대체 어찌된 일이오! 맑은 공기좀 마시러 나가려는데 이 불한당같은 사람이 나를 이리로 끌고 와서……."

스니트킨은 매컴 쪽을 바라보았다.

"히스 부장님께서 아무도 집 밖으로 내보내서는 안 된다고 하셨습니다. 그런데 이 사람이 나가려고 하지 뭡니까. 그것도 아주 유유하게 말입니다. 어떻게 할까요!"

번스가 매컴에게 말했다.

"맑은 공기를 마시러 나가신다는데 안 될 이유가 없지. 아직 한참 있어야 박사님과 이야기를 나눌 테니까."

히스도 동의했다.

"나도 상관없다고 생각합니다. 이 집에는 워낙 사람이 많으니까요."

매컴은 스니트킨에게 고개를 끄덕였다.

"박사님을 산책하러 나가시도록 해드리게."

그리고 매컴은 블리스 박사에게로 눈길을 옮겼다.

"되도록 30분 안에 돌아오셨으면 좋겠습니다. 여쭐 말씀이 있으니까요."

"그보다 일찍 돌아올 겁니다. 잠깐 공원까지 갔다가 올 거니까. 전에 없이 머리가 무겁고 숨이 막힐 것만 같습니다. 귀가 울리고."

박사는 신경이 혼란스러운 것 같이 보였다.

이때 번스가 한마디 던졌다. "그리고 목이 몹시 타시겠지요."
박사는 적이 놀란 듯 번스를 쳐다보았다.
"방에 가서 적어도 1갈론쯤 물을 마셨지요. 학질이 아니면 좋겠는데……."
"학질은 아닐 겁니다. 이제 곧 원 상태로 돌아올 겁니다."
블리스 박사는 문 앞에서 머뭇거렸다.
"무슨 새로운 사실이라도 알아냈습니까!"
번스가 심드렁하게 대답했다.
"네, 많이 알아냈습니다. 나중에 말씀드리지요."
블리스 박사는 눈썹을 모으고 한마디 더 하려다가 생각을 고쳤는지 그냥 나갔다.
스니트킨이 씁쓸한 얼굴로 그 뒤를 따랐다.

*1 E.A. 월리스 버디 경은 Ka——좀더 정확히 하면 Ku——를 '인간의 대역' '신의 대역'이라는 두 가지 뜻으로 정의내리고 있다. 브레스테드는 '카'를 설명하여 '생명력'이며 인간의 몸이 생동시켜 함께 저 세상으로 데려가는 사람이라고 추정하고 있다. G. 엘리어트 스미스는 '카'는 '사자에 둘 있는 영혼의 하나'라고 주장한다(다른 하나의 영혼은 'ba'로서 오시리스와 합체한다). '카'는 생명 있는 인간의 영혼으로, 죽은 뒤 무덤에 묻히며 무덤에 침입자가 들어오거나 무덤이 파괴되면 '카'의 안식처가 없어진다. 우리가 쓰고 있는 Soul(영혼)이라는 말은 엄밀히 따지면 '카'에 해당되지 않지만, 영어에서는 아마도 가장 '카'에 가까운 말일 것이다. 그러나 독일어의 Doppelgänger는 '카'와 아주 똑같은 뜻의 말이라고 할 수 있다.

13 도망을 꾀하다

7월 13일 금요일 오후 3시 45분
블리스 박사가 나간 뒤 맨 처음 침묵을 깨뜨린 것은 하니였다.
"나가봐도 될까요, 나리?"
하니는 내가 깜짝 놀랄 정도로 정중하게 번스를 보며 물었다.
"그렇소."
번스는 멍한 표정으로 깊은 생각에 잠겨 있었다. 나는 무언가 그의 마음을 괴롭히고 있음을 알았다.
번스는 옆에 서서 두 손을 주머니에 찌르고 식탁 위의 찻주전자를 바라보았다.
"위층으로 가시오, 하니. 그리고 소다수나 좀 마시면서 가만히 생각해 보는 거요. 신의 마음이 되어 셰익스피어의 말처럼 '성스러운 수행'을 하는 거지요. 그 말이 어디에 나오더라······《리처드 3세》였던가?"
"그렇습니다, 나리. 제3막에 나오지요. 케이츠비가 버킹엄 공(公)에게 하는 대사입니다."

"이거 놀라운데."

번스는 이집트인을 어이없는 듯이 바라보았다.

"펠라인(농부)이 영국의 고전을 들먹일 줄은 몰랐는걸."

"메리트아멘이 어렸을 때 몇 시간씩 읽어주곤 했었습니다."

"그랬었군요."

번스는 더 이상 그 이야기를 하지 않았다.

"볼일이 있으면 부르겠소. 그때까지 방에서 기다리시오."

하니는 허리굽혀 인사하고 복도 쪽으로 나가려다가 문 앞에서 고개를 돌리고 엄숙하게 말했다.

"겉만 보고 속아넘어가서는 안됩니다, 나리. 나는 오늘 이 집에서 일어난 일에 대해 잘 모릅니다. 그러나 꼭 잊지 말아야 할 것은……."

"정말 고맙소!" 번스는 몰아내듯이 손을 저었다. "적어도 당신 이름이 아누프라는 것 정도는 결코 잊지 않겠소."

하니는 어두운 얼굴로 나갔다.

매컴은 안절부절못하며 탄식했다.

"이 사건은 그야말로 갈수록 태산이로군. 이 집안 사람이라면 누구나 아편을 커피에 넣을 수 있었네. 아까 이 식당으로 들어왔을 때와 사태는 조금도 달라지지 않았어. 그건 그렇고, 하니가 아편 통을 어디서 찾아냈다고 생각하나, 번스?"

"오오, 그것 말인가? 그야 물론 솔비터의 방이지. 뻔한 일 아닌가?"

"내가 뻔히 알고 있었다면 그거야말로 정말 어떻게 된 거겠지. 솔비터는 왜 그것을 자기 방에 두었을까?"

"그가 자기 방에 둔 게 아닐세……. 너무하군, 자네는. 이 집안의 누군가가 일을 요리조리 공작하고 있다는 걸 아직도 모르겠나? 우리 주위에는 위험할 때마다 자동으로 나타나는 신이 있네. 그리고 사건이 어떻게 해결될지 몹시 걱정하고 있지. 이것은 더없이 교묘하게 꾸며진 사건일세. 그런데 천재적인 수호신이 있어 우리를 위해 문제를 간단히 해주려는 거라네."

히스는 답답해서 못 견디겠다는 듯이 목을 울렸다.

"천재인지 어떤지는 모르지만, 당신 덕분에 우리 꼴이 말이 아닙니다, 번스 씨."

번스는 동정어린 눈으로 웃었다.

"이것은 정말 희한한 사건이오, 부장."

매컴이 눈썹을 찌푸리며 번스를 보았다.

"여보게, 자네는 블리스 부인과 솔비터가 위로 올라간 뒤 하니가 이 방에 내려왔었다고 생각하나?"

"그럴 수도 있지. 사실 블리스 부인이나 솔비터보다 하니라고 생각하는 편이 더 타당하네."

"하지만 현관문 자물쇠가 벗겨져 있었다면 누가 밖에서 들어왔다고 생각할 수도 있지 않나?"

"가상(假想)의 침입자가 말이지?" 번스는 쌀쌀맞게 대꾸했다. "박물관에 가서 희생자를 도살하기 전에 여기 들러 자극제인 카페인이라도 슬쩍했다는 건가?"

번스는 매컴에게 대답할 틈도 주지 않고 문 쪽으로 걸어갔다. "자아, 이제 응접실의 손님들을 만나보세. 더 많은 자료가 필요하네. 더 많은 자료가."

번스는 앞장서서 위층으로 올라갔다. 두꺼운 카펫을 깐 위층 복도를 걸어서 응접실 쪽으로 가는데 몹시 화난 목소리가 들려왔다. 블리스 부인의 목소리였다. 나는 그 마지막 말을 들을 수 있었다.

"……기다렸어야 했어요."

그런 다음 솔비터의 긴장된 쉰 목소리가 들렸다.

"메리트, 당신 미쳤소!"

번스가 헛기침을 하자 잠잠해졌다.

그러나 우리가 방으로 들어가기 전에 헤네시가 복도 저쪽에서 히스를 손짓해 불렀다. 부장은 응접실 문 앞을 지나 그쪽으로 다가갔다. 우리도 어떤 계시 같은 것을 느끼며 그 뒤를 따랐다.

"내보내라고 하신 스칼릿 씨 말입니다." 헤네시는 연극무대의 속삭임같이 높은 목소리로 말했다. "나가려다가 갑자기 돌아서서 2층으로 뛰어올라갔습니다. 뒤쫓을까 했지만 부장님께서 내보내라고 하셨기 때문에 그냥 두었지요. 그는 2분쯤 뒤 내려와 말없이 나갔습니다. 그제야 2층으로 따라갔어야 하는걸 그랬구나 하고 생각했지요."

히스 부장이 대답하기 전에 번스가 나섰다. "괜찮네, 헤네시. 그가 2층에 올라가서 나쁠 건 없으니까. 아마 블리스 박사와 이야기할 게 있었겠지."

헤네시는 마음놓았다는 듯 히스를 쳐다보았다. 부장은 미간을 찌푸리며 목을 울렸을 뿐이었다.

"그런데 헤네시," 번스가 물었다. "이집트인이 아까 이리 올라왔을 때 곧장 위층으로 가던가, 아니면 도중에 응접실에 들르던가?"

"응접실에 들어가 주인여자와 이야기를 나누었습니다……."

"무슨 말인지 좀 들었나?"

"아뇨, 외국말이어서 알아들을 수 없었습니다."

번스는 매컴을 돌아보고 낮은 목소리로 말했다.

"그래서 하니 혼자 올려보냈던 걸세. 틀림없이 그 기회를 이용해 블리스 부인과 연락을 취하리라 생각했지."

그리고 번스는 다시 헤네시에게 물었다.

"이집트인은 응접실에 얼마나 있었나?"

"1, 2분쯤 있었습니다. 그보다 오래 있지는 않았습니다. 들여보내면 안 되는 거였습니까?"
형사는 걱정이 되는 모양이었다.
"아니, 괜찮네…… 그리고 또 무슨 일이 있었나?"
"그 사람은 방에서 나오자 걱정스러운 얼굴로 위층으로 올라갔습니다. 그리고 곧 통을 들고 내려왔습니다. 그게 뭐냐고 물어보았더니 '번스 씨가 가져오라고 하셨습니다. 안됩니까?' 하고 말하더군요. 그래서 쓸데없는 짓 하는 게 아니라면 좋소. 그런데 당신 얼굴표정이 도무지 마음에 안 든단 말이야'라고 말해 주었지요. 그랬더니 고개를 쳐들고 그냥 내려갔습니다."
"됐네, 헤네시."
번스는 격려하듯 말한 후, 매컴의 팔을 끌고 응접실로 발길을 옮겼다.
"블리스 부인을 만나보세."
우리가 들어가자 블리스 부인이 일어나서 맞았다. 부인은 바깥 창문 옆에 앉아 있고 솔비터는 식당으로 통하는 미닫이 문에 기대앉아 있었다. 복도에서 사람 소리가 들리자 두 사람이 곧바로 위치를 정했음에 틀림없었다. 우리가 위에 올라왔을 때 들린 목소리로 보아 아주 가까이에서 이야기하는 것 같았기 때문이다.
번스가 정중하게 입을 열었다.
"정말 죄송합니다만 부인, 지금부터 당신에게 물어보지 않으면 안 될 것이 있습니다."
부인은 꼼짝하지 않고 가만히 기다렸다. 나는 부인이 우리들의 침입을 못마땅해하는 듯한 인상을 강하게 받았다.
번스는 젊은이에게로 눈길을 옮겼다.
"솔비터 씨, 당신은 그동안 방에 가 계시오. 당신과는 나중에 이야기할 테니까."

솔비터는 불안한 표정을 지었다. "여기 있으면 안될까요……."

번스는 전에 없이 엄격한 목소리로 그의 말을 가로챘다.

"안 되오."

매컴조차 그의 태도에 적이 놀란 모양이었다. 번스는 문 쪽을 향해 소리쳤다. "헤네시!"

소리치는 것과 동시에 헤네시 형사가 나타났다.

"이분을 방으로 모셔다드리게. 그리고 우리가 부를 때까지 아무와도 이야기하지 못하도록 해야 하네."

솔비터는 호소하듯 블리스 부인을 보며 형사와 함께 방을 나갔다.

"앉으십시오, 부인."

번스는 블리스 부인에게로 다가가 그녀가 의자에 앉자 그 맞은편 의자에 앉았다.

"몇 가지 솔직하게 묻고자 합니다. 만일 카일 씨를 죽인 범인을 진심으로 정의의 심판을 받게 하고 싶으시다면 이 질문에 화내지 말고 솔직하게 대답하셔야 합니다."

부인은 건조한 목소리로 대답했다. "카일 씨를 죽인 사람은 비열한 인간 쓰레기입니다. 나로서는 수사에 도움될 만한 일이라면 무엇이든지 말씀드리겠어요. 기꺼이."

부인은 번스 쪽을 보지 않고 오른손 둘째손가락에 낀 커다란 루비 반지에 눈길을 고정시키고 말했다.

번스의 눈썹이 희미하게 치켜올라갔다.

"그렇다면 당신은 우리가 박사님을 석방한 것이 옳았다고 생각하십니까?"

나는 번스의 질문이 무엇을 의도한 것인지 짐작할 수 없었다. 그리고 부인의 대답은 나를 더욱 혼란에 빠뜨렸다.

부인은 천천히 얼굴을 들어 우리를 하나하나 훑어보았다. 이윽고 그녀는 말했다.

"박사님은 참으로 인내력이 강한 분입니다. 사람들은 그분을 잘못 보고 있습니다. 나는 하나조차도 박사님에게 대해 전적으로 충성스러운지 어떤지 잘 모릅니다. 하지만 그분은 결코 어리석지 않습니다. 때로는 지나치게 현명합니다.

나는 남편이 살인 같은 짓은 결코 저지르지 못할 거라고 말씀드리는 게 아닙니다. 그 점에 대해서는 누구나 같습니다. 살인은 때로 최상의 용기를 의미하기도 하니까요. 하지만 남편이 카일 씨를 죽였다면 결코 바보스러운 실수를 저지르지는 않았을 겁니다. 자신에게 혐의가 돌아갈 만한 증거물을 결코 남기지 않았을 거예요……"

부인은 다시 깍지낀 손을 흘끗 보았다.

"그리고 만일 남편이 살인을 계획했다 하더라도 카일 씨가 그 대상이 되지는 않았을 거예요. 없애버리고 싶은 이유가 더 많은 사람이 있으니까요."

"예를 들면 하니 씨입니까?"

"그럴지도 모르지요."

"그리고 솔비터 씨도?"

부인은 전혀 억양이 없는 말투로 대답했다.

"카일 씨를 뺀 나머지 사람들 모두가 대상이 될 수 있겠지요."

그러자 번스는 순수하게 학문적인 문제를 이야기하듯 말했다.

"극도로 화가 나서 감정적인 살인을 저지를 수도 있겠지요. 카일 씨가 발굴을 위한 재정적 원조를 더 이상 계속하지 않겠다고 거절했다면……"

"당신은 블리스 박사님을 모르고 계십니다. 그처럼 절제력이 강한 성격을 지닌 사람은 지금껏 본 적이 없습니다. 그분은 순간적인 열정 같은 것과는 거리가 멉니다. 오래 신중하게 생각한 뒤가 아니면 절대로 움직이지 않는 분이지요."

번스가 혼잣말처럼 중얼거렸다.

"학자정신이라는 거겠지요. 네, 나도 그런 인상을 받았습니다." 번스는 담배 케이스를 꺼냈다. "실례지만 담배 피워도 되겠습니까, 부인?"

"나도 피워도 괜찮을까요?"

번스는 얼른 일어나 담배 케이스를 내밀었다.

"아아, 레지군요." 부인은 한 개비 뽑아들었다. "당신은 운이 좋았군요. 내가 주문했을 때는 터키에 물건이 없었는데."

"당신에게 드릴 수 있어서 저야말로 기쁨이 두 배입니다." 번스는 담배에 불을 붙이고 다시 자리에 앉았다. "그런데 블리스 부인, 카일 씨의 죽음으로 누가 가장 이익을 얻었다고 생각합니까?"

번스는 아주 자연스럽게 그 말을 꺼냈으나 나는 그가 빈틈없이 부인을 지켜보고 있음을 알아차렸다.

"글쎄요, 모르겠는데요."

부인은 확실히 경계하고 있었다.

번스는 좀더 파고들었다.

"하지만 분명 그분의 죽음으로 누군가 득을 본 사람이 있을 겁니다. 그렇지 않다면 살해될 리 없지 않습니까?"

"그 점은 경찰에서 확인해야겠지요. 나로서는 도움이 되어드릴 수가 없군요."

"문제를 냉정하게 볼 때 경찰에서는 카일 씨의 갑작스러운 죽음으로 말미암아 하니 씨를 괴롭히던 일, 즉 이집트 고분에 대한 이른바 '모독'이 끝났다고 주장할지도 모릅니다. 그리고 카일 씨의 죽음으로 당신과 솔비터 씨가 부자가 되었다고 말할 수도 있습니다."

나는 이 말을 듣고 블리스 부인이 화를 낼 줄 알았다. 그러나 그녀는 차가운 미소를 띠고 번스를 흘끗 쳐다보았을 뿐 아무 감정도 섞이지 않은 태연한 목소리로 대답했다.

"그렇군요. 솔비터 씨와 나를 수익자로 지명한 유언장이 작성되었다는 말은 나도 들었어요."

"스칼릿 씨로부터 그 말을 들었습니다. 당연한 일이지요. 그건 그렇고, 당신은 그 유산을 블리스 박사의 이집트 발굴을 위해 기꺼이 내놓으시겠습니까?"

부인은 거리낌없이 또렷하게 대답했다. "물론이지요. 남편이 제게 도움을 구한다면 기꺼이 모두 그분 마음대로 쓰게 할 겁니다……. 더욱이 지금 같은 경우에는."

번스의 얼굴은 차갑고 엄숙했다. 그는 흘끗 천장을 올려다보더니 곧 다시 눈을 내리깔고 담배를 바라보았다.

그때 매컴이 일어섰다. 그는 내가 듣기에 좀 지나치다고 여겨질 만큼 불손한 말투로 물었다.

"블리스 부인, 대체 누가 당신 남편에게 이 죄를 뒤집어 씌우려고 했을까요?"

순간 블리스 부인의 눈길이 질린 듯했으나 그것은 짧은 한순간이었다.

"나는 전혀 모릅니다. 정말 누가 그런 짓을 했을까요?"

"우리가 딱정벌레 핀 이야기를 했을 때 당신 자신도 누군가가 그것을 시체 옆에 일부러 갖다놓은 거라고 분명히 말씀하셨습니다."

부인은 갑자기 반항적으로 나왔다. "그것이 어떻다는 거지요? 나는 본능적으로 남편을 지키려고 했을 뿐이에요."

"누구로부터 말입니까?"

"당신들과 경찰로부터."
그러자 매컴이 무례하게 물었다.
"지금은 그 '본능'을 후회하십니까?"
"결코 후회하지 않아요."
 부인은 긴장하여 문 쪽을 슬쩍 곁눈질해 보았다. 번스는 그 눈치를 알아차리고 느릿느릿 말했다.
"복도에는 형사 한 사람이 있을 뿐입니다. 솔비터 씨는 자기 방에 가 있습니다. 그러니 들릴 리가 없지요."
 순간 부인은 두 손으로 얼굴을 가리고 몸을 떨었다. 그리고 신음하듯 말했다. "당신들은 나를 고문하는군요."
 번스가 좀 빈정거리듯 말했다. "그리고 당신은 손가락 사이로 우리를 훔쳐봅니다."
 부인은 벌떡 일어나 무섭게 번스를 노려보았다. 번스는 장난스럽게 말했다.
"부인, 이것은 고문이 아닙니다. 자아, 앉으십시오. 하니 씨가 당신에게 당신네 나라 말로 '블리스 박사는 아침에 누군가가 아편을 넣은 커피를 마신 것으로 추정되고 있다'고 말했으리라고 짐작하고 있습니다. 그가 다른 말은 않던가요?"
"아니요, 그 말뿐이었어요."
 부인은 다시 의자에 앉았으나 몹시 지친 듯했다.
"당신은 아편이 위층 캐비닛에 있다는 것을 아셨지요?"
 부인은 힘없이 대답했다.
"몰랐어요. 알았다 해도 크게 놀라지 않았을 겁니다만."
"솔비터 씨도 그것을 알고 있었을까요?"
"네, 실제로 거기에 있었다면 틀림없이 알고 있었을 거예요. 그분과 스칼릿 씨가 의약품을 관리하니까요."

번스는 재빨리 블리스 부인을 살펴보았다.

"하니 씨는 도무지 그 사실을 인정하지 않습니다만, 나는 그가 아편 통을 솔비터 씨 방에서 찾아냈으리라고 확신하고 있습니다."

"그런가요?"

나는 블리스 부인이 이 말을 이미 예상하고 있었던 듯한 인상을 받았다. 확실히 부인에게 있어서는 뜻밖의 일이 아니었다. 번스는 더욱 파고들었다.

"또 어쩌면 당신 방에서 찾아냈을지도 모릅니다."

"그런 일은 결코 없어요. 내 방에 있었을 리가 없어요."

부인은 힘주어 부정했으나 번스의 날카로운 눈길에 부딪치자 어깨를 늘어뜨렸다.

부인은 힘없이 말했다. "그럴 리가 없잖아요."

"어쩌면 내가 잘못 짐작했는지도 모릅니다, 부인. 또 묻겠습니다만, 당신은 아침에 솔비터 씨와 위층에 올라갔다가 다시 식당으로 내려가셨습니까? 커피 마시러?"

"네……내가요?"

부인은 길게 숨을 내쉬었다.

"네, 갔어요…… 그러면 안 되는 건가요?"

"그때 하니 씨를 만나셨습니까?"

잠시 망설인 뒤 그녀는 대답했다.

"아니요. 그는 자기 방에 있었어요. 몸이 안 좋아서요. 그래서 커피를 갖다주도록 했지요."

히스 부장이 괘씸한 듯 목청을 돋구며 험상궂게 말했다.

"차츰 여러 가지가 밝혀지는군요."

"그렇소, 부장." 번스는 유쾌한 표정으로 동의했다. "놀랄 만큼 여러 가지 사실이. 블리스 부인께서 많이 도와주셔서."

번스는 다시 부인 쪽으로 몸을 돌린 후 은근히 물었다.

"당신은 물론 누가 카일 씨를 죽였는지 알고 계시지요?"

"네, 알고 있습니다." 이 말은 거의 반사적으로 독기를 품은 여자의 입에서 튀어나왔다.

"그리고 왜 죽였는지도 알고 계시지요?"

"네, 그것도 알고 있어요." 갑자기 그녀의 태도가 달라졌다. 묘하게 공포와 증오가 뒤섞인 뭔가가 부인을 덮친 듯했다. 애처롭도록 침통한 그 태도에 나는 깜짝 놀랐다.

히스가 이상하게 전혀 억양이 없는 목소리로 말했다.

"누군지 말해 주십시오. 그렇지 않으면 당신을 공범이나 범행 현장의 직접 증인으로 체포하겠소."

번스가 일어나 달래듯 히스 부장의 어깨에 손을 얹었다.

"왜 이처럼 성급하게 구오, 부장. 지금 블리스 부인을 구속해 봐야 아무 도움도 될 게 없소……. 그리고 사건에 대한 부인의 판단이 전혀 틀렸는지도 모르잖소."

매컴이 끼어들었다.

"블리스 부인, 당신은 지금 하신 말씀에 무언가 결정적인 증거를 갖고 있습니까? 범인에 대해서 어떤 특별한 증거를 가지고 계십니까?"

블리스 부인은 조용히 대답했다. "법적인 증거는 없습니다. 하지만…… 하지만……."

목소리가 떨리며 얼굴이 앞으로 숙여졌다.

"당신은 아침 9시쯤 집을 나가셨지요?" 번스의 부드러운 목소리가 그녀를 진정시킨 모양이었다.

"네, 아침식사를 끝내고 바로 나갔어요."

"쇼핑을 하셨다고요?"

"택시를 타고 4번 거리의 앨트먼에 갔었지요. 찾는 물건이 없어서 지하철까지 걸었어요. 거기서 워너메이커에 갔다가 다시 로드 앤드 테일러즈로 돌아왔습니다. 그런 다음 색스에 들렀다가 마지막으로 매디슨 애비뉴의 조그만 가게에 들렀지요."

번스는 한숨을 쉬었다.

"흔히 있는 일입니다. 물론 아무것도 사지 않으셨겠지요?"

"매디슨 애비뉴에서 모자를 주문했어요."

"잘하셨습니다."

번스는 매컴의 눈길을 찾아 붙들고 의미있게 고개를 끄덕여보였다.

"우선 이 정도면 됐습니다, 부인. 죄송하지만 방에 가서 기다려주시겠습니까?"

블리스 부인은 손수건을 눈에 대고 말없이 나갔다.

번스는 창 앞으로 가서 큰길을 내다보았다. 부인과의 면담 결과에 대해 깊이 고뇌하고 있음이 분명했다.

번스가 창문을 열자 단조로운 한여름의 소음이 흘러 들어왔다. 한참 그렇게 서 있었으나 매컴도 히스도 그의 명상을 방해하지 않았다.

이윽고 그는 돌아서더니 우리 쪽은 쳐다보지도 않고 조용히 중얼거렸다.

"이 집에는 복잡하게 얽혀있는 게 너무 많아. 동기도 너무 많고, 노리는 대상도 많고, 감정적으로 얽혀있는 것도 너무 많네. 그 누구에 대해서도 그럴 듯한 동기를 설정할 수 있지."

매컴이 물었다.

"그런데 박사를 범인으로 몰면 누구에게 이득이 있나?"

번스는 방 가운데에 놓인 테이블에 기대서서 동쪽 벽에 걸린 블리스 박사의 커다란 초상화를 바라보고 있었다.

"내가 보기에는 모두에게 이득이 있네. 하나는 박사를 좋아하지 않고, 인테프의 묘에서 파낸 모래 한 알에 까지도 정신적인 고통을 받고 있네. 솔비터는 블리스 부인에게 반해서 당연한 일이지만 박사가 방해가 되었지.

그리고 부인은…… 나는 굳이 부인을 나쁘게 말하고 싶지는 않지만, 아무래도 저 젊은 신사의 사랑을 받아들이고 있는 것 같네. 그렇다면 블리스 박사를 제거하는 일은 부인을 자살소동으로 몰고 갈 만큼 슬픔에 빠뜨리지는 않으리라고 여겨지네."
매컴의 얼굴이 흐려졌다.
"내가 받은 인상으로는 스칼릿 씨도 블리스 부인의 매력에 전혀 무관심하지는 않은 것 같네. 그와 솔비터 사이에도 차가운 기류가 흐르는 것 같네."
번스는 멍하니 고개를 끄덕였다.
"그렇지. 첫눈에 알아보았어. 블리스 부인은 누가 뭐래도 매력적이니까…… 아아, 내가 찾으려는 단서만 발견된다면. 그런데 매컴, 어쩐지 나는 지금 당장 어떤 새로운 일이 일어날 것만 같은 기분이 드네. 지금으로서는 범인의 계획이 실패로 돌아갔네. 우리는 범인의 계획대로 무어 식 미궁에 끌려들어간 셈이지만, 열쇠는 아직 우리 손에 쥐어지지 않았네. 그 열쇠만 손에 넣으면 어느 문에 맞는지 곧 알게 되겠지.

그러나 범인은 우리에게 쉽게 그 문을 이용하게 하려 하지 않을 걸세. 지금 가장 곤란한 일은 단서가 너무 많다는 점일세. 어느 것을 들어보아도 진짜 단서가 아닐세. 체포할 수가 없어. 상대방이 계획을 더 전개시키기를 기다릴 수밖에 없겠지."
히스가 안타까워 못 견디겠다는 듯 역습해 왔다.
"당신이 말하는 이른바 그 '전개'의 속도가 내 생각에는 오히려 매우 빠른 것 같은데요. 우리는 아무래도 길을 잘못 든 것 같습니다.

"지금까지 여러 가지를 보고 들었습니다만, 요컨대 그 여신상에서 발견된 건 블리스 박사의 지문이지 다른 사람의 것이 아니잖습니까? 그리고 시체 곁에서 역시 그의 넥타이핀이 발견되었습니다. 게다가 그는 카일 노인을 해치울 온갖 기회를 가지고 있었습니다."
번스가 격정을 누르며 말했다.
"부장, 심도 있는 과학적 훈련을 받은 현명한 사람이 살인을 저지른 뒤 흉기에 남은 지문을 그냥 두고, 또 살인현장에 넥타이핀을 떨어뜨리는 실수를 저지른데다 경찰이 찾기 쉽도록 피묻은 발자국까지 찍어놓고 잡히기를 기다릴 것 같소?"
매컴이 덧붙여 말했다.
"게다가 아편이 있소, 부장. 누군가가 박사에게 아편을 먹인 것은 거의 확실하오."
히스는 정중함과 무례함이 섞인 목소리로 말했다.
"뭐, 생각대로 하십시오. 하지만 이러고 있다가는 아무것도 되지 않습니다."
히스 부장의 말이 채 끝나기 전에 에머리가 문 앞에 나타났다.
"부장님, 전화입니다. 아래층입니다."
히스는 급히 방을 나갔다가 3, 4분 뒤 다시 돌아왔다. 그의 얼굴은 환한 미소로 빛났다. 히스는 양쪽 엄지손가락을 조끼 양옆에 걸치고 말했다.
"당신 친구 블리스 박사가 지금 도망치려 하고 있답니다. 미행하도록 일러둔 길포일*1로부터 보고가 왔는데, 박사는 공원에 가지 않았답니다. 공원이 아니라 4번 거리로 가서 29번지의 콘 익스체인지 은행에 갔다는군요. 은행 시간은 이미 지났지만, 지배인을 익히 알고 있었으므로 쉽게 돈을 찾았지요."
"돈을?"

"그렇습니다. 은행에 있는 돈을 모두 찾아서——20달러와 50달러와 1백 달러 다발로 받아가지고——택시를 탔답니다. 길포일도 다른 택시를 잡아타고 뒤쫓아갔지요. 그러자 박사는 그랜드센트럴 역에 도착해 택시에서 내려 허둥지둥 개찰구로 뛰어 갔답니다. 거기서 몬트리올 행 다음 열차가 몇 시에 있는지 물었다는군요. 역원이 4시 15분에 있다고 가르쳐주자 표를 샀다고 합니다. 그것이 4시 정각이었습니다.

 그 다음 그는 개찰구로 나가 기다렸습니다. 이때 길포일이 다가가서 '캐나다까지 산책하십니까' 하고 물었지요. 그는 부아가 치밀었는지 아무 대답도 하지 않았답니다. 그래서 길포일은 오늘 출국할 수 없다고 말하고 그를 전화부스로 데려갔지요. 길포일은 지금 당신의 어리석은 친구를 끌고 이리로 오는 중입니다.

 히스 부장은 버티고 서서 오만하게 몸을 앞뒤로 흔들고 있었다.

"번스 씨, 어떻게 생각하십니까?"

번스는 우울한 눈길로 부장을 바라보았다. 그리고 절망적으로 머리를 흔들었다.

"그러니 박사가 유죄라는 증거가 또 한 가지 생겼다는 말이로군요. 그런 우스꽝스러운 짓을 유죄의 증거로 해석하다니, 당신답지 않소. 여보시오, 부장. 그것은 세상 일에 서투른 한 학자가 낭패한 나머지 저지른 또 하나의 실수에 지나지 않소."

"물론 그럴지도 모르지요." 히스는 소리내어 웃었다. "하지만 뒤가 켕기는 녀석들은 모두 내빼려듭니다. 그렇게 내뺀다고 해서 백합처럼 결백하다는 증거가 되는 것도 아닌데 말입니다."

"하지만," 번스는 기운없는 목소리로 말했다. "직접 자기를 지목하는 증거물을 여기저기 뿌려놓고 끝내 도망치려드는 바보같은 살인범은 도저히 머리가 좋다고 볼 수 없소. 내가 보증하지만, 부장, 블리스 박사는 바보도 미치광이도 아니오."

"그건 억지에 지나지 않습니다, 번스 씨." 부장은 강경했다. "그는 몇 가지 실수가 드러나자 꼬리가 밟혔음을 알고 외국으로 내빼려고 한 겁니다. 이제야 말합니다만, 이 사건이야말로 바로 정석 그대로입니다."

"아아, 이렇게 말이 안 통하는 친구를 봤나." 번스는 커다란 의자에 털썩 주저앉아 레이스 장식을 한 등받이에 지친 듯이 머리를 기댔다.

*1 독자들도 기억하고 있듯이 길포일은 살인과 형사로, 《카나리아살인사건》에서는 토니 스킬의 감시를 맡았으며 《비숍살인사건》에서는 드래커 저택에 밤새도록 불이 켜져 있었다는 사실을 보고했었다.

14 상형문자 편지

                                    7월 13일 금요일 오후 4시 15분
매컴은 초조한 얼굴로 일어나 방을 가로지르며 왔다갔다했다. 으레 갈피가 잡히지 않을 때 하던 버릇대로 그는 뒷짐을 지고 머리를 앞으로 내밀고 있었다.
  번스는 눈길을 들어 매컴을 응시하며 빙그레 미소지었다.
  "자네 기분은 아네, 매컴. 이 사건에서는 모두들 우리의 예상과는 다르게 행동하고 있네. 모두가 공모하여 우리를 혼란에 빠뜨리려 하는 것처럼 느껴질 정도일세."
  "정말 그렇네." 매컴은 화가 나 있었다. "하지만 부장의 말에도 일리는 있네. 어째서 블리스 박사는……."
  "아, 이 사건에 대해서는 너무나 많은 이론이 가능하다네, 매컴……." 번스가 얼른 가로막았다. "얼마든지 가설을 세울 수가 있어……. 사소한 의문점도 너무 많아. 하지만 곧 이 사건의 열쇠가 우리 손에 들어오네. 그러면 모든 수수께끼가 풀리겠지. 우리에게 가장 급한 문제는 짐작건대 그 열쇠를 찾는 일일세."

히스가 빈정거렸다.
"물론이지요. 어떻습니까, 번스 씨? 우선 모자 핀으로 가구를 쑤시고 카펫을 들춰보는 일부터 시작할까요?"
매컴이 화가 나서 손가락을 딱딱 꺾자 히스는 이내 입을 다물었다. 지방검사는 날카로운 눈으로 번스를 보았다.
"이제 실제적인 문제를 생각해보기로 하세. 자네는 꽤 구체적인 생각을 가지고 있네. 자네 말을 듣고 있으면 그렇지 않다고는 생각되지 않아. 이제 우리가 무얼 해야 하나? 솔비터를 만나는 건가?"
번스는 전에 없이 진지하게 말했다.
"바로 맞았네. 그 고지식한 젊은이는 지금 이 연극에 더없이 알맞은 배역을 맡고 있네. 그를 무대에 끌어내는 것은 이 곪아터진 사건에 가장 적절한 치료 방법을 선택한 의사의 결단과 같네."
매컴이 히스에게 눈짓했다. 부장은 곧 일어나 응접실문으로 가서 계단을 향해 소리쳤다.
"헤네시, 솔비터 씨를 데려오게."
잠시 후 솔비터가 안내되어 왔다. 그는 눈을 번들거리면서 덤벼들 듯 번스 앞에 버티고 서더니 두 손을 바지주머니에 찔러넣었다.
솔비터는 싸울 듯 거친 말투로 소리쳤다.
"자, 왔습니다. 쇠고랑이 준비됐습니까?"
번스는 드러내놓고 커다랗게 하품하더니 무료한 얼굴로 물끄러미 새로운 손님을 바라보았다. 그리고는 느릿느릿 말했다.
"그렇게 흥분할 필요 없소, 젊은이. 이 시끄러운 사건 때문에 우리는 완전히 지쳤다오. 이젠 더 이상 수사할 기력도 없소. 자, 앉아서 우리 천천히 이야기를 나눠봅시다. ……쇠고랑은 히스 부장이 잘 손질해 놓았을 거요. 차보겠소?"
"물론이오."

솔비터는 탐색하듯 번스를 바라보았다.

"당신들은 메리트에게, 블리스 부인에게 무슨 말을 했지요?"

번스는 가볍게 말을 받았다. "내 레지를 한 개비 드렸지요. 정말 안목 있는 부인이더군요. 당신도 한 대 피우겠소? 아직 좀 남았는데."

"됐습니다. 나는 디티즈를 피웁니다."

그러자 번스가 쾌활하게 물었다.

"담배를 아편에 적셔본 적이 있소?"

"아편이요?"

"양귀비 즙을 응고시킨 것 말이오. 열매 껍질에 칼집을 내어 만들지요. 그리스어로는 오피온(opion)이라고 한다오. 즉 오미크론, 파이, 이오타, 오미크론, 누를 나타내지요."

"그런 짓은 하지 않습니다." 솔비터는 털썩 의자에 앉으며 눈길을 다른 데로 돌렸다. "그런데 그게 무슨 뜻이지요?"

"이 집에는 아편이 많은 모양이오. 그렇지요?"

"그렇습니까?" 젊은이는 경계하듯 번스를 쳐다보았다.

"몰랐소?" 번스는 남은 담배 두 개비 가운데 하나를 뽑았다. "당신과 스칼릿 씨가 의약품을 관리하는 줄 알았는데."

솔비터는 흠칫 놀라며 잠시 입을 다물고 있었다.

이윽고 솔비터는 물었다. "메리트아멘이 그렇게 말했습니까?"

번스는 새로운 어조로 말했다. "그럼, 정말이군."

"그러고 보니" 그러자 젊은이는 인정했다. "블리스 박사님께서……."

"아편 이야기는 어떻게 된 거요?" 번스가 몸을 앞으로 내밀었다.

"네, 아편은 언제나 위층 캐비닛에 넣어둡니다. 통에 거의 가득하지요."

"요즘 당신 방으로 가져간 일이 있소?"
"아니…… 네, 있습니다…… 나는……."
"고맙소. 그 대답은 우리가 마음대로 해석해도 되겠지요."
"누가 내 방에 아편이 있다고 하던가요?"
솔비터는 어깨에 힘을 주며 말했다.
번스는 다시 의자등받이에 몸을 기댔다.
"그건 아무래도 좋소. 아무튼 지금은 당신 방에 없으니까. 그런데 솔비터 씨, 당신과 블리스 부인이 아침에 식당에서 올라온 뒤 당신 혼자 다시 내려가지 않았소?"
"내려가지 않았습니다. 지금도 그……." 그는 얼른 자신의 말을 바로잡았다. "잘 기억나지 않는군요."
번스가 벌떡 일어나 젊은이 앞에 위협하듯 버티고 섰다.
"블리스 부인이 어떤 말을 했을까 신경쓸 필요는 없소. 당신이 내 질문에 대답하지 않는다면 살인과에 넘길 테니 잘 알아서 하시오. 우리가 여기 있는 것은 진실을 알아내기 위해서요. 우리는 솔직한 대답을 바라오. 당신은 식당으로 다시 내려갔소, 내려가지 않았소?"
"내려가지 않았습니다."
"그편이 훨씬 좋소. 아주 좋소." 번스는 한숨을 내쉬며 자리에 앉았다. "솔비터 씨, 한가지 아주 미묘한 질문을 해야겠는데 당신은 블리스 부인을 사랑하나요?"
"그런 질문에는 대답할 수 없습니다."
"좋소. 하지만 블리스 박사가 세상을 떠났다 해도 당신에게 크게 실망될 일은 없겠지요?"
솔비터는 턱을 긴장시킨 채 아무 말도 하지 않았다.
번스는 찬찬히 젊은이를 바라보다가 이윽고 얼마쯤 누그러진 목소리로 말했다. "들리는 소문에 의하면 카일 씨는 유언장에서 당신에게 막대한 재산을 남겼다더군요……. 그래서 묻겠는데, 만일 블리스 박사가 이집트 발굴사업을 계속하기 위해 당신에게 재정적인 원조를 부탁한다면 들어주겠소?"

"부탁하지 않아도 기꺼이 드릴 것입니다." 솔비터의 눈에 광기 비슷한 빛이 스쳤다. 그는 잠시 깊이 생각한 뒤 덧붙였다. "메리트아멘이 반대하지 않는다면 말입니다. 그녀가 원하지 않는 일은 하고 싶지 않습니다."

번스는 담배에 불을 붙여물고 기분좋게 연기를 뿜어냈다.

"흐음, 당신은 블리스 부인이 반대하리라 생각하오?"

솔비터는 고개를 가로저었다.

"아니요, 그녀는 박사님이 바라는 일이면 무엇이든지 할 것입니다."

"충실한 내조자인 셈인가."

솔비터는 불끈하며 자세를 고쳐 앉았다.

"그녀는 행실이 바르고 더할 데 없이 정숙하며……."

"아아, 알았소." 번스는 담배연기로 동그라미를 만들었다. "부인에 대한 설명은 그 정도로 해둡시다. 하지만 내가 보기에 블리스 부인은 일생의 반려를 선택한 점에서는 그리 만족스러워하지 않는 것 같더군요."

"비록 그렇더라도" 솔비터는 화난 듯이 대답했다. "그것을 겉으로 드러낼 분이 아닙니다."

번스는 도무지 아무 관심도 없다는 듯 고개를 끄덕였다.

"하니 씨를 어떻게 생각하오?" 번스가 물었다.

"심성은 나쁘지 않지만 어리석은 동물이지요. 그는 블리스 부인을 그야말로 소중하게 여기며……." 솔비터의 몸이 굳어지며 눈이 커졌다. "설마 당신은 혹시······." 그의 목소리는 공포로 끊어졌다. 그리고 몸을 떨었다. "당신이 어떤 생각을 하고 있는지 알겠습니다. 하지만······ 하지만 저 타락한 이집트인들은 모두 똑같습니다. 동양의 개지요, 모두. 선과 악을 구별하지도 못하는 미신에 찬 악마입니다. 그래도 참으로 충실한 인간이 될 수 있지요. 내 생각에는 설마······."

내가 보기에 번스는 솔비터의 발작적인 흥분에 전혀 무관심한 듯했다.

"그렇소, 우리 모두 설마 하고 생각한다오. 하지만 당신 말대로 그 사나이는 블리스 부인과 아주 친하오. 그녀를 위해서라면 무슨 일이라도 할 거요. 어떻소? 부인의 행복이 위태롭다고 생각되면 생명까지도 내던질 거요. 물론 얼마쯤 코치가 필요하겠지만······."

솔비터의 눈이 무섭게 불탔다.

"당신 생각은 틀렸습니다. 아무도 하니를 코치하지 않았습니다. 그는 스스로 무엇이든지 해낼 수 있는 사람입니다."

"남에게 혐의를 뒤집어 씌우는 일도 말이오?" 번스는 젊은이를 쏘아보았다. "그 딱정벌레 핀을 시체 곁에 떨어뜨려 놓는 일 같은 건 한낱 농부가 생각해 낼 만한 조작이 아닌 듯하오.."

"그렇게 생각하십니까?" 솔비터는 거의 경멸조로 말했다. "당신은 나만큼 그들을 모릅니다. 이집트인은 북구 인종이 원시생활을 하고 있을 때 이미 아주 복잡한 계산을 하고 있었지요."

"그건 빗나간 인류학이오." 번스가 중얼거리듯 말했다. "당신은 람프시니투스 왕의 보고(寶庫)에 대해 쓴 헤로도투스의 우스꽝스러운 이야기를 생각하는 모양이군. 나로서는 그 이야기는 신관들이 역사의 선조님을 속여넘겼다고 생각하오. 그건 그렇고, 솔비터 씨, 이 집에서 블리스 박사 말고 코이노르 연필을 쓰는 사람이 누구인지 아시오?"

"박사님이 그 연필을 쓰고 계신 것도 몰랐습니다."

솔비터는 카펫 위에 담뱃재를 털고 구두로 비볐다.

"당신은 오늘 아침 블리스 박사를 만났소?"

"아니요. 아침식사하러 내려갔을 때 브러시가 박사님은 서재에서 일하신다고 말했습니다."

"당신은 오늘 아침 메트로폴리탄 미술관으로 가기 전에 박물관에 들어가지 않았소?"

솔비터의 눈동자가 바쁘게 움직였다. 이윽고 그는 대들 듯 대답했다.

"갔었습니다. 아침식사가 끝나면 대개 박물관에 가봅니다. 일종의 습관이지요. 모든 것이 잘 되어 있나, 밤새 무슨 일이 있지 않았나 보는 겁니다. 나는 이 박물관의 큐레이터입니다. 책임은 젖혀놓더라도 나는 박물관을 몹시 좋아합니다. 이 박물관 안의 물품을 보살피는 것이 내 의무지요."

번스는 잘 알았다는 듯 고개를 끄덕였다.

"오늘 아침에는 몇 시쯤 갔었소?"

솔비터는 망설였다. 이윽고 그는 머리를 뒤로 젖히고 번스를 흘기듯이 쳐다보았다.

"나는 9시 조금 지나서 집을 나섰습니다. 그리고 5번 거리까지 갔을 때 문득 박물관을 둘러보지 않았다는 것이 생각났습니다. 왠지 걱정스러웠습니다. 왜 그런 마음이 들었는지는 모르겠습니다. 하지만 사실은 사실이니까요. 아마도 어제 새로 짐이 도착했기 때문이겠지요. 그래서 다시 되돌아와 내 열쇠를 가지고 박물관으로 들어갔습니다."

"9시 30분쯤이었겠군요?"

"그쯤 되었겠지요."

"당신이 되돌아온 것을 아무도 못 봤소?"

"본 사람이 있다고 생각되지는 않습니다. 아무튼 나는 아무와도 만나지 않았으니까요."

번스는 물끄러미 젊은이를 바라보았다.

"끝까지 이야기해 보시오. 곤란하면 내가 대신 해도 좋소."

"그렇게 해주지 않아도 됩니다."

솔비터는 테이블 위의 칠보 재떨이에 담배를 비벼끄고 몸을 바짝 긴장시켰다.

"이야기할 만한 것은 모두 털어놓겠습니다. 그래도 미심쩍다면 체포해도 좋습니다. 당신들 마음대로 하시라는 말입니다."

번스는 한숨을 내쉬며 머리를 뒤로 젖혀 의자에 기댔다.

"당당하시군요. 그런데 왜 그렇게 화를 내시오? 당신은 다시 박물관을 나와 5번 거리의 메트로폴리탄 미술관으로 가기 전에 숙부님을 만났겠지요?"

"그렇습니다. 만났습니다."

솔비터의 눈이 번들번들 빛나고 턱이 앞으로 쑥 튀어나왔다.

"그게 어떻다는 겁니까?"

"사실 그게 어떻다고 말할 수는 없소. 아아, 정말 피곤하군."

번스는 젊은이 쪽을 쳐다보지도 않았다. 반쯤 감긴 눈이 가운데 테이블 위로 낮게 드리워진 크리스탈 샹들리에에 머물러 있었다.

"숙부님을 만났다면, 당신은 적어도 반시간은 박물관에 있었을 테지요?"

솔비터는 번스의 무관심한 태도를 전혀 알아차리지 못한 듯했다.

"꼭 그 정도 있었습니다. 실은 지난해 겨울에 구한 파피루스에 흥미가 있어 몇 가지 난해한 말을 풀어보려고 했었지요. ankhet며 wash며 tema 따위를 도무지 번역할 수 없었거든요."

번스는 희미하게 얼굴을 찌푸리고 있더니 이윽고 눈길을 들었다. 그리고 그 말을 천천히 되풀이했다.

"ankhet…… wash…… tema…… 그 Ankhet에 지시부호가 붙어 있었소?"

솔비터는 얼른 대답하지 않았다.

"수피(獸皮)지시부호가 붙어 있었습니다."

"그리고 다음말은 was가 아니라 wash였단 말이지요?"

솔비터는 다시 망설이면서 불안한 눈길로 번스를 바라보았다.

"wash였다고 기억합니다. 그리고 tema 에는 두 개의 막대 모양이 붙어 있었습니다."

"쉬형(橋形)문자는 아니었군…… 이거 재미있는데. 그러니까 당신이 언어학적인 진통을 겪고 있을 때 숙부님이 들어오신 셈이군요?"

"그렇습니다. 벤 숙부님이 문을 열었을 때 나는 오벨리스크 옆의 작은 책상에 앉아 있었습니다. 숙부님이 브러시에게 뭐라고 말씀하시는 소리가 들리기에 인사하려고 일어섰습니다. 꽤 어두웠기 때문에 숙부님은 박물관으로 내려오실 때까지 나를 알아보지 못한 모양이었습니다."

"그래서요?"

"나는 숙부님이 새로 도착한 물건을 점검하시리라는 것을 알고 있었습니다. 그래서 얼른 곁으로 가서 인사했습니다. 그런 다음 집을 나와 메트로폴리탄 미술관으로 갔지요."

"박물관으로 들어오셨을 때 숙부님은 여느 때와 다름없이 기력이 좋아보였소?"

"얼마쯤 기분이 저조했을지는 모르지만, 평소와 별반 다르지 않았습니다. 숙부님은 아침 나절엔 늘 그렇지요. 하지만 특별한 일은 아닙니다."

"당신은 인사하고 곧 박물관을 나왔소?"

"그렇습니다. 그렇게 오래 파피루스를 붙들고 있었는 줄 몰랐었거든요. 그래서 서둘러 뛰어나갔지요. 그리고 나는 숙부님이 아주 중요한 문제로 블리스 박사님을 만나러 오셨다는 것도 알고 있었기 때문에 방해하고 싶지 않았습니다."

번스는 고개를 끄덕였으나 솔비터의 말을 그대로 받아들였는지 어떤지 그 얼굴에서는 전혀 알아볼 수 없었다. 그는 한가롭게 담배를 피우고, 눈길은 거의 무감각해 보였다.

"그렇다면 그 다음 20분 동안, 즉 10시에서 스칼릿 씨가 박물관에 들어온 10시 20분 사이에 숙부님이 살해되었군요."

솔비터는 당황하여 말을 더듬었다.

"그렇게 됩니까? 하지만 나는 아무 관계 없습니다. 정말입니다. 믿든 말든 당신 자유입니다만."

솔비터는 턱을 앞으로 쑥 내밀었다.

번스는 차분하게 타일렀다. "또 시작이군. 그렇게 함부로 말하는 게 아니오. 나는 믿을 필요도 없고 믿지 않을 필요도 없소. 어느 쪽이든 내가 바라는 쪽을 택할 뿐이오."

"마음대로 하시오."

번스는 무겁게 몸을 일으켰다. 그 얼굴에 차가운 미소가 떠올라 있었다. 분노로 일그러진 표정보다 훨씬 더 무서운 미소였다. 그는 천천히 말했다.

"말투가 도무지 마음에 안 드는군."

"마음에 안 든다고요."

솔비터는 벌떡 일어나 꽉 쥔 주먹을 무서운 기세로 휘둘렀다. 그러나 번스는 고양이처럼 날쌔게 한 발자국 물러서며 젊은이의 손목을

상형문자 편지 207

움켜잡았다. 그리고 솔비터의 몸을 오른쪽으로 홱 돌려 팔을 등에 꼬아붙였다.

젊은이는 자기도 모르게 비명을 지르면서 바닥에 무릎을 꿇었다.

나는 벤슨 살인사건 때 지방검사 방에서 번스가 매컴을 적의 습격에서 구해준 일을 되새겨보았다. 히스와 헤네시가 달려들었으나 번스는 비어 있는 한쪽 손을 번쩍 들어 그들을 가로막았다.

"이런 버릇없는 신사쯤은 나 혼자서도 해낼 수 있소." 번스는 솔비터를 일으켜세워 의자에 탁 밀어붙였다. 그리고 유쾌하게 말했다. "잠깐 예절을 가르쳐 주었을 뿐이오. 이만하면 당신도 내 질문에 얌전하게 대답하겠지. 만일 그렇지 않으면 당신을 그리고 '블리스 부인도 함께' 카일 씨 살해범으로 체포할 수밖에 없소."

솔비터는 완전히 기가 죽었다. 그는 우스꽝스러울 만큼 겁을 먹고 상대방을 지켜보았다.

번스가 한 말이 갑자기 얼빠진 그의 머리에 자극을 준 듯했다.

"블리스 부인을? 그녀는 이 일에 아무 상관 없다고 말했잖습니까?"

목소리가 몹시 흥분해 있었으나 예절을 잃지는 않았다.

"그녀의 혐의를 벗기기 위해서라면 내가 죄를 뒤집어 쓰겠습니다."

번스는 자기 자리로 되돌아와 다시 조용히 담배를 피우며 말했다.

"그런 영웅주의는 필요없소. 그런데 오늘 오후 박물관으로 돌아와 숙부가 살해된 것을 알았을 때 왜 10시에 그를 만난 사실을 말하지 않았는지 그 설명을 듣고 싶소."

솔비터는 더듬더듬 말했다.

"나…… 나는 얼이 빠져 그만 완전히 제정신이 아니었습니다. 그리고 무서웠습니다. 자기방어본능이었겠지요. 설명할 수는 없습니다. 정말입니다. 그때 이야기해야 옳았습니다. 그렇게 생각하지만…

…."
번스가 말을 대신했다.
"하지만 자신이 저지르지도 않은 범죄에 말려들고 싶지 않았겠지요. 그래…… 그렇지. 자연스러운 일이오. 잠시 기다리면서 누가 보지 않았나 생각했겠지요. 솔비터 씨, 10시에 숙부님과 만났다는 사실을 밝히는 것이 오히려 당신에게 유리하다는 것을 왜 모르오?"
솔비터는 기분이 좋지 않아 보였으나 번스는 그의 대답을 기다리지도 않고 계속했다.
"그런 가설은 잠시 접어두고, 9시 30분부터 10시까지 박물관에서 무엇을 했는지 정확하게 말해 주시오."
"그건 이미 말씀드렸습니다."
솔비터는 더없이 고민스러운 얼굴로 완전히 멍해 보였다.
"나는 블리스 박사님이 얼마 전 테베에서 발견한 제18왕조의 파피루스와 라켄빌이 번역한 센나체리브 왕 연대기의 육각주(六角柱)[1] 번역을 비교하며 그 가치를 결정하며……."
번스가 조용히 말을 가로막았다.
"당신 아주 굉장한 공상가로구먼. 그건 완전히 시대착오요. 센나체리브 왕의 육각주는 바빌론의 설상(楔狀)문자로 씌어진데다 거의 1000년이나 후대의 것이오." 번스는 험악한 눈길을 돌렸다. "오늘 아침 박물관에서 무얼 하고 있었소?"
솔비터는 의자에서 몸을 내밀었으나 다시 주저앉았다. 그리고 힘없이 대답했다. "편지를 썼습니다."
"누구에게?"
"그건 말하고 싶지 않습니다."
번스는 희미하게 웃었다.

"물론 그렇겠지요. 어디 말로 썼소?"

솔비터의 태도가 갑자기 달라졌다. 얼굴이 핼쑥해지고 무릎 위에 올려놓은 손이 경련을 일으켰다.

그는 날카로운 목소리로 되물었다. "어디 말을 썼느냐고요? 왜 그런 걸 물으시지요? 내가 어디 말로 편지를 썼겠습니까! 반투어? 산스크리트어? 왈룬어? 아니면 인도어입니까?"

번스의 눈길이 천천히 솔비터의 얼굴에 멎었다.

"틀리오. 나는 아람어도, 아가오어도, 스와힐리어도, 수메르어도 생각하고 있지 않소. 솔직히 말해 당신이 이집트 상형문자로 편지를 썼으리라는 생각이 방금 내 머리를 스쳐지나갔소."

솔비터가 눈을 크게 떴다. 그는 우물쭈물 물었다.

"대체 왜 내가 그런 짓을 해야 합니까?"

"왜냐고요? 오오, 그렇군. 왜 그랬을까?"

번스는 깊이 숨을 들이마셨다.

"그래, 당신은 이집트 상형문자로 쓰지 않았소?"

"내가요? 왜 그렇게 생각하시지요?"

"설명해야 되겠소? 그야 간단하지요."

번스는 담뱃불을 눌러끄고 하는 수 없다는 듯한 표정을 지었다.

"나는 당신이 그 편지를 누구에게 보내려고 했는지도 거의 짐작하고 있소. 터무니없는 오해가 아닌 한 블리스 부인에게 보내려고 했을 거요."

번스는 다시 빙그레 미소지었다.

"당신은 있지도 않은 파피루스 어를 끌어내어 세 가지 낱말을 번역하지 못했다고 말했었소. ankhet와 wash와 tema를. 지금까지 정확하게 뜻을 알아내지 못한 이집트 상형문자는 숱하게 많지요. 따라서 나는 왜 당신이 특별히 그 세 가지 낱말을 끌어냈는지 의아하게 생각했소. 더욱이 당신이 뜻을 알아내지 못했다는 그 세 낱말은 이 집트어에서 아주 평범한 세 가지 말과 아주 비슷했소. 하필이면 왜 당신이 그런 말을 꺼냈는지 이상했던 거요.

거기서 나는 아주 평범한 그 세 낱말의 뜻을 생각해 보았소. Ankh는──지시부가 없을 경우──'살아 있는 것'이라는 뜻이오. was는──wash와 비슷하지요──'행복'이나 '행운'을 뜻하오. 여기에 얼마쯤의 의문이 있다는 것은 나도 인정하지만, 에르만은 거기에 의문부를 붙여 Glück(행운)라고 번역하고 있소.

그리고 두 개의 막대모양이 붙은 tema라는 단어는 나로서도 처음 듣는 거요. 하지만 쐐기 모양이 붙은 단어 tem은 잘 알고 있소. 그것은 '끝나야 한다' 또는 '끝나다'라는 뜻을 지니고 있지요. 듣고 있소?"

솔비터는 최면술에 걸린 사람처럼 눈을 흡뜨고 있었다. 그는 중얼거리듯이 대꾸했다.

"틀림없이……."

번스가 설명을 계속했다.

"거기서 나는 결론을 내렸소. 당신은 그 세 낱말의 아주 평범한 형체와 씨름하고 있었으며, 그 단어들을 집어낸 것은 이 말이 다른 근사형(近似形)으로는 음역의 의미가 알려지지 않았기 때문이라는 것을 말이오.

이 세 가지 말은 지금의 상황과 꼭 들어맞고 있소. 정말이오. 세 가지 주요한 낱말의 뜻만 알면 당신이 쓴 편지의 내용을 아는 데 그리 굉장한 상상력을 필요로 하지 않소. 즉 '살아 있는 것' '행복' 또는 '행운' 그리고 '끝나야 할' 또는 '끝나다'라는 말이오."

번스는 말을 정리하려는 듯 잠시 입을 다물었다.

"짐작건대 당신은 '살아 있는 것(ankh)'이 당신의 '행복 또는 행운

(was)'의 길을 방해하니 그런 상황은 '끝나야' 한다고, 아니면 '끝나기(tem)'를 바란다는 내용의 편지를 썼을 거요. 맞았소?"
솔비터는 놀라서 멍하니 번스를 바라보았다. 이윽고 그는 말했다.
"이제부터 사실을 말씀드리지요. 지금 말씀하신 내용의 편지를 쓰고 있었습니다. 메리트아멘은 내가 도저히 따라갈 수 없을 만큼 고대 이집트 상형문자를 많이 알고 있습니다. 그래서 오래 전에 연습삼아 1주일에 한 번쯤 선조의 말로 자기에게 편지를 써보내는 게 어떻겠느냐고 권했던 것입니다.

나는 벌써 몇 년 전부터 그 일을 계속해 왔습니다. 메리트아멘은 틀린 곳을 고쳐주고 여러 가지로 조언해 줍니다. 그녀는 이집트 고대 무덤을 장식한 학자들 그 누구에게도 지지 않을 만큼 고대 상형문자에 능통합니다. 오늘 아침 박물관에 돌아왔을 때 나는 메트로폴리탄 미술관이 10시쯤에 문을 연다는 것이 생각나 갑자기 어떤 충동에 이끌려 그 편지를 쓰기 시작했던 것입니다."
번스는 한숨을 내쉬었다.
"정말 운이 없었군요. 당신은 편지에 어떤 비상수단을 취하겠다는 뜻을 비쳤소?"
솔비터는 침을 삼켰다.
"그래서 거짓말을 했던 겁니다. 하지만 번스 씨, 그 편지는 장난이었습니다. 지금에서야 어리석은 짓을 했다고 여겨집니다만, 그리 진지하게 생각하지는 않았습니다. 솔직히 말해서 정말로 이집트어 작문 연습이었지요. 진짜 편지가 아니었습니다."
번스는 그 말을 인정한다는 것인지 하지 않는다는 것인지 그냥 고개만 끄덕였다.
"그 편지는 지금 어디 있소?"
"박물관 책상 서랍에 있습니다. 벤 숙부님이 들어오셨을 때 아직다 쓰지 못했었지요. 그래서 서랍에 넣어 두었습니다."
"ankh, was, tem의 세 낱말은 그때 이미 써넣었소?"
솔비터는 몸을 움츠리며 깊이 숨을 들이마셨다.
"그렇습니다. 그 흔한 낱말을 이미 편지에 썼습니다. 그러므로 맨 처음 당신이 박물관에서 무엇을 했느냐고 물어보셨을 때 파피루스를 들먹이며 거짓말했던 겁니다."
"그때 실제로 편지에 쓴 세 낱말이 생각나 불쑥 예로 들었군요."
"그렇습니다. 맞습니다."
번스는 차갑게 말했다.
"갑자기 솔직하게 나와주니 고맙구려. 수고스럽지만 그 미완성 편지를 좀 갖다주겠소? 꼭 보고 싶소. 아마 나도 읽을 수 있을 거요."
솔비터는 자리에서 벌떡 일어나 뛰듯이 밖으로 나갔다. 2, 3분 뒤 돌아온 그는 완전히 낭패한 표정이었다.
"없습니다! 없어졌습니다!"
"흐음, 그거 안됐구려."
번스는 의자등받이에 기대앉아 잠시 생각에 잠겼다. 그러다가 갑자기 자리에서 일어나며 혼잣말처럼 중얼거렸다.
"없다고…… 없어졌다고…… 이런 상황은 마음에 안 드네, 매컴. 도무지 마음에 안 들어. 왜 그 편지가 없어졌을까. 어째서…… 어째서……."
번스는 솔비터 쪽으로 몸을 홱 돌렸다. 그는 흥분을 억누르면서 물었다.
"그 엉터리 편지를 어떤 종이에 썼소?"
"노르스름한 종이입니다. 흔히 책상에 두고 쓰는 종이지요."
"그리고 잉크는? 펜으로 썼소, 아니면 연필로 썼소?"

"펜으로 썼습니다. 녹색 잉크로요. 언제나 박물관에 놓아두고 있는
……."
번스는 참을 수 없다는 듯 손을 들어 그 말을 가로막았다.
"이제 됐소. 그만 방으로 올라가 기다리고 있으시오."
"하지만 번스 씨, 나…… 나는 편지가 걱정됩니다. 어디로 갔을까요?"
"내가 어떻게 알겠소? 물론 당신이 정말 썼다고 생각하고 하는 말이지만. 나는 점쟁이가 아니오."
번스는 겉으로 드러내지 않으려고 애썼으나 몹시 고뇌하고 있었다.
"그런 편지를 서랍에 넣어두다니, 머리가 잘 돌아가지 않는 사람이로군."
"지금까지 그런 일은 없었습니다."
번스는 솔비터를 날카롭게 쏘아보았다.
"없었다고? 그걸 누가 알겠소? 지금은 괜히 입씨름이나 할 때가 아니오. 제발 어서 방으로 올라가시오. 나중에 이야기합시다. 아무 말 말고 내가 시키는 대로 하시오."
솔비터는 한 마디도 하지 않고 홱 돌아서서 문 밖으로 사라졌다. 그리고 계단을 올라가는 무거운 발자국 소리가 들려왔다.

*1 솔비터가 언급한 육각주(hexagonal prism)는 시카고 대학의 동양학회가 1919~1920년에 걸친 답사여행 때 발견한, 점토로 구운 도자기로, 현재 대영박물관에서 소장하고 있는 테일러 프리즘의 변형이다.

15 번스의 발견

7월 13일 금요일 오후 4시 45분
 번스는 오래도록 불안한 얼굴로 말없이 서 있었다. 이윽고 그는 헤네시 쪽으로 눈길을 돌렸다.
 "자네는 지금 곧 위층으로 올라가게. 그리고 방들이 모두 보이는 곳에 서 있게. 블리스 부인과 솔비터와 하니가 서로 연락을 취하지 못하도록 감시하게."
 헤네시가 히스 쪽을 보았다. 부장이 말했다.
 "명령일세."
 그러자 형사는 재빨리 방에서 나갔다. 번스는 매컴을 돌아다보고 말했다.
 "그 천하에 바보같은 젊은이는 그 멍청한 편지를 정말로 썼을 걸세."
 그는 얼굴에 걱정스러운 빛을 띠었다.
 "어디 박물관을 좀 들여다볼까."
 매컴이 자리에서 일어났다.

"자네는 왜 솔비터의 편지에 대해 그토록 신경쓰나?"

"나도 모르겠네. 확신이 서지 않아."

번스는 문 쪽으로 걸어가다가 갑자기 휙 돌아섰다.

"나는 걱정일세. 내 생각이 맞는다면 정말 걱정스럽네. 편지는 범인에게 빠져나갈 구멍을 만들어줄지도 모르네. 정말로 편지가 씌어졌다면 그것을 찾아내지 않으면 안 되네. 만약 찾아내지 못한다면, 편지가 없어진 데는 몇 가지 그럴 듯한 해석이 가능하네. 그중 한 가지는 실로 극악무도한 것이지. 아무튼 가보세. 우선 박물관을 수색하지 않으면 안 되네. 솔비터의 말대로 그 편지를 써서 책상 서랍에 넣어두었다면."

번스는 재빨리 복도를 가로질러 커다란 철문을 열어젖혔다. 그는 현관문에 기대어 서 있는 스니트킨에게 말했다.

"우리는 박물관에 있을 테니 블리스 박사와 길포일이 돌아오거든 응접실에서 대기하도록 하게."

우리는 계단을 내려가 박물관으로 들어갔다. 번스는 곧장 오벨리스크 옆의 조그만 책상으로 갔다. 그리고 노란 종이들을 살피고 잉크 빛깔을 확인했다. 그런 다음 서랍을 열고 그 속의 물건을 모두 꺼냈다.

그는 2, 3분 동안 어수선한 물건들을 조사한 다음 이윽고 서랍을 원래대로 정리한 뒤 다시 닫았다. 그는 책상 밑에 있는 작은 마호가니 쓰레기통을 바닥에 쏟았다. 그리고 무릎을 꿇고 구겨진 종이를 하나하나 살펴보았다.

이윽고 일어서면서 그는 머리를 저었다.

"이거 난처하군. 그 편지를 찾아내야 한시름 놓겠는데."

번스는 편지를 넣어둘 만한 곳을 찾아 박물관 안을 기웃거렸다. 그러나 안쪽 나선형 계단까지 가자 거기에 기대서서 실망한 듯 매캐움을 바라보았다.
 그는 낮은 목소리로 말했다.
 "걱정이 되어 견딜 수 없군. 이 악마적인 음모가 보기좋게 성공한다면……"
 번스는 갑자기 돌아서서 우리에게 따라오라고 눈짓한 뒤 계단을 뛰어올라갔다. 그는 어깨 너머로 말했다.
 "어쩌면…… 정말 진작 생각이 미쳤어야 했는데……"
 우리는 무슨 일인지 모르는 채 번스의 뒤를 따라 블리스 박사의 서재로 들어갔다.
 번스는 뛰는 가슴을 억누르며 말했다.
 "편지는 이 서재에 있네. 그래야 논리적이지. 이 사건은 믿을 수 없을 만큼 논리적일세, 매컴. 정말 논리적이고 수학적이지……그렇고말고. 우리도 마침내 올바른 해석을 하게 될 것 같네. 지나치게 논리적이야. 그것이 약점일세."
 번스는 그때 이미 바닥에 엎드려 어수선한 블리스 박사의 쓰레기통을 휘젓고 있었다. 한참 뒤지더니 노란 종이조각을 두 개 집어들었다. 번스는 조심스럽게 그것을 살펴보았는데 언뜻 보니 녹색 잉크로 쓴 조그만 부적 비슷한 것이었다. 번스는 그것을 한옆에 놓고 다시 계속 뒤졌다. 얼마 뒤에는 찢어진 종이조각이 수북이 쌓였다.
 번스는 일어나며 말했다.
 "이게 모두로군. 시간이 좀 걸릴지 모르네만, 나도 이집트의 상형문자라면 대강 알아볼 수 있으니까 그리 힘든 일은 아닐세."
 번스는 종이조각을 맞추기 시작했다. 히스와 나는 그 뒤에 서서 홀린 듯이 바라보고 있었다. 10분쯤 지나자 번스는 종이조각맞추기를 끝냈다. 그리고 책상 서랍에서 커다란 백지를 꺼내 거기에 풀을 발랐다.

그런 다음 이어맞춘 편지조각을 하나씩 풀칠한 다음 그 종이 위에 조심조심 옮겨놓았다.

이윽고 번스는 한숨을 쉬며 말했다.

"바로 이것일세. 솔비터가 오늘 아침 9시 30분부터 10시 사이에 쓴 바보 같은 편지는."

편지는 박물관에서 본 노란 종이에 씌어 있었다. 그 위에는 녹색 잉크로 고대 이집트 상형문자가 네 줄 정도 그려져 있었다.

번스는 한 낱말을 가리키며 설명해 주었다.

"이것이 ankh라는 상형문자라네."

그는 손가락을 다른 낱말로 옮겼다.

"그리고 이것이 was의 기호이고……이 맨 끝의 것이 tem의 표시지."

히스가 정중하지 못한 목소리로 말했다.

"그것이 어떻단 말입니까? 노란 종이에 괴상한 그림을 그렸다고 해서 사람을 체포할 수는 없지요."

"부장, 당신은 사람을 감옥에 처넣을 궁리만 하고 있구려. 인정없는 사람도 아닐 텐데 말이오. 슬픈 일이오……. 머리를 좀 쓰시오, 머리를!"

번스는 눈길을 들었다. 나는 그 진지한 눈빛에 그만 압도되었다.

"그 패기 있는 젊은이는 파라오의 문자로 사랑하는 사람에게 편지를 썼노라고 자백했소. 그리고 그 미완성 연애편지를 박물관 책상 서랍에 넣어두었소. 그런데 편지는 책상 서랍이 아니라 마구 찢어진 채 블리스 박사님 서재의 쓰레기통에 처넣어져 있소. 자, 당신은 어떤 근거로 이 편지를 쓴 주인공을 살인범으로 인정하오?"

히스 부장이 거칠게 대꾸했다.

"인정한 건 아닙니다. 그런데 이 집에는 너무나 가짜가 많군요. 내

성미에는 안 맞습니다. 내가 바라는 건 행동입니다."
번스는 심각한 표정으로 그를 바라보았다.
"물론 나도 행동으로 옮기고 싶소, 부장. 곧 어떤 행동을 취할 수 없다면 지금까지 일어났던 일보다 더 나쁜 일이 일어날 거요. 그러나 행동은 현명하지 않으면 안 되오. 범인이 기대하는 그런 행동을 취해서는 안 되오. 우리는 교묘한 음모의 늪에 빠져들었소. 조심하지 않으면 범인은 도망치고 우리는 늪 속에서 허우적거리는 결과가 될 거요."
히스는 목을 울리며 이어붙인 편지를 들여다보았다. 그리고 사뭇 경멸하듯 논평했다.
"남자가 여자에게 보내는 편지에도 여러 가지가 있군요. 내게는 다짜고짜 권총을 휘두르는 갱의 방법이 훨씬 좋습니다. 이렇게 모호하고 매듭이 없는 범죄는 딱 질색입니다."
매컴은 씁쓰레한 얼굴을 하고 있었다.
"여보게, 번스, 자네는 범인이 그 편지를 찢어서 거기에 넣었다고 생각하나?"
"달리 생각할 길이 있나?"
"그렇다면 대체 무슨 목적에서였을까?"
"그건 아직 모르네. 그렇기 때문에 걱정일세."
번스는 창밖을 내다보았다.
"하지만 편지를 찢은 건 계획의 한부분일세. 아무튼 결정적인 증거가 손에 들어오기 전까지는 도리없지."
매컴은 더욱 캐물었다.
"만일 그 편지가 범죄의 증거가 된다면 범인에게는 소중한 것이었을 텐데, 그것을 찢어 아무 소용없게 만들다니……."
히스는 먼저 번스를 본 후 매컴에게로 눈길을 돌렸다.

"아마 솔비터 자신이 찢었을지도 모르지요."

"언제?" 번스가 조용히 물었다.

히스 부장은 골이 났다.

"그걸 내가 어떻게 압니까. 하기야 그 노인을 해치울 때거나……."

"그렇다면 편지 이야기를 털어놓지 않았을 거요."

그래도 히스는 물러서지 않았다.

"아니면 아까 당신이 편지를 가지러 보냈을 때 찢었겠지요."

"그때 편지를 찢어가지고 이리 들어와서 금방 들킬 휴지통에 집어처넣었단 말이오? 그렇지 않소, 부장. 전혀 앞뒤가 맞지 않소. 만약 솔비터가 뒤가 켕겨서 편지를 없애려고 했다면 완전히 자취도 없이 처리했을 거요. 가장 손쉬운 방법은 태워버리는 거지요. 그러면 흔적도 없이 사라지니까."

매컴도 번스가 이어붙인 상형문자 편지를 난처한 얼굴로 보고 있었다.

"그렇다면 자네는 누군가가 이것이 우리 눈에 띄기를 바라고 여기에 버렸다고 생각하나?"

번스의 눈길은 움직이지 않았다.

"모르겠네. 그럴지도 모르지. 그렇지만…… 아니야, 우리가 발견한 것은 정말 우연이었네. 이것을 휴지통에다 버린 사람은 솔비터가 편지 이야기를 우리에게 털어놓지 않으리라 생각했을 걸세."

매컴은 자기 생각을 거두기를 꺼렸다.

"그러나 편지를 그 쓰레기통에 버린 것은 블리스 박사를 더 난처한 입장에 몰아넣기 위해서였을지도 모르네. 즉 딱정벌레 핀이나 회계보고서나 발자국 같은 것들과 함께 편지도 하나의 단서로 일부러 남겨두었는지 모르네."

번스는 고개를 가로저었다.

"아니, 그런 일은 있을 수 없네. 블리스 박사가 이런 편지를 쓸 까닭이 없거든. 솔비터가 블리스 부인에게 보내는 편지라는 것은 곧 알 수 있네."
번스는 이어붙인 편지를 집어들고 잠시 살펴보았다.
"이집트어에 조금이라도 관심 있는 사람이라면 읽어내기 어려운 문장이 아닐세. 솔비터가 썼다고 주장한 내용이 그대로 씌어 있지."
번스는 종이를 책상 위에 내던졌다.
"이 밑바닥에는 무섭게 악마적인 무엇인가가 숨어 있네. 나는 범인이 이 편지를 우리 눈에 띄게 할 목적은 아니었다고 확신하네. 내 느낌으로는 누군가가 생각없이 집어넣은 걸세. '그 목적을 달성한 뒤에'."
"그 목적이라면……."
매컴은 어두운 얼굴로 입을 꾹 다물고 있었다. 나는 지방검사의 마음을 알 것만 같았다. 매컴은 '그린 살인사건'이나 '비숍살인사건' 때 번스가 한 무서운 예언, 몸서리쳐지는 마지막 파국에 이르러 실현된 그 예언을 생각하고 있는 것이었다.
"자네는 이 사건이 아직 끝나지 않았다고 생각하나, 번스?"
"끝나지 않았다는 건 알고 있네. 계획은 아직 완료되지 않았네. 우리는 블리스 박사를 풀어줌으로써 범인보다 선수를 쳤네. 그러자 범인은 다음 행동에 들어가지 않으면 안 되었지. 우리가 본 것은 범인이 꾸민 계략의 음흉한 준비행동일 뿐일세. 그리고 마침내 음모의 전모가 밝혀지면 그야말로 기괴하기 이를 데 없는 모습일 걸세."
번스는 복도로 나가는 문 쪽으로 가만히 걸어가 2, 3인치쯤 열고 밖을 내다보았다.
번스는 문을 닫으면서 말했다.

"그러니까 우리는 조심하지 않으면 안 되네. 내가 입이 닳도록 말하는 것은 그 점일세. 어떤 일이 있어도 범인이 파놓은 함정에 걸려들어서는 안 되네. 블리스 박사의 체포도 그중 하나일세. 우리가 한 발자국이라도 헛디디면 음모는 성공할 걸세."

번스는 히스에게로 눈길을 옮겼다.

"부장, 미안하지만 박물관의 책상에서 노란 종이와 펜과 잉크를 갖다주겠소? 우리 쪽에서도 흔적을 없애지 않으면 안 되오. 우리가 범인을 몰래 탐색하는 것과 마찬가지로 범인도 우리를 은밀히 탐색하고 있으니까."

히스는 말없이 박물관으로 내려가 요구한 물건을 가지고 왔다.

번스는 그것을 받아들고 박사의 책상 앞에 앉았다. 그리고 솔비터의 편지를 앞에 놓고 노란 종이에 음기호(音記號)와 상형문자를 대충 베껴넣었다.

번스는 그 일을 하면서 설명했다.

"우리가 편지를 발견했다는 사실을 숨겨야 하네. 이것을 찢어버린 인물은 혹시 우리가 찾아낼까 봐 종이조각을 주우러 올지도 모르네. 그리고 없어졌다는 것을 알면 한층 더 경계하기 시작하겠지. 어쨌든 우리는 결코 발을 헛디뎌서는 안 되네. 우리의 상대는 악마처럼 머리가 좋은 녀석이니까."

번스는 열 개 남짓한 기호를 베낀 다음 휴지통에서 주운 종이조각만하게 찢어서 휴지통 속의 다른 휴지들과 섞어놓았다.

그리고 솔비터의 편지를 접어서 주머니에 넣었다.

"부장, 수고스럽겠지만 종이와 잉크를 박물관에 도로 갖다주시오."

"번스 씨, 당신은 사기꾼이 될 걸 그랬습니다그려."

히스는 호인답게 말하고 나서 종이와 잉크스탠드를 집어 들고 철문 쪽으로 사라졌다.

매컴이 우울하게 말했다.

"난 도무지 모르겠구먼. 갈수록 태산이라더니 이 사건은 정말 갈수록 어려워지는군."

번스도 어두운 얼굴로 고개를 끄덕였다.

"지금으로서는 사태의 새로운 진전을 기다리는 수밖에 도리가 없네. 우리가 결정적인 단서를 확보하긴 했지만, 아직 적에게는 몇 가지 수가 남아 있네. 알레힌의 체스 방법과 비슷하다고 할 수 있지. 상대가 공격을 시작했을 때 무엇을 생각하고 있었는지 우리쪽에서는 모르고 있네. 그리고 머잖아 버릴지도 모르지. 체스 판을 모두 휩쓸어 버릴지도 모르지."

이때 히스가 걱정스러운 얼굴로 나타나 불평했다.

"저 거지 같은 방이 나는 아주 질색입니다. 시체가 너무 많습니다. 학자님들은 꼭 그렇게 미라 같은 걸 파내야 합니까? 이건 그야말로 병적입니다."

번스는 싱글거리면서 대답했다.

"이집트학자에 대한 평으로는 만점이오, 부장. 이집트학은 고고학적 학문이 아니오. 병리학적 상태, 대뇌이상(大腦異常)이지요. 학문적 치매증이오.

토양나선상균이 일단 조직에 침투하면 그것으로 끝장이오. 불치의 병에 걸리는 거요. 몇천 년 전 시체를 발굴하면 이집트학자가 되고, 최근의 시체를 파내면 버크나 헤어(버크와 헤어는 15명이나 살해해 해부학자에게 시체를 팔아넘긴 악명높은 아일랜드 범죄자. 흔적없이 질식사시키는 살인방법을 버크식이라 함) 같은 부류로 몰려서 법의 철퇴를 맞지요. 분류하자면 이도저도 어차피 다 시체도둑 항목에 들어갈 텐데 말이오."*1

히스는 여전히 뜨악한 얼굴로 연신 담배를 피웠다.

"그거야 아무래도 상관없습니다. 그러나 시체를 놓아두는 장소가 영 기분 나쁩니다. 그리고 바깥창문 아래에 있는 검은 관은 더욱

싫습니다. 그 속에 뭐가 들었지요, 검사님?"
"그 화강암 석관 말이오? 나도 모르겠소. 아마 시체가 들어 있으리라 생각되오만. 블리스 박사가 달리 보관상자로 쓰지 않았다면 말이오. 그런데 뚜껑의 무게로 미루어보아 그렇지는 않을 거요."
그때 복도 쪽 문에 노크 소리가 나더니 길포일이 블리스 박사를 데려왔다는 스니트킨의 목소리가 들렸다.
번스가 말했다.
"블리스 박사에게 물어볼 것이 두어 가지 있네. 그것이 끝나면 슬슬 돌아가도 되겠지, 매컴. 나는 머핀과 마멀레이드가 먹고 싶어 견딜 수 없네."
히스가 놀라며 어처구니없다는 듯이 물었다.
"그만 물러간다고요, 번스 씨? 어떻게 할 셈이지요? 이제 막 취조를 시작했잖습니까?"
번스가 온화하게 말했다.
"아니, 그 이상의 일을 했소. 우리는 범인이 파놓은 함정을 비켜 왔거든. 그리고 그의 계획을 모조리 뒤엎어 참호를 다시 파지 않으면 안되게 해주었소. 사건은 여기서 교착상태에 빠졌소. 이제 새롭게 다시 시작하지 않으면 안 돼요. 우리로서 다행스러운 것은 범인이 먼저 움직일 차례라는 것이오. 어쨌든 그는 시합에 이기지 않으면 안 되니까. 우리야 무승부라도 상관없지만 말이오."
매컴이 느릿느릿 고개를 끄덕였다.
"자네 말의 뜻을 알 것 같네, 번스. 우리는 그의 수법에 말려들지 않았네. 그러므로 그는 이제 함정을 다시 파지 않으면 안 되겠지."
"법률가답지 않은 명쾌하고 정확한 말씀인데."
번스는 싱긋 미소지었다. 그리고 다시 정색하며 말했다.
"틀림없이 적은 마지막 수단을 사용하기 전에 새로운 미끼를 던질 걸세. 그 새 미끼로 전체적인 음모를 해결하고 부장이 범인을 체포할 수 있게 되면 얼마나 좋을까."
히스는 불평을 늘어놓았다.
"아무튼 내가 할 수 있는 말은 이런 괴상한 사건은 태어나서 처음이라는 겁니다. 가서 머핀이나 먹으면서 범인이 제 발로 걸려들기를 기다리다니 오브라이언 경찰 국장*2이 이런 이야기를 들으면 나를 벨레뷰로 끌고갈 겁니다."
매컴은 문 쪽으로 걸어가면서 조급하게 말했다.
"내가 정신병원에 안 가도록 해주겠소, 부장."

*1 번스는 여기서 다소 과장해서 말하고 있으며, 실제로 그렇게 생각하는 것은 아니다. 번스는 여러 명의 이집트학자를 알고 있으며 깊이 존경하고 있었다. 그 가운데에서는 루들로 불 박사라든가 메트로폴리탄 미술관의 헨리 A. 케어리 박사가 있으며, 케어리 박사는 특히 번스가 메만드로스의 글을 번역하는 것을 많이 도와주었다.
*2 오브라이언 경찰국장은 그 즈음 뉴욕 시 경찰국 전체를 책임지고 있었다.

16 한밤중의 전화

7월 31일 금요일 오후 5시 15분

우리가 응접실에 들어가보니 블리스 박사는 트위드 모자를 눈썹까지 눌러쓰고 팔걸이의자에 깊숙이 앉아 축 늘어져 있었다. 그 옆에 길포일이 자랑스러운 듯 코를 벌름거리며 서 있었다.

번스는 굳이 언짢은 표정을 감추려고 하지 않았다.

"부장, 당신의 유능한 형사 양반에게 밖에 나가 기다리도록 일러주지 않겠소?"

히스는 길포일을 동정하듯 바라보았다.

"좋습니다. 길포일, 밖에 나가 기다리게. 그리고 아무것도 묻지 말게. 이건 살인사건이 아닐세. 도깨비집의 할로윈 파티네."

형사는 싱긋이 웃으면서 나갔다.

블리스 박사가 눈을 들었다. 완전히 의기소침한 모습이었다. 붉은 얼굴에 불안과 굴욕의 빛이 떠올랐다.

박사는 떨리는 목소리로 말했다.

"생각건대 이제 흉악한 살인범으로 나를 체포하겠군요. 하지만 이릴 수가…… 여러분, 나는 맹세하지만……."
번스가 박사 앞으로 나서며 말을 가로막았다.
"잠깐만요, 박사님. 흥분하지 마십시오. 누가 당신을 체포한다고 말했습니까? 우리는 다만 박사님의 뜻밖의 돌출 행동에 대해 설명을 듣고 싶을 뿐입니다. 결백하시다면 왜 이 나라밖으로 나가려고 하셨습니까?"
박사는 신경이 몹시 날카로워져 있었다.
"왜라니…… 나는 무척 걱정스러웠소. 그것이 이유지요. 온갖 단서가 모두 나에게 불리하오. 모든 증거가 나를 범인으로 지목하고 있소. 이 집의 누군가가 나를 미워해서 없애버리려고 하는 거요. 이 것은 의심할 여지가 없소.
 카일 씨의 시체 옆에 내 딱정벌레 핀이 놓여 있고 회계보고서가 그의 손에 쥐어져 있었으며 무서운 발자국이 내 서재를 향해 찍혀 있었소. 이런 것들이 무엇을 뜻하는지 내가 모르는 줄 아시오? 그 것은 내가 범죄의 대가를 치르지 않으면 안 된다는 뜻이지요. 내가, 바로 이 내가."
박사는 답답한 듯 가슴을 두드렸다.
"앞으로도 여러 가지 다른 것들이 튀어나올 거요. 카일 씨를 죽인 범인은 내가 우리에 갇히든가 죽지 않는 한 만족하지 않을 거요. 나는 그것을 알고 있소. 알고 있단 말이오……."
박사의 머리가 앞으로 수그러지면서 온몸에 경련이 일었다.
매컴이 정중하게 말했다.
"그래도 도망치려 한 것은 어리석은 짓이었습니다, 박사님. 당신은 우리를 믿어도 됩니다. 결코 부당한 짓은 하지 않을 것입니다. 수사 도중 여러 가지 점이 밝혀졌습니다만, 아마도 박사님은 범행이 일어날 무렵 자신도 모르게 가루아편을 드셨다고 믿을 만한 증거가 있습니다."
"가루아편!"
박사는 자리에서 펄쩍 뛰어 오르며 소리쳤다.
"그래, 바로 그 맛이었군. 오늘 아침 커피는 맛이 이상했지요. 이상한 냄새가 났습니다. 처음에는 브러시가 커피를 내가 일러준 대로 끓이지 않았다고만 생각했습니다. 그러나 졸음이 몰려와 그 일을 깜박 잊어버렸습니다. 아편…… 그 맛은 잘 알고 있지요. 이집트에서 이질에 걸렸을 때 아편과 고추를 먹었으니까요. 준비해 간 선 콜레라 혼합제[1]가 떨어졌기 때문에."
블리스 박사는 멍청히 입을 벌리고 공포에 찬 눈으로 억울함을 호소하듯 매컴을 응시했다. 다음 순간 그의 눈이 섬뜩한 복수심으로 불타올랐다. 박사는 싸늘한 금속성의 목소리로 말했다.
"자기 집에서 독살당할 뻔하다니. 당신들 말이 맞습니다. 도망치는 게 아니었습니다. 내가 있어야 할 곳은 여기입니다. 당신들을 돕는 것이 내 의무였습니다."
번스는 분명 초조한 모양이었다.
"그렇고말고요, 박사님. 후회하신다니 됐습니다. 그런데 우리가 바로 보아야 할 것은 현실입니다. 지금까지 사실 박사님은 그다지 도움이 되지 못했습니다. 그건 그렇고, 의약품은 누가 관리합니까?"
번스가 말 끝에 느닷없는 질문을 덧붙였다.
"그건…… 으음…… 그건……."
박사는 눈길을 돌리고 바지 앞줄을 만지작거렸다.
"그 질문은 취소하겠습니다."
번스는 단념하는 듯한 몸짓을 했다.
"그러나 이 정도는 말씀해 주시겠지요. 부인께서 이집트 상형문자를 잘 압니까?"

블리스는 크게 놀라는 듯했으나 곧 평정을 되찾으려고 애쓰며 대답했다.

"사실 나와 거의 같은 수준으로 알고 있소. 그녀의 아버지 아베르크롬비에 씨가 어려서부터 고대 이집트어를 가르쳤고, 그 뒤로 나와 함께 줄곧 비문(碑文) 해독하는 일을 해왔으니까요."

"하니 씨는 어떻습니까?"

"오, 그의 상형문자 지식은 대단치 않습니다. 워낙 두뇌 훈련이 돼 있지 않으니까요."

"그럼, 솔비터 씨는 어느 정도로 이집트어를 합니까?"

"꽤 하지요. 그의 약점은 문법이오. 하지만 기호나 단어나 숫자에 대해서는 많이 아오. 게다가 그리스어와 아라비아어도 공부하고 있지요. 아시리아어도 아마 1, 2년 공부했을 거요. 그리고 콥트어도.

그는 고고학자로서 갖추어야 할 언어학적 소양을 가지고 있지요. 한편 스칼릿은 천재적인 면이 있기는 하지만 버지[*2] 방식의 충실한 선봉자요. 여느 아마추어와 마찬가지로, 말할 것도 없이 버지는 이제 고리타분하지요. 아니, 내 말을 오해하지는 마시오. 버지는 훌륭한 인물로 이집트학에 대한 그의 공헌은 말할 수 없이 크오. 그의 《사자의 서》 간행은……."

"알고 있습니다." 번스는 초조하게 머리를 끄덕였다. "그분의 색인을 이용하면 아니의 파피루스를 거의 모두 해독할 수 있지요."

"그렇소." 블리스 박사는 기묘하게 흥분하기 시작했다. 학문적 정열이 타오른 것이다. "하지만 앨런 가드너야말로 진정한 현대적 학자요. 그의 《이집트 문법》은 흠잡을 데 없는 역작이지요. 그러나 이집트학에서 가장 중요한 저작은 에르만―그라포의 《이집트어 사전》이오.

번스가 갑자기 흥미를 나타냈다.

"솔비터 씨는 에르만-그라포의 《이집트어 사전》을 쓰고 있습니까?"
"물론이오. 내가 권했지요. 라이프치히에서 세 권 가져다 한 권은 내가 갖고 솔비터와 스칼릿에게 한 권씩 나눠주었소."
"버지가 쓰고 있는 라인하르트 식과는 기호가 많이 다른 것으로 압니다만."
"아아, 그렇소."
블리스 박사는 모자를 벗어던졌다.
"버지가 'u'로 음역하는 자음이 《이집트어 사전》이나 다른 근대 저술에서는 모두 'w'로 되어 있지요. 그리고 물론 휘갈겨쓴 나선형 기호가 있는데, 이것은 메추라기의 고대 약자(略字) 모양을 형상화한 것으로……."
"네, 잘 알겠습니다, 박사님."
번스는 담배 케이스를 꺼냈으나 레지가 한 개비밖에 없는 것을 보자 도로 주머니에 집어넣었다.
"스칼릿 씨가 오늘 오후 여기서 나가기 전에 박사님 방에 들렀었지요?"
블리스는 의자에 깊숙이 몸을 기댔다.
"그렇소, 그는 괜찮은 사람이오."
"무슨 말을 하던가요?"
"이렇다 할 말은 없었소. 다만 기운을 내라, 내가 자기를 필요로 할 때에는 언제라도 달려오겠다. 뭐 그런 뜻의 이야기를 했지요."
"얼마나 있었습니까?"
"1분쯤일까…… 금방 가버렸소. 집으로 간다고 했지요."
번스는 잠시 사이를 두었다가 말했다.
"또 한 가지 물어볼 게 있습니다, 박사님. 이 집 안에 카일 씨 살해죄를 박사님에게 뒤집어 씌울 만한 동기를 가진 사람이 있습니까?"

블리스의 모습이 갑자기 달라졌다. 눈은 똑바로 앞을 노려보고 얼굴 윤곽이 무섭게 일그러졌다. 그는 의자 팔걸이를 꽉 붙잡고 발을 끌어당겼다. 공포와 증오에 사로잡혀 당장에라도 불구대천의 원수에게 덤벼들려는 사람 같았다. 이윽고 온몸의 근육을 팽팽하게 긴장시킨 채 벌떡 일어났다.

"그 질문에는 대답할 수 없소. 대답을 거부하겠소. 나는 모르오, 아무것도 모르오. 하지만 누군가가 있소, 있을 거요."

블리스 박사는 번스에게로 다가가 그 팔을 움켜잡았다.

"당신은 나를 도망치게 내버려두었어야 옳았소."

박사의 눈에 광기가 서리고 지금 당장 어떤 위험이 복도에서 들이닥치기라도 할 것처럼 문 쪽으로 재빨리 눈길을 보냈다.

"번스 씨, 나를 체포하게 해주시오. 아무렇게나 취급해도 좋소. 다만 이 집에 머무는 것만은……."

번스는 박사의 애절한 호소를 듣자 한 걸음 옆으로 비켜섰다. 그리고 사무적으로 말했다.

"박사님, 진정하십시오. 박사님 신상에는 아무 일도 일어나지 않을 것입니다. 방으로 돌아가셔서 조용히 기다리십시오."

"하지만 당신들은 누가 이런 끔찍한 짓을 저질렀는지 짐작도 못하고 있잖소."

"아니, 짐작은 하고 있습니다."

번스의 침착한 태도를 보고 박사는 얼마쯤 마음을 가라앉힌 듯했다.

"다만 좀 기다릴 필요가 있을 뿐입니다. 지금으로서는 아직 체포할 만한 충분한 증거가 잡히지 않았습니다. 그러나 범인은 목적을 이루지 못했기 때문에 무슨 다른 수단을 쓸 게 분명합니다. 범인이 다시 움직이기 시작하면 그에 대한 필요한 증거를 충분히 얻을 수 있으리라 믿습니다."
"그러나 만일 내게 직접 행동으로 나오면…… 내게 죄를 뒤집어 씌우려다가 실패했으니 더 지독한 방법을 쓸지도 모르오."
"그렇지는 않을 겁니다. 그러나 만일 무슨 일이 일어나거든 이 번호로 전화해 주십시오."
번스는 명함에 전화번호를 써서 박사에게 건네주었다.
블리스 박사는 명함을 빼앗듯 받아서 흘끗 보더니 주머니에 집어넣었다. 그러고는 이만 가보겠다고 하며 얼빠진 모습으로 방을 나갔다.
매컴이 걱정스러운 목소리로 물었다.
"괜찮겠나, 번스? 박사를 공연히 위험 속에 몰아 넣는 게 아닐까?"
번스는 생각에 잠겨 있었다.
"아니, 괜찮을 걸세. 아무튼 이것은 미묘한 게임일세. 달리 방도가 없네."
그는 말을 마치자 창가로 다가가서 혼잣말처럼 중얼거렸다.
"난 모르겠네."
그리고 한참 있다가 히스에게 말했다.
"부장, 솔비터를 만나야겠소. 그리고 헤네시도 더 이상 2층에 있을 필요가 없소. 돌아가도록 이르시오."
히스는 난처한 듯 잠자코 있다가 이윽고 복도로 나가 헤네시를 불렀다.
솔비터가 응접실로 들어왔을 때 번스는 그 쪽을 쳐다보지도 않았다.
이윽고 그는 그래머시 공원의 먼지투성이 숲을 바라보면서 입을 열었다.
"솔비터 씨, 내가 만일 당신이라면 이런 날 밤에는 문에 자물쇠를 채우겠소. 그리고 다시는 편지 같은 건 쓰지 마시오. 박물관에 접근하지도 말고."

솔비터는 이 충고에 더럭 겁이 나는 모양이었다. 그는 잠시 번스의 등을 쏘아보다가 이윽고 턱을 끌어당겼다. 그리고는 분노에 떠는 목소리로 말했다.

"여기서 누군가가 무슨 짓을 하려 한다면……."
"그럴 우려가 충분히 있소."

번스는 한숨을 내쉬었다.

"그건 그렇고, 너무 흥분하지 마시오. 나는 몹시 피곤하오."

솔비터는 잠시 머뭇거리더니 홱 돌아서서 성큼성큼 방을 나갔다.

번스는 가운데 테이블 옆으로 와서 쓰러지듯 의자에 기댔다.

"그럼, 이번에는 하니에게 한 마디 해둬야지. 그런 다음 그만 돌아갑시다."

히스는 체념한 듯 어깨를 으쓱하고는 문으로 갔다.

"스니트킨, 그 긴 옷 걸친 알리바바를 데려오게."

스니트킨이 계단 쪽으로 뛰어가고 나서 1, 2분 뒤에 이집트인은 태연한 얼굴로 우리 앞에 서 있었다.

번스가 평소의 그답지 않게 강조해서 말했다.

"하니 씨, 당신은 오늘 밤 이 집을 잘 지켜야겠소."

"알겠습니다, 나리. 충분히 각오하고 있습니다. 사크메트의 혼이 돌아와 일을 계속할지 모르므로……."

번스는 지친 듯 웃었다.

"맞았소. 당신네 사자 머리 여신께서는 오늘 아침 실수를 하셨소. 아마도 뒷수습을 하러 돌아오시겠지. 잘 지켜야 하오. 알겠소?"

하니는 허리를 굽혔다.
"알고 있습니다, 나리. 여신과 나는 서로 잘 알고 있습니다."
"그렇다면 믿음직스럽구먼. 아참, 하니 씨, 어빙 광장에 있는 스칼릿 씨의 주소가 어떻게 되오?"
"96번지입니다."
이집트인은 번스의 질문에 관심이 가는 모양이었다.
"됐소…… 자, 그 사자 머리 여신님께 안부 전해 주시오."
하니는 나가면서 음울한 목소리로 말했다.
"어쩌면 아누비스가 돌아올지도 모릅니다."
번스는 장난스러운 얼굴로 매컴을 바라보았다.
"무대장치는 다 됐네. 이제 곧 막이 오르겠지. 우린 이제 그만 나가세. 여기서 더 할 일은 없으니까. 나는 배가 고파 쓰러질 것만 같네."
우리가 20번 거리의 큰길로 나오자 번스는 앞장서서 어빙 광장 쪽으로 걸어갔다.
번스는 아무렇지도 않은 듯이 말했다.
"스칼릿에게 사태가 어떻게 되어가고 있는지 가르쳐줘야지. 그가 이 슬픈 소식을 알려주었고, 또 지금쯤 여간 걱정하고 있지 않을 테니까. 바로 저 모퉁이를 돌아가면 되겠군."
히스는 견디지 못하고 불평을 늘어놓았다.
"사건 해결과는 상관 없는, 엉뚱한 일만 하고 있군요."
번스가 대꾸했다.
"스칼릿은 머리가 좋은 사내요. 뭔가 좋은 생각을 해냈을지도 모르지."
그러자 부장은 심술궂게 대꾸했다.
"생각이라면 내게도 있습니다. 내가 이 사건을 책임진다면 이 사람

저 사람 모조리 집어넣고서 하나하나 캐물을 겁니다. 그들이 인신 보호율 수속을 밟을 때쯤에는 사실이 드러나겠지요."
번스는 다정하게 말했다.
"나는 그렇게 생각지 않소, 부장. 그건 지금 방식보다 해결이 더 늦어질 거요. 아아, 여기가 96번지로군."
번스는 20번 거리에서 두어 채 떨어져 있는 낡은 벽돌집의 식민지풍 현관으로 들어가 벨을 눌렀다.
스칼릿은 중간에 넓은 아치 문이 있는 두 개의 작은 방으로 나누어진 2층에 살고 있었다. 제임스 1세 시대풍의 훌륭하고 멋진 가구로 장식된 전형적인 독신자용 아파트였다. 노크를 하자 스칼릿이 문을 열고 영국인답게 깍듯이 손님을 맞아들였다. 우리를 보고 안심하는 눈치였다.
"몇 시간이나 골머리를 앓고 있었다네. 사건을 분석한답시고 말일세. 마침 달려가서 자네들의 수사가 어느 정도 진척되었는지 알아볼까 하던 참이었네."
번스가 말을 받았다.
"좀 진척되긴 했으나 이렇다 할 구체적인 것은 없네. 그래서 잠시 내버려둔 후 범인이 계획을 수정하고 결정적인 증거를 제공해 주길 기다리기로 했지."
스칼릿은 입에서 파이프를 떼고 번스를 날카롭게 보았다.
"그 말을 들으니 자네와 나는 거의 같은 결론에 이른 모양이군. 카일 씨의 죽음이 어떤 결과를 가져오지 않는 한 그 노인이 살해될 이유가 전혀 없으니까."
"그 결과가 대체 무엇일까?"
"내가 알고 싶은 것도 바로 그 점일세." 스칼릿은 파이프를 손가락으로 누르고 성냥을 그었다. "가능한 설명이 몇 가지 있지."

"그런가? 가능한 설명이 몇 가지 있다고? 어디 간단하게 설명해주지 않겠나? 몹시 궁금하군."

"오오, 번스. 사실 나는 남의 험담을 하는 것을 싫어하는 성미 아닌가. 그러나 하니는 블리스 박사를 달갑게 생각지 않는다네."

"그거 고마운 말이군. 놀랄지 모르지만 나도 아침에 그런 생각을 좀 했다네. 그리고 또 우리 앞길을 밝혀줄 단서가 없겠나?"

"내가 보기에 솔비터는 메리트아멘에게 반해 있네."

"흐음, 묘하군."

번스는 담배 케이스를 꺼내 남은 한 개비의 레지를 뚜껑에 가볍게 두들겼다. 그리고 조심스럽게 불을 붙인 다음 깊숙이 연기를 들이마시며 진지한 얼굴로 천장을 올려다보았다.

번스는 선뜻 내키지 않는 듯 말했다.

"그렇네, 스칼릿. 자네와 나는 충분히 같은 결론에 이를 수 있네. 하지만 우리의 가설을 뒷받침하는 어떤 결정적인 증거가 나오지 않는 한 섣불리 움직일 수는 없어. 그건 그렇고, 블리스 박사는 오늘 오후 외국으로 도망치려고 했다네. 히스 부장의 부하가 아니었다면 지금쯤 몬트리올을 향해 달리는 중이었겠지."

나는 스칼릿이 이 소식을 듣고 놀랄 줄 알았으나 그는 다만 고개를 끄덕일 뿐이었다.,

"크게 놀랄 일은 아니지. 아마 겁났을 테니까 무리도 아닐세. 모든 증거가 박사에게 불리한 것뿐이었으니." 스칼릿은 파이프를 빨면서 번스를 슬쩍 훔쳐보았다. "이 사건은 생각하면 할수록 내가 받은 인상으로는…… 요컨대……."

"그렇네." 번스가 느닷없이 말을 가로막았다. "하지만 우리가 찾아내려 애쓰는 것은 가능성이 아닐세. 결정적인 단서가 필요하지."

"그건 좀 힘들지 않을까?" 스칼릿은 생각에 잠겼다. "이 사건은 너무나 교묘하네……."
 "바로 그렇네. '너무 교묘해.' 거기에 이 범인의 약점이 있다네. 그래서 나는 범인의 지나친 신중함에 희망을 걸고 있지." 번스는 싱긋 웃었다. "이래봬도 난 멍청이가 아니거든. 내가 일부러 내버려 두는 건 범인으로 하여금 새로운 단서를 제공하도록 만들기 위해서일세. 이제 곧 범인은 새로운 시도를 하게 될 걸세."
 스칼릿은 잠시 아무 말도 하지 않았다. 이윽고 그는 입을 열었다.
 "솔직히 이야기해 줘서 고맙네, 번스. 자네는 정말 공명정대하네. 그러나 내가 생각하기에는 범인을 도저히 처벌할 수 없을 것 같군."
 "자네 말이 옳을지도 모르지." 번스는 인정했다. "그러나 현실을 직시하게. 충고하지만, 매우 조심해야 하네. 카일 노인을 죽인 인물은 참으로 냉혹하고 무자비하니까."
 스칼릿은 자리에서 일어나 벽난로 옆으로 걸어가 대리석 맨틀피스에 기댔다. "물론이지. 그 인물에 대해서는 할 이야기가 많다네."
 "그럴 테지."
 나로서 뜻밖인 것은 번스가 스칼릿의 놀라운 말을 아무 동요 없이 받아들인 일이었다.
 "하지만 지금 그 이야기를 들을 필요는 없네, 스칼릿."
 번스는 일어나서 스칼릿에게 소탈하게 손을 흔들어 보이더니 문 쪽으로 발길을 돌렸다.
 "이만 가보겠네. 상황이 어떻게 돌아가는지 자네한테 알려주고 조심하도록 충고하려고 들렀을 뿐일세."
 "고맙네, 번스. 나는 정말 당황스러웠지. 페르시아 고양이처럼 예민해져 있었지 뭔가. 일을 하고 싶은데 자료를 모두 그 박물관에 놓아두었으니…… 오늘 밤에는 잠도 오지 않을 것 같네."

"자, 그럼……." 번스는 문손잡이를 비틀었다.

"잠깐만, 번스." 스칼릿이 부지런히 앞으로 나왔다. "자네 혹시 오늘 블리스 박사 댁에 들르지 않겠나?"

"아니, 지금으로선 그 집에 볼일이 없네. 왜 그러나?"

스칼릿은 갑자기 안절부절못하며 파이프를 만지작거렸다. 그는 미간을 좁히며 번스를 바라보았다.

"뭐 뚜렷한 이유는 없네. 이유는 없어. 그냥 걱정이 될 뿐이네. 무슨 일이 일어날지도 모르니까."

"무슨 일이 일어나든 스칼릿," 번스는 좀 뜻밖의 말을 했다. "블리스 부인은 절대로 안전하네. 그 점에 대해서는 하니를 믿고 맡겨도 되겠지."

"물론 그렇겠지." 스칼릿이 중얼거리듯 말했다. "그는 충실한 개니까. 그리고 메리트아멘에게 해를 끼칠 사람이 있을 리 없네."

"물론, 그런 자가 있을 리 없지."

그때 번스는 이미 복도에 나가 있었다. 번스는 매컴과 히스와 나를 위해 문을 열고 기다리고 있었다.

스칼릿은 그제야 손님들이 일부러 방문해준 고마움을 느꼈는지 좀 더 앞으로 나와서 변명하듯 말했다.

"그냥 돌아가게 해서 안됐군. 내가 도움될 만한 일은 없나?……그럼, 그 집에서 수사는 일단락된 건가?"

"적어도 지금으로서는……." 번스는 말을 끊었다. 우리는 번스 앞을 지나 계단 입구에서 기다리고 있었다. "무슨 새로운 진척이 없는 한 블리스 박사 댁에 갈 생각은 없네."

"알았네."

스칼릿은 의미심장하게 머리를 끄덕였다. "무슨 일이 있으면 전화로 알리지."

우리는 어빙 광장으로 나왔다. 그러자 바로 번스가 택시를 불러세웠다.

"식사를 해야지." 번스는 신음하듯 말했다. "어디가 좋을까…… 브레부트라면 그리 멀지 않겠지."

우리는 5번 거리의 브레부트에서 근사한 차를 마셨다. 그 뒤 히스는 살인과에 보고하고 취재기자들을 상대하러 경찰국으로 돌아갔다.

히스 부장이 돌아서려고 할 때 번스가 말했다.

"언제라도 달려나올 수 있도록 준비하고 있구려. 내게는 예감이 있소. 그리고 당신이 없으면 나는 꼼짝도 못하잖소."

히스 부장은 볼멘 소리로 대답했다.

"오늘 밤에는 10시까지 경찰국에 있을 겁니다. 그 이후의 연락처는 검사님이 아실 겁니다. 말이 나왔으니 말입니다만, 그러나 나는 그다지 재미있지 않습니다."

"우리 모두 마찬가지요." 번스는 유쾌하게 말을 받았다.

매컴은 스워커[3]에게 전화해 문단속하고 퇴근하도록 일렀다. 그런 다음 우리는 저녁식사를 하기 위해 롱그뷰로 자동차를 몰았다.

번스는 사건에 대해서는 한마디도 하지 않고 뉴욕 필하모닉 심포니 오케스트라의 새로운 지휘자 토스카니니의 이야기만 늘어놓았다.

"토스카니니는 실제 이상으로 높은 평가를 받고 있는 지휘자일세." 번스는 오리고기를 먹으면서 불만스럽게 말했다. "그는 기질적으로 브람스나 베토벤의 위대한 교향곡의 고전적 이상을 느끼지 못하는 사람일세.

이 토마토 퓌레(토마토를 거른 걸쭉한 음식, 수프·소스에 씀)는 훌륭한데. 마데이라 와인(마데이라 섬에서 나는 맛좋은 포도주)은 신맛이 좀 지나치군. 금주법 덕분에 이 나라의 요리는 치명적인 타격을 받았네. 그로 인해 음식 미학이 사라지고 말았지.

이야기를 다시 토스카니니로 돌리세. 나는 비평가들이 그 지휘자에게 퍼붓는 찬사에 그만 두 손 들었다네. 토스카니니가 이상으로 삼고 있는 사람은 내가 보기에 푸치니나 지오르다노인 것 같네. 그런 이상을 가진 사람이라면 고전을 해석하려고 애쓸 필요도 없지. 나는 그가 지휘하는 브람스와 베토벤과 쇼팽을 들었는데, 그의 지휘봉 끝에서는 하나같이 강렬한 이탈리아 향기가 풍기고 있었지. 그런데도 미국인들은 그를 찬양하고 있네. 미국인에게는 순수하게 지적인 아름다움과 고전적 선율의 흐름에 대한 감각이 없네.

그들이 동경하는 것은 피아니시모와 포르티시모의 강렬한 대조와 악셀레란도에서 리타르단도로의 갑작스런 변화지. 그리고 토스카니니는 이 모든 것을 제공해 주네. ……푸르트벵글러나 월터나 클렘페러나 멘겔베르크나 반 훅스트라텐 같은 지휘자 중 어느 한 사람에게 위대한 독일 고전음악을 연주하게 하면 아마 토스카니니보다 훨씬 나을 걸세."

"안됐지만 번스," 매컴이 화난 듯 끼어들었다. "그런 어울리지도 않는 이야기는 잠시 접어두고, 카일 사건에 대한 자네 의견이나 대충 들려줄 수 없나?"

"들려주고 싶은 생각은 태산 같네." 번스는 선선히 대답했다. "하지만 우리 바르르뒤크와 제르바이제 포도주를 좀 마시고 하세."

사실 이 문제가 다시 화제에 오른 것은 거의 한밤중이 다 되어서였다. 우리는 반코틀란트 공원을 지나 긴 드라이브를 즐긴 다음 번스의 아파트에 닿았다. 매컴과 번스와 나는 한밤의 산들바람을 찾아 아파트의 조그만 옥상 정원으로 올라갔다.

퀴리가 아주 맛있는 샴페인을 만들어 신선한 과일과 함께 가져왔다. 우리는 여름 하늘의 별 아래 앉아 담배를 피워물고 기다렸다. 내가 '기다렸다'고 표현한 것은 우리 세 사람 모두 이제 곧 무슨 일이 일어나리라 생각하고 있었기 때문이다.

번스는 겉보기에 아주 태연했으나 속으로는 긴장하고 있었다. 번스가 느릿느릿 움직이는 것을 보고 나는 그것을 깨달았다.

매컴은 집에 돌아가기를 꺼려 하는 눈치였다. 수사 진행 상황이 도무지 만족스럽지 못했기 때문이다. 그는 번스의 예언대로 무슨 일이든 일어나 사건이 명확해지고, 구체적인 행동을 취할 수 있기를 바랐다.

12시 조금 전에 매컴은 히스와 오랜 통화를 했다. 매컴은 수화기를 내려놓자 도리없다는 표정으로 한숨을 지었다.

"내일 아침 날이 밝으면 비판적인 신문들이 어떤 태도로 나올지…… 정말 속상해서 못 견디겠군." 매컴은 우울하게 담배를 새로 꺼내 물었다. "수사 결과는 백지와 다름없는 상태이고……."

"오오, 그렇지 않네. 매컴." 번스는 무더운 여름밤의 어둠을 지켜보고 있었다. "놀라운 진척을 보았네. 사건은 이제 막이 내렸네. 해결된 걸세. 우리는 다만 범인이 허둥대기를 기다리고 있을 뿐일세. 그러면 마침내 우리는 행동을 취하는 걸세."

"자네 왜 이렇게 사람을 놀리나?" 매컴은 기분이 언짢은 듯했다. "자네는 언제나 비교적(祕敎的)이네. 델포이의 피시아(신탁을 받은 아폴로의 여사제)라도 자네만큼 애매모호하지는 않을 걸세. 누가 카일을 죽였는지 알고 있다면 말해줘도 되잖겠나?"

번스도 또한 의기소침했다.

"그렇게 할 수가 없네, 매컴. 나는 터무니없는 망상에 빠져 있는 게 아니야. 내 이론을 뒷받침할 구체적인 증거를 찾아내려 애쓰고 있을 뿐일세. 그리고 시간이 지나면 그 증거는 반드시 손에 들어오네."

번스는 진지한 표정으로 매컴을 바라보았다.

"물론 거기에는 위험이 따르지. 어떤 예기치 못한 일이 일어날지도 모르네. 우리는 길게 그물을 쳐놓고 범인이 멋대로 활동할 수 있게 해주었네. 이제 범인이 스스로 목을 디밀기를 기다려보세."

번스가 기다리던 일이 일어난 것은 그날 밤 12시 20분쯤이었다. 거의 10분쯤 말없이 앉아 있는데 퀴리가 이동식 전화기를 들고 옥상 정원으로 올라왔다.

"저어……."

퀴리가 뒷말을 잇기도 전에 번스가 일어나 그에게로 갔다.

"플러그를 꽂게, 퀴리. 받을 테니."

번스는 전화기를 받아들고 프랑스식 창문에 기대섰다.

"그렇습니다…… 네, 어떻게 됐다고요?"

번스의 목소리는 낮지만 당당했다. 그는 눈을 반쯤 감고 거의 30초쯤 듣고만 있었다. 이윽고 곧 그리로 가겠다고 한마디 하더니 퀴리에게 전화기를 건네주었다.

번스는 미심쩍어하는 표정이었다. 그는 잠시 서서 고개를 떨어뜨리고 깊은 생각에 잠겼다.

"예상한 것과 다르네." 번스는 혼잣말처럼 중얼거렸다. "도무지 들어맞지 않아."

이윽고 그는 갑자기 한 대 얻어맞은 듯이 얼굴을 번쩍 들었다.

"아니야, 꼭 들어맞는군. 물론이지. 벌써 알아차렸어야 하는 건데." 느릿한 동작에 어울리지 않게 그의 눈이 생기있게 빛났다. "논리적일세. 정말 논리적이야…… 가세, 매컴. 히스 부장에게 전화하게. 되도록 빨리 박물관에서 우리와 만날 수 있도록."

매컴은 일어나서 뭐가 뭔지 모르겠다는 얼굴로 번스를 빤히 쳐다보았다.

"어디서 온 전화인가?" 매컴이 물었다. "무슨 일이 일어났지?"

"진정하게, 매컴." 번스는 조용히 말했다. "블리스 박사에게서 온 전화일세. 박사의 히스테리컬한 말에 따르면, 그 집에서 살인미수사건이 일어났다는 걸세. 곧 간다고 했지."

매컴은 이미 퀴리에게서 전화기를 빼앗아들고 있었다. 그리고 다급히 히스의 번호를 불러댔다.

*1 선 콜레라 혼합제(G.W. 버스티드 박사의 처방)라는 이름은, 그 약품 제조법이 1849년 6월 뉴욕의 콜레라 소동 때 뉴욕 선 신문에 공표되었기 때문에 그렇게 불리고 있다. 1883년의 《약품 처방집》 초판에서 공인되었다. 그 성분은 고추 성분의 정제, 대황 정제, 장뇌 엑기스, 박하정, 아편이다.
*2 E.A. 월리스 버지는 대영박물관의 이집트 및 아시리아 고대부의 주임을 오래 지냈다.
*3 스워커는 유망하고 정력적인 젊은이로 매컴의 비서다.

17 황금단검

7월 14일 토요일 오전 0시 45분

그 시각에 택시를 잡으려면 5번 거리까지 걸어가야 했으며, 빈 택시가 올 때까지 5분이나 기다렸다. 그래서 그래머시 공원을 지나 블리스 박사의 집에 이르기까지는 20분이나 걸렸다.

우리가 자동차에서 내려섰을 때 다른 택시 하나가 어빙 광장 모퉁이를 급히 돌며 들이닥쳐 하마터면 우리와 맞부딪칠 뻔했다.

택시가 미처 멈춰서기도 전에 문이 홱 열리며 거대한 몸집의 히스 부장이 길에 내려섰다. 그는 동번 거리에 살고 있었는데, 서둘러 옷을 갈아입고 달려와 우리와 거의 동시에 박물관에 닿을 수 있었던 것이다.

번스가 먼저 말을 걸었다.

"놀랐는데. 우리와 거의 같은 시간에 같은 목적지에 이르다니. 전혀 반대방향에서 말이오. 아무튼 기분좋은 일이군."

히스는 헛기침을 하며 그 수수께끼 같은 농담을 받아넘겼다. 그는 매컴에게 물었다.

"대체 어찌된 일입니까? 전화로는 자세히 물을 수 없어서……."
"블리스 박사의 목숨을 노린 자가 있었다네."
히스는 가볍게 휘파람을 불었다.
"설마 그런 일이 일어날 줄은 생각지도 못했는데요."
"번스도 그렇게 말하더군." 이 대답은 어딘지 빈정대는 말투였다.
우리가 현관을 향해 돌계단에 올라서자 벨을 누를 것도 없이 브러시가 문을 열었다. 집사는 둘째손가락을 입술에 대고 비밀스럽게 허리를 굽히며 무대에서의 속삭임처럼 누구나 들을 수 있는 낮은 목소리로 말했다.
"조용히 들어오셔서 다른 식구들을 깨우지 말아달라고 박사님께서 당부하셨습니다. 박사님은 침실에서 기다리십니다."
브러시는 플란넬 실내복 차림으로 슬리퍼를 신고 있었는데, 무더운 여름밤인데도 눈에 띄게 떨고 있었다. 언제나 창백한 그의 얼굴은 어두컴컴한 불빛 아래에서 불길한 표정을 짓고 있었다.
우리가 현관으로 들어서자 브러시는 떨리는 손으로 조심스럽게 문을 닫았다.
그때 느닷없이 번스가 홱 돌아서면서 집사의 팔을 잡아당겼다.
"오늘 밤에 일어난 일에 대해 뭔가 알고 있소?"
번스는 낮은 목소리로 물었다.
집사는 눈을 커다랗게 뜨고 턱을 축 늘어뜨렸다. 그는 가까스로 대답했다. "아…… 아무것도 모릅니다."
"그럴 리가 없소. 그렇다면 왜 그렇게 벌벌 떨지요?" 번스는 움켜쥔 팔을 놓지 않았다.
"나는 이 집이 무섭습니다." 집사는 호소하는 듯한 목소리로 대답했다. "나갔으면 좋겠습니다. 이상한 일만 자꾸 일어나서……."
"그렇겠지요. 하지만 겁낼 건 없소. 곧 새로운 일자리를 얻게 될 테니까."

"그러면 얼마나 좋겠습니까." 브러시는 한층 홀가분한 얼굴이 되었다. "그런데 오늘 밤에는 또 무슨 일이 있었습니까?"

"무슨 일이 일어났는지도 모르면서 왜 이런 시각에 여기 서서 연극에 나오는 악한 흉내를 내고 있소?"

"여기서 여러분들을 기다리라고 하셨습니다. 박사님이 밑의 내 방으로 내려오셔서……."

"당신 방이 어디요, 브러시?"

"아래층에 있습니다. 뒤꼍 부엌 옆입니다."

"흐음, 그리고?"

"네, 박사님께서 30분쯤 전에 내 방으로 내려오셨습니다. 몹시 당황해하며 뭔가 두려워하고 계셨습니다. 내 말뜻을 아시리라 믿습니다. 그리고 현관에 나가 여러분을 기다리라고, 이제 곧 오실 거라고 말씀하셨습니다. 소리나지 않게 주의하도록 이르신 뒤 여러분들께도 그렇게 말씀드리라고 분부하셨습니다."

"그리고 위층으로 가셨소?"

"네, 금방 올라가셨습니다."

"블리스 박사님 방은 어디요?"

"2층 뒤쪽에 있습니다. 계단을 올라가면 바로 있습니다. 그 앞방은 마님의 침실입니다."

번스는 집사의 팔을 놓아주었다.

"오늘 밤 뭐 이상한 소리를 듣지 못했소?"

"네, 아무 소리도 듣지 못했습니다. 아주 조용했습니다. 모두 일찍 침대에 들고, 나도 11시 전에 잠자리에 들어갔습니다."

"이제 그만 가도 좋소" 하고 번스는 말했다.

"네, 알겠습니다." 브러시는 부지런히 복도 안쪽 문을 빠져나갔다.

번스는 우리에게 눈짓하고 앞장서서 계단을 올랐다.

위층 복도에 작은 전등이 하나 켜져 있었으나, 블리스 박사의 방을 찾는 데는 불빛이 필요없었다. 박사의 방문이 조금 열려 있어 그리로 새어나오는 불빛이 바깥 마룻바닥을 비스듬이 비추고 있었다.

번스는 노크도 하지 않고 문을 밀면서 안으로 들어갔다.

블리스 박사는 한쪽 구석에 놓인 의자에 걸터앉아 문 쪽을 쏘아보고 있었다. 그의 손에는 볼썽사나운 육군 권총이 들려 있었다. 우리가 들어가자 그는 벌떡 일어서면서 총을 들이댔다.

번스는 혀를 차며 가볍게 웃었다.

"쯧쯧, 박사님, 그 끔찍한 물건은 치우고 불행한 이야기부터 들려주십시오."

블리스는 후유 숨을 내쉬며 권총을 옆의 작은 테이블 위에 올려놓았다.

박사는 긴장된 목소리로 말했다.

"오라고 해서 미안하오, 번스. 그리고 매컴 씨 당신도."

박사는 고개를 끄덕여 히스와 내게도 눈인사를 보냈다.

"당신이 말한 대로 일이 일어났소, 번스. ……이 집에는 살인마가 있소."

"그렇습니다. 하지만 그리 대단한 뉴스는 아닌데요."

나는 번스의 태도를 이해할 수 없었다.

"오늘 아침 11시에도 이미 그 사실은 알고 있었으니까요."

블리스 박사는 어리둥절한 표정으로, 내가 보기에는 번스의 무심한 태도에 조금 화가 난 것 같았다. 왜냐하면 박사가 성큼성큼 걸어가 침대머리를 가리키며 화난 목소리로 말했기 때문이다.

"이게 그 증거요."

그것은 윤기나는 마호가니로 만든 고풍스러운 식민지 침대로, 등

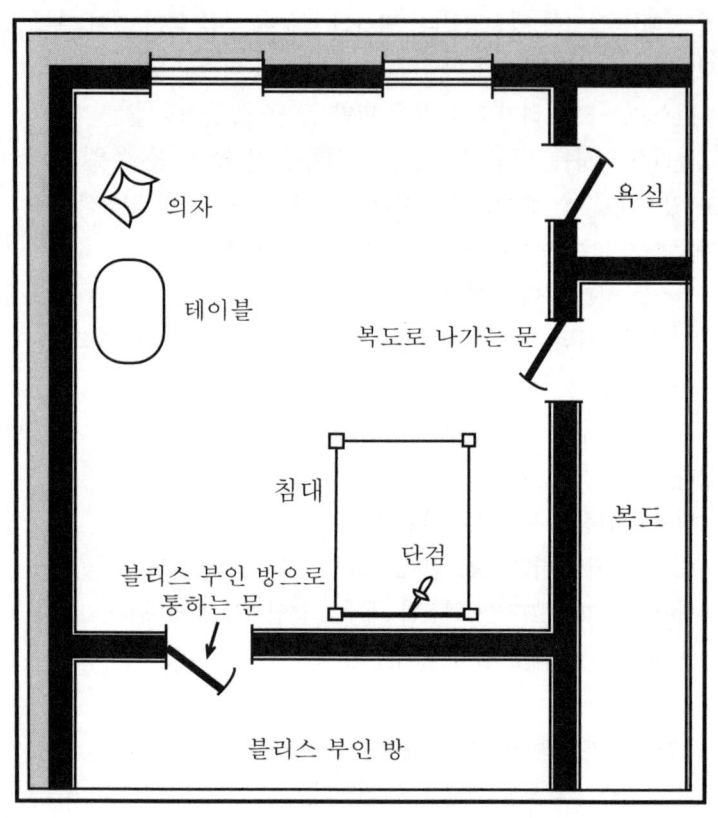

블리스 박사 방

그스름한 침대 머리판은 매트리스로부터 적어도 4피트쯤 위로 솟아 있었다. 그것은 문과 직각을 이룬 왼쪽 벽에 기대 세워져 있었다.

블리스 박사가 떨리는 손가락으로 가리킨 것은 고대 이집트 단검이었다. 길이는 약 11인치쯤 되었으며, 칼 끝이 바로 베개 위 판자에 꽂혀 있었다. 그것은 복도에서 들어오는 문과 일직선이 되게 꽂혀 있었다.

우리는 모두 그곳으로 다가가 그 무시무시한 광경을 멍하니 바라보았다. 단단한 마호가니 판에 이처럼 끄떡없이 꽂힌 것으로 보아 굉장히 센 힘으로 던져졌음에 틀림없었다. 만일 그 단검을 던졌을 때 누구든 베개에 머리를 올려놓고 있었다면 틀림없이 목줄기를 찢겼을 것이다.

번스는 단검의 위치를 살펴보고 복도로 통하는 문과 연결되는 각도를 조사한 다음 손을 뻗어 그것을 뽑아내려 했다. 그러나 히스가 말렸다.

"손수건을 대십시오, 번스 씨. 지문이 찍혀 있을 겁니다."

"아니, 천만에. 그런 것은 없소, 부장."

번스는 그런 정도는 이미 알고 있다는 듯한 자신만만한 말투였다.

"이 단검을 던진 사람이 누군지는 모르지만, 결코 꼬리를 잡힐 만한 흔적을 남겨놓지는 않았을 거요."

이윽고 번스는 꽤 힘들여 머리판자에서 단검을 뽑았다.

그것은 실로 정교하게 만들어진 귀한 물건이었다. 금박 장식과 칠 보며 자수정(紫水晶), 터키석, 석류석, 루비가 줄줄이 박히고 흑요석과 옥수(玉髓)와 장석(長石) 조각 등으로 장식되어 있었다. 손잡이 밑에는 무색 수정으로 깎은 연꽃무늬가 아로새겨져 있고 손잡이 끝에는 금줄로 소용돌이 무늬를 만들어놓았다. 칼날은 잘 벼린 황금으로 만들어졌는데, 그 한가운데에 가느다란 홈이 패여 있으며 그 끄트머리에 인동덩굴무늬가 새겨져 있었다*1.

번스는 단검을 손가락으로 쓸면서 무늬를 살펴보았다. "제18왕조 시대 물건이군. 아름다워. 하지만 퇴폐적이지. 고대 이집트 예술의 소박한 아름다움은 힉소스 침략 이후의 화려한 르네상스 시대에 무참히 짓밟혀 버렸네. 그런데 박사님, 당신은 이 굉장한 장난감을 어떻게 손에 넣으셨습니까?"

블리스 박사는 아직도 불안해 보였는데, 퍽 당황한 듯한 말투로 대답했다.

"실은 이집트에서 몰래 갖고 온 물건이오. 아주 진귀한 보물로, 우연히 발견한 거지요. 대단히 중요한 유물이어서 이집트 정부에 발각될까 봐 여간 걱정하지 않았었소."

"그들은 자기 나라에 두고 싶어하겠지요." 번스는 단검을 테이블에 던졌다. "그런데 평소에는 어디다 두십니까?"

"서재의 책상 서랍 안에 넣고, 그 뒤에 서류를 얹어두었지요. 내 개인 물건이므로 박물관 목록에 올리지 않는 편이 좋을 것 같아서……."

"네, 그러셨군요. 이런 물건이 있다는 사실을 박사님 말고 누가 또 알고 있습니까?"

"물론 아내와 그리고……."

블리스 박사는 갑자기 말을 끊었다. 그 눈에 기이한 빛이 어른거렸다.

번스는 난처한 듯이 재촉했다. "자, 끝까지 말씀해 주십시오."

"끝까지 다 말했소. 내가 이 사실을 말해 준 사람은 아내뿐이니까."

번스는 더 이상 고집하지 않고 그 말을 받아들였다.

"그래도 혹시 누가 보았을지 모릅니다."

블리스 박사는 천천히 고개를 끄덕였다.

"책상 서랍을 뒤졌다면……"

"그렇지요. 책상 서랍에서 이 단검을 마지막으로 보신 게 언제입니까?"

"오늘 아침이오. 가엾은 카일 씨에게 보여줄 보고서를 고쳐쓰기 위해 종이를 찾다가 보았지요."

"그런데 오늘 오후 우리가 이 댁에서 떠난 뒤 누군가 박사님 서재에 들어간 사람이 있었습니까?"

블리스는 잠시 생각하더니 마침내 얼굴에 놀란 표정이 떠올랐다.

"그건 말하지 않겠소."

"박사님, 당신이 그런 태도로 나오시면 우리로서도 도와드릴 수가 없습니다." 번스는 엄격한 목소리로 말했다. "솔비터 씨가 서재에 있지 않았습니까?"

박사는 한참 동안 입을 다물었다. 이윽고 그는 천천히 턱을 긴장시켰다.

"그렇소." 이 말은 마치 박사의 입술에서 불쑥 튀어나온 것처럼 들렸다. "저녁식사가 끝난 뒤 비망록을 가지러 서재에 보냈었지요."

"그 비망록은 어디에 두셨습니까?"

"책상 서랍 속에 넣어두었소." 박사는 포기한 듯이 대답했다. "아아, 솔비터를 휩쓸려들게 하다니……"

"우리는 이 문제에 아무도 휩쓸리게 할 생각은 없습니다." 번스가 말을 가로막았다. "다만 되도록 모든 정보를 남김없이 수집하려는 것뿐입니다. 박사님, 당신도 인정해 주셔야겠습니다. 즉 그 젊은이가…… 뭐라고 해야 할까…… 부인에게 관심을 가지고 있다는 사실을……"

"무슨 말을 그렇게 하시오?" 블리스 박사는 화를 내며 증오의 눈으로 번스를 노려보았다. "그런 말을 함부로 하는 게 아니오. 내 아내는……."

"누가 블리스 부인에 대해 말했습니까?" 번스는 차분히 말했다. "그리고 새벽 1시라면 불꽃튀기며 다툴 시각이 아니지요."

블리스 박사는 다시 의자에 주저앉아 두 손으로 얼굴을 가렸다.

"그건 모르는 일이오." 그는 절망적인 목소리로 양보했다. "나는 메리트아멘에게 너무 늙은 남편이오. 늘 일에만 몰두해왔소…… 하지만 그렇다고 해서 솔비터가 나를 죽이려 했다고 생각되지는 않소."

"물론 그렇겠지요." 번스는 무관심하게 대꾸했다. "그럼, 누가 당신의 경동맥을 끊으려 했다고 생각하십니까?"

"모르겠소…… 도무지 모르겠소."

박사는 애처로울 만큼 떨리는 목소리로 말했다.

마침 그때 옆방으로 통하는 문이 열리고 동양풍의 헐렁한 가운을 걸친 블리스 부인이 문 앞에 나타났다. 부인은 아주 침착해서 눈 앞의 광경을 보고도 전혀 동요하지 않았다. 부인은 엄숙하게 물었다.

"어떻게 여러분은 이런 시각에 들르셨습니까?"

매컴이 음울하게 대답했다.

"누군가 박사님의 목숨을 노린 자가 있습니다, 부인. 전화를 받고 달려왔지요."

"이 분 목숨을 노리다니, 그런 일은 있을 수 없어요."

부인은 힘주어 강한 어조로 말했으나 눈에 띌 정도로 얼굴이 핼쑥해졌다. 이윽고 부인은 블리스 박사 곁으로 다가가더니 애정을 담아 두 팔을 남편의 어깨에 올려놓았다. 그리고 번스를 쳐다보았다. 그 눈길에 불꽃이 튀었다.

"그건 우스꽝스러운 말이에요. 누가 이분의 생명을 노렸지요?"

번스는 온화하게 부인의 눈길을 받았다.

"글쎄, 누구일까요? 그것을 안다면 흉기를 들고 남을 습격한 혐의로 그 인물을 체포할 수 있을 텐데요."
부인은 걱정스러운 듯 눈살을 찌푸렸다.
"흉기를 들고? 오오, 무슨 일이 있었는지 말해 주세요."
번스는 테이블 위에 있는 단검을 가리켰다.
"지금까지 알아낸 점은 우리가 여기 왔을 때 저 황금단검이 침대 머리맡에 꽂혀 있었다는 것뿐입니다. 당신이 아름다운 네프레트 이티처럼 저 문 앞에 모습을 나타냈을 때 마침 박사님께 자세한 이야기를 여쭙고 있던 참입니다."
번스는 블리스를 돌아보면서 말을 이었다.
"어떻게 된 일인지 지금부터 박사님이 그 경위를 설명해 주실 겁니다."
"설명할 것도 없소."
블리스 박사는 자세를 고쳐 앉으며 실내복 주름을 신경질적으로 만지작거리기 시작했다.
"나는 저녁식사를 마치고 조금 뒤 이 방으로 올라와 침대에 누웠소. 그런데 잠이 오지 않아 다시 일어났지요. 마침 그때 솔비터가 위층으로 올라가려고 문 앞을 지나가길래 서재에서 비망록을 갖다 달라고 부탁했소. 오늘 있었던 무서운 일을 잊어버릴 수 있을까 생각하고……."
번스가 끼어들었다.
"잠깐만, 박사님. 문이 열려 있었습니까?"
"그렇소. 침대에서 도로 일어났을 때 밤공기를 쐬려고 열어두었었지요. 방이 몹시 후텁지근해서…… 그런 다음 지난 겨울의 발굴사업에 대한 두어 가지 낡은 메모와 기록을 조사했소. 그런데 도무지 주의가 집중되지 않아 문을 도로 닫고 불을 끈 뒤 다시 침대에 누왔지요."

"그것이 몇 시쯤이었습니까?"

"10시 30분에서 11시 사이였소. 나는 한밤중까지 잠을 이루지 못했지요. 야광시계라 시간을 알 수 있었소.

그런데 어쩐지, 아니 괜히 가슴이 두근거렸소. 가엾은 카일 씨를 생각하자 잠이 천 리 밖으로 달아나버렸지요. 그러나 몸은 물에 젖은 솜처럼 피곤했으므로 그냥 자리에 멍하니 누워 있었소. 12시 15분쯤…… 집 안은 아주 조용했지요…… 계단 쪽에서 발자국 소리가 났소."

"어느 쪽 계단이었습니까?"

"그건 잘 모르겠소. 발자국 소리는 3층에서 내려온 것인지도 모르고 아래층에서 올라온 것인지도 모르오. 아주 조심스러운 발소리여서 잠이 깨어 귀를 기울이고 있지 않았다면 몰랐을 거요. 그렇기 때문에 확실한 건 잘 모르겠소. 그렇지만 카펫 밑의 마룻바닥이 삐걱거리는 듯한 소리가 희미하게 들린 것 같기도 했소."

"그래서요?"

"그래서 나는 자리에 누운 채 대체 누구일까 혼자 생각했소. 모두들 일찍 잠자리에 들었다는 것을 알고 있었으니까요. 처음에 그 발자국 소리를 들었을 때는 그리 걱정하지 않았소만 발소리는 내 방문 앞에서 갑자기 끊어졌지요. 바로 그때 나는 당신의 경고가 생각났소, 번스. 그래서 어떤 무서운 위험이 나에게 닥쳤다는 것을 직감했지요. 솔직히 말하자면 그 순간 무서움으로 몸이 굳어져 꼼짝도 할 수가 없었소. 머리칼이 곤두서고 온몸에 식은땀이 흘렀지요."

박사는 무서운 기억을 떨쳐버리듯 길게 숨을 내쉬었다.

"그때 문이 조심스럽게 열리기 시작했소. 복도의 전등을 껐기 때문에 방이 깜깜해서 눈에는 아무것도 보이지 않았소. 그러나 문이 열리며 살그머니 부드러운 소리가 들렸고, 또 복도에서 들어오는 희미한 공기의 흐름을 느낄 수 있었소."

말을 하며 몸을 떠는 블리스 박사의 눈이 기이하게 번쩍였다.

"나는 소리를 질러서 사람을 부르려고 했지만 목이 잠겨 소리가 나오지 않았소. 그리고 소리를 지르면 아내가 그 소리를 듣고 앞뒤 생각 없이 튀어나와 어떤 위험한 상황에 처할지 모른다고 생각했지요.

 갑자기 눈부신 손전등 불빛이 정면에서 들어왔는데, 나는 본능적으로 침대발치 쪽으로 몸을 피했소. 그 순간 공기를 가르는 날카로운 소리가 들리고 이어 머리 가까이에서 둔하게 나무 찍히는 소리가 들렸소. 그와 동시에 멀어져가는 발자국 소리를 들었지요."

"어느 방향으로 갔습니까?" 번스가 끼어들었다.

"확실히는 모르겠소. 워낙 소리가 희미해서. 다만 소리를 죽이고 멀어져간다는 것을 알았을 뿐이오."

"그러고 나서 어떻게 했습니까, 박사님?"

"몇 분 동안 가만히 있었지요. 그런 다음 조심조심 문을 닫고 전등을 켰소. 그때 머리맡에서 난 소리가 무엇이었는지 알았소. 맨 먼저 그 단검이 눈에 들어왔으니까. 누군가 나를 죽이려고 했다는 것을 알았소."

번스는 고개를 끄덕이며 단검을 들어 손바닥에 올려놓고 무게를 가늠했다. 그는 생각에 잠긴 얼굴로 거의 혼잣말처럼 중얼거렸다.

"칼이 여간 무겁지 않군요. 이거라면 누구든지 정확하게 던질 수 있겠지요. 아무튼 묘한 살인방법입니다. 괴한으로서는 침대로 다가가 목적하는 사람의 늑골 언저리를 찌르는 편이 훨씬 간단하고 확실했을 텐데요. 정말 이상하군요. 어쩌면 혹시……."

번스는 말을 끊고 생각에 잠긴 눈으로 침대를 훑어보았다. 그런 다음 어깨를 으쓱하며 블리스 박사를 보았다.

"단검을 발견한 뒤 곧 전화하신 겁니까?"

"5분도 채 되지 않아서요. 잠시 문에 귀를 대고 있다가 서재로 내려가 전화를 걸었소. 그런 다음 브러시를 깨워 현관에서 당신들을 기다리라고 지시했지요. 그리고 나는 방으로 돌아와 서재에서 가져온 권총을 들고 당신들이 오기를 기다리고 있었소."

블리스 부인은 남편이 이야기하는 동안 몹시 불안한 얼굴로 그를 지켜보았다.

부인은 공포에 찬 낮은 목소리로 말했다.

"단검이 침대 머리판자에 꽂히는 소리는 나도 들었어요. 내 침대는 저 벽 바로 뒤에 있거든요. 나는 문득 잠이 깨었는데, 그리 깊이 생각해 보지 않고 그냥 잠들었지요."

부인은 머리를 뒤로 젖히고 물끄러미 번스를 보았다.

"정말 너무해요, 당신은. 살인마가 있는 이 집에 이분을 그냥 내버려두다니…… 이분을 노리는 악마가 있는데도…… 이분을 지킬 만한 방책을 세우지도 않고……."

번스는 부드럽지만 엄숙한 목소리로 말했다.

"하지만 박사님 신상에는 아무 일도 없었잖습니까, 부인. 한 시간쯤 잠을 손해보았을 뿐입니다. 뭐 큰 손해는 아니지요. 그리고 단언합니다만, 박사님에게는 이제 위험이 없습니다."

번스는 부인의 눈을 똑바로 바라보았다. 나는 서로의 눈길이 마주친 순간 두 사람 사이에 어떤 양해가 이루어졌음을 느꼈다.

블리스 부인은 천천히 힘주어 침통한 목소리로 말했다.

"범인이 빨리 잡히기를 바라겠어요. 나는 진실이라면 무엇이든지 견뎌낼 수 있습니다. 지금으로서는."

번스는 낮은 목소리로 말을 받았다.

"부인께서는 정말 용기있으시군요. 그러나 지금은 이대로 방에 돌아가셔서 연락을 드릴 때까지 기다리시는 게 좋겠습니다. 나를 믿으십시오, 부인."

부인은 목에 걸린 듯한 목소리로 말했다.

"잘 알겠습니다."

그리고 충동적으로 허리를 굽혀 블리스의 이마에 입을 맞추고 자기 방으로 돌아갔다.

번스의 눈이 기묘한 빛을 띠고 그 모습을 뒤쫓았다. 그것이 슬픔인지 애처로움인지 아니면 찬탄인지 나로서는 구별하기 어려웠다. 그녀가 손을 뒤로 돌려 문을 닫자 번스는 테이블로 다가가 단검을 그 위에 올려놓았다.

"박사님, 아까부터 이상하게 생각한 점입니다만, 당신은 밤에 문을 잠그지 않습니까?"

블리스 박사는 곧 대답했다.

"여느 때는 문을 잠그지 않으면 신경이 안정되지 않아서 잠을 못 이루지요."

"그런데 오늘 밤에는?"

"나도 그것이 이상하오."

박사의 이마에 당혹스러운 세로줄의 주름이 깊이 패였다.

"처음에 방으로 들어왔을 때는 분명히 잠갔소. 그런데 아까도 말했듯이 다시 일어나서 문을 열고 밤공기를 쐬었지요. 아무리 생각해도 설명할 수가 없소. 아마 그랬을 거요. 정신이 아주 혼란스러웠기 때문에……."

"잠근 문을 밖에서 열었다고 생각할 수는 없을까요?"

"아니, 절대로 그렇게 할 수는 없소. 지금 보는 바와 같이 열쇠를 열쇠구멍에 찔러둔 채였으니까요."

히스가 끼어들었다. "바깥문 손잡이에 혹시 지문이 없을까요? 커트글라스니까 지문이 찍히기 쉽습니다."

번스는 안타까운 듯 고개를 가로저었다. "아니, 그렇지 않을 거요. 이 음모를 꾸민 인물은 어디로 가든 흔적을 남겨놓는 바보짓은 안 하니까……."

블리스 박사가 느닷없이 일어나 커다랗게 소리쳤다. "지금 문득 생각났는데, 이 단검에는 금과 칠보로 장식한 칼집이 있었소. 칼집이 책상 서랍에 없다면 어쩌면…… 어쩌면……."

"그렇군요." 번스는 고개를 끄덕였다. "무슨 뜻인지 잘 알겠습니다. 칼집이 아직도 살인미수자의 손에 있을지도 모른다는 거지요? 훌륭한 단서입니다. 히스 부장, 미안하지만 박사님을 모시고 서재로 가서 칼집이 있는지 없는지 살펴 보시겠소? 아직 서랍에 그냥 있다면 고민해봐야 별 소용 없지요."

히스가 재빨리 복도로 튀어나가자 블리스 박사가 그 뒤를 쫓았다. 아래층으로 내려가는 두 사람의 발자국 소리가 들려왔다.

"이 일을 어떻게 생각하나, 번스?" 우리만 남게 되자 매컴이 물었다. "아주 중대한 문제인 것 같은데."

"여러 가지로 생각할 수 있지." 번스는 음울하게 대답했다. "물론 아주 중대한 일일세. 그러나 고맙게도 이 습격은 그리 교묘하지 않네. 전체적인 수법이 우스꽝스러울 정도로 서투르네."

"그건 나도 알겠네." 매컴이 동의했다. "급소를 찌르면 될 텐데 6피트도 더 떨어진 데서 단검을 던지다니."

"바로 그걸세." 번스는 눈썹을 치켜올렸다. "나는 단검 다루는 솜씨를 생각한 게 아닐세. 이 사건에는 좀더 서투른 점이 또 있네. 나로서는 전혀 이해가 가지 않아. 아마 몹시 당황했기 때문이겠지. 어쨌든 박사가 칼집 이야기를 해주어 이 음모를 푸는 결정적인 열쇠가 손에 들어올지도 모르겠네."

블리스와 히스가 계단을 올라오는 발소리가 들렸다.

"칼집이 없어졌습니다."

두 사람이 방으로 들어서면서 부장이 말했다.

"틀림없이 단검과 함께 집어냈을 거요."

블리스 박사가 설명을 덧붙였다.

"부하 두어 명을 불러 집 안을 뒤지는 게 어떨까요?"

히스가 제안했다.

"그럴 필요 없소, 부장." 번스가 대꾸했다. "찾아내기가 그리 힘들지 않을 테니까."

매컴은 번스의 애매모호한 태도에 짜증이 나는 것 같았다.

매컴은 번스를 향해 놀리듯 말했다.

"어디에 가면 칼집이 있을지 자네는 아는 것 같구먼."

"알고 있네." 번스는 심각한 얼굴로 생각에 잠겨서 말했다. "하지만 내 생각은 나중에 확인해 보겠네."

그리고 나서 번스는 블리스 박사에게 말했다.

"박사님은 우리의 수사가 끝날 때까지 방에 가만히 계셔주셨으면 고맙겠습니다."

블리스 박사는 알았다는 듯이 허리를 조금 굽혔다.

"우리는 잠시 응접실에 가 있겠습니다. 거기서 할 일이 좀 있지요."

번스는 복도 쪽으로 발길을 돌리다가 갑자기 어떤 충동에 쫓기듯 멈춰서더니 테이블로 다가가 그 위에 놓인 단검을 주머니에 집어 넣었다.

우리가 나온 뒤 블리스 박사가 문을 닫고 안으로 열쇠를 돌리는 소리가 들렸다.

  매컴과 히스와 내가 앞서서 계단을 내려오고 번스가 맨 나중에 따라왔다. 몇 단 내려왔을 때 조용하고 억양없는 목소리가 위쪽에서 들려와 우리는 걸음을 멈추었다.

  "도와드릴 일이라도 있습니까, 나리?"

  어두컴컴하고 쥐죽은 듯 조용한 집에서 이 뜻밖의 목소리를 듣고 우리 모두는 깜짝 놀라 본능적으로 뒤돌아보았다. 3층 계단 꼭대기에 어렴풋한 하니의 모습이 보였다.

  희끄무레하게 드러난 벽에 헐렁한 카프탄이 검은 그림자를 던졌다. 번스가 쾌활하게 대답했다.

  "아아, 마침 잘됐군. 지금 응접실에 가서 회의를 열까 하던 참이오. 당신도 내려오시오."

---

*1 비슷한 단검이 투탕카멘의 무덤에서도 고 카너본 백작과 하워드 카터에 의하여 발견되어 카이로 박물관에 소장되어 있다.

18 박물관 전등

7월 14일 토요일 오전 1시 15분
하니는 응접실에서 우리와 만났다. 그는 아주 침착하고 위엄이 있었고, 그의 속내를 알 수 없는 눈은 오시리스의 신전에 꿇어 엎드려 명상에 잠겨 있는 고대 이집트 승려처럼 번스의 얼굴을 무심히 바라보고 있었다.

번스가 아무렇지 않은 듯 물었다. "당신은 무슨 까닭으로 이런 시각에 일어나 돌아다니고 있었소. 또 소화불량이오?"

하니는 서두르지 않고 느릿하게 대답했다. "아닙니다, 나리. 당신이 브러시와 이야기하는 소리를 듣고 일어났습니다. 나는 언제나 문을 열어놓고 자지요."

"그렇다면 오늘 밤 사크메트 여신이 이 집에 돌아온 소리도 들었겠군?"

"사크메트가 돌아왔습니까?" 이집트인은 그제서야 관심이 끌리는지 조금 머리를 들었다.

"말하자면 그렇소. 그러나 그 여신은 너무나 무능하오. 이번에는 완전히 일을 그르쳤다오."

"일부러 실수한 건 아닙니까?"

하니는 불안하지만 어딘지 색다른 여운이 깃든 목소리로 물었다.

번스는 물끄러미 그를 바라보고 있었다. "한밤중 조금 지난 시간에 계단이나 2층 복도에서 발자국 소리 같은 것을 듣지 못했소?"

"아무것도 듣지 못했습니다." 하니는 천천히 고개를 저었다. "당신들이 오시기 전에 적어도 한 시간은 잤으니까요. 두꺼운 카펫 위를 조심스럽게 걷는 발소리에 어떻게 잠이 깹니까?"

"블리스 박사님이 직접 내려와서 내게 전화를 걸었소. 그 소리도 들리지 않았소?"

"당신들이 현관 복도에 들어오셔서 브러시와 이야기하시기 전까지는 아무 소리도 듣지 못했습니다. 당신들의 목소리와 현관문 여닫는 소리에 잠이 깼지요. 그 뒤에는 당신이 블리스 박사님 침실에서 낮게 말씀하시는 소리가 들렸습니다. 그 방은 내 방 바로 밑이니까요. 하지만 무슨 말씀을 나눴는지는 알아들을 수 없었습니다."

"그렇다면 밤중에 누군가가 2층 복도의 불을 끈 것도 몰랐겠군요?"

"잠들어 있지 않았다면 확실히 알았을 겁니다. 그 불은 희미하게 내 방에까지 비쳐드니까요. 그러나 잠이 깼을 때는 여느 때와 마찬가지로 불이 켜져 있었습니다."

하니는 희미하게 눈살을 찌푸렸다.

"이런 시각에 누가 복도의 불을 껐을까요?"

"글쎄요……."

번스는 이집트인에게서 눈을 떼지 않았다.

"블리스 박사님이 조금 전에 한 이야기에 따르면 누군가 그분의 목숨을 노리고 꾸민 짓이오."

"오오."
그것은 안도의 한숨 소리와 비슷했다.
"하지만 그 음모는 성공하지 못했겠지요?"
"그렇소, 완전히 실패했소. 게다가 방법이 어리숙하고 그럴 듯한 면이 조금도 없었소."
하니는 몹시 음울한 목소리로 말했다.
"그렇다면 사크메트가 아닙니다."
번스는 싱긋 미소지었다.
"그런 모양이오. 그러니 여신께서는 지금도 위대하신 하늘의 서풍(西風)[1] 곁에 앉아 계시겠지요. 거기서 끌어내릴 수만 있다면 정말 좋겠는데…… 이처럼 아무 신통력도 발휘하지 못했으니 묻겠소만, 혹시 박사님의 목줄을 끊어놓고 싶어할 동기를 가진 인물에 대해 짐작가는 바가 없소?"
"그분이 돌아가셔도 눈물을 보이지 않을 사람이야 많지요. 하지만 직접 나서서 박사님을 저 세상으로 보내려고 할 인물은 얼른 떠오르지 않는데요."
번스는 레지에 불을 붙여물고 자리에 앉았다.
"그런데 당신은 어째서 우리를 도와줄 수 있으리라고 생각했소?"
하니는 조용히 대답했다.
"당신과 마찬가지로 나도 오늘 밤 이 집에 어떤 상서롭지 못한 기운이 아니, 처참한 일이 일어나리라 짐작했습니다. 그래서 당신들이 오셔서 박사님 방으로 들어가는 소리를 듣자 예상했던 일이 일어났구나 생각했습니다. 그렇기 때문에 계단 위에서 여러분이 내려오시기를 기다리고 있었던 겁니다."
"머리도 좋고 인정도 있구려."
번스는 혼자 중얼거리면서 담배를 몇 모금 빨았다. 그리고 한참 후

물었다.

"만일 당신이 침대에 누운 뒤 오늘 밤 솔비터 씨가 방에서 나갔다면 알아차렸겠소?"

이집트인은 망설였다. 그의 눈꼬리에 미세한 경련이 일었다.

"알았으리라 생각합니다. 그의 방은 내 방과 마주보고 있으니까……."

"알고 있소."

"솔비터 씨가 나 몰래 문을 열고 나갈 수는 없을 겁니다."

"하지만 아주 불가능한 건 아니오." 번스가 더욱 추궁했다. "당신이 잠들어 있고 솔비터 씨가 당신 잠을 깨워서는 안 될 만한 이유를 갖고 있다면 가능한 한 조심조심 빠져나갈 수 있었을 거요."

"그야 물론 절대로 불가능하다고 말할 수는 없겠지요." 하니는 마지못해 인정했다. "하지만 그가 방에 들어간 뒤 다시 나오지 않았다는 것은 거의 확실합니다."

"그 보증은 아무래도 당신의 희망에서 나온 게 아닌가 싶군요." 번스는 한숨을 쉬었다. "좋소, 그 얘기는 그만합시다."

하니는 차츰 흥미가 없어진 듯 번스를 가만히 지켜보았다.

"블리스 박사님이 솔비터 씨가 오늘 밤 방에서 나왔다고 말씀하시던가요?"

"아니, 천만에. 그 정반대요." 번스는 그에게 잘라 말했다. "박사님께서는 솔비터 씨와 문 밖의 발자국 소리를 결부시키는 것은 중대한 잘못이라고 힘주어 강조했지요."

"확실히 박사님 말씀이 맞습니다." 이집트인은 딱잘라 말했다.

"그러면서도 박사님은 이 집안에 사람을 죽이려는 자가 있다고 말했지요. 누가 그런 짓을 할 것 같소?"

"나로서는 상상도 가지 않습니다." 하니는 거의 무관심해 보였다.

"블리스 부인일지도 모른다는 생각은 들지 않소?"

"그런 일은 절대로 없습니다." 이집트인은 갑자기 격렬한 목소리로 말했다. "메리트아멘이 복도에 나갈 이유가 없습니다. 박사님 방으로 갈 생각이었다면 메리트의 방과 박사님 방 사이에 있는 문을 이용하면 됩니다."

"그건 나도 아까 보았소. 블리스 부인도 조금 전 박사님 방에서 있었던 회담에 참석했었소. 그런데 말이오…… 당신에게도 말해 두어야겠다고 생각해서인데…… 부인께서는 박사님의 생명을 노린 인물을 꼭 잡아달라고 열심히 부탁했소."

"열심히…… 그리고 슬퍼하면서 말이지요, 나리?" 하니의 목소리가 새로운 어조를 띠었다. "마님께서는 아직 이 일이 어떤 것인지 잘 모르고 있습니다. 하지만 만일 진실을 안다면……."

"지금은 접어둡시다." 번스가 냉정하게 그 말을 가로막았다.

그런 다음 그는 주머니에 손을 넣어 황금단검을 꺼냈다. 그는 이집트인에게 무기를 내밀면서 물었다.

"이것을 본 적 있소?"

하니는 눈이 휘둥그레지면서 보석으로 반짝이는 단검을 뚫어지게 바라보았다. 처음에는 황홀한 표정이 떠올랐으나 다음 순간 얼굴빛이 흐려지고 뺨의 근육이 경련하기 시작했다. 그리고 무서운 분노의 불길이 온몸에 소용돌이치는 듯했다.

하니는 끓어오르는 감정을 억누르며 물었다.

"이 파라오의 단검은 어디 있었습니까?"

번스가 대답했다. "블리스 박사가 이집트에서 가지고 온 것이오."

하니는 단검을 들고 경건하게 탁상 램프에 비춰보았다.

"아이의 무덤에서 출토된 것입니다. 이 수정 장식에 희미하게 왕의 이름이 새겨져 있습니다. 보십시오, 케페르케페루레 이리마에트…

…"
"그렇소. 제18왕조 마지막 파라오였지요. 박사님은 '왕의 무덤골짜기'를 발굴할 때 이것을 발견한 거요."
번스는 상대방을 유심히 지켜보았다.
"전에 이것을 본 적이 없다는 건 확실하겠지요?"
하니는 자랑스럽게 가슴을 뒤로 젖혔다.
"보았다면 우리나라 정부에 보고했을 것입니다. 그리하여 지금쯤은 외국에서 홀로 있지 않고 당연히 제 주인인 고국으로 돌아가 사랑하는 사람들의 보호를 받고 있을 겁니다. 블리스 박사가 이것을 감춰두었다니, 보기좋게 당한 거지요."
그 말에는 격렬한 증오가 담겨 있었으나 갑자기 하니의 태도는 달라졌다.
"실례지만 당신은 언제 이 단검을 처음 보셨습니까?"
"바로 몇 분 전이오." 번스가 대답했다. "박사님 침대 머리판에 꽂혀 있었소. 바로 1초 전 박사의 머리가 놓였던 자리에."
하니의 눈길은 번스를 넘어 어딘지 먼 곳을 헤맸는데, 그 눈빛은 칼날보다 더 날카로웠다.
이윽고 그는 물었다. "이 단검에는 칼집이 없습니까?"
"오오, 있소." 번스의 눈꼬리가 번쩍 빛났다. "직접 보지는 못했지만 황금과 칠보로 만들어졌다고 하오. 솔직히 말해 우리는 그 칼집에 굉장한 관심을 가지고 있소. 그것이 감쪽같이 사라져 버렸지요. 어디로 사라졌는지 모르겠소. 아까부터 찾아보려던 참이지요."
하니는 알겠다는 듯이 고개를 끄덕였다.
"그러니까 그것을 찾아내면 좀더 많은 것을 알 수 있다는 말씀입니까?"
"적어도 내가 의심하는 점을 확인할 수는 있을 거요."

"칼집은 쉽사리 안전한 곳에 숨길 수 있는 물건입니다."
하니는 주의를 촉구했다.
"나는 칼집을 찾아내기가 그리 어려우리라 생각지는 않소." 번스는 자리에서 일어나 이집트인과 마주섰다. "어디부터 조사해야 찾을 수 있는지 당신이 가르쳐 줄 수 있겠지요?"
"아닙니다, 나리." 하니는 분명히 머뭇거렸다. "지금 당장은 말할 수 없습니다. 신중을 기할 필요가 있습니다."
"좋소. 일단 당신 방으로 돌아가 라마교 승려처럼 묵상에 잠기는 게 어떻겠소? 그렇게 해주면 우리로서도 크게 도움이 될 거요."
하니는 단검을 돌려주고 복도 쪽으로 걸어갔다.
"그리고 미안하지만" 번스가 그를 불러세웠다. "솔비터 씨 방에 들러 우리가 잠깐 여기서 만나고 싶어한다고 전해주겠소?"
하니는 허리를 굽혀보이고 가버렸다.
"저 사람은 도무지 맘에 안 든단 말이야." 이집트인이 떠나자 히스가 코를 울리며 중얼거렸다. "흐느적흐느적 영 기분이 나빠. 게다가 뭔가 알고 있으면서 입을 열지 않거든. 목을 한 번 바짝 죄면 제 놈이 불지 않고 못 배기겠지. 번스 씨, 나는 저 사내가 단검을 던졌다 해도 놀라지 않을 겁니다. 당신은 그가 단검 다루는 손놀림을 보셨습니까? 칼 끝을 손가락 쪽으로 돌리고 손바닥에 수평으로 올려놓더군요. 서커스의 비수 던지기처럼."
"물론 그 사내는 블리스 박사의 목줄기가 무사해 아쉽게 생각할지도 모르오." 번스가 양보했다. "하지만 오늘 밤 이런 일이 일어나지 않았다면 아마 더 큰 걱정이었을 거요."
매컴은 살피듯 번스를 바라보았다.
"번스, 무슨 생각을 하고 있나?"
"오늘 밤 우리에게 제공된 단서는 아직 완성단계에 이르지 못했네.

내 눈에는 아직도 몇 가지 소묘가 보인다네. 화면은 아직 마지막 손질이 되어 있지 않아. 캔버스에 다른 형체가 더 필요한 걸세. 밑그림이 아직 완성되지 않았거든."

그때 계단을 내려오는 발소리가 들리더니 잠옷에 구김살투성이인 중국 비단 가운을 걸친 솔비터가 나타나 응접실 불빛 아래 눈을 껌벅이며 섰다.

그는 아직 잠이 덜 깬 듯했으나 눈이 주위의 밝음에 익숙해지자 우리 네 사람을 날카로운 눈길로 훑어보고 맨틀피스 위의 청동시계를 흘끗 올려다보았다.

"무슨 일입니까?" 솔비터는 당황하고 걱정스러운 말투로 물었다. "무슨 일이 있었습니까?"

"블리스 박사가 전화를 걸었소…… 누군가가 박사를 죽이려 했다고, 그래서 달려왔소." 번스가 설명했다. "그 일에 대해 뭔가 알고 있소?"

"천만에요. 나는 아무것도 모릅니다." 솔비터는 문 앞에 놓인 의자에 털썩 주저앉았다. "누가 박사님을 죽이려 했다고요? 언제? 왜요?"

솔비터는 가운 주머니를 더듬었다.

번스는 그 동작의 의미를 곧 알아차리고 담배 케이스를 내밀었다. 솔비터는 신경질적으로 레지에 불을 붙여물고 몇 모금 깊숙이 빨아들였다.

"한밤중 조금 지나서였소." 번스가 다시 설명을 이었다. "하지만 계획은 완전히 실패로 돌아갔소."

번스는 단검을 솔비터의 무릎에 던졌다.

"그 장난감을 본 적 있소?"

솔비터는 손을 대지도 않고 단검을 물끄러미 내려다보았다. 그의 얼굴에 차츰 놀라움의 표정이 번지더니 조심스럽게 단검을 집어들어 자세히 살펴보았다.
그리고 겁먹은 목소리로 말했다.
"한 번도 본 적이 없습니다. 이것은 굉장히 귀중한 고고학적 유품입니다. 진귀한 골동품이지요. 대체 어디서 발굴해 낸 겁니까? 분명 블리스 박물관 소장품은 아닙니다."
"그런데 그렇지가 않소. 말하자면 개인소장품이지요. 시끄러운 속인들 눈에 띄지 않도록 지금까지 깊이 감춰두었던 거요."
"놀랐는데요. 틀림없이 이집트 정부에서는 모르고 있을 겁니다."
솔비터는 갑자기 얼굴을 번쩍 들었다.
"이 단검과 박사님의 생명을 노린 사건이 무슨 관계가 있습니까?"
번스는 아무렇게나 말을 던졌다.
"관계가 크게 있소. 우리는 그 단검이 박사의 침대 머리판자에 꽂혀 있는 것을 보았소. 분명한 것은 목이 놓여 있을 자리를 겨누어 힘껏 던졌다는 점이오."
솔비터는 눈썹을 찌푸리고 입을 굳게 다물었다.
이윽고 그는 다시 입을 열었다. "하지만 번스 씨, 이 집에는 말레이시아의 마술사 같은 사람은 없습니다. 어쩌면⋯⋯."
그는 문득 짚이는 데가 있다는 듯 덧붙였다.
"어쩌면 하니는 그런 재주가 있을지 모르지만. 본디 동양인이란 뜻밖의 학문이나 기술을 지니고 있는 수가 많으니까요."
"오늘 밤의 연출은 여러 가지 점으로 보아 무조건 예술적이라고 불러줄 만한 것이 못되오. 오히려 서툴렀지요. 말레이시아인에게 크리스(날이 물결 모양인 말레이시아 단검)를 맡겼다면 좀더 멋지게 해냈을 텐데. 우선 블리스 박사는 침입자의 발자국 소리와 문 여는 소리를 똑똑히 들었소. 그리고 범인은 손전등 불빛을 비춘 뒤 박사가 단검을 피할 만한 여유를 둔 뒤에 단검을 던졌소."

이때 하니가 조그만 물건을 손에 들고 다시 문 앞에 나타났다. 그는 그 물건을 가운데 테이블에 놓으며 나직이 말했다.

"그 단검의 칼집은 이것입니다. 2층 복도 계단참 언저리 벽의 맨 아랫부분에 있었습니다."

그러나 번스는 그쪽을 거들떠보지도 않고 귀찮은 듯이 말했다.

"고맙구려. 당신이라면 찾아내리라고 생각했소. 그러나 물론 복도에 있지는 않았겠지요?"

"맹세합니다만……."

번스는 하니의 눈을 똑바로 들여다보았다. 이윽고 그의 눈가에 의미있는 미소가 어렴풋이 떠올랐다. 번스는 날카롭게 말했다.

"그렇겠지. 그 칼집은 당신과 내가 예상했던 곳에 감춰져 있었을 거요."

이집트인은 얼른 대답하지 않았다. 이윽고 하니는 입을 열었다.

"드릴 만한 말씀은 이미 다 드렸습니다. 결론은 부디 당신이 알아서 내리십시오."

번스는 만족한 얼굴로 문 쪽을 가리켰다.

"그럼, 그만 가서 쉬시오. 오늘 밤에는 이제 당신에게 볼일이 없을 테니까. 레일타크 사이다."

"레일타크 사이다 웨무바라카."

이집트인은 고개를 숙여 보이고 나갔다.

번스는 칼집을 집어들더니 솔비터에게서 단검을 넘겨받아 칼집에 꽂은 다음 황금 양각을 자세히 살펴보았다.

"에게(그리스)의 영광을 받았구먼. 정교하지만 지나치게 퇴폐적이야. 제18왕조의 화려한 꽃무늬와 초기 이집트 예술의 관계는, 비잔틴의 천박함과 단순한 그리스 예술의 관계와 비슷하지."

번스는 칼집을 좀더 외알안경에 가까이 가져갔다.

"그건 그렇고, 솔비터 씨. 여기 당신이 좋아할 만한 장식이 있군요. 전형적인 소용돌이 무늬가 승냥이 머리 속에서 끝났소."

"아누프입니까? 하니의 이름이군요. 그거 묘한데요." 솔비터는 일어나서 그 무늬를 들여다보았다. 그는 잠시 사이를 두었다가 덧붙였다. "또 한 가지 주의할 점이 있습니다, 번스 씨. 저 하층 콥트족들은 겉으로는 그리스도교도인 척하고 있지만 실은 지독한 미신가들입니다. 그들은 외곬으로 전통적인 것만 따릅니다. 모든 사물을 상징주의의 선입관에 적용시켜 생각하기를 좋아합니다.

요즘 이집트에서 발굴작업을 하던 사람들 가운데 아홉 명쯤이 우연한 사고로 희생되지 않았습니까? *2 토착민들은 이 일이 조상들의 혼령이 여기저기 무덤 속에서 대기하고 있다가 서구의 침입자들을 벌한 거라고 우스꽝스러운 상상을 하며 그렇게 믿고 있습니다. 그들은 그런 마력을 정말로 믿습니다.

여기 있는 하니도 솔직히 말하자면 미신가적인 이집트인에 지나지 않습니다. 블리스 박사의 일을 터무니없이 증오하고 있지요. 저 사나이는 파라오가 쓰던 단검에 의하여 박사님이 살해되는 것을 부당하고 불합리한 유령 이야기 같은 신비로운 복수극이라고 생각할지도 모릅니다. 하니는 그 칼집에 새겨진 승냥이 머리를 보고 승냥이 머리의 신 아누비스에서 비롯된 이름을 가지고 있는 자기가 신에 의해 복수 실행자로 선택되었다고 생각했을지도 모릅니다."

"아주 흥미로운 의견이군요." 번스는 별 관심 없이 비평했다. "하지만 아무래도 억지가 조금 지나친 듯싶소. 그는 일부러 자신을 바보인 척 우리가 믿게 할 만큼 바보도 아니고 미신적인 사람도 아니라는 생각이 드는군요. 그는 현대의 테오고니우스*3로서, 지적으로 모자라는 듯 보이는 것을 예지의 일부라고 믿고 있는 거요."

박물관 전등 271

솔비터는 동의하는 뜻으로 천천히 고개를 끄덕였다.

"나도 이따금 그렇게 느낀 적이 있습니다. 그렇다면 누가?"

"아, 그렇다면 누가 그랬을까?" 번스는 한숨을 내쉬었다. "솔비터 씨, 당신은 오늘 밤 몇 시에 잠들었소?"

"10시 30분입니다!" 솔비터는 공격적인 어투로 대답했다. "그리고 방금 하니가 깨울 때까지 줄곧 잤습니다."

"그러니까 블리스 박사에게 서재에서 비망록을 갖다드리고 곧 잤군요?"

"박사님이 그런 말씀을 하시던가요? 그렇습니다. 박사님께 비망록을 갖다드리고 곧 내 방으로 올라갔습니다."

"비망록은 박사님 책상 서랍 속에 있었소?"

"그렇습니다. 그런데 왜 비망록 이야기를 캐묻지요?"

그러자 번스가 설명했다.

"이 단검도 그 책상 서랍 속에 들어 있었소."

솔비터는 자리에서 벌떡 일어났다.

"으음, 이제 알겠군." 그의 얼굴이 납빛으로 변했다.

"아니, 당신은 모르고 있소." 번스가 조용하게 타일렀다. "좀더 침착하게 행동해 주었으면 고맙겠소. 당신의 혈기왕성한 기운 때문에 내가 애를 먹거든. 그럼 묻겠는데, 오늘 밤 침실 문을 잠그고 잤소?"

"밤에는 언제든지 잠급니다."

"낮에도?"

"낮에는 활짝 열어놓습니다. 공기가 잘 통하도록."

"오늘 밤 방에 들어간 뒤 무슨 소리를 듣지 못했소?"

"전혀 듣지 못했습니다. 금방 잠들었지요. 낮의 일 때문이었을 겁니다."

번스는 자리에서 일어났다.

"한 가지만 더 묻겠는데, 오늘 밤 모두들 어디서 저녁식사를 했소?"

"아래층 식당에서 했습니다. 도무지 저녁식사라고 할 만한 게 못되었지요. 아무도 시장하지 않았고요. 가벼운 간식 비슷한 것이었습니다. 그래서 아래층 식당에서 먹었습니다. 그편이 손쉬우니까요."

"저녁식사가 끝난 뒤 모두들 어떻게 했소?"

"하니는 곧 위층으로 올라간 것 같습니다. 블리스 박사님과 부인과 나는 한 시간쯤 응접실에 있었는데, 얼마 뒤 박사님이 먼저 실례한다고 하시면서 침실로 가셨습니다. 그리고 조금 뒤 메리트아멘이 2층으로 올라갔지요. 나는 책을 읽으려고 10시 30분까지 여기에 있었습니다."

"고맙소, 솔비터 씨. 이제 됐소." 번스는 복도 쪽으로 발길을 돌렸다. "블리스 부인과 박사님에게 오늘 밤에는 이만 물러가겠다고 전해 주겠소? 내일 다시 연락하겠소. 가세, 매컴. 여기서 할 일은 이제 없으니까."

"나에게 묻는다면 할 일이 얼마든지 있는데요." 히스가 약오른 얼굴로 반박했다. "사건을 무슨 다과회쯤으로 여기다니. 이 집의 누군가가 이 단검을 던졌습니다. 나에게 맡겨주기만 하면 그를 꼼짝 못하게 묶어놓고 모두 털어놓게 할 텐데."

매컴이 얼른 곤두선 부장의 신경을 가라앉히려고 애썼으나 이렇다 할 효과가 없었다.

우리는 이제 현관문 안쪽에 서서 밖으로 나갈 준비를 하고 있었다. 번스는 다시 담배에 불을 붙이려고 했다. 바로 그 앞에 박물관으로 통하는 커다란 철문이 있었다.

그 순간 나는 번스의 몸이 갑자기 긴장하는 것을 보았다.

"잠깐만, 솔비터 씨."

솔비터는 계단의 첫모서리를 돌아가다가 다시 내려왔다.

"박물관 안의 저 불빛은 어떻게 된 거요?"

번스가 바라보는 철문 아래를 보고 희미한 불빛이 깔려 있는 것을 나도 그때 처음으로 알아차렸다.

솔비터도 그것을 흘끗 보고 이마를 찌푸렸다. 그는 의아한 듯 말했다.

"웬일일까, 이상한데요. 박물관에서 맨 나중에 나오는 사람이 언제나 불을 끄기로 되어 있는데. 그러나 내가 아는 한 오늘 밤에는 아무도 여기에 들어가지 않았습니다. ……어디 한번 들어가봐야 하겠군요."

솔비터가 앞으로 나서려 하자 번스가 그 앞을 가로막으며 명령하듯 말했다. "당신이 수고할 것까지도 없소. 내가 직접 가보지. 그만 가서 자구려."

솔비터는 불안한 얼굴이었으나 더 이상 아무 말도 하지 않고 위층으로 올라갔다.

솔비터의 모습이 2층 난간을 돌아 사라지자 번스는 조용히 손잡이를 돌려 철문을 열어젖혔다.

우리 눈 앞에 오벨리스크 옆의 책상에 앉아 서류상자며 사진이며 두꺼운 표지의 서류철에 둘러싸인 스칼릿의 모습이 나타났다. 윗옷과 조끼는 의자등받이에 걸쳐져 있고, 녹색 셀룰로이드 차광기를 눈에 붙이고 손에는 펜을 들었으며 앞에 커다란 노트가 펼쳐져 있었다.

문이 열리자 스칼릿은 우리 쪽으로 눈길을 돌렸다.

그는 유쾌하게 말을 걸어왔다.

"여어, 블리스 집안에서 자네들이 오늘 할 일이 아직 끝나지 않았나?"

"지금은 벌써 내일이라네."

번스는 계단을 내려가 박물관으로 가로질러갔다. 스칼릿은 뒷손질로 시계를 꺼냈다.

"그런가, 벌써? 흐음, 놀랍군. 벌써 그렇게 되었구먼. 시간을 까맣게 잊고 있었네. 8시부터 여기서 일하고 있었지."

"놀랍군."

번스는 늘어놓인 몇 장의 사진을 흘끗 더듬었다.

"그런데 누가 자네를 들어오게 해주었지?"

스칼릿은 이 질문에 좀 놀란 것 같았다.

"물론 브러시지. 사람들은 아래층 식당에서 식사하는 중이라고 하더군. 그래서 나는 그에게 일이 좀 있어서 왔으니 모두에게 알려 괜히 시끄럽게 하지 말라고 일렀지."

"집사는 자네가 왔다는 말을 하지 않던데."

번스는 마귀를 쫓는다는 네 개의 팔찌 사진을 넋나간 사람처럼 바라보고 있었다.

"그야 말할 리가 없지, 번스." 스칼릿은 자리에서 일어나 윗옷 입을 준비를 했다. "나는 자주 저녁에 여기 와서 일하곤 하니까. 나야 밤낮없이 들락거리지. 밤에 일을 할 때면 언제나 오후에 퇴근할 때 불을 끄고 현관문에 자물쇠가 걸렸나 안 걸렸나 확인하지. 저녁식사를 마친 뒤 여기 오는 건 드문 일이 아니라네."

번스는 책상에 사진을 도로 놓았다. "물론 집사도 그렇기 때문에 말하지 않았겠지. 그런데 오늘밤 이 집에서 좀 이상한 일이 일어났다네."

번스는 칼집에 찌른 단검을 스칼릿 앞에 놓았다. "이 이상한 칼을 자네는 알고 있나?"

"물론 알고말고."

스칼릿은 싱긋 미소지으며 우아한 눈빛으로 번스를 올려다보았다.
"그런데 자네가 어떻게 이것을 가지고 있나? 이건 블리스 박사님의 비밀 소장품인데."
"아아, 그런가?" 번스는 일부러 놀란 척해 보였다. "그렇다면 자네에겐 낯익은 물건이겠구먼."
"그런 셈이지. 나는 저 어처구니없는 양반이 이걸 발견하자 카키색 셔츠에 슬쩍 집어넣는 현장을 보았네. 그때 벙어리가 되기로 마음먹었지. 내가 알 바 아니니까.

나중에 뉴욕으로 돌아왔을 때 박사는 내게 이것을 이집트에서 몰래 가져왔다고 털어놓았네. 그는 언제나 하니에게 들킬까 봐 전전긍긍하며 나에게 비밀을 지켜달라고 부탁했지. 그래서 나는 맹세까지 했다네. 고작해야 단검 한 자루 아닌가? 카이로 박물관은 발굴된 유물 가운데 가장 귀중한 것들만을 소장하고 있으니까."
"박사는 이 단검을 책상 서랍 서류 밑에 감춰두었네."
"나도 알고 있네. 거긴 박사의 안전한 은닉 장소일세. 하니는 거의 서재에 발을 들여놓지 않으니까. 그런데 내가 알고 싶은 것은……."
"우리 모두 알고 싶은 거라네. 어설픈 상태야, 정말." 번스는 상대에게 생각할 겨를도 주지 않고 물었다. "이 단검이 있다는 것을 아는 사람이 또 누구인가?"
"내가 아는 한 아마 없을 걸세. 박사가 하니에게 말하지 않은 것은 확실해. 블리스 부인에게 말했는지 어떤지도 모르겠네. 부인은 자기가 태어난 나라에 대해 특별히 애착을 가지고 있으니까. 그리고 박사님은 그 마음을 존중하고 있다네. 이런 귀중한 보물을 몰래 가져온 일에 대해 부인이 어떤 반응을 보일지 뻔하지 않나?"
"솔비터 씨는 어떤가?"

"아마 모를걸." 스칼릿은 불쾌한 듯이 얼굴을 찡그렸다. "알았다면 틀림없이 블리스 부인에게 말했겠지. 분별없는 젊은이니까."

"하지만 누군가가 이것이 숨겨져 있는 곳을 알고 있었네." 번스가 말했다. "블리스 박사가 한밤중이 조금 지나서 전화를 걸어왔더군. 그야말로 위기일발의 순간에 죽음을 면했다는 걸세. 그래서 우리가 달려와보니 이 단검이 침대 머리판자에 꽂혀 있었네."

"그런가? 놀랐는걸. 아니, 정말인가?" 스칼릿은 너무 놀라 정신을 차리지 못하는 듯했다. "그렇다면 누가 이것을 찾아냈군…… 그렇다 해도……."

스칼릿은 갑자기 말을 끊고 번스를 흘끗 살펴보았다.

"자네는 이 일을 어떻게 해석하나?"

"전혀 종잡을 수 없네. 너무나 괴상한 이야기라서…… 그리고 하니가 칼집을 박사님 침실문 근처 복도에서 찾아왔지."

"그거 참, 이상한데……." 스칼릿은 생각에 잠긴 듯이 입을 다물었다. 그리고 서류와 사진 등을 간추려 서류상자를 책상 밑에 포개놓았다.

"이 집 사람들에게 무슨 말 듣지 못했나?" 스칼릿이 물었다.

"여러 가지 듣긴 들었네. 저마다 다른 주장을 하니 뭐가 뭔지 모르겠네. 그래서 그만 돌아가려던 참이었어. 그런데 나오다 보니 문 밑으로 불빛이 새어나와서 들어와 본 거라네. 이제 돌아갈 건가?"

"응," 스칼릿은 모자를 집어들었다. "벌써 끝냈어야 했는데…… 시간이 이렇게 된 줄 몰랐는걸."

우리는 함께 그 집을 나왔다. 무거운 침묵이 휩싸고 있어 스칼릿이 자기 집 앞에서 발을 멈출 때까지 아무도 입을 열지 않았다.

번스가 처음으로 입을 열었다.

"그럼, 잘 가게. 단검 때문에 잠을 설치지 말고."

"고맙네, 충고에 따르지." 스칼릿은 건성으로 손을 흔들었다.

번스는 몇 발자국 가다가 별안간 돌아보았다. "여보게, 스칼릿, 내가 자네라면 얼마 동안 블리스 박사댁에 가지 않겠네."

*1 번스가 반쯤 농담을 섞어 인용한 것은 이집트의 《사자의 서》〈오시리스의 신화〉서장에 나오는 사크메트의 말

옮겨보면 '나는 사크메트로서 내 자리는 여러 왕의 거대한 서풍쪽에 있다'라는 뜻임.

*2 솔비터가 여기서 말하고 있는 것은 카나본 백작, 오브리 허버트 대령, 리 스태크 장군, 조지 J. 굴드, 울프 조엘, 아치볼드 더글러스 리드 경, 러플러 교수, H.G. 에벌린 화이트, 조르주 아론 베네다이트 교수 등이다. 그 뒤 두 이름이 이 불행한 명단에 다시 덧붙여졌다. 하워드 카터의 비서 리처드 베셀 씨와 웨스트베리 경이다.

*3 테오고니우스는 시몬 마구스의 벗으로, 칼리굴라 왕을 너무나 두려워하여 자신의 영묘한 지혜를 감추기 위해 바보 행세를 했다. 수에토니우스는 이 인물을 테오고니우스라고 부르고 있지만, 스캘리저와 캐소본 및 그밖의 역사가들은 텔레제니우스라고 부르는 것이 옳다고 주장한다.

19 깨진 약속

7월 14일 토요일 오전 2시~오후 10시

 히스는 19번 거리와 4번 거리가 만나는 곳에서 우리와 헤어졌다. 번스와 매컴과 나는 택시를 잡아타고 번스의 아파트로 돌아왔다.
 2시가 거의 다 되었는데도 매컴은 돌아갈 눈치를 보이지 않았다. 그는 번스를 따라 서재까지 올라와 프랑스식 창문을 열고 안개 낀 어둠을 내다보고 있었다. 사건의 전개가 마음에 들지 않는 것이었다. 그러나 여러 가지 모순되는 상황 요인이 좀더 분명해지기 전에 그가 섣불리 결정적인 행동을 취할 수는 없으리라는 것을 나는 잘 알았다.
 사건은 처음에는 아주 단순해 보였으며, 용의자 수도 확실히 한정되어 있었다. 그러나 이 두 가지 사실에도 불구하고 이 사건에는 미묘하고 헤아릴 수 없이 신비로운 무언가가 깔려 있어 단호한 조치를 취할 수 없게 했다. 사건을 구성하는 요인들은 무어라 규정짓기가 힘들고, 여러 동기들은 지나치게 모순되어 보였다. 그 걷잡을 길 없는 복잡성을 맨 처음 알아차린 것은 번스였고, 눈에 보이지 않는 모순을 맨 처음 지적한 사람도 번스였다.

번스가 음모의 핵심을 포착하고, 그 발전단계를 정확하게 예언했기 때문에 매컴은 한 발 뒤로 물러서서 번스가 자신의 생각대로 일을 처리하도록 허락했다.

그러면서도 매컴은 답답하고 불만스러워 견딜 수 없었던 모양이다. 번스의 이 어처구니없는 수사방식으로는 언뜻 보아 현실적으로 범인을 집어낼 만한 결정적인 단서가 아무것도 밝혀지지 않았기 때문이다.

매컴은 고개를 돌리고 우울하고 걱정스러운 얼굴로 말했다.

"너무 따분하군, 번스. 나는 하루 종일 뒤에 물러서서 자네 마음대로 하도록 내버려 두었네. 자네는 그들을 잘 알고 있고, 이집트학에 대해서도 조예가 깊으며, 냉정한 공식 심문보다 자네 방식이 더 효과적이리라 생각했기 때문일세. 그리고 이 사건에 대해서 자네가 증명해 보이려는 이론에 충분히 공감하고 있었기 때문이었지. 그런데 이 사건은 우리가 박물관에 첫발을 들여놓았을 때나 지금이나 마찬가지 상태가 아닌가. 한 발자국도 해결에 다가서지 못했네."

번스는 프린트 무늬의 얇은 평상복을 걸치며 대답했다.

"자네는 구제받을 수 없는 비관론자로군, 매컴. 사크메트가 카일 노인의 두개골에서 조금 떨어진 곳에 있는 걸 발견한 지 이제 겨우 열다섯 시간 되었네. 지방검사로서의 고충을 모르는 것은 아니지만, 살인사건의 수사란 대개 그처럼 짧은 시간 안에 해결되는 게 아니잖나? 그 점은 자네도 인정해줘야 할 걸세."

매컴이 괴로운 듯 반박했다.

"하지만 여보게, 여느 살인사건의 경우는 적어도 한두 가지 실마리만 가지고도 수사방침을 정한다네. 히스가 사건을 전담했다면 지금쯤은 아무든 체포했겠지. 가능성의 범위가 그리 넓지 않으니까."

"히스 부장이라면 물론 그랬겠지. 닥치는 대로 이 사람 저 사람,

브러시며 딩글 부인이며 메트로폴리탄 미술관 주임 등을 모조리 붙잡아다 구치소에 처넣었을 테지. 신문기자들을 신나게 해주기 위해서 죄없는 사람을 괴롭히는 전형적인 수법일세. 그러나 나는 그런 수법을 좋아하지 않네. 물론 내가 인정이 많다는 건 아닐세. 젊은 시절의 꿈을 아직도 버리지 못한 탓이겠지. 아, 감상이 나를 파멸로 몰아넣을지도 모르겠네."

매컴은 코를 울리면서 테이블 끝에 걸터앉았다. 그리고 한참 동안 커다란 가죽 장정의 《마법의 관》 표지에 그려진 악마의 문신을 손가락 끝으로 가볍게 두들겼다. 마침내 그는 말했다.

"자네는 아주 강조해서 말했지. 이 제2의 사건, 블리스 박사의 생명을 노리는 어떤 사건이 일어나면 모든 음모가 드러나 카일 살해범에 대한 구체적인 증거가 입수될 거라고. 그러나 오늘 밤의 사건은 우리를 더 깊은 늪 속에 몰아넣은 것 같네."

번스는 힘차게 머리를 가로저었다.

"단검을 던진 것과, 칼집을 숨기고 또 그것이 발견된 일은 이 음모의 핵심을 드러내놓은 거나 마찬가지일세."

매컴은 날카롭게 그를 쳐다보았다.

"자네는 음모의 실체를 알았다는 말인가?"

번스는 레지를 조심스럽게 다루며 길다란 흑요석 홀더에 끼우고 맨틀피스 옆 피카소의 정물화를 바라보았다.

그는 천천히 입을 열었다.

"그렇다네, 매컴. 나는 이 음모의 실체를 알아냈다고 생각하네. 그리고 지금 내가 기대하고 있는 어떤 일이 일어나면 내 판단이 옳았다는 것도 자네에게 납득시킬 수 있으리라 믿네. 불행히도 그 단검 사건은 미리 꾸며두었던 행동의 한 부분에 지나지 않았네. 아까도 말했듯 그림이 아직 완성되지 않았던 걸세. 어떤 방해가 끼어들었지. 따라서 마지막 붓질은 이제부터일세."
 번스의 말투는 사람의 폐부를 찌르는 듯 엄숙했다. 내가 보기에는 매컴도 번스의 그러한 태도에 크게 감동된 듯했다.
 "그 마지막 붓질 말인데," 매컴이 물었다. "그것이 뭔지 확실한 판단이 섰나?"
 "물론이지. 하지만 어떤 형태로 나타날지는 나로서도 알 수 없네. 음모의 장본인도 아마 알지 못할 걸세. 더없이 좋은 기회를 노리지 않으면 안 되니까. 그런데 그것은 어떤 특정한 대상 또는 단서――일부러 남겨놓은 단서――를 중심으로 일어날 걸세.
 그 단서는 신중하게 마련되어 있네. 언제 나타날지는 모르지만, 분명히 나타날걸세. 그때가 되면 이 극악무도한 음모의 전체적인 진상을 자네에게 설명해 줄 수 있을 걸세."
 "그 마지막 단서는 언제쯤 나타날까?" 매컴이 불안한 듯 물었다.
 "언제 어느 때 나타날지 모르네." 번스는 무미건조한 목소리로 말했다. "무언가가 오늘 밤 그것이 정체를 나타내는 것을 방해했지. 단검을 던진 일과 밀접한 관계가 있다네. 그래서 나는 그 사건을 심각하게 받아들이기를 거부하고, 하니를 시켜 칼집을 찾아내게 함으로써 마지막 단서를 즉시 장치하지 않으면 안 되게 만들어 놓았지. 우리는 또다시 범인이 쳐놓은 덫에 걸리기를 거부한 셈일세. 덫에 충분한 미끼를 달아놓지 않은 탓일지도 모르지."
 "오늘 밤에 보인 자네의 그 애매한 태도에 대해 그 정도나마 설명해 줘서 고맙군."
 매컴의 목소리에는 얼마쯤 빈정거리는 투가 섞여 있었으나 속으로는 번스의 행동을 비난하지 않는 것이 분명했다. 매컴은 다만 초조하고 불안할 뿐이었던 것이다.
 "자네는 블리스 박사의 침대 머리판에 단검을 던진 자가 누구인지 알아낼 생각은 없는 모양이지?"

"그럴 생각이 없는 게 아닐세, 매컴. 나는 그 보석이 가득 박힌 단검을 던진 사람이 누구인지 이미 알고 있다네."

번스는 안타까운 듯한 몸짓을 해보였다.

"내가 관심을 가지는 유일한 문제는 신문기자들이 용의자 지목의 계기가 될 만한 사건이라고 부르는 바로 그것일세."

매컴은 이제 누가 단검을 던졌는지 물어보아도 아무 소용 없음을 깨달은 듯했다. 그래서 화제를 블리스 집안에서의 번스의 활동상으로 돌렸다.

"자네 친구인 스칼릿 씨에게서 참고될 만한 정보를 얻지 못했나? 그는 분명 단검이 날아다닐 때 박물관에 죽 있었으니까."

"거기 있었다 해도 박물관과 블리스 박사의 집 사이에는 두꺼운 이중벽이 있고, 또 그 철문은 사실 방음장치나 마찬가지라는 사실을 잊어서는 안 되네, 매컴. 박사의 방에서 폭탄이 터졌다 해도 박물관 안에서는 아무 소리도 듣지 못했을 걸세."

매컴은 일어나서 상대방의 마음을 헤아리는 듯한 눈초리로 번스를 지켜보았다.

"그럴 테지. 나는 자네를 완전히 믿고 있네. 지긋지긋한 탐미주의자인 자네를 말일세. 나는 지금 내 원칙에 위배되는 행동을 하고, 또 마땅히 밟아야 할 수속도 내팽개쳤네. 모두 다 자네를 믿기 때문일세. 그러나 만일 자네가 이 신뢰에 어긋나는 짓을 할 때는 인정사정보지 않겠네. 그래, 내일은 뭘 할 건가?"

번스는 감사와 우정이 깃든 눈으로 매컴을 흘끗 쳐다보았다. 그의 얼굴에 곧 야릇한 미소가 번졌다.

"말하자면 나는 비공식적인 지푸라기라는 거로군. 물에 빠진 지방검사가 그 지푸라기에 매달렸다, 이렇게 되나? 크게 고마울 것도 없는 말이로군."

이 다정한 두 친구는 늘 이렇다. 한쪽이 좀 살갑게 나오면 다른 한쪽이 금방 농담으로 받아넘겨 도무지 속마음을 보이려들지 않는다.

"내일은 뭘 할 거냐고?" 이윽고 번스는 매컴의 질문을 받아들였다. "사실 아직 데카르트식 추론은 전혀 하고 있지 않다네. 아마 바일덴슈타인 화랑에서 고갱 전람회가 있을 걸세. 슬슬 가서 그 위대한 퐁타방(프랑스 서북부에 있는 한 마을)의 색채의 하모니에 취해보는 것도 좋겠지. 그리고 카네기홀에서는 베토벤의 7중주를 연주하네. 나크테와 메네나와 레크미레의 무덤에서 출토한 이집트 벽화의 전시회는……."

그러자 매컴이 심술궂게 받아넘겼다.

"그리고 그랜드센트럴팰리스에서는 난초 전시회가 있지. 여보게, 번스, 아무 행동도 취하지 않고 그냥 있으면 블리스 박사처럼 오늘 밤 또 다른 누군가가 위험에 직면할지도 모르네. 카일 살해범이 자네 말대로 극악무도한 녀석이고 일이 아직 끝나지 않았다면……."

번스의 안색이 흐려졌다.

"나는 그렇게 생각지 않네. 이 음모에는 이 이상의 폭력 행위는 포함되어 있지 않네. 내가 보기에 사건은 평화롭고도 교묘한, 그리고 더욱 두려운 단계에 이르렀네."

번스는 잠시 생각에 잠긴 듯 담배를 빨았다.

"그렇지만 아직 약간의 기회가 있을지도 모르겠군. 일은 범인의 계획대로 되지 않았네. 우리가 가장 야심적인 두 가지 움직임을 봉쇄해 버렸으니까. 그러나 아직 한 가지가 남아 있네. 나는 지금 범인이 그것을 시도하기를 기다리고 있다네."

번스의 목소리가 흔들렸다. 그는 자리에서 일어나 천천히 프랑스식 창 앞으로 걸어갔다가 다시 돌아왔다.

"아무튼 날이 밝거든 움직이겠네. 위험한 일이 일어날 가능성을 없애는 동시에 범인이 그 마지막 단서를 어서 장치하도록 만들겠네."
매컴은 불안하고 신경질적이 되어 있었다.
"그 엉터리 연극 개막식까지는 얼마나 걸릴까? 나는 그 묵시록적 돌발사건이 일어나기를 한없이 기다릴 수는 없네."
"24시간 안에 일어날까? 그래도 그 신사가 아무 인사말씀이 없을 경우에는 히스에게 일임하겠네."

사건의 절정이라고 할 만한 일이 일어난 것은 이 24시간이 채 지나기 전이었다. 7월 14일은 내 생애에서 더없이 무섭고 자극적인 날 가운데 하나로 언제까지나 기억되리라. 그 뒤 몇 년이나 지난 지금 이 사건 기록을 정리하면서도 나는 전율을 금할 수 없다.

만일 번스가 카일 살해사건 밑바닥에 깔린 악마적인 음모를 꿰뚫어 보지 못하고 매컴과 히스가 블리스 박사 체포라는 의례적인 행동을 취하려고 했을 때 반대하지 않았다면 어떤 일이 일어났을까? 생각하기조차 두렵다.

번스가 몇 달 뒤 내게 말해 준 바에 따르면, 매컴을 달래어 태연히 사건 추이를 기다리는 것만이 진상에 이르는 유일한 방법이라고 납득시킬 때만큼 섬세한 작업을 해본 적은 그때까지 한 번도 없었다고 한다.

스칼릿을 따라 박물관에 발을 들여놓은 순간부터 번스는 자기 앞에 가로놓인 엄청난 난관을 예견하고 있었다. 모든 일들이 번스가 끝내 못하도록 막아온 그 행동을 매컴과 경찰이 취하게끔 짜여 있었기 때문이다.

매컴은 단검사건이 일어난 날 밤 자정을 지나 새벽 2시 30분이 넘도록 번스의 아파트를 떠나지 않았었는데, 다음 날 아침 번스는 8시 전에 이미 일어나 있었다. 무더운 날씨였다. 번스는 옥상 정원에서 커피를 마셨다. 그리고 퀴리를 시켜 아침 신문들을 모두 사다가 30분쯤 카일 살해 기사를 읽는 데 소비했다.

히스는 사실을 발표하는 데 아주 신중하여 사건은 그 윤곽밖에 드러나 있지 않았다. 그러나 카일의 사회적 위치와 블리스 박사의 명성으로 말미암아 이 살인사건은 엄청난 반향을 불러일으켰다.

뉴욕 시 모든 신문 제1면에 그 기사가 대서특필되었고, 이집트학에 대한 블리스 박사의 업적과 살해된 자선사업가가 그 일에 베푼 재정적 원조에 얽힌 에피소드들이 광범위하게 보도되었다. 기사의 일반적인 견해는──나는 부장이 기민하게 손을 썼음을 알아차렸다──정체불명의 괴한이 큰길 쪽에서 박물관으로 숨어들어와 복수 또는 원한 관계로 카일 노인을 죽였다는 것이었다.

히스는 시체 옆에서 딱정벌레를 발견했다는 것을 신문기자들에게 말했으나 그 이상의 정보는 제공하지 않았다. 경찰에서 흘러나온 유일한 증거물인 이 작은 물건 덕분에 언제나 어떻게 해서든 일목요연한 제목을 달고 싶어하는 신문들은 이번 참극을 〈딱정벌레 살인사건〉이라고 명명했다.

벤저민 H. 카일의 이름을 이미 잊어버린 사람도 이 사건이 몰고온 충격을 아직 기억하고 있는 것은, 기원전 1650년 무렵 이집트 파라오의 이름이 새겨진 이 오랜 유리조각 때문이다.

번스는 입가에 묘한 미소를 머금고 신문기사를 읽어내려갔다. 그리고 혼잣말처럼 중얼거렸다.

"매컴이 야단났는걸. 빨리 무슨 일이든 일어나지 않으면 야당의 공격이 트롤(북유럽 신화에 나오는 장난꾸러기 난쟁이) 무리처럼 지방검사 나리를 습격할 걸세. 히스가 사건은 지방검사국에서 책임진다고 태연하게 발표했으니……."

번스는 잠시 멍하니 담배를 피우고 있었다. 그리고 솔비터에게 전화를 걸어 곧 아파트로 와달라고 말했다.

그는 수화기를 내려놓으면서 나에게 설명했다.

"모든 불행의 가능성을 제거해 두고 싶은 걸세. 범인이 필사적인 방법을 쓰기 전에 틀림없이 우리 눈을 다시 한번 속이려고 할 걸세."

그러고 나서 15분쯤 번스는 느긋하게 팔다리를 뻗고 눈을 반쯤 감고 있었다. 나는 그가 잠들어버린 줄 알았는데, 퀴리가 조심스럽게 문을 열고 들어와 솔비터가 왔음을 알리려고 하자 미처 입을 열기도 전에 곧 손님을 안내하도록 지시했다.

이윽고 솔비터가 어리둥절한 모습으로 들어왔다. 번스는 나른한 듯이 팔을 들어 의자를 가리켰다.

"앉으시오, 솔비터 씨. 나는 헤테프히르에스 여왕과 보스턴 박물관을 생각하고 있었소. 오늘 저녁 보스턴으로 여행을 떠날 그럴 듯한 일거리가 없겠소?"

솔비터는 더욱 어리둥절한 표정을 지었다.

그는 이마를 찌푸리며 대답했다.

"그곳에 가면 언제고 일거리가 있긴 합니다만, 더욱이 하버드 보스턴 발굴단의 기제 피라밋 발굴 관계 일도 있으니까요. 어제 블리스 박사님 심부름으로 메트로폴리탄 미술관에 간 것도 그 발굴에 관련된 일 때문이었지요. 이것으로 당신 질문에 대한 만족스러운 대답이 되겠습니까?"

"됐소. 그리고 헤테프히르에스 무덤에 있는 부장품 복제 일도 있지요. 그런 일이라면 리스너 박사를 직접 만나보는 편이 좀더 쉽게 해결되지 않겠소?"

"물론입니다. 사실 그 일을 결말짓기 위해서는 어차피 보스턴으로 가야 할 겁니다. 어제는 다만 예비 지식을 조금 얻었을 뿐이니까요."

"내일은 일요일인데, 지장 없겠소?"
"오히려 더 좋지요. 리스너 박사님이 일을 쉬는 날이므로 만나서 천천히 이야기 나눌 수 있을 테니까요."
"그렇다면 오늘 저녁식사가 끝난 뒤 떠나는 게 어떻소? 그리고 내일 밤에 돌아오면 되오. 이의 있소?"
솔비터의 당혹은 경악으로 바뀌었다. 그는 더듬더듬 대답했다.
"아니, 없습니다. 이의 같은 건 없습니다. 하지만……."
"이렇게 갑자기 떠나면 블리스 박사가 이상하게 생각할까요?"
"글쎄요, 아마 그렇게 생각지는 않을 것입니다. 지금으로서는 박물관이 그리 유쾌한 곳도 아니고……."
번스는 지금까지 한가롭던 태도를 떨쳐버리고 자세를 고쳐 앉았다.
"그렇다면 오늘 저녁에 떠나시오, 솔비터 씨. 아무것도 묻지 말고 불평도 하지 말고 떠나주시오. 블리스 박사가 당신 여행을 막지는 않겠지요. 어떻게 생각하오?"
솔비터는 잘라 말했다.
"그런 일은 없을 겁니다. 때가 때이니만큼 내가 떠나면 이상하게 생각할지 모르지만, 박사님은 내가 어떤 식으로 일을 해나가든 결코 간섭하지 않습니다."
번스는 일어섰다.
"이야기는 그것이오. 그랜드센트럴 역에서 오늘 밤 9시 30분에 보스턴 행 열차가 있소. 그걸 타도록 하시오. 그리고 역에서 내게 전화를 걸어주시오. 나는 9시부터 9시 30분까지 여기 있겠소. 그리고 내일 정오가 지난 뒤라면 언제 돌아와도 좋소."
솔비터는 멋쩍게 웃었다.
"명령이로군요."
"진지하고 중요한 명령이오." 번스는 조용한 목소리로 진지하게 대답했다. "블리스 부인에 대해서는 걱정하지 않아도 되오. 내가 보장하지만 하니가 충분히 잘 돌보아줄 것이오."

솔비터는 무슨 말인가 하려다가 생각을 고쳤는지 몸을 홱 돌리고 부지런히 나가버렸다.

번스는 길게 하품을 하면서 말했다.

"어디 두어 시간 잠을 자볼까."

마게리에서 점심을 먹은 뒤 번스는 고갱 전람회를 둘러보고 다시 카네기 홀까지 걸어가 베토벤 7중주를 들었다. 연주회가 끝났을 때는 시간이 너무 늦어서 메트로폴리탄 미술관에 가서 이집트 벽화를 감상할 수가 없었다.

하는 수 없이 번스는 매컴을 불러내 나와 셋이서 클레어몬트로 저녁식사를 하러 갔다.

번스는 솔비터에 대해 취한 조치를 간단하게 설명했다. 매컴은 아무 말도 하지 않았다. 기운이 없어보였지만 몸놀림이 긴장되어 있어 나는 그가 카일 사건에 관한 어떤 구체적인 일이 일어나리라는 번스의 예언에 굉장한 기대를 걸고 있음을 알아차렸다.

저녁식사가 끝난 뒤 우리는 번스의 옥상 정원으로 돌아왔다. 무더운 한여름의 열기가 아직도 계속되어 대기를 움직이는 산들바람 한 점 없었다.

매컴은 커다란 공작새 깃 모양의 등의자에 앉으며 말했다.

"히스 부장에게 전화걸어 주겠다고 했는데……."

"나도 부장에게 연락하려던 참일세" 하고 번스가 동의했다. "가까이 있는 게 좋아. 그는 정말 유쾌한 사나이일세."

번스는 벨을 눌러 퀴리를 부르더니 전화기를 가져오게 했다. 그리고 히스를 불러내어 곧 오라고 말했다.

그는 애써 가벼운 목소리로 매컴에게 말했다.

"내게는 영감 같은 게 있다네. 아무래도 우리는 누가 범인인지 똑바로 보여주는 증거를 목격하기 위해 잠시 뒤 불려갈 것 같은 기분이 드네. 만일 그 증거가 내가 예상한 것이라면……."
매컴이 갑자기 의자에서 몸을 앞으로 내밀었다. 지방검사가 다급하게 말했다.
"이제 겨우 자네가 그토록 밝히기 꺼렸던 수수께끼를 풀 수 있을 것 같군. 자네가 박사의 서재에서 찾아낸 그 상형문자 편지와 관련 있음에 틀림없어."
번스는 망설였으나 그것은 아주 짧은 한순간이었다. 그는 고개를 끄덕였다.
"그렇다네, 매컴. 그 찢겨진 편지는 아직도 설명할 수 없네. 나는 그것에 대해 도저히 지워버릴 수 없는 한 가지 이론을 가지고 있다네. 그 이론은 이 흉악한 음모와 너무나 잘 들어맞기 때문이지."
"하지만 그 편지는 자네가 가지고 있잖나?"
매컴은 어떻게든 번스의 입을 열게 하려고 애썼다.
"물론 내가 갖고 있지. 아주 소중하게 간수하고 있네."
"자네는 그것이 솔비터가 쓴 편지라고 믿고 있나?"
"물론이지."
"솔비터는 그 편지가 찢겨져 박사의 휴지통에 처넣어진 사실을 모르고 있다고 생각하나?"
"물론이지. 그는 지금도 어떻게 된 건지 몰라 걱정하고 있다네."
매컴은 번스를 물끄러미 바라보았다.
"자네는 그 편지가 어떤 목적을 위해 쓰여진 뒤 버려졌는지도 모른다고 말했었지?"
"그것을 확인하려고 기다리고 있는 참일세. 나는 그 편지가 어젯밤에 일어난 단검사건의 수수께끼와 관계있으리라 기대하고 있네. 그리고 솔직히 말해서 어젯밤 가족들이 침실로 돌아가기 전에 상형문자에 대해 한 마디도 하지 않아서 정말 실망했었네. 하지만 거기에는 그럴 만한 이유가 있었고, 그 사정을 알 것도 같네. 그렇기 때문에 당장 일어날지도 모르는 일에 어린아이 같은 기대를 걸고 있는 걸세."

이때 전화벨이 울려 번스가 직접 수화기를 들었다. 솔비터가 그랜드센트럴 역에서 걸어온 전화였다. 짧게 통화를 끝낸 뒤 번스는 만족스러운 듯이 전화기를 테이블에 도로 올려놓았다.

"블리스 박사는 오늘 밤과 내일 조수가 없이 지내시겠군. 이것으로 우리 쪽 작전의 일부가 무리없이 달성되긴 했는데……."

그리고 반시간 뒤 히스가 옥상 정원으로 안내되어 왔다. 그는 멍한 얼굴에 기운이 없어보였으며, 인사도 그냥 헛기침을 하는 것으로 대신했다.

번스가 쾌활하게 격려했다.

"부장, 기운을 내오. 오늘은 바스티유 데이[1]요. 뭔가 상징적인 의미가 있을지도 모르지. 카일 살해범을 오늘 밤 안에 체포할 수 있을지 누가 아오."

히스는 몹시 회의적이었다.

"그렇습니까? 필요한 증거물을 모두 싸들고 이리로 자수해 온답디까? 그거 참, 희한한 범인이로군요."

"꼭 그렇다는 건 아니지만, 부장, 틀림없이 범인이 우리를 부를 거요. 그리고 친절하게도 자기 쪽에서 자진해서 가장 중요한 단서를 가르쳐줄 것이오."

"미치광이 범인인 모양이군요. 하지만 번스 씨, 그런 짓을 하면 어떤 배심원이든 유죄로 하지 않습니다. 정신 이상이라는 꼬리표가 붙어 평생 그냥 놀고 먹으며 의사의 진료도 받을 수 있습니다."

부장은 시계를 꺼내보았다.
"10시군요. 대체 그 호출은 언제 오는 겁니까?"
"10시?" 번스는 시계를 들여다보았다. 불안한 빛이 그의 굳어진 얼굴을 스쳐지났다. "아니, 벌써 이렇게 된 줄은 몰랐는데…… 어쩌면 이 사건 전체를 잘못 보았는지도 모르겠군."
번스는 담배를 눌러끄고 방 안을 서성거리기 시작했다.
"나는 예상한 일이 곧 일어나리라고 확신하고 있었네. 그런데 지금 무슨 착오가 있었던 게 아닌가 몹시 걱정이 되는군. 이렇게 되면 지금 내 추론을 대충 자네들에게 설명해 줘야 할 것 같네."
번스는 한숨돌리며 눈썹을 모았다.
"그런데 스칼릿을 입회시키는 게 좋겠네. 틀림없이 그는 몇 가지 불명확한 점을 보충해 줄 수 있을 테니까."
매컴이 놀란 얼굴로 물었다.
"그가 무엇을 알고 있나?"
"여러 가지를." 번스는 간단히 대꾸하고는 전화기를 바라보며 망설였다. "그에게는 개인 전화가 없지. 그런데 하숙집 전화번호를 모른단 말이야."
"그런 건 쉽지요."
히스는 수화기를 들고 전화회사 야근직원을 불러냈다. 그리고 몇 마디 설명한 뒤 훅을 두드리며 번호를 불렀다. 꽤 시간이 지났다. 이윽고 누군가 송화기에 나온 듯했다. 부장의 응답으로 스칼릿이 지금 집에 없음을 알았다.
히스 부장은 속상해하면서 수화기를 내려놓았다.
"주인여자가 전화를 받았는데, 그는 8시에 집을 나갔답니다. 박물관에 갔다가 9시쯤 돌아오겠다고 말했다는군요. 9시에 아파트에서 누구와 만나기로 약속했는데, 그 손님이 지금까지 기다리고 있답니다."

"그럼, 박물관으로 전화하면 되겠군."

번스는 박물관 전화번호를 부르고 브러시에게 스칼릿을 대달라고 말했다. 한참 뒤 번스는 전화기를 밀어놓았다.

"스칼릿은 박물관에도 없다네. 집사 말로는 8시쯤 왔는데 언제 돌아갔는지 모르겠다는 걸세. 아마 지금 집으로 돌아가는 중이겠지. 조금 기다렸다가 다시 걸어보세."

매컴이 견디다 못해 물었다. "왜 스칼릿 씨가 입회해야 하나?"

번스는 우물쭈물 대답했다.

"꼭 필요한 건 아니지만 입회해 주면 더없이 좋겠네. 자네도 그가 범인에 대해 여러 가지 사실을 알고 있다고 말하는 것을 들었잖나?"

번스는 갑자기 말을 끊고 아주 긴장된 얼굴로 신중하게 담배를 꺼내 불을 붙였다. 그는 눈을 내리깔고 물끄러미 바닥을 바라보고 있었다.

이윽고 그는 가라앉은 목소리로 말했다.

"부장, 스칼릿이 9시에 아파트에서 누구와 만날 약속이 있어 그 시간까지는 돌아오겠다고 주인여자에게 말했다고 했지요?"

"주인여자가 그렇게 말했습니다."

"그럼, 다시 전화해서 그가 돌아왔는지 알아봐주오."

히스는 말없이 수화기를 들고 스칼릿의 하숙집 번호를 불렀다. 그리고 곧 번스를 돌아보았다.

"돌아오지 않았답니다."

"이상하군. 아무래도 이상해, 매컴······."

번스는 생각에 잠겼다. 얼굴이 조금 핼쑥해진 듯했다. 이윽고 그는 껄끄러운 목소리로 말했다.

"이거 도무지 견딜 수가 없군. 이제 그 편지 일로 소식이 있을 때가 되었는데…… 무슨 시끄러운 일이 일어날 것만 같네."

번스는 절박한 눈길로 매컴을 쳐다보았다.

"더 이상 꾸물거리고 있을 수 없네, 매컴. 어쩌면 이미 늦었을지도 모르지. 지금 곧 행동으로 옮겨야겠네."

말을 마치자 그는 문 쪽으로 발길을 돌렸다.

"자, 가세, 매컴. 히스 부장, 당신도, 박물관으로 가세. 너무 늦었어. 아니, 어쩌면…… 괜찮을지도 모르네."

번스의 말이 떨어지자마자 매컴과 히스는 일어났다.

번스의 말투에는 묘하게 반대를 허용치 않는 단호한 울림이 있었으며 그의 눈은 어떤 두려운 일을 예고하고 있었다. 번스의 모습이 방 밖으로 사라지자 우리도 그로 말미암아 부풀어오른 흥분을 억누르며 말없이 그 뒤를 따랐다.

밖에 자동차가 대기하고 있었다. 이윽고 우리는 38번 거리와 파크 거리가 마주치는 모퉁이를 아슬아슬하게 급선회해 블리스 박물관으로 달렸다.

*1 7월 14일 프랑스 혁명기념일.

20 화강암 석관

7월 14일 토요일 오후 10시 10분
 우리는 10분도 채 못되어 박물관에 도착했다. 번스가 돌계단을 뛰어올라가고, 매컴과 히스와 내가 그 뒤를 따랐다.
 현관에 불이 켜져 있었을 뿐만 아니라 현관문의 우윳빛 유리를 통해 복도의 밝은 불빛이 보였다.
 번스는 벨을 힘껏 눌렀다. 브러시가 그 소리를 듣고 나오기까지는 한참이 걸렸다.
 "졸고 있었소?"
 번스는 긴장하여 신경이 곤두서 있었다. 브러시는 번스 앞에서 우물쭈물 물러섰다.
 "아니요, 부엌에 있었기 때문에……."
 "블리스 박사님께 우리가 곧 만나고 싶어한다고 전해주시오."
 "알겠습니다."
 집사는 복도 끝으로 가서 서재문을 두드렸다. 응답이 없었다. 다시 두들겼다. 잠시 기다렸다가 그는 손잡이를 돌려 방 안을 들여다보았다. 그리고 우리 쪽으로 되돌아왔다.

"박사님은 서재에 안 계십니다. 아마 침실에 계신 모양입니다. 가서 보고 오겠습니다."

브러시가 계단 앞으로 가서 올라가려고 했을 때 억양 없는 조용한 목소리가 그것을 저지시켰다.

"블리스 박사님은 위층에 계시지 않네, 브러시. 박물관에 계실지 모르지."

하니의 목소리였다. 번스는 천천히 계단을 내려오는 이집트인을 바라보았다.

"이거 참, 당신은 언제나 나를 놀라게 하는구려. ……그렇다면 당신 생각에는 박사님이 지금 보물의 숲 속을 산책하고 계실지 모른다는 거요?"

번스는 박물관의 커다란 철문을 밀었다.

"박사님이 여기 계시다면 어둠 속에서 한가롭게 시간을 보내고 있다는 말이 되는군."

그는 문 안쪽 계단참에 발을 들여놓으며 전등 스위치를 켰다.

"박사님의 행방에 대해서는 당신이 잘못 짚은 것 같소. 아무리 보아도 박물관은 텅 비었소."

이집트인은 태연자약했다. "그렇다면 박사님께서는 한숨돌리기 위해 밖으로 나가신 모양입니다."

번스의 얼굴에 그늘이 졌다.

"그럴지도 모르지. 하지만 다시 한 번 위층에 계신지 어떤지 확인해 주시오."

이집트인은 부드럽게 대답했다.

"식사가 끝난 뒤 올라오셨다면 내가 알았을 것입니다. 하지만 모처럼 그렇게 말씀하시니 분부대로 하겠습니다."

하니는 박사를 찾으러 올라갔다. 번스는 브러시에게 다가가서 낮은 목소리로 물었다.
"스칼릿 씨는 오늘 밤 몇 시에 여기서 나갔소?"
집사는 번스의 태도에 겁을 먹었다.
"나는 모릅니다. 정말 모릅니다. 8시쯤 오셨습니다. 내가 문을 열어드렸습니다. 박사님과 함께 나가셨는지도 모르겠군요. 저녁 무렵에 같이 산책하는 일이 자주 있으니까요."
"스칼릿 씨는 8시에 왔을 때 박물관에 들어갔소?"
"아닙니다, 박사님을 만나뵙겠다고 하셨습니다."
"그래서 만났소?"
"네…… 저어……."
브러시는 말을 고쳤다.
"만나셨으리라고 생각합니다. 박사님은 서재에 계시다고 말씀드렸더니 곧 복도 안쪽으로 걸어가셨습니다. 그래서 나는 다시 부엌으로 들어가……."
"혹시 스칼릿 씨의 행동이 여느 때와 다른 것 같이 여겨지지는 않았소?"
집사는 잠시 생각해 보았다.
"그렇게 말씀하시니 말입니다만, 스칼릿 씨는 무슨 걱정이라도 있는지 몹시 우울하고 침착하지 못해 보였습니다. 무슨 뜻인지 아시리라 믿습니다만."
"그러니까 당신이 마지막으로 본 그의 모습은 서재 문 쪽으로 걸어가는 모습이었소?"
"그렇습니다."
번스는 그만 가도 좋다는 듯 고개를 끄덕였다.
"잠시 응접실에서 기다리시오, 브러시."

브러시가 문 저쪽으로 사라지자 하니가 어슬렁어슬렁 계단을 내려왔다.

"내가 말씀드린 대로입니다. 블리스 박사님은 위에 안 계십니다."

번스는 매서운 눈으로 이집트인을 쏘아보았다. "당신은 오늘 밤 스칼릿 씨가 이 집에 온 것을 알고 있지요?"

하니의 눈에 기묘한 빛이 어렸다. "네, 알고 있습니다. 브러시가 문을 열어드렸을 때 나는 응접실에 있었습니다."

"그는 블리스 박사를 만나러 왔었소" 하고 번스가 말했다.

"그렇습니다. 브러시에게 그렇게 말씀하시는 소리를 들었습니다."

"그는 박사님을 만났소?"

이집트인은 얼른 대답하지 않았다. 상대방의 생각을 읽으려는 듯이 가만히 번스의 눈길을 마주 보았다. 이윽고 그는 마음의 가닥을 잡았는지 대답했다.

"두 분은 내가 아는 한 적어도 30분 동안 만났습니다. 스칼릿 씨가 서재로 들어가셨을 때 문이 조금 열려 있었기 때문에 두 분의 이야기 소리가 들렸습니다. 무슨 이야기인지는 알 수 없었지만, 두 분 다 목소리를 낮추어 이야기하셨습니다."

"당신은 얼마 동안 이야기를 듣고 있었소?"

"30분쯤입니다. 그리고 나는 바로 올라갔습니다."

"그 뒤 블리스 박사도 스칼릿 씨도 보지 못했소?"

"네, 나리."

"서재에서 두 분이 이야기할 때 솔비터 씨는 어디 있었소?"

번스는 애써 불안을 억누르고 있었다. 하니는 어설프게 되물었다.

"이 집에 있었습니까? 저녁식사 때 보스턴에 간다고 말했는데요."

"아아, 그렇지. 9시 30분 기차로. 그러니 9시 전에 집을 나갈 필요는 없었겠지. 8시에서 9시 사이에 그는 어디 있었소?"

하니는 두 팔을 벌렸다. "나는 못 보았습니다. 스칼릿 씨가 오시기 전에 나갔습니다. 확실히 8시 이후에는 여기 계시지 않았습니다."

번스가 얼음처럼 차가운 목소리로 말했다. "거짓말을 하고 있군."

"무슨 말씀을…… 나리……."

번스의 눈은 강철 같았다.

"어물쩡해도 소용없소, 지금 나는 몹시 화가 나 있소. 당신은 오늘 밤 여기서 무슨 일이 일어났다고 생각하는지 말해 보시오."

"아마 사크메트가 돌아오지 않았을까요?"

번스의 얼굴이 파리해진 듯했다. 그러나 그것은 복도 불빛의 반사 때문이었는지도 모른다.

번스는 싸늘하게 말했다. "방에 가서 기다리고 있으시오."

하니는 허리를 굽혀 절했다.

"이제 더 도와드릴 필요는 없을 겁니다. 나리. 당신은 다 알고 계십니다."

말을 마친 이집트인은 위엄있게 걸어나갔다.

번스는 하니가 보이지 않을 때까지 꼼짝 않고 서 있었다.

이윽고 그는 우리에게 눈짓하고 부지런히 복도를 가로질러 서재 쪽으로 걸어갔다. 그리고 문을 와락 열어젖히고 전등 스위치를 켰다.

번스의 동작에는 불안과 초조가 담겨 있고, 그 움직임에 깃든 수수께끼 같은 분위기가 우리 모두에게로 옮아왔다. 나는 어떤 무섭고 비극적인 것이 번스를 몰아세우고 있음을 알았다.

번스는 창문 곁으로 가서 밖으로 몸을 내밀었다. 푸르스름한 반사 불빛에 아래의 아스팔트 길이 보였다.

번스는 책상 밑을 들여다보고 긴 의자 밑의 4인치쯤 되는 틈을 눈으로 재고 있었다. 그런 다음 박물관으로 통하는 문 옆으로 갔다.

"서재에서 뭐가 발견되리라고 기대하지는 않았지만, 그래도 만약이라는 것이 있으니까……."

번스는 이미 나선형 계단을 달려 내려가고 있었다.

"이 박물관 안에 있을 거요. 히스 부장, 어서 오시오. 일이 있으니까. 오늘 밤에는 악귀가 난동을 부렸다오."

번스는 옥좌 옆을 지나 길다랗게 늘어선 유리상자 곁에 우뚝 서서 두 손을 윗옷주머니에 깊숙이 찌르고 바쁘게 방안을 둘러보았다.

매컴과 히스와 나는 나선형 계단 밑에서 조용히 기다리고 있었다.

"대체 뭘 찾나?" 매컴이 쉰 목소리로 물었다. "무슨 일이 있었나? 자네 대체 지금 뭘하는 건가?"

"무슨 일이 있었는지 나도 모르네." 번스의 말투에 담긴 무엇인가가 나를 오싹하게 했다. "어떤 발칙한 것을 찾고 있네. 만일 여기 없다면……."

번스는 말을 채 끝맺지도 않고 재빨리 커다란 카에프레의 복제 곁으로 가서 그 주위를 돌았다. 그리고 람세스 2세 상으로 다가가 그 대좌를 살폈다. 다음에는 테티시레트로 옮겨가 손가락 마디로 대좌를 두들겨 보았다.

"모두 비지 않았군." 번스는 혼잣말처럼 중얼거렸다. "미라 상자를 조사해 봐야지."

번스는 다시 방을 가로질러 되돌아왔다. "그 끝에서부터 시작하시오, 부장. 뚜껑은 쉽게 열리오. 잘 안 되거든 마구 뜯어도 좋소."

그리고 그도 카에프레 옆의 미라 상자로 다가가 뚜껑 밑에 손을 넣어 들어서 바닥에 내려놓았다.

히스는 절박한 육체적 활동의 욕구에 몰려 이미 반대쪽 끝에서부터 미라 상자를 조사하고 있었다. 아무리 보아도 그 솜씨는 진중하다고 할 수는 없었다. 우악스럽게 뚜껑을 잡아젖히고 필요없이 시끄러운 소리를 내면서 바닥에 내동댕이쳤다.

번스는 자기 일에 열중해 그런 행동에도 아랑곳하지 않고 다만 뚜껑이 유리상자에서 떨어질 때마다 잠깐 눈을 들 뿐이었다.

그러나 매컴은 걱정스러운 모양이었다. 그는 말없이 히스의 동작을 비난하듯 지켜보고 있었는데 이윽고 얼굴이 차츰 찌푸려졌다. 마침내 그는 앞으로 한 발자국 나섰다.

"번스, 이렇게 함부로 하게 내버려 두어서는 안 되네. 이건 모두 귀중한 물건일세. 우리에게는 이렇게 할 권리가 없어."

번스는 일어나서 똑바로 매컴을 바라보았다. 그는 차갑고 또렷한 목소리로 물었다.

"이 상자 가운데 어느 하나에 죽은 사람이 들어 있다해도 말인가?"

그 말을 듣자 매컴은 자신도 모르게 몸을 떨었다.

"죽은 사람?"

"오늘 밤 여기에 넣어졌네. 8시와 9시 사이에."

번스의 말에서는 사람의 가슴을 치는 불길한 울림이 느껴졌다.

매컴은 더 이상 아무 말도 하지 않았다. 그는 다만 곁에 서서 일그러진 긴장된 얼굴로 미친 듯이 나머지 미라 상자를 뒤지고 있는 부장과 번스를 지켜볼 뿐이었다.

그러나 처참한 발견은 아무것도 없었다. 히스는 낙심하여 마지막 상자의 뚜껑을 떼어냈다.

그는 그다지 적의도 없이 말했다.

"번스 씨, 어딘가에 착오가 있었던 모양입니다."

사실 이 목소리에는 동정의 빛까지 서려 있었다.

번스는 당혹하여 먼 곳을 바라보는 듯한 눈으로 유리상자 옆에 서 있었다. 그 고뇌에 찬 모습을 보다못해 매컴이 곁으로 다가가서 팔을 잡았다.

"아마 이 사건은 다른 방향에서 파고들어가야……."
그러나 번스가 그 말을 가로막았다.
"아니, 그럴 필요 없네. 너무나 논리정연해. 오늘 밤 여기서 비극이 일어났네. 그러나 우리가 너무 늦게 왔기 때문에 그것을 막아낼 수 없었던 걸세."
매컴이 신랄하게 말했다.
"경계조치를 취해 두었어야 하는데……."
"경계조치, 가능한 경계조치는 모두 해두었네. 그런데 오늘 밤 이 상황에 어떤 새로운 요소가 끼어든 걸세. 예측하지 못한 어떤 요소가. 오늘 밤의 비극은 이번 음모의 일부분이 아닐세……."
번스는 몸을 홱 돌려 걷기 시작했다.
"잘 생각해서 그것을 찾아내지 않으면 안 되네. 범인이 생각한 흔적을 더듬어가야 하네."
번스는 바닥에서 눈을 떼지 않은 채 박물관 안을 한 바퀴 돌았다.
히스는 떨떠름한 얼굴로 담배를 피웠다. 그는 미라 상자 앞에 꼼짝 않고 서서 조잡한 색채의 그림글자에 흥미를 가지고 있는 듯한 시늉을 해보였다. 《카나리아 살인사건》에서 토니 스킬이 약속을 어기고 지방검사 사무실에 출두하지 않은 뒤부터 부장은 까다롭게 심통을 부렸지만 번스의 예언을 신뢰하고 있었기 때문에 지금 번스가 실패하자 더없이 괴로워했다.
나도 머리가 어지러워 멍하니 부장을 바라보고 있었는데 문득 그의 얼굴에 납득이 안 간다는 듯 미심쩍어하는 빛이 스쳐가는 것을 보았다. 부장은 입에서 담배를 빼내고 앞에 놓인 미라 상자를 허리굽혀 들여다보더니 길쭉한 쇠붙이를 꺼냈다.
"희한한 데다 자동차의 잭을 넣어 두었군요."
히스는 혀를 찼다.

부장이 이 잭에 흥미를 가진 것은 자신의 생각을 숨막히는 상황에서 다른 데로 돌리기 위한 무의식적인 시도였음에 틀림없다.

부장은 꺼내들었던 잭을 상자 속에 도로 집어던지고 카에프레 상대좌에 걸터앉았다.

매컴도 번스도 부장의 뜻하지 않은 발견에는 전혀 관심을 보이지 않았다.

번스는 여전히 박물관을 서성거리고 있었다. 우리가 이곳에 온 뒤 처음으로 번스는 담배를 꺼내 불을 붙였다.

"모든 미스터리의 방향이 이곳으로 집중되네, 매컴." 번스는 절망적인 낮은 목소리로 말했다. "범인은 증거를 없앨 필요가 없었네. 증거를 없애는 데에는 큰 위험이 따랐겠지. 그리고 범인은 우리가 하루나 이틀쯤 아무것도 알아차리지 못하리라 계산했던 모양일세."

그 목소리가 떨리고 번스의 몸이 갑자기 굳어졌다. 그는 갑자기 히스 부장 쪽으로 돌아섰다.

"자동차 잭." 번스의 태도가 완전히 달라졌다. "오오, 저런. 혹시 어쩌면…… 혹시 어쩌면……"

번스는 얼른 창문 밑의 검은 석관 쪽으로 갔다. 그리고 초조하게 그것을 살펴보았다.

"너무 높아." 그는 중얼거렸다. "바닥에서 3피트나 되는군. 그건 불가능해…… 그러나 해야만 했을 거야, 어떻게든……"

번스는 주위를 둘러보았다.

번스는 아시아의 목상(木像) 옆에 놓여 있는 높이가 20인치쯤 되어보이는 단단한 떡갈나무 발판을 가리켰다.

"어젯밤에는 저기 있지 않았네. 오벨리스크 옆 책상 곁에 있었지. 스칼릿이 쓰고 있었어."

번스는 말하면서 그 곁으로 얼른 다가가 발판을 들어올렸다.

"여기 위 표면에 긁힌 자국이 있군. 그래, 맞아."

번스는 그 발판을 석관 머리 쪽에 놓았다.

"부장, 그 잭을 갖고 오시오."

히스는 재빨리 지시대로 했다.

번스는 잭을 발판 위에 올려놓고 그 밑을 긁힌 자국에 맞추었다. 잭의 머리 부분이 석관 뚜껑 안쪽 1인치 밑에 왔고, 석관 머리 부분 양옆에 튀어나온 사자 다리 모양의 두 받침대 사이로 잭의 이음대 부분을 넣어 관 뚜껑을 몇 인치쯤 들어올릴 수 있었다.

우리는 말없이 긴장한 채 번스를 에워쌌다. 무슨 일이 일어나려는지 알 수 없었으나, 아무튼 무시무시한 광경이 벌어지기 직전임을 느낄 수 있었다.

번스는 히스가 건네준 지렛대를 잭의 삽입구에 밀어넣고 조심조심 아래위로 올렸다내렸다했다. 잭은 완전히 그 기능을 발휘하였다. 지렛대를 아래로 누를 때마다 금속성 소리가 나면서 제동이 걸렸다. 조금씩조금씩 육중한 화강암 뚜껑 끝모서리가——아마 반 톤은 될 듯싶었다*1——들려 올라갔다.

히스가 갑자기 놀라며 뒤로 물러섰다.

"위험합니다, 번스 씨. 뚜껑이 저쪽으로 떨어져내릴 것 같습니다."

"문제없소, 부장. 관 뚜껑이 너무 무거워서 이 잭으로 최대한 높이 들어올린다 해도 저쪽으로 떨어져내리지는 않소."

뚜껑 머리 부분이 8인치쯤 될 정도로 들어올려졌다. 번스는 두 손으로 지렛대를 계속 움직였다. 잭이 관 뚜껑 안쪽의 매끄러운 표면에 미끄러지지 않게 조심조심 다루어야만 했다.

9인치…… 10인치…… 11인치…… 이제 뚜껑은 그 잭으로 들어올릴 수 있는 최고점인 기중기의 극한점에 다다랐다. 마지막으로 한 번 아래쪽으로 누른 다음 번스는 지렛대를 빼내고 한껏 늘인 잭의 내구

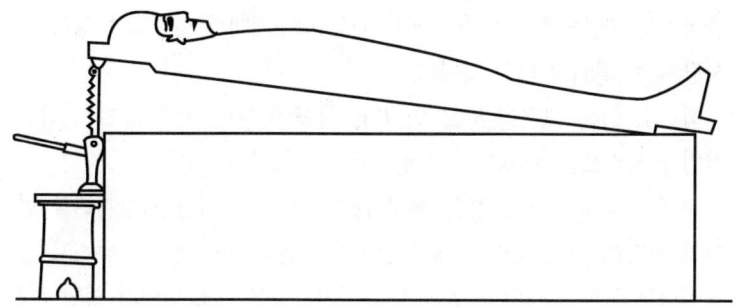

력을 시험해 보았다.
"안전해."
히스가 어느새 손전등을 꺼내들고 어두운 석관 속을 비췄다.
부장의 입에서 숨찬 외침이 튀어나왔다.
"아니, 이건."
나는 부장 뒤에 서서 그 넓은 어깨 너머로 관 속을 들여다보았다. 부장의 손전등 불빛이 비춰진 순간 그로 하여금 절규하게 한 무서운 물체가 내 망막에 튀어들어왔다.
석관 한쪽에 거무스름한 사람 몸뚱이가 처박혀 있었다. 새우처럼 꼬부린 모습으로 미루어 누군가가 허둥지둥 뚜껑 틈으로 밀어넣었음을 알 수 있었다.
매컴은 마비된 것처럼 몸을 앞으로 구부정하게 구부린 채 서 있었다.
"불을 가만히 가지고 있구려, 부장. 그리고 매컴, 자네는 나를 도와주게. 자, 조심해야 하네, 잭을 건드리지 않도록."
사뭇 조심스럽게 두 사람은 석관 속에 손을 넣어 시체를 뒤집어 머리가 가장 넓게 벌려진 틈새로 오도록 했다.
이 광경을 보고 있노라니 온몸에 오싹 소름이 돋았다. 아주 조금만 움직여도, 또는 잭을 아주 살짝만 건드려도 거대한 화강암 뚜껑이 두 사람 위로 떨어져 내릴 것이다.

히스도 역시 그것을 알고 있었다. 공포에 질린 눈으로 그 위험한 작업을 지켜보는 부장의 이마에 진땀이 맺혔다.

시체는 천천히 좁은 틈을 빠져나왔다. 발끝이 석관 가장자리를 넘어와 바닥에 털썩 소리를 내며 떨어지자 손전등이 꺼지고 히스가 발작이라도 일으킨 것처럼 묘한 소리를 지르면서 뒤로 넘어져 엉덩방아를 찧었다.

"제기랄. 난 질렸습니다, 번스 씨!"

나는 이 일이 있은 뒤 부장이 더욱 좋아졌다.

매컴은 꼼짝도 하지 않은 채 물끄러미 시체를 내려다보고 서 있었다. 그리고 도저히 믿어지지 않는 듯한 목소리로 외쳤다.

"스칼릿 씨로군."

번스는 아무 말 없이 축 늘어진 스칼릿의 몸뚱이 위로 허리를 굽혀 얼굴을 갖다댔다.

스칼릿의 얼굴은 산소 부족으로 보랏빛이 되어 있었다. 눈은 커다랗게 뜬 채였고 콧구멍에는 핏덩이가 엉겨붙어 있었다.

번스는 귀를 가슴에 대고 한쪽 손으로 그의 손목을 잡아 맥을 짚었다. 그리고 금으로 된 담배 케이스를 꺼내 스칼릿의 입술 앞에 댔다. 담배 케이스를 흘끗 본 뒤 그는 흥분하여 히스 쪽으로 고개를 돌렸다.

"부장, 구급차를 빨리. 스칼릿은 아직 살아 있소."

히스는 계단을 정신없이 뛰어올라갔다.

매컴이 번스를 지켜보며 쉰 목소리로 말했다.

"뭐가 뭔지 모르겠군."

"나도 마찬가지일세." 번스의 눈은 스칼릿에게서 떨어질 줄 몰랐다. "나는 스칼릿에게 이 집에 접근하지 말라고 충고했지. 스칼릿도 위험을 느끼고 있었네. 자네는 라이더 해거드가 《앨런 쿼터메인》의 서두에 쓴, 아들에게 주는 헌사를 기억하겠지? 그 속에서 해거드는 인간이 이룰 수 있는 최고의 지위에 대해 이야기하면서, 그것은 영국 신사들의 품격과 위엄이라고 말하고 있네*2. ……스칼릿은 영국 신사일세. 그는 위험한 줄 알면서도 오늘 밤 여기에 왔네. 비극을 막을 수 있을지 모른다고 생각한 걸세."

매컴은 어안이 벙벙한 모양이었다.

"우리가 어떤 행동을 취해야 되지 않겠나?"

"그렇지." 번스는 생각에 잠겼다. "그러나 여러 가지 곤란한 점이 있네. 증거가 아무것도 없어. 우리는 손발이 묶였네. 그 상형문자 편지가 없으면 안 되는데……. 분명 여기 어딘가에 있을 걸세. 오늘 밤쯤 그것이 나와야만 하거든. 그런데 뜻밖에도 스칼릿이 나타났네. 어쩌면 스칼릿도 그 일을 알고 있었을지 몰라."

번스의 눈은 허공을 헤맸다. 그는 한참 동안 꼼짝도 하지 않고 서 있었다. 이윽고 느닷없이 석관으로 달려가 성냥불을 그어 그 속을 들여다보았다.

"아무것도 없군." 번스는 몹시 실망한 투로 말했다. "하지만 틀림없이 이 속에 있을 걸세."

번스는 다시 몸을 똑바로 일으켰다. "그래, 맞아, 앞뒤가 맞는군."

번스는 의식을 잃은 사나이 옆에 무릎을 꿇고 주머니를 뒤지기 시작했다. 스칼릿의 윗옷에는 단추가 채워져 있었다. 윗옷 안주머니에 이르렀을 때 번스의 수사가 처음으로 성과를 올렸다.

그는 마구 구겨진 노란 종이를 꺼냈다. 솔비터가 이집트어를 연습하느라고 쓴 편지와 같은 종류의 종이였다.

번스는 얼른 그것을 자기 주머니에 집어넣었다.

히스가 입구에 나타나 소리질렀다.
"됐습니다! 전속력으로 달려오라고 했습니다!"
"얼마나 걸리겠소?" 번스가 물었다.
"10분도 안 걸립니다. 경찰국을 불러내어 관할경찰서에 연락하도록 했습니다. 도중에 순찰 중인 경관을 태우기는 하지만, 그때문에 크게 늦어지는 일은 없을 겁니다. 나는 여기서 기다리고 있겠습니다."
"잠깐만." 번스는 한 장의 봉투 뒤에 무언가 써서 히스에게 건네주었다.
"웨스턴 유니언을 불러 이 전보를 쳐주오."
히스는 전보문을 받아 읽고 가볍게 휘파람을 불며 복도로 나갔다.
"뉴헤이븐으로 솔비터에게 전보를 쳤네. 뉴런던에서 기차를 내려 뉴욕으로 돌아오라고." 번스는 매컴에게 설명했다. "뉴런던에서 야간급행을 잡아타면 내일 아침 일찍 여기에 닿을 걸세."
매컴은 날카롭게 번스를 쏘아보았다.
"돌아오리라고 생각하나?"
"물론이지."
구급차가 도착하자 히스는 수련의와 푸른 제복 차림의 운전사와 경찰관을 데리고 박물관으로 들어왔다. 수련의는 핑크 빛 뺨에 검은 눈을 한 젊은이로, 매컴에게 인사하고는 누워 있는 사람 곁에 꿇어앉았다. 그리고 대강 진찰한 뒤 운전사에게 지시했다.
"머리가 흔들리지 않도록 하시오."
운전사는 경찰관의 도움을 받아 스칼릿을 들어 들것에 옮겨 뉘었다.
"어떤 것 같나?" 하고 매컴이 걱정스러운 듯이 수련의에게 물었다.
"아주 나쁜 것 같습니다." 수련의는 호들갑스럽게 머리를 내저었다. "두개골 아랫부분에 심한 골절상을 입었습니다. 호흡도 불규칙하고요. 살아난다면 그야말로 큰 행운이지요."

말을 마치자 젊은 수련의는 들것을 따라 나갔다.

"나중에 병원으로 전화하면 되겠지." 매컴이 번스에게 말했다. "스칼릿 씨가 살아나면 증거를 제공해 줄 게 아닌가."

"크게 기대하지는 말게. 오늘 밤의 사건은 별개의 것이니까."

번스는 석관으로 다가가 천천히 뚜껑을 내렸다.

"쳐들린 채 그냥 두면 위험하겠지."

매컴은 눈썹을 모으고 서 있었다.

"번스, 스칼릿 씨의 주머니에서 찾아낸 종이는 뭔가?"

"이집트 상형문자로 쓴 글인 듯하네. 어디 좀 볼까."

번스는 석관 위에 종이를 펴놓았다. 번스가 블리스 박사의 서재에서 이어붙인 편지와 거의 비슷한 것이었다. 종이 빛깔도 같았다. 거기에는 녹색 잉크로 된 상형문자가 네 줄 있었다.

상형문자 편지

번스가 훑어보는 동안 매컴과 히스와 나는 그것을 들여다보았다. 번스가 말했다.

"이집트어를 얼마나 기억하고 있는지 시험해 봐야겠군. 벌써 몇 년이나 들여다보지 않았는데."

그는 외알안경을 꺼내 썼다.

"Meryet-Amûn, aha-y o er yu son maut-y en merya-y men seshem pen dya-y em yeb-y era-y en marwet mar-en yu rekha-t khet nibet hirsa hetpa-t na-y kheft shewa-n em debat nefra-n entot hena-y……

대체로 정확하게 썼군. 명사와 형용사도 모두 제대로 되어 있고, 동사 어미도……."

매컴은 조바심이 나서 어쩔 줄 몰라했다.

"그런 건 아무래도 좋네. 뭐라고 씌어 있나?"

그러자 번스가 항의했다. "미안하지만 여보게, 고왕국 시대의 이집트어는 참으로 어렵다네. 여기에 비하면 콥트어나 아시리아어나 그리스어나 산스크리트어는 아무것도 아니지. 그러나 내가 번역해 주겠네."

번스는 천천히 읽기 시작했다.

"'아문의 사랑을 받는 나는 어머니의 형제가 올 때까지 여기 머물겠다. 나는 이 상태가 지속되기를 바라지 않는다. 나는 자신의 행복을 위해 해야 할 일을 하기로 마음에 맹세하노라. 그대는 나중에 모든 것을 알리라. 그대는 길을 막는 자로부터 우리가 풀려나고 그대와 내가 더불어 행복을 얻을 때 나에 대해 만족하리라.'

아무래도 하버드식 문장은 아니군. 하지만 이것이 고대 이집트어의 특질이라네."

부장이 얼굴을 찌푸리며 말했다.

"그럴지도 모르지만, 나는 도무지 뜻을 모르겠는데요."

"그런데 이것을 적당한 설명문으로 고치면 무서운 뜻이 되오. 일반적인 말로 옮기면 다음과 같소.

'메리트아멘, 나는 숙부님이 오시기 전까지 이곳에서 편지를 쓰오, 나는 지금 상태를 더 이상 견뎌낼 수 없소. 그리하여 우리들의 행복을 위해 단호한 행동을 취하기로 마음먹었소. 당신도 시간이 가면 모든 것을 이해해 줄 것이오. 그리고 우리가 모든 장애물에서 해방되어 함께 행복을 누리게 될 때, 당신은 나를 용서해 줄 것이오.' 어떻소, 부장, 이거라면 알겠소?"

"놀랐는데요." 히스는 질책하는 눈빛으로 번스를 노려보았다. "그런데도 당신은 그 솔비터 녀석을 놓아주었습니까?"

"내일은 돌아올 거요." 번스는 장담했다.

"그런데 자네가 이어붙인 그 편지는 어떻게 된 건가?" 매컴의 눈은 죄를 증명하는 편지에 못박혀 있었다. "그리고 왜 이 편지가 스칼릿 씨의 주머니에 들어 있나?"

번스는 종이를 곱게 접어 지갑에 끼워넣었다. 그리고 느릿하게 말했다.

"자네들에게 모두 설명해 줄 때가 왔군. 진실을 완전히 알고 나면 어떤 절차를 취해야 할지 자네들이 판단하겠지. 나도 여기에 법률적인 곤란이 있다는 건 아네. 하지만 우리가 바랄 수 있는 증거는 이것으로 모두 손에 들어온 셈일세."

번스의 태도는 불안하고 곤혹스러워 보였다.

"오늘 밤 사건은 스칼릿이 갑자기 뛰어들어 범인의 계획이 틀어졌기 때문에 일어난 걸세. 아무튼 이제 진상이 얼마나 무섭고 끔찍한 것인지 자네들에게 납득시킬 수 있네."

한참 동안 번스를 바라보던 매컴의 눈에 갑자기 깜짝 놀란 빛이 떠올랐다.

그는 크게 숨을 내쉬었다.

"그래, 맞았네. 자네 말의 뜻을 알겠네."

지방검사는 분한 표정을 지었다.

"아무튼 우선 병원에 전화해보세. 어쩌면 스칼릿 씨가 도움을 줄 수 있을지 모르니까. 살아나야 말이지만."

매컴은 나선형 계단을 올라가 서재로 들어갔다. 2, 3분 뒤에 나타난 지방검사의 얼굴은 어둡고 절망적이었다.

"의사와 이야기했는데, 거의 가망이 없다네. 뇌진탕을 일으킨데다 질식이라는군. 지금 인공호흡을 하고 있는 중이라네. 살아난다 해도 한두 주일 동안은 의식을 회복할 수 없다네."

"그럴 줄 알았네." 번스가 이토록 낙심하는 모습을 나는 처음 보았다. "너무 늦었어. 하지만 어쩌겠나. 나는 그가 이 정도로 돈키호테인 줄은 몰랐다네. 그리고 기껏 경고까지 해두었는데……."

"너무 걱정하지 말게." 매컴이 위로했다. "자네 잘못은 아니잖나. 자네로서는 어쩔 수 없었네. 그리고 자네가 진상을 혼자 간직해온 것도 잘한 일이었네."

히스가 옆에서 끼어들었다.

"미안하지만 나도 뭐 진실의 적은 아니지 않습니까? 왜 나는 끼워주지 않습니까?"

번스는 부장의 어깨에 손을 얹었다.

"물론 당신도 우리 편이오, 부장. 응접실로 갑시다. '골짜기마다 돋우어지며 산마다, 작은 산마다 낮아지며 고르지 않은 곳이 평탄케 되며 험한 곳이 평지가 될 것이오. (이사야서 제40장 제4절)."

번스는 계단 쪽으로 걸어갔다. 우리는 그 뒤를 따랐다.

*1 반 톤이라는 것은 번스가 일을 하고 있는 동안에 나 혼자 상상해본 것이고, 나는 뚜껑의 무게를 계산해 보았다. 뚜껑은 길이 10피트, 너비 4피트로 커다란 조각상이 얹혀 있었다. 아무리 적게 잡아도 이 뚜껑은 아마 10세제곱 피트는 되리라. 그리고 화강암의 무게는 1세

제곱 센티미터에 약 2.70그램, 다시 말해서 1세제곱 피트에 170파운드이다. 뚜껑은 적어도 1700파운드의 무게가 되는 셈이다.

*2 실제로 헌사에는 다음과 같이 되어 있다. '나는 이 모험 이야기를 내 아들 아서 존 라이더 해거드에 전한다. 앞으로 언젠가 내 아들과, 그리고 내가 알지 못하는 다른 많은 젊은이들이 여기 기록된 앨런 쿼터메인의 삶을 본받아, 내가 헨리 커티스 경과 더불어 인간이 이룰 수 있는 최고의 지위로 여긴 영국 신사의 품격과 위엄에 도달하기를 바란다.'

21 살인범

          7월 14일 토요일 오후 10시 40분
우리가 응접실에 들어가자 브러시가 일어섰다. 집사는 파랗게 질려 있었다. 번스가 말을 걸었다.
"뭘 그렇게 걱정하고 있소?"
브러시가 머뭇거리며 대답했다.
"저, 저에게 책임이 있는 것 같아서…… 어제 아침 현관문을 열어놓은 건 저입니다. 환기를 시킬 생각으로……. 그때 당신이 오셔서 카일 님이 사고를 당하셨다고 말씀하셨습니다. 현관문을 열어놓지 않았어야 했다는 것을 잘 알고 있습니다."
번스가 말했다.
"기운내구려. 카일 노인을 죽인 범인을 알아냈소. 그리고 잘라 말하지만, 범인은 현관문으로 들어오지 않았소."
"고맙습니다, 나리." 이 말은 안도하는 소리로 들렸다.
"그럼, 하니 씨에게 이리 내려오라고 일러주시오. 그리고 당신은 그만 가봐도 좋소."

브러시가 나가자마자 현관문에 열쇠 꽂히는 소리가 들리면서 블리스 박사가 응접실 문 앞에 나타났다.

"안녕하셨습니까, 박사님?" 번스가 인사했다. "방해가 될지 모르겠습니다. 솔비터 씨가 없는 동안에 몇 가지 하니 씨에게 물어볼 것이 있어서 왔습니다."

"그렇소?" 블리스 박사는 슬픈 얼굴이었다. "그럼, 솔비터가 보스턴에 간 걸 알고 있었구려?"

"전화를 걸어, 가도 좋겠느냐고 묻더군요."

블리스 박사는 놀란 듯 번스를 바라보았다. 박사가 말했다.

"하필 이럴 때 가도 괜찮을까 싶었지만 그냥 가게 했소. 이 집 안 공기가 하도 우울해서."

"몇 시에 나갔습니까?" 번스가 슬그머니 물었다.

"9시쯤이었지요. 내가 자동차로 역까지 바래다주겠다고 했는데……."

"9시라고요? 그럼 8시부터 9시 사이에 어디 있었습니까?"

블리스 박사는 불행한 표정이었다.

"나와 함께 서재에 있었소. 호테페레스 무덤에서 출토된 부장품 복제에 대해 여러 가지로 의논했지요."

"스칼릿 씨가 왔을 때 그는 박사님과 함께 있었습니까?"

"그렇소." 블리스 박사는 이마를 찌푸렸다. "이상한 일이었지요. 갑자기 스칼릿이 찾아온 것은. 아마 솔비터와 단둘이 할 이야기가 있었던 모양이오. 태도가 좀 이상했지요. 언짢은 감정이라도 있는지 솔비터를 몹시 냉담하게 대했소. 하지만 나는 솔비터의 여행 목적에 대해 이야기하고 있었기 때문에……."

"스칼릿 씨가 기다렸습니까?"

"그렇소. 그는 사냥개처럼 솔비터를 지키고 있었지요. 솔비터가 나가자 스칼릿도 함께 나갔소."

"흐음…… 그럼, 박사님은 무엇을 했습니까?" 번스는 케이스에서 담배를 고르는 데 열중해 있는 듯이 보였다.

"나는 그냥 서재에 있었소."

"그러니까 그때 솔비터 씨와 스칼릿 씨를 마지막으로 보셨군요?"

"그렇지요. 그리고 나는 9시 30분쯤 산책을 나갔소. 나가다 혹시 스칼릿이 있을지 모른다는 생각에서 박물관을 들여다 보았는데 깜깜하더군요. 그래서 혼자 큰길로 나가 워싱턴 광장 쪽으로 걸어갔소."

"고맙습니다, 박사님." 번스는 담배에 불을 붙여물고 연기를 뿜어냈다. "오늘 밤에는 더 이상 폐를 끼치지 않겠습니다."

하니가 들어왔다.

"부르셨습니까?" 그 태도는 초연했고, 내가 보건대 다소 귀찮아하는 듯했다.

"그렇소." 번스는 테이블 앞의 의자를 가리켰다. 그리고 마침 나가려던 블리스 박사를 불러 세웠다.

"생각해 보니 솔비터 씨 일로 한 가지 더 물어볼 게 있습니다, 박사님. 서재에서 기다려주시겠습니까?"

"좋소." 블리스는 잘 알고 있다는 듯이 고개를 끄덕이고 복도 안쪽으로 걸어갔다. 곧이어 서재 문 닫히는 소리가 들렸다.

번스는 나로서는 이해하기 힘든 기묘한 눈길을 하니에게 던졌다.

"잠깐 매컴 씨와 할 이야기가 있으니 미안하지만 당신은 복도에 나가서 아무도 여기에 접근하지 못하도록 지켜주겠소?"

"알겠습니다, 나리."

하니는 일어서서 밖으로 나갔다.

번스는 문을 닫고 가운데 테이블로 돌아와 다리를 쭉 뻗고 앉았다.

"매컴, 그리고 히스 부장, 당신들 두 사람이 어제 아침 블리스 박사를 카일 살해범으로 단정한 건 옳았소."
"뭐라고요!" 히스는 펄쩍 뛰어 일어났다. "대체 어째서……."
"사실이오, 부장. 자, 앉아서 마음을 가라앉히오."
"나는 그가 범인이라고 말했잖습니까. 그런데 당신이 이러니저러니……."
"조용히 좀 하오, 부장," 번스는 난처한 얼굴이 되었다. "이러지 말고, 당신이 고상하지 못한 말씨로 블리스 박사가 카일 노인의 '머리통을 박살냈다'고 했던 것을 기억하고 있소. 당신은 어젯밤 내가 우리는 종종 같은 시간, 같은 목적지에, 그러나 정반대 방향에서 이르른다고 했던 것을 설마 잊지 않았겠지요?"
"아아, 그런 뜻이었습니까?" 히스는 내키지 않는 얼굴로 도로 자리에 앉았다. "그렇다면 왜 체포하게 내버려두지 않았습니까?"
"그건 범인이 체포되기를 바라고 있었기 때문이오."
"나는 도무지 뭐가 뭔지 모르겠습니다." 히스가 부르짖었다. "세상이 미쳐돌아가는 게 아닌가 싶군요!"
매컴이 타이르듯 말했다.
"가만히 있구려, 히스. 나는 어렴풋이 알 것 같소. 미쳐 돌아가는 게 아니오. 번스, 이야기를 계속해 주게."
히스는 항의하려다 체념하고 담배를 씹기 시작했다. 번스는 동정어린 눈으로 그를 바라보았다.
"나는 어제 아침 박물관에 들어가서 5분도 못되어 블리스 박사가 범인이라는 것을 알았네. 아니, 강한 의혹을 품었네. 카일 노인과 만나기로 약속했다고 말한 스칼릿의 증언이 첫 번째 단서가 되었지. 모두가 있는 데서 전화를 걸었다는 것과 새로 도착한 짐 이야기를 꺼낸 점이 예정한 계획과 꼭 들어맞는다고 생각되었네. 그리고 여러 가지 증거물을 보고 틀림없이 블리스 박사 자신이 일부러 떨어뜨려놓은 것임을 알아차렸네.

블리스 박사는 그것을 자신에게 혐의가 돌아오게 할 뿐만 아니라──다음 단계로──다른 사람에게 혐의를 뒤집어씌울 속셈이었지. 우리로서는 다행스럽게도 박사는 지나치게 조작해 놓았던 걸세. 만일 정말 다른 사람이 범행을 저질렀다면 남겨놓은 증거물 수가 좀더 적고 엉성했을 걸세. 그래서 나는 블리스 박사가 카일 노인을 죽인 뒤 자신이 음모의 희생자라고 생각되게끔 하려 했다는 결론에 이르렀네."

히스가 다시 나섰다.

"그런데 번스 씨, 당신 이야기로는……."

"'나는 블리스 박사를 무죄방면시켰다는 결정적인 인상을 당신들에게 안겨줄 만한 말은 한 마디도 하지 않았소. 한 번도 그가 무죄라고 말하지 않았소'. 잘 생각해 보오. 나는 다만 단서가 진짜 같지 않다, 겉보기와는 다른 것이라고 말했을 뿐이오.

나는 그 단서들은 블리스 박사가 우리를 속이기 위해 손수 파놓은 함정임을 알았소. 그리고 매컴, 자네도 알고 있었겠지만, 그런 상황증거만으로 박사를 체포하면 유죄판결이 내려지지 않는다는 것을 나는 잘 알고 있었네."

매컴은 심각하게 고개를 끄덕였다.

"그렇소, 부장, 번스의 말이 맞소. 내가 기억하는 한 번스는 블리스 박사의 유죄설과 모순되는 말은 한 마디도 하지 않았소."

번스가 다시 말을 이었다.

"나는 블리스 박사가 범인인 줄 알면서도 그 궁극적인 목적이 무엇인지, 누구에게 죄를 뒤집어 씌우려고 하는지 몰랐네. 솔비터가 아닌가 싶었지만, 스칼릿이나 하나나 블리스 부인이라도 지목할 수 있었지. 그래서 나는 곧 블리스 박사가 노리는 진짜 희생자가 누구인지 알아낼 필요가 있다고 단정했네. 그리하여 나는 겉으로 드러난 상황을 그대로 믿는 척했던 걸세. 블리스 박사가 눈치채서는 안 되니까.

나는 어떤 다른 사람을 범인으로 지목하고 있는 것처럼 연기하지 않으면 안 되었네. 그러나 나는 우리를 빠뜨리기 위해 파놓은 함정을 슬쩍 비켜 지나갔네. 박사가 진짜 희생자를 가리키는 다른 단서를 심어놓고 어떤 쓸 만한 증거물을 제공해 주기를 기다렸던 걸세. 자네들에게 내 말을 믿고 기다려달라고 한 것은 그 때문이었네."
매컴이 물었다.
"하지만 블리스 박사는 자진해서 체포되어 어떻게 할 셈이었을까? 위험이 따를 텐데."
"위험은 거의 없네. 아마 블리스 박사는 자네가 고발하기 전에 자신이나 변호사가 자신의 무죄와 솔비터의 유죄를 자네에게 납득시킬 수 있으리라 믿었을 걸세. 아니면 결국 재판을 받게 된다 해도 무죄석방이 거의 확실한 만큼 그렇게 되면 일사부재리(一事不再理) 원칙이라는 고마운 원칙에 의해 완전히 안전하다고 믿었겠지.

……그렇고말고, 블리스 박사는 그다지 큰 위험을 무릅쓴 게 아닐세. 그리고 또 박사는 큰 판을 벌이고 있었다는 점을 잊어서는 안 되네. 일단 체포되기만 하면 큰 소리로 솔비터가 범인이며 음모의 장본인이라고 주장할 수 있을 테니까. 그렇기 때문에 나는 그를 체포하려는 자네들을 적극 말렸던 걸세. 그것이야말로 그가 바라던 바였으니까. 혐의를 받지 않고는 솔비터를 희생시킬 수도 없었고, 자신을 변호할 수도 없었네. 그리하여 솔비터에게 죄를 뒤집어 씌우기 위해 좀더 증거를 만들어내고 새로운 계획을 세우지 않을 수 없었지."

담뱃재가 조끼에 떨어졌으나 히스 부장은 알아차리지 못했다.
"나는 도무지 뭐가 뭔지 모르겠습니다, 번스 씨."
"부장, 내가 자주 경고하지 않았소? 그리고 동기가 있소. 박사는 카일 노인으로부터 더 이상 재정적인 도움을 얻을 수 없음을 알고 있었으리라고 확신하오. 그는 연구를 계속하기 위해서라면 무슨 짓이라도 했을 거요. 게다가 박사는 솔비터를 몹시 질투하고 있었소. 부인이 그 젊은이를 사랑한다는 것을 알고 있었기 때문이오."
"그렇다면" 매컴이 끼어들었다. "왜 깨끗이 솔비터를 죽이지 않았을까?"
"그것은 돈이 중요한 요소였기 때문일세. 블리스 박사는 아내가 카일 노인의 재산을 물려받기를 바랐네. 두 번째 목적은 아내 메리트아멘의 마음에서 솔비터를 지워없애는 것이었지. 굳이 솔비터를 직접 죽일 필요는 없었네. 그래서 박사는 교묘한 계획을 세워서 솔비터가 숙부 카일 노인을 죽였을 뿐만 아니라 남을 전기의자에 앉히려고 한 흉악범처럼 꾸며서 메리트아멘의 애인 자격과 유산을 잃게 할 속셈이었지."
번스는 천천히 새 담배에 불을 붙였다.
"블리스 박사는 일석삼조를 노렸던 걸세. 아내 눈에 자신을 순교자로 비치게 하고, 솔비터를 없애고, 발굴을 계속할 재산을 아내가 확보하게 하려 했네. 이처럼 유력한 동기를 세 가지나 가진 살인자는 좀처럼 없을걸. 그리고 비극의 하나는 블리스 부인이 솔비터의 유죄를 어느 정도 믿고 있었다는 걸세. 그 때문에 부인은 애처로울 정도로 고민하고 있었지. 자네들도 그녀가 범인을 정의의 심판에 넘기겠다고 말할 때 어떤 표정이었는지 기억하겠지. 그녀는 처음부터 범인이 솔비터가 아닌가 걱정하고 있었던 걸세."
"하지만 박사는 그 젊은이를 이 사건에 끌어넣는 일에 그리 관심이 없지 않았습니까?" 히스가 물었다.
"아니, 사실은 열심이었다오, 부장. 겉으로는 솔비터를 감싸는 척하며 은근히 몰아넣을 궁리를 하고 있었소. 말하자면 속임수였소. 너무 노골적으로 몰아붙이면 계획이 틀어질 위험이 있었으니까. 내가 의약품은 누가 관리하느냐고 물었을 때의 일이 기억나오? 블리스 박사는 누군가를 감싸듯 대답을 망설였소. 머리가 뛰어난 사람이오."
"당신은 그것을 알고 있으면서도……."
히스가 입을 열자 번스가 얼른 가로막았다.
"아니, '모두 다' 알고 있었던 건 아니오. 알고 있었던 건 다만 블리스 박사가 범인이라는 것뿐이었소. 솔비터가 음모의 대상인 줄은 몰랐소. 그래서 철저하게 조사해 진실을 밝혀내야 했던 거요."
히스는 어디까지나 자기 주장을 내세웠다.
"어쨌든 내가 맨 처음에 블리스 박사가 범인이라고 말한 건 잘못된 판단이 아니었군요."
번스는 인정이 담긴 목소리로 말했다.
"물론 당신 판단이 옳았소, 부장. 나는 당신들 의견에 반대하는 것처럼 행동해야 하는 것이 정말 괴로웠소."
번스는 일어나서 히스에게로 다가가 손을 내밀었다.
"용서하겠소, 부장?"
"용서할 게 뭐 있습니까?"
번스의 손을 잡았을 때 부장의 눈빛은 험악한 그의 목소리와는 아주 달랐다.
"아무튼 내 말이 맞긴 맞았군요."
번스는 싱긋 미소지으며 다시 앉아 설명을 이었다.
"계획 자체는 간단했네. 블리스 박사는 여럿이 있는 앞에서 카일 노인에게 전화해 다음 날 아침 11시에 만나기로 약속했지. 특히 새 보물이 도착했다는 말을 하며 아침 일찍 오도록 권했네. 알겠나? 박사는 그때 이미 살인을 결심하고 있었던 걸세. 사실 그 운명적인 만남을 약속했을 때 완전히 계획을 세워놓고 있었다네. 그는 서재 책상 위에 딱정벌레 핀을 놓아두었지. 그리고 노인을 죽인 뒤 핀과 회계 보고서를 시체 곁에 갖다 놓았네. 그런데 매컴, 솔비터에게는 이 두 가지 물건에 손댈 기회가 있었다는 것을 지나쳐 보아서는 안 되네. 그리고 박사는 솔비터가 집에 있지 않도록 메트로폴리탄 미술관으로 심부름을 보냈네. 그런 다음 사크메트 상이 함정으로 보이도록 조작했지. 범인은 우리가 오기 전에 몇 번이라도 되돌아와서 딱정벌레 핀과 회계보고서를 놓고, 또 발자국을 만들어둘 수 있었을 테니까. 물론 박사가 아편으로 잠에 취해 있었다면 말이지만."

히스는 똑바로 앉아서 번스를 곁눈질해 보았다. 그리고 볼멘 소리로 물었다.

"그 사크메트도 단순한 조작이었다는 말입니까?"

"그렇소. 살인을 저지른 뒤 만들어 놓은 거요. 그렇게 해두면 솔비터의 알리바이가 성립되어도 유죄로 몰 수 있으니까. 그리고 카일 노인이 집에 없었던 인물에 의해 살해될 수 있었다는 사실이 드러나면 박사로서는 유리한 조건이오. 직접 만나 죽일 수 있는 기회가 얼마든지 있는데 무엇 때문에 죽음의 함정을 파놓겠느냐고 말할 수 있소. 그 함정도 하나의 거짓 단서에 지나지 않았소."

매컴이 말했다.

"함정에 사용된 연필은 솔비터가 쓰는 것과 종류가 달랐네."

"아아, 매컴. 블리스 박사는 자기 자신에게 불리한 단서를 한 가지 더 남기기 위해 '받침대'로 자기 연필을 썼던 거라네. 정말 죽음의 덫을 만들려는 사람이 자기 연필을 쓰겠나? 죄를 뒤집어씌울 상대방의 연필을 쓰지. 그러므로 박사가 자기 연필을 쓴 것도 '혐의를 다른 데로 돌리기 위해서였다네'.

하지만 나는 그 덫에 속지 않았네. 너무 우연에 의지해 있었기 때문이지. 살인자는 그런 요행수를 믿지 않네. 상이 정확하게 카일 노인의 머리에 떨어지지 않을지도 모르니까. 그리고 또 한 가지 그런 식으로 얻어맞은 사람은 카일 노인처럼 머리를 바로 상이 떨어진 자리에 두고 두 팔을 뻗은 자세로 쓰러지지는 않네. 내가 실험했을 때 상은 정확하게 카일 노인의 머리가 놓였던 자리에 떨어졌네. 그때 나는 노인이 위에서 떨어진 상에 맞아 살해된 건 아니라고 단정지었지."

번스의 눈이 번쩍 빛났다.

"그때는 그 점을 말하지 않았네. 자네들이 죽음의 덫을 믿어주어야만 했으니까."

"또 한 방 먹었군!" 히스는 손바닥으로 이마를 탁 쳤다. "나는 전혀 몰랐는데요. 좋습니다, 번스 씨. 용서해 드리지요."

"솔직히 말하지만 부장, 나는 당신이 그 덫의 모순[1]을 알아차릴까 봐 아주 걱정했었다오. 그런데 매컴 지방검사님께서도 그것을 알아차리지 못했지. 사실 카일 노인은 캐비닛을 들여다보고 있다가 누군가로부터 뒤통수를 얻어맞고 쓰러진 거요. 거기 있던 무거운 부싯돌이나 돌망치 같은 것을 쓰지 않았나 생각되오. 범인은 시체를 우리가 발견했을 때의 자세로 해놓고 사크메트 상을 두개골 위에 떨어뜨려서 망치에 맞은 자국을 지웠던 거요."

"만일" 매컴이 이의를 제기했다. "자네가 그 커튼 고리가 벗겨져 있는 것을 발견하지 못했다면?"

"함정은 우리가 반드시 그것을 발견할 수 있게 만들어져 있었네.

만일 보지 못했다면 박사가 주의를 주었을 걸세."
"그런데 지문은……." 히스가 눈을 껌벅거리며 물었다.
"일부러 상에 찍어놓았지. 자신에게 불리한 또 한 가지 증거로. 그러나 블리스 박사는 빈틈없는 알리바이를 준비해 두었네. 그의 첫 번째 설명은 그야말로 간단하고 분명했다네. 그는 사크메트 상이 기울어진 듯하여 바로잡아놓았다고 했지. 왜 사크메트 상에 다른 지문이 없느냐는 두 번째 설명은 체포된 뒤에 할 작정이었을 걸세. 즉 상에 손을 댄 사람은 아무도 없으며, 솔비터가 설치한 죽음의 덫이라고 말할 속셈이었겠지."
번스는 두 손을 크게 펴보이면서 말을 이었다.
"보통 머리가 아닐세. 이를테면 발자국 증거를 보세. 얼른 보아 그 발자국은 블리스 박사를 가리키고 있었네. 하지만 거기에는 반대증거가 얼마든지 널려 있었지. 즉 블리스 박사는 어제 아침 침실용 슬리퍼를 신고 있었고, 서재에서 찾아낸 것은 한짝의 테니스화였네. 다른 한짝은 침실에, 정확히 '블리스 박사가 전날 밤에 놓아두었다고 한 장소에 있었네'. 블리스 박사는 테니스화를 한짝만 들고 내려와서 피묻은 발자국을 만든 다음 운동화를 휴지통에 넣었던 걸세. 우리가 발자국을 발견하고 또 운동화를 찾아내기를 바랐던 거지.

그리고 우리는…… 아니, 히스 부장이 박사의 희망대로 그것을 찾아냈네. 체포되면 박사는 누군지 자기 방에 드나들 수 있는 사람이 테니스화를 한짝 집어다가 발자국을 만들어 자기에게 죄를 뒤집어씌우려 했다고 대답했을 걸세."
매컴은 고개를 끄덕였다.
"그렇네. 나는 그를 풀어줄 마음이었네. 특히 커피잔에서 아편이 발견된 뒤로는."

"오오, 그 아편이야말로 완전한 알리바이였네. 찻잔에 아편이 든 증거가 있는 이상 어느 누구도 그 사나이를 유죄로 생각하지 못할 걸세. 음모의 희생자로 보았겠지. 그리고 지방검사국은 비난의 화살을 막아낼 도리가 없었을 걸세. 사실 그 아편 조작은 아주 간단했네. 블리스 박사는 의약품 캐비닛에서 아편 통을 가져다 필요한 만큼 덜어서 가루를 찻잔 바닥에 집어넣었던 걸세."

"자네는 박사가 마취되었다고 생각지 않았나?"

"나는 그가 마취되지 않았음을 알고 있었네. 마취제는 동공을 수축시키지. 그러나 박사의 동공은 흥분으로 확대되어 있었네. 그래서 나는 블리스 박사가 꾸민 연극임을 알고 찻잔을 조사했지."

"그런데 아편 통은 어떻게 된 겁니까?" 히스가 물었다. "나는 도무지 모르겠습니다. 당신은 하니를 시켜……."

"나는 그 아편 통이 어디에 있는지 알고 있소." 번스의 얼굴이 환해졌다. "다만 하니가 이 사건에 대해 얼마쯤 알고 있는지 시험해보고 싶었을 뿐이오."

"나도 히스 부장 말에 동감일세" 하고 매컴이 입을 열었다. "우리는 아편 통이 솔비터의 방에 있는 줄은 몰랐네."

"오오, 몰랐다고?" 번스는 복도를 향해 소리쳤다. "하니!"

이집트인이 문을 열었다.

"나는 그 애매모호한 당신 태도에 손들었소." 번스는 똑바로 그의 눈을 들여다보았다. "하지만 이제 그런 태도는 집어치우고 사실을 털어놓아도 괜찮소. 그 아편 통은 어디서 찾았소?"

"이제 굳이 딴청피울 필요는 없겠지요. 당신은 지혜로운 분이십니다. 나는 당신을 믿습니다. 그 아편 통은 솔비터 씨의 방에 숨겨져 있었습니다."

"고맙소" 하고 번스는 무뚝뚝하게 말했다. "복도에 나가 있으시오."

하니는 조용히 나갔다.

번스가 다시 설명을 이었다.

"그리고 블리스 박사는 어제 아침 식사하러 내려가지 않았네. 그러니까 식당에는 아내와 솔비터밖에 없음을 알고, 그 젊은이라면 쉽게 커피에 아편을 넣을 수 있는 상황을 만들어 놓았네."

매컴이 물었다. "블리스 박사가 스스로 커피잔에 아편을 넣었다는 사실을 알고 있으면서 왜 그렇게 커피 여과기에 관심을 보였나?"

"나는 블리스 박사의 음모가 누구를 겨냥하고 있는지 확인해야만 했네. 박사는 자기가 음모의 희생자인 것처럼 보이려고 했네. 그리고 그 목적이 누군가 다른 사람에게 혐의를 씌우는 데 있는 것이므로 진짜 희생자는 어제 아침 커피에 손댈 기회가 있었던 사람임을 알게 된 거지."

히스는 크게 고개를 끄덕였다.

"잘 알겠습니다. 그 늙은 여우는 누군가 다른 사람이 자기에게 마약을 먹인 것처럼 꾸며보일 참이었으니까 그 노리는 상대가 마약을 탈 기회가 없었다면 음모는 박살나는 거지요."

그리고 뭔가 갑자기 생각난 듯이 덧붙였다. "그런데 달아나려고 한 건 어째서였을까요?"

"그것은 이전에 일어난 일의 논리적인 귀결이었소. 우리가 체포를 거부하자 그는 걱정되었지요. 그는 체포되고 싶어 견딜 수 없었소. 그런데 우리가 그를 완전히 실망시켰던 거요.

그리하여 박사는 방에 들어앉아 계획을 고쳐짰소. 어떻게 하면 우리로 하여금 다시 체포령을 내리게 할 수 있을까, 그리하여 솔비터가 자기에게 혐의를 씌우려는 음모를 꾸미고 있다는 증거들을 지적할 기회를 잡을 수 있을까 하고. 드디어 그는 도망치기로 결심했소. 그렇게 하면 틀림없이 자신에 대해 의혹을 품으리라 생각한 거요.

그래서 박사는 밖으로 나가 드러내놓고 예금을 찾아 그랜드센트럴 역으로 가서 큰 소리로 몬트리올행 기차편에 대해 묻고 보란 듯이 개찰구에 서서 열차를 기다리고 있었소. 길포일이 미행한다는 것은 물론 눈치채고 있었소. 만일 정말 도망칠 마음이었으면 절대로 길포일이 자기를 미행하게 내버려두지 않았을 거요.

부장, 당신은 블리스 박사의 행동을 있는 그대로 받아들였소. 나는 박사의 계획적인 도주가 그가 바라는 대로의 결과, 즉 재체포로 이어지지 않을까 여간 걱정하지 않았소. 그래서 적극적으로 나서서 체포에 반대했던 거요."

번스는 의자등받이에 기대 있었으나 편안한 자세는 아니었다. 그 태도는 어딘지 딱딱해보였다.

"그리고 부장, 당신이 수갑을 채워주지 않자 박사는 다시 다른 방법을 강구하지 않을 수 없었소. 그는 솔비터에게 불리한 사건을 꾸며내지 않으면 안 되었소. 그리하여 단검 던지기 연극이 상연된 거요. 블리스 박사는 일부러 솔비터를 시켜 책상 서랍 속의 비망록을 가져오게 했소. 책상 속에는 단검이 들어 있었지요."

"그리고 칼집이 있네!" 매컴이 큰소리로 외쳤다.

"그렇지. 그것이야말로 솔비터를 옭아넣기 위한 진짜 단서였네. 블리스 박사는 칼집을 솔비터의 방에 두고, 우리에게 칼집의 행방을 알면 자기를 죽이려고 한 인물도 찾아낼 수 있지 않겠느냐고 힌트를 주었지. 나는 그가 짐작간다는 듯이 말했을 때 칼집이 어디 있는지 알았네. 그래서 다시 한 번 하니에게 거짓말할 기회를 주었지."

"그럼, 하니는 복도에서 찾아낸 게 아니었습니까?"

"물론이오."

번스는 다시 하니를 불렀다.

"당신은 그 파라오의 칼집을 어디서 찾았소?"

하니는 한순간의 주저도 없이 대답했다.

"솔비터 씨의 방입니다, 나리…… 당신이 짐작한 대로."

번스는 고개를 끄덕였다.

"그건 그렇고, 하니. 오늘 밤 이 방 문에 접근한 사람이 있었소?"

"아니오, 박사님은 아직도 서재에 계십니다."

번스는 눈짓으로 하니를 내보내고 이야기를 계속했다.

"알겠나, 매컴? 블리스 박사는 칼집을 솔비터의 방에 갖다두고 단검을 자기 침대 머리판자에 던진 걸세. 그런 다음 나에게 전화를 걸고 우리가 오자 '누군가 낯선 사람'에게 습격받았다고 말했으며, 더욱이 그것은 그럴듯한 이야기였지."

"이만저만한 솜씨가 아닌데요." 히스가 평했다.

"그렇소. 굉장한 솜씨요. 그러나 박사는 심리적인 문제를 한 가지 놓쳤소. 만일 정말 살해될 뻔한 사람이었다면 나에게 전화하기 위해 어둠 속을 혼자 서재까지 내려가지 못했을 거요. 먼저 가족들을 깨웠겠지요[*2]."

매컴은 어딘지 초조한 표정이었다.

"자네 말이 옳네. 그건 그렇고, 자네는 그림이 완성되지 않았다는 말을 했었지?"

번스는 허리를 펴면서 담배를 내던졌다.

"편지였네. 편지가 빠져 있었네. 나는 상형문자로 쓴 가짜 편지가 왜 어젯밤에 나타나지 않았는지 그 까닭을 이해할 수 없었네. 더없이 좋은 기회였는데. 그런데 도저히 나타나지 않았지. 나는 도무지 납득할 수 없었네……."

그러나 스칼릿이 박물관에서 일하고 있는 모습을 보았을 때 사정을 파악했네. 나는 박사가 처음에는 가짜 편지를——임시로 박물관 책상 서랍에 넣어두었다가——메리트아멘의 방 같은 곳에 놓아두어 우리로 하여금 발견하게 할 계획이었다고 확신했네. 박사가 편지를 다른 곳으로 옮겨놓으려고 서재 문 앞에서 박물관을 들여다보았을 때 스칼릿이 책상에 앉아 일을 하고 있었네. 그래서 박사는 편지를 집어내지 못하고 그냥 두었다가 앞으로 기회를 보아 써먹으려고 마음먹었지. 단검사건이 일어난 뒤 우리가 솔비터를 체포하지 않을 경우에 말일세.
 나는 블리스 박사가 솔비터를 옭아넣기 위해 준비한 단서를 일부러 무시하면 그 편지가 곧 나오리라 믿고 있었네. 나는 스칼릿이 블리스 박사의 계획을 방해할까봐 그에게 이 집에 접근하지 말라고 경고해 두었네. 달리 어떻게 할 도리가 없었지."
 "물론 그렇겠지" 하고 매컴이 위로하듯 말했다. "스칼릿 씨는 자네 충고를 따랐어야 하는데……."
 번스는 안타까운 듯이 한숨을 내쉬었다.
 "그러나 그는 따르지 않았네."
 "자네는 스칼릿 씨가 진상을 알고 있었다고 생각하나?"
 "물론일세. 이 게임이 시작되었을 때 그는 곧 눈치챘네. 그러나 입 밖에 낼 만한 확신이 없었던 걸세. 박사와 자기의 관계를 생각하고 망설였지. 영국 신사인 그는 침묵을 지키고 있었네. 짐작건대 스칼릿은 아마 사태가 너무나 걱정스러워 마침내 박사를 찾아온 것 같네."
 "뭔가가 그에게 확신을 주었던 게 아닐까?"
 "단검일세, 매컴. 거기서 블리스 박사는 중대한 실수를 저질렀네. 이집트에서 훔쳐온 단검에 대해서는 스칼릿과 블리스 두 사람밖에 몰랐거든. 그래서 나는 그것을 스칼릿에게 보이면서 블리스의 생명을 노리는 데 사용된 것이라고 말했네. 그때 스칼릿도 그 암살미수 사건을 연극으로 꾸민 장본인이 블리스라는 것을 확신하게 된 것일세."
"그래서 오늘 밤 여기 와서 박사와 대결했다는 건가?"
"그렇지. 그는 블리스 박사가 솔비터에게 올가미를 씌우려 한다는 것을 알았네. 그는 아마도 박사에게 그 교묘하고 끔찍한 음모를 알아차렸다는 사실을 알려주려고 했을 걸세. 스칼릿은 죄없는 사람을 지켜주기 위해 여기 왔네. 따지고 보면 솔비터는 스칼릿의 연적이지만 말일세. 그야말로 스칼릿다운 행동이었지."
번스는 우울한 표정을 지었다.
"솔비터를 보스턴으로 보내자 나는 위험 가능성은 모두 제거됐다고 믿었네. 그러나 스칼릿은 자기 손으로 문제를 해결하지 않으면 안되겠다고 느꼈네. 그 행동은 훌륭했지만 생각이 모자랐어. 공교롭게도 그것이 블리스 박사에게 기다리던 기회를 제공해 주었거든. 어젯밤 가짜 편지를 박물관 책상에서 꺼내가지 못하고, 또 우리가 솔비터의 방에서 칼집을 찾아내는 연기를 해보이지 않았기 때문에 박사는 마지막 수단인 가짜 편지를 내놓지 않을 수 없게 되었네."
"그렇지, 그건 아네. 그런데 스칼릿은 그와 어떤 관계가 있나?"
"스칼릿이 오늘 밤 여기 왔을 때 블리스 박사는 그의 비난을 대수롭지 않게 받아넘겼을 게 틀림없네. 그런 다음 무언가 구실을 만들어 스칼릿을 박물관으로 끌어들였겠지. 그리고 스칼릿이 방심하고 있을 때 그의 머리를 강하게 내리쳤네. 돌망치 같은 도구로. 그리고 석관에 처넣었던 걸세. 자동차 잭을 집어오는 일쯤은 문제없었지. 자동차는 큰길에 세워두었으니까. 박사는 솔비터에게 역까지 바래다 주겠다고 말했다지 않나……."

"그런데 편지는?"
"앞뒤가 꼭 들어맞는데도 모르겠나? 스카릿 습격은 8시에서 8시 30분 사이에 이루어졌네. 솔비터는 아마 위층에서 블리스 부인에게 작별인사라도 하고 있었겠지. 아무튼 그의 집에 있었네. 그러므로 스카릿 살해범이 될 수 있지. '실제로 솔비터가 스카릿 살해범으로' 보이게 하기 위해 블리스 박사는 개인적인 문제를 폭로하는 가짜 편지를 마구 구겨서 스카릿의 주머니에 집어넣었네. 스카릿이 오늘 밤 이 집에 와서 솔비터와 만나 책상 서랍에서 발견한 편지 일로 다투다 결국 솔비터의 손에 살해된 것처럼 꾸며 보이려고 한 걸세."
"그렇다면 솔비터는 편지를 빼앗아야 하지 않을까?"
"솔비터는 스카릿의 주머니에 편지가 들어 있다는 것을 몰랐었다고 추정했겠지."
이때 히스가 한 마디 했다.
"내가 알고 싶은 건 블리스 박사가 솔비터의 진짜 편지를 어떻게 발견했을까 하는 것입니다."
"그 점은 간단히 설명되오, 부장." 번스는 담배 케이스를 꺼냈다. "솔비터는 그 자신도 말했듯 어제 아침 박물관으로 되돌아와 그 편지를 썼소. 카일 노인이 들어오자 그는 편지를 서랍에 넣어두고 메트로폴리탄 미술관으로 갔소. 짐작건대 박사는 문틈으로 그를 지켜보고 있다가 종이를 집어넣는 것을 보고 나중에 몰래 꺼내보았을 거요. 그것이 메리트아멘에게 보내는 못된 편지였으므로 그의 머릿속에 어떤 생각이 떠올랐소. 그래서 서재로 가지고 와서 범죄를 증명할 만한 문장으로 다시 고쳐쓰고 진짜 편지는 찢어버렸소.
나는 솔비터로부터 편지가 없어졌다는 말을 들었을 때 걱정이 되었소. 박사가 훔쳤으리라 생각되었기 때문이오. 그리고 편지가 찢겨서

버려진 것을 보았을 때 가짜 편지가 나오리라 확신했소. 그러나 진짜를 내가 가지고 있는 이상 가짜 편지가 나오더라도 그건 박사에게 불리한 증거가 될 뿐이오."

"그래서 그토록 세 가지 문자에 관심을 가졌었군요?"

"그렇소, 부장. 나는 블리스 박사가 편지를 고쳐쓸 때 tem이나 was나 ankh라는 단어를 결코 쓰지 않으리라 믿었소. 블리스 박사는 솔비터가 편지에 대해 우리에게 이야기했으며 더욱이 이 세 단어를 입에 올렸다는 사실을 알 리 없었으니까. 과연 이 세 단어는 하나도 가짜 편지에 나와 있지 않소."

"그렇지만 필적을 감정시키면……"

"아니, 이것은 그처럼 단순하지가 않소. 필적감정가는 본디 아주 로맨틱한 과학자거든. 그 법칙은 모두 필법의 특질을 기초로 삼고 있소. 이름 있는 회화감정가들도 하나의 그림을 누가 그렸는지 확실하게 말할 수 없다오. 그리고 이집트의 상형문자는 거의 그림 수준이오. 가짜 미켈란젤로 그림이 고가에 팔리고 있소. 이런 문제에 대한 유일한 방지책은 심미안인데, 이집트 상형문자에는 그런 심미안도 소용이 없소."

히스는 얼굴을 찡그렸다.

"가짜 편지가 증거물로 인정되지 않는다면 블리스 박사가 무슨 생각으로 그런 것을 만들었을까요?"

"모르겠소, 부장? 솔비터가 썼다는 것을 확인할 수는 없다 하더라도 사람들은 솔비터를 유죄라고 생각할 게 아니오? 그리고 메리트 아멘은 솔비터가 그 편지를 썼다고 확신할 거요. 박사가 노린 점은 바로 그것이오."

번스는 매컴을 돌아보았다.

"사실 그런 법률상의 문제는 이래도 좋고 저래도 좋았던 걸세. 솔비터는 어쩌면 범인으로 몰리지 않을지도 모르네. 그러나 박사의 음모는 그것으로도 훌륭하게 성공한 셈이지. 카일 노인이 죽었으니 그 재산의 절반은 블리스 박사의 손으로 들어오네. 아내 명의겠지만. 그리고 메리트아멘은 솔비터를 잊어버릴 걸세.

이렇게 하여 박사의 교활한 음모는 모든 면에서 성공하는 걸세. 만일 하니가 두 가지 결정적 증거, 아편 통과 칼집을 솔비터의 방에서 다른 데로 옮겨놓지 않았다면 그 젊은이는 법적으로도 유죄가 되었을지 모르네. 게다가 스칼릿의 주머니에 그런 편지까지 들어 있었으니."

매컴이 물었다.

"하지만 번스, 편지는 어떻게 발견되는가? 자네가 음모를 알아차리고 스칼릿 씨의 시체를 찾아내지 않았다면 편지는 언제까지나 석관 속에 있었을 게 아닌가?"

번스는 고개를 저었다.

"아니지, 스칼릿은 한 이틀 동안 석관 속에 누워 있기로 각본이 짜여져 있었네. 내일이라도 스칼릿의 실종이 알려지면 박사는 틀림없이 우리를 위해 시체를 발견해 주었을 걸세, 편지도 함께."

번스는 묻는 눈길로 매컴 쪽을 쳐다보았다.

"스칼릿이 피습당했을 때 솔비터가 집에 있었다고 한다면 우리는 어떻게 블리스 박사를 범죄와 결부시키지, 매컴?"

"만일 스칼릿이 회복되면……."

"만일? 하지만 회복되지 못할 경우를 생각해 보게. 회복될 가망은 거의 없지 않나? 그 경우에는 어떻게 하지? 그리고 스칼릿 씨가 증언할 수 있는 건 겨우 블리스 박사의 습격을 받았으나 실패로 돌아갔다는 것뿐일세. 물론 자네는 박사를 상해죄로 구속할 수 있을지 모르나 카일 살해사건은 미해결로 남게 되네. 그리고 만일 박사가 상대방이 먼저 덤벼들어 정당방위했을 뿐이라고 주장한다면 자네는 그를 상해죄로 몰기도 힘들 걸세."
 매컴은 방 안을 서성거리기 시작했다. 이윽고 히스가 질문을 내놓았다.
 "그 알리바바는 화면 어디에 자리합니까, 번스 씨?"
 "하니는 처음부터 무슨 일이 생겼는지 알고 있었소. 그는 박사가 솔비터를 해치기 위해 꾸며낸 음모라는 것을 꿰뚫어본 거요. 하니는 솔비터와 메리트아멘 두 사람을 좋아하며 그들의 행복을 바랐소. 그로서는 두 사람을 지키는 일에 온 힘을 기울일 수밖에 없었소. 그리고 그는 그 일을 해냈소, 부장.
 이집트인은 서양인과 다르오. 남의 흠을 들추어내는 일은 그들의 본성에 어긋나오. 하니는 아주 현명하게 연극을 해치웠소. 그가 해낼 수 있는 단 하나의 연극을. 하니는 사크메트의 복수 따위는 믿지도 않소. 진실을 감추기 위해 미신적인 논법을 썼을 뿐이오. 솔비터의 안전을 위해서 그는 말로 싸웠던 거요."
 매컴은 번스 앞에 멈춰섰다.
 "믿어지지 않는 일이군. 이럴 수가……."
 "블리스 박사는 지나치게 단서를 많이 만들어 놓았네. 너무 번뜩번뜩 광을 냈어. 거기에 그의 약점이 있었지."
 "자네가 이 사건을 도와주지 않았다면 나는 사건 초반에 박사를 옭아넣을 뻔했네."
 "그래서 보기좋게 그의 술책에 넘어갔겠지. 나는 그런 일이 없도록 하기 위해 그를 범인으로 체포하는 일에 반대하는 척했던 걸세."
 "팰림프세스트(썩어있는 글자를 지우고 그 위에 다시 쓴 것)로군" 하고 매컴이 불쑥 말했다.
 "바로 그렇다네. '다시 지우고 매끄럽게 하다'. 처음에는 신중하게 계획된 범죄의 진상이 있었네. 그런 다음 이것이 지워지고 솔비터를 악한으로 모는 살인담(殺人譚)이 씌어졌지. 하지만 그것도 지워지고 아주 독창적인 이야기——기괴한 줄거리와 모순된 속임수——가 씌어졌네. 우리는 이 세 번째 이야기를 읽고 거기에 의심을 품는 한편, 솔비터가 유죄라는 증거를 행간에서 발견하게 되어 있었던 걸세. 내가 할 일은 처음의 초판본, 두 번이나 고쳐 쓴 이야기 뒤에 숨어 있는 진실의 모습을 되찾는 것이었지."

"그리고 당신은 그것을 해냈습니다, 번스 씨."

히스는 자리에서 일어나 문 쪽으로 걸어갔다.

"그는 서재에 있습니다, 검사님. 내가 데리고 경찰국으로 가겠습니다."

---

*1 나도 깨닫지 못했다. 그러나 나의 이 기록이 〈아메리칸 매거진〉에 연재되고 있을 때 여러 독자로부터 이 모순을 지적한 편지가 많이 왔다.

*2 여기서 생각나는 일이 있는데, 《그린살인사건》 때 범인이 낡은 그린 저택의 어두컴컴한 복도에 나가기를 무서워하는 듯이 행동하면서도 심리적 판단의 잘못으로 아주 조금의 식욕을 만족시키는 외에는 아무런 까닭도 없이 한밤중에 식기실로 내려간 일이 있다.

22 아누비스의 심판

7월 14일 토요일 오후 11시

"히스 부장, 서두르면 안 되오." 번스의 말투는 사뭇 못마땅하게 들렸으나 그래도 히스는 곧 발길을 멈췄다. "나라면 박사를 체포하기 전에 지방검사로부터 법률적인 조언을 조금 들어두겠소."

"법률적인 조언 같은 건 우스꽝스럽지요."

"하긴 그렇소. 나는 원칙적으로는 당신 의견에 동감이오. 하지만 이런 하찮은 문제로 일을 그르칠 필요는 없잖소. 조심해야지."

매컴이 번스 옆에 서 있다가 얼굴을 들고 명령했다.

"앉으시오, 히스 부장. 이론만으로 사람을 체포할 수는 없소."

매컴은 난로 쪽으로 걸어갔다가 다시 돌아섰다. "이 문제는 잘 생각해야 하오. 블리스 박사가 유죄라는 증거는 하나도 없소. 머리좋은 변호사가 이 사건을 맡는다면 한 시간도 못되어 블리스 박사를 석방시킬 거요."

"블리스 박사도 그것을 알고 있네." 번스가 거들었다.

"하지만 그는 카일 노인을 죽였습니다." 히스가 항의했다.

"알고 있소." 매컴은 테이블 옆에 앉아서 두 손으로 턱을 괴었다. "그러나 배심원들 앞에 내놓을 만한 구체적인 증거가 하나도 없소. 그리고 번스의 말대로 비록 스칼릿 씨가 회복된다 해도 블리스 박사는 상해죄로 고발될 뿐이오."

"제기랄." 히스는 흥분했다. "눈앞에서 버젓이 사람을 죽이고도 어떻게 법에 걸리지 않는단 말입니까."

"오오, 하지만 부장. 이 비현실적인 세상에는 이치에 맞는 일이 거의 없다오." 번스가 말했다.

"누가 뭐라든" 히스가 대답했다. "나는 지금 당장 저 살인마를 체포하여 죄상을 들춰내겠습니다."

"당신 마음은 이해하오." 매컴이 말을 받았다. "하지만 우리가 아무리 진실이라고 확신한다 해도 결정적인 증거를 내놓지 못하면 아무 소용 없소. 저 악당은 모든 증거를 어찌나 교묘하게 꾸몄는지 비록 재판에 회부된다 할지라도 쉽사리 무죄 방면이 될 거요. 재판에 회부되는지 어떨지도 모르는 일이고."

번스는 벌떡 일어섰다.

"법률이라!" 번스는 전에 없이 열변을 토했다. "그 법률을 대중 앞에 전시하기 위해 마련된 방을 '정의의 법정'이라고 부르지. '정의'! Summum jus, summa injuria(키케로의 말—지나친 정의는 정의가 아니다). 말의 반복 속에 어찌 정의가 있겠는가, 지성조차 찾아볼 수 없는 것을······.

······지금 이 방에는 세 사람이 있네. 지방검사와 살인과 형사부장과 브람스의 나단조 피아노 콘체르토 애호가가 살인자로 밝혀진 인물을 50피트 앞에 두고도 전혀 손을 쓰지 못하고 속수무책으로 앉아 있지, 그 이유가 뭔가? 바보들이 고심하여 만들어낸 법률이라 불리는 발명품이 위험천만하고 사악한 범죄자를 근절할 방법을 제시하지 못하기 때문일세.

그 사내는 사람들이 숭배하는 고대인의 시체 발굴작업을 계속하기 위해 자신의 은인을 무자비하게 죽였을 뿐만 아니라 다시 또 더없이 훌륭한 인물을 죽이려고 했네. 그리고 이 두 가지 범죄를 죄없는 한 젊은이에게 뒤집어 씌우려고 했던 걸세. ……하니까 증오하는 것도 당연하지. 블리스 박사 안에는 인간의 시체를 파먹는 귀신이 살고 있네. 그리고 하니는 존경받을 만한 현명한 인간일세."
 매컴이 씁쓸한 표정으로 말을 받았다.
 "법률이 불완전하다는 것은 나도 인정하네. 그러나 자네가 아무리 비평해도 지금 당장으로서는 아무 소용이 없네. 우리는 무서운 문제를 앞에 두고 있네. 어떻게든 마무리지을 방법을 찾지 않으면 안 되네."
 번스는 문을 쳐다보며 테이블 옆에 서 있었다.
 "자네의 그 법률로는 도저히 해결하지 못할 걸세, 매컴. 자네는 블리스 박사를 유죄로 만들지 못하네. 체포조차도 할 수 없을걸. 만약 자네가 박사를 재판에 넘긴다면 세상의 웃음거리가 되겠지. 뿐만 아니라 박사는 무능하고 분별없는 경찰의 박해에 시달리는 일종의 영웅이 될 걸세. 경찰은 전통적인 체면을 세우기 위해 부당하게 그를 물고 늘어졌다고 비난받을 게 뻔하네."
 번스는 깊숙이 담배를 빨아들였다.
 "매컴, 나는 고대 이집트 신들이 솔론이나 유스티니아누스나 다른 모든 법률 편찬자를 한데 묶은 것보다 더 현명했다고 생각하네. 하니는 사크메트의 복수에 대해 사뭇 능청을 떨었지만, 요컨대 저 태양의 테를 머리에 두른 여신은 자네들의 어리석은 법률 못지않은 효력을 가지고 있지. 신화에 담긴 사상은 대체로 난센스지만, 현대 법률의 어리석음 이상으로 난센스인지 어떤지……."
 "그만해두게, 제발."

매컴은 화가 나 있었다. 번스는 난처한 듯 매컴을 쳐다보았다.
"자네의 두 손은 법률제도의 기술적인 문제에 의해 묶여 있네. 그 결과 블리스 같은 녀석을 대명천지에 풀어주고 있는 걸세. 뿐만 아니라 솔비터같이 죄없는 젊은이에게 혐의를 씌워 파멸시켜 버리고 마네. 또 메리트아멘…… 그 용기있는 부인도……."
"나도 알고 있네."
매컴은 고뇌의 빛을 감추지 못하고 일어섰다.
"하지만 번스, 블리스 박사에 대한 결정적인 증거가 하나도 없잖나!"
"정말 서글픈 일일세. 짐작건대 자네는 저 고명한 박사님이 갑작스럽게 무슨 치명적인 사고라도 당했으면 하고 바라겠지. 그런 일은 늘 있는 법이니까."
번스는 한참 동안 담배를 피우고 있었다. 그리고 깊게 한숨을 내쉬었다.
"하니의 신들이 가지고 있다는 그 신통력만 있으면 일은 간단하네. 진짜 아누비스는 이 사건에서 얼굴도 내밀지 않았네. 그건 지옥의 신으로서 아주 태만한 태도일세."
매컴은 일어섰다.
"여보게, 번스. 그만 됐네. 제발 정신 좀 차리게. 무책임한 탐미주의도 물론 좋겠지. 하지만 세상일이란 꾸준히 계속해 가지 않으면 안 되네."
번스는 상대방의 항의에 전혀 무관심한 듯했다.
"모든 일을 다 제쳐놓고, 우선 증거에 대한 현행법을 개정하는 새로운 법률안을 만들어 의회에 제출해야 하네. 한 가지 곤란한 점은 의회에서 토론하고 위원회를 만들고 하는 동안 자네와 나와 히스 부장과 블리스 박사는 시간의 저편으로 영원히 사라져 버리고 마는 것이라네."

매컴은 천천히 번스 쪽으로 돌아섰다. 그의 눈이 가늘게 떠져 있었다.

"그 능청스러운 수다 뒤에는 무슨 뜻이 담겨 있나? 뭔가 생각이 있는 것 같은데."

번스는 테이블 가장자리에 걸터앉아 담뱃불을 끄고 두 손을 주머니에 깊숙이 찔러 넣었다.

그는 진지하고 신중한 목소리로 말했다.

"매컴, 자네도 나와 마찬가지로 블리스 박사에게는 법률의 손이 미치지 못한다는 것을 알고 있네. 그리고 인간의 방법으로는 그를 단죄할 수 없다는 것도 알고 있네. 저 사나이의 죄를 물을 단 한 가지 방법은 책략밖에 없네."

매컴은 순간 불끈했다. "책략?"

번스는 새 담배를 집으며 경쾌하게 대답했다. "오오, 그렇게 화낼 것 없네. 생각해 보게나, 매컴……."

그는 사건의 요점을 상세하게 말하기 시작했다.

나는 그 지긋지긋한 이야기를 되풀이하는 이유를 알 수 없었다. 문제의 초점과는 거의 관계가 없는 듯이 생각되었기 때문이다.

매컴도 놀란 모양이었다. 몇 번이나 그 설명을 가로막으려고 했으나 번스가 번번이 손을 들어 명령하듯 그를 말리며 이야기를 계속했다.

10분쯤 지나자 매컴은 더 이상 참을 수 없는 얼굴이 되었다. 그는 화가 나서 말했다.

"대체 요점이 뭔가, 번스? 그 이야기는 이미 다 했잖나. 무슨 생각을 하고 있는 거지? 아니면 아무 생각이 없는 건가?"

번스는 진지하게 말했다.

"물론 생각이 있지. 이것은 심리적인 실험이라네. 어쩌면 효과가 있을지도 모르네. 만일 우리가 불쑥 진상을 알고 있다고 그에게 들이대며 강력한 궤변으로 구슬리면 허를 찔려서 낭패한 나머지 죄상을 인정할지도 모르네. 블리스 박사는 우리가 석관에서 스칼릿을 찾아낸 일을 모르고 있네. 가엾은 스칼릿으로부터 박사를 유죄로 만들 만한 진술을 얻은 척해도 좋겠지. 그리고 블리스 부인이 진상을 모두 꿰뚫어 보았다고 해도 될 걸세.

음모가 실패로 돌아가 발굴작업을 계속할 수 없다는 것을 알면 박사는 모든 사실을 자백할지도 모르네. 그는 약삭빠른 이기주의자일세. 빠져나갈 가망이 없다고 판단되면 진상을 털어놓고 자신의 우수한 두뇌를 과시할지도 모르네. 그리고 매컴, 저 늙은 여우를 사형집행인 앞으로 끌고 갈 단 한 가지 방법은 자살하게 하는 길밖에 없다는 것을 자네는 인정하지 않으면 안 되네."

히스가 화가 나서 물었다.

"검사님, 그가 자신을 위해 만들어놓은 증거를 들어 체포할 수는 없을까요? 딱정벌레 핀도 있고 피묻은 발자국도 있고 지문도 있고……."

매컴은 불안한 모습이었다.

"안 되오. 온갖 면에서 그는 자신을 지킬 준비가 되어 있소. 체포된 순간 솔비터에게 화살을 겨눌 거요. 섣불리 움직이면 요컨대 죄 없는 사람을 파멸시키고 블리스 부인도 불행하게 될 거요."

히스는 아무 말도 하지 않았다. 이윽고 그는 한 마디 중얼거렸다.

"그렇군요. 나도 짐작은 합니다. 정말 이런 꼴을 당하고 가만히 앉아 있어야 하다니, 차라리 죽어버리고 싶습니다. 지금까지 머리좋은 악당을 몇몇 보아왔지만, 박사 놈과 비교하면 아무것도 아니었습니다. ……번스 씨의 제안대로 해보면 어떨까요?"

매컴은 신경질적으로 걸음을 멈추고 턱을 긴장시켰다. 그는 번스를 지켜보았다. "해봐야지. 그러나 비단장갑을 낀 손으로는 안 되네."

"사실 난 요즘 비단장갑 같은 건 결코 안 끼네. 경우에 따라서 세무장갑은 끼지만. 그리고 겨울에는 돼지피장갑이나 사슴토나카이 피장갑을 끼기로 했네. 그러나 비단장갑이라니, 당치 않은 말일세."

번스는 일어서서 문을 열었다. 하니가 바로 밖에서 묵묵히 팔짱을 끼고 보초처럼 경계의 눈을 번뜩이며 서 있었다.

번스가 물었다. "블리스 박사가 서재에서 나왔소?"

"아닙니다, 나리."

하니의 눈은 똑바로 앞을 보고 있었다.

"됐어." 번스는 복도 안쪽을 향해 걷기 시작했다. "자, 매컴. 법률 문제는 빼고 한 번 해보세."

매컴과 히스와 나는 그 뒤를 따랐다.

번스는 무례하게 서재 문을 노크하지도 않고 홱 열어젖혔다. "아니, 어떻게 된 거지."

번스의 말과 동시에 우리는 서재가 비어 있음을 알았다.

"이상하군." 번스는 나선형 계단으로 통하는 철문 앞으로 가서 그 문을 열었다. "틀림없이 보물과 대화를 나누고 있을 걸세."

그가 계단을 내려가고 우리도 뒤따랐다.

번스는 계단 밑에서 흠칫 서더니 한 손을 이마에 댔다. 그리고 낮은 목소리로 말했다. "이제 이 세상에서는 박사와 이야기를 나눌 수 없게 됐군."

번스는 더 설명할 필요가 없었다. 어제 아침 카일의 시체를 발견한 거의 같은 자리에 블리스 박사가 피투성이가 되어 쓰러져 있었다. 부서진 두개골 위에는 등신대의 아누비스 상이 가로놓여 있었다. 캐비넛 앞, 카일을 죽인 곳에 서서 귀중한 물건을 보려고 허리를 굽힌 순간 죽음의 신의 무거운 상이 그 위를 덮친 모양이었다.

너무도 놀라운 이 우연의 일치에 모두들 멍하니 숨을 죽였다. 공포로 몸이 굳어진 듯 우리는 위대한 이집트학자의 시체를 묵묵히 내려다보고 서 있었다.

맨 먼저 침묵을 깨뜨린 것은 매컴이었다. 그는 긴장하여 굳어진 목소리로 말했다.

"믿어지지 않는군. 이건 신이 내린 벌이야."

번스는 상으로 다가가 웅크리고 앉았다.

"오오, 진정코! 하지만 나는 신비주의는 신봉하지 않네. 나는 경험론자일세. 바이닝거(오스트리아의 철학자. 1880~1903)가 영국인에 대해서 말한 것처럼*1"

번스는 외알안경을 매만졌다.

"자네를 실망시켜서 안됐군, 매컴. 박사의 죽음에는 초자연적인 힘이 아무것도 작용하지 않았네. 자, 보게, 아누비스의 발목이 부러져 있네. 사정은 아주 명백하네. 박사는 허리를 굽히고 보물을 들여다보고 있을 때 실수로 상을 건드리는 바람에 상이 박사의 머리 위로 떨어진 걸세."

우리는 모두 허리를 굽히고 들여다보았다. 아누비스 상의 무거운 대석은 우리가 처음에 보았던 자리에 그대로 놓여 있었으나 상의 발목이 부러져 떨어져 나갔던 것이다.

번스는 대석을 가리켰다.

"이것 보게, 발목이 몹시 가늘고 상은 석회암으로 되어 있네. 석회암은 좀 단단하지 못하지. 아마 운반할 때 발목에 금이 갔던 모양일세. 거대한 몸뚱이의 무게를 이기지 못해 금이 간 발목이 깨진 걸세."

히스는 상을 자세히 살펴보고는 허리를 펴며 말했다.
"그렇습니다. 나는 이제까지 운이 좋은 편은 아니었지만, 검사님. 이 이상의 것은 바라지 않겠습니다. 번스 씨는 박사의 자백을 받아 냈을 수도 있지만, 그렇지 못했을 수도 있습니다. 이제 우리는 걱정거리가 없어진 셈이지요."
매컴이 멍하니 고개를 끄덕였다. 그는 아직도 충격에서 깨어나지 못한 듯했다.
"그렇군. 뒷일은 당신에게 맡기겠소, 부장. 관할서의 구급차와 검시관을 부르는 게 좋겠지. 일이 끝나는 대로 곧 전화해 주시오. 신문기자들은 내가 알아서 처리하겠소. 사건은 해결되었소, 고맙게도."
매컴은 시체를 바라보며 잠시 그대로 서 있었다. 몹시 초췌한 모습이었으나 박사의 뜻밖의 죽음으로 인해 무거운 짐을 벗게 되었음이 분명했다.
히스는 매컴을 안심시켰다.
"모두 제가 알아서 처리하겠습니다, 검사님. 그런데 블리스 부인에게는 어떻게 알리지요?"
"하니가 해줄 거요."
번스가 대신 대답을 하고는 손을 들어 매컴의 팔을 잡았다.
"그만 가세. 자네는 잠을 좀 자야 하는데…… 누추하지만 우리집으로 가세. 브랜디 소다를 대접하지. 1948년 산 나폴레옹 코냑도 좀 남아 있을걸."
"고맙군." 매컴은 숨을 크게 내쉬었다.
복도로 올라가자 번스는 손짓으로 하니를 불렀다.
"정말 슬픈 일이지만, 당신이 사랑하는 박사님께서는 파라오의 혼령과 한데 어울리려고 저 세상으로 떠나셨소."

이집트인의 눈썹이 조금 치켜올라갔다.

"돌아가셨습니까?"

"그렇소. 박사님이 캐비닛 마지막 칸 앞에 허리를 굽히고 있을 때 아누비스 상이 떨어진 모양이오. 정의의 눈이 완전히 멀지는 않았구먼. 블리스 박사는 카일 노인을 죽인 범인이었소."

이집트인은 감개무량한 듯 미소지었다.

"당신은…… 그리고 나도 그것을 처음부터 알고 있었습니다. 하지만 박사님이 돌아가신 것은 내 탓이기도 합니다. 아누비스 상을 구석으로 옮길 때 나는 발목에 금이 갔다는 걸 알았습니다. 하지만 꾸중들을까 봐 박사님에게 말씀드리지 않았습니다."

번스는 시원스럽게 말했다.

"블리스 박사가 돌아가신 데 대해 당신을 나무랄 사람은 아무도 없소. 블리스 부인에게 이 슬픈 소식을 전하는 일은 당신에게 맡기겠소. 그리고 솔비터 씨는 내일 아침 일찍 돌아올 거요. ……에스 살람, 알레이 쿰."

"마, 에스 살람, 에펜디."

번스와 매컴과 나는 무거운 밤공기 속으로 나왔다.

"걸을까? 아파트까지는 1마일 조금 넘을 텐데. 나는 운동할 필요가 있네."

매컴도 동의해 우리는 말없이 5번 거리 쪽으로 천천히 걸어갔다.

매디슨 스퀘어를 가로질러 스타이비샌트 클럽(매컴이 소속해 있는 클럽) 앞을 지날 때 매컴이 입을 열었다.

"정말 믿을 수 없는 일일세, 번스. 이렇게 되면 미신을 무시할 수도 없군. 우리는 도저히 해결하지 못할 문제에 맞닥뜨려 있었네. 그가 범인인 줄 알면서도 손쓸 방도가 없었지. 그런데 우리가 그 문제를 의논하고 있을 때 박사는 박물관에 들어가 자기가 카일 노인을 죽인 바로 그 자리에서 아누비스 상에 머리를 맞고 죽었네.
 정말 어이가 없군. 이런 것은 질서있는 세상사에서 흔히 일어나는 일이 아닐세. 그리고 더욱 놀라운 것은, 박사가 사고를 당할지도 모르겠다고 한 자네 말이 기가 막히게 맞아떨어졌다는 사실일세."
"아암, 그렇고말고, 너무도 신기한 우연의 일치일세."
번스는 그 점에 대해 말하고 싶지 않은 것 같았다. 매컴은 이야기를 계속했다.
"게다가 그 이집트인은 블리스 박사가 죽었다는 말을 듣고도 놀라는 빛을 보이지 않았네. 마치 그런 사태를 예견하고 있었던 것 같은 태도였지."
매컴이 갑자기 걸음을 멈췄다. 번스와 나도 걸음을 멈추고 지방검사를 보았다. 매컴의 눈이 불타고 있었다.
"'하니가 블리스 박사를 죽였네', 번스."
번스는 어깨를 으쓱하며 한숨을 내쉬었다.
"물론 하니가 했네. 나는 자네도 알고 있는 줄 알았지."
매컴은 더욱 기세를 올렸다.
"안다고? 그게 무슨 뜻인가, 번스?"
번스는 부드럽게 말했다.
"뻔하잖나? 나는 자네와 마찬가지로 박사에게 죄를 물을 방법이 없다는 것을 깨달았네. 그래서 어떻게 이 음흉한 사건을 결론지을 것인지 하니에게 암시를 주었네."
"하니에게 암시를 주었다고?"
"우리가 응접실에서 이야기하는 사이에. 여보게, 매컴. 나는 아무 까닭 없이 신화 같은 것을 일삼아서 이야기하는 습관은 없다네. 나는 다만 박사를 고발할 법적인 근거가 없다는 것을 하니에게 알리고 어떻게 하면 이 난관을 헤쳐나갈 수 있는지, 그리고 덧붙여 자네를 이 스산한 곤경에서 구해낼 수 있는지 암시해 주었지."
매컴은 분개했다.
"하지만 하니는 문 밖 복도에 있었잖나?"
"물론…… 내가 문 밖에 있으라고 했으니까. 나는 그가 우리 이야기를 엿듣고 있다는 것을 이미 알고 있었네."
"자네는 일부러……."
"오오, 물론이지."
번스는 미안하다는 듯 두 손을 벌려보였다.
"자네들에게 쓸데없는 잔소리를 늘어놓아 바보같이 보였겠지만, 실은 그때 하니에게 이야기하고 있었던 걸세. 물론 하니가 기회를 포착할지 어떨지는 나도 몰랐네.

 그런데 그는 포착했던 걸세. 박물관에서 돌망치를 꺼내다가──나는 박사가 카일 노인을 죽일 때 쓴 망치와 같은 것이기를 바라지만──그의 머리를 내리쳤지. 그런 다음 나선형 계단으로 시체를 끌어내 아누비스의 발치에 놓았네. 그리고 다시 망치를 들어 석회암으로 된 상의 발목을 부수어 박사의 머리 위에 쓰러뜨려 놓았던 걸세. 아주 간단한 이야기 아닌가."
"그럼, 자네가 응접실에서 열심히 떠든 건 모두……."
"하니가 행동을 결심했을 경우를 위해 자네와 히스를 붙들어두기 위해서였네."
매컴의 눈이 가늘어졌다.
"그런 일을 덮어둘 수는 없네, 번스. 하니를 살인죄로 체포하겠네. 지문이 있겠지……."
"오오, 틀림없이 없을걸, 매컴. 모자걸이에 걸린 장갑을 못 봤나? 하니는 바보가 아닐세. 서재로 들어갈 때 그는 장갑을 끼었네. 하니의 유죄를 증명하는 증거를 찾아내려면 블리스 박사의 증거를 찾아내는 일보다 더 힘들걸. 나로서는 그를 칭찬해 주고 싶네. 그는 굉장한 사나이일세."

한참 동안 매컴은 기가 막힌 표정으로 아무 말도 하지 못했다. 그러나 마침내 큰 소리로 외쳤다.

"못됐군!"

번스는 선선히 동의했다.

"물론이지. 카일의 경우도 그렇지 않았나?"

번스는 담배에 불을 붙여 뻐끔뻐끔 빨기 시작했다.

"자네들 법률가는 샘이 많고 피를 좋아하는 게 탈이야. 자네가 직접 블리스 박사를 전기의자에 앉히고 싶었는데 뜻대로 되지 않았군. 그러나 하니가 자네를 위해 대신 수고해 준 걸세. 내가 보기에 자네는 자네가 아닌 다른 사람이 박사의 숨통을 끊어놓아 몹시 서운한 모양이군, 매컴. 자네는 정말 굉장한 이기주의자일세."

나는 여기에 짤막한 뒷이야기를 써두어도 무방하리라 생각한다.

여러분도 물론 잘 기억하고 있듯 매컴은 블리스 박사가 벤저민 H. 카일을 살해한 범인이었다는 것, 그 비참한 '사고'에 의한 죽음에는 흔히 '신의 정의'라 불리는 것이 작용했다는 것을 신문기자들에게 납득시키는 데 아무런 어려움이 없었다.

스칼릿은 의사의 진단과 달리 건강을 회복하였으나, 정상적으로 이야기를 할 수 있게 되기까지는 몇 주일이나 걸렸다.

번스와 나는 8월이 끝나갈 무렵 병원으로 문병갔는데, 스칼릿은 그 숙명적인 밤 박물관에서 일어난 일에 대해 번스의 미스터리를 뒷받침해 주었다.

스칼릿은 9월 초 영국으로 돌아갔다. 아버지가 세상을 떠나 베드포

트셔에 법적 분쟁의 불씨가 될 재산을 남겨놓았던 것이다.

블리스 부인과 솔비터는 다음 해 늦은 봄 니스에서 결혼했는데, 고고학회 회보에 따르면 인테프의 무덤 발굴작업은 아직도 계속되고 있다 한다. 솔비터가 그 발굴사업의 책임자가 되었으며, 그리고 나는 스칼릿이 그 발굴단의 기술 담당자라는 것을 여기에 덧붙일 수 있어 흐뭇하게 생각한다.

얼마 전 솔비터가 번스에게 보낸 편지에 의하면 하니는 '조상의 무덤에 대한 모독'을 체념하게 되었다. 그는 지금도 메리트아멘과 솔비터 곁에 있다. 두 젊은이에 대한 그의 애정은 국가적 편견을 초월한 것임이 틀림없다.

*1 번스가 여기서 말하고 있는 것은 오토 바이닝거의 《성(性)과 성격》 가운데 한 장인 〈유대교에 관하여〉의 유명한 구절이다. 그것은 다음과 같다.

Der Engländer hat dem Deutschen als tüchtiger Empiriker, als Realpolitiker im Praktischen wie im Theoretischen, imponiert, aber damit ist seine Wichtigkeit für die Philosophie auch erschöpft. Es hat noch nie einen tieferen Denker gegeben, der beim Empirismus stehen geblieben ist ; und noch nie einen Engländer, der über ihn selbstständig hinausgekommen wäre.

심원한 학문을 끌어들인 대담한 수법

 반 다인은 모두 12편의 장편을 남겼다. 흔히 그 12편의 작품 가운데 초기에 쓴 여섯 작품만이 가작으로 알려져 있지만, 나머지 6편도 번역에서 그 맛을 제대로 전할 수만 있다면 재평가될 수 있는 여지는 많으리라 생각한다. 그뿐 아니라 오히려 다른 본격 미스터리물과 비교하면 당당한 건축미까지 갖추고 있는 것으로 느껴질 때가 많은데, 그런 본격 미스터리소설의 대가 반 다인이 1930년에 내놓은 이《딱정벌레살인사건》은《벤슨살인사건》《카나리아살인사건》《그린살인사건》《비숍살인사건》에 이어지는 그의 다섯 번째 작품이다.
 사건의 무대는 뉴욕 10번가. 한 사설박물관에서 고대 이집트 유물 발굴에 재정적 원조를 하던 노인의 죽음으로 막이 열린다. 그의 후두부는 복수의 여신 사크메트상에 의해 처참히 깨어진 채 등신대의 아누비스상 아래 뒹굴고 있었는데, 아누비스는 죽은 자의 묘를 어슬렁거리는 황천의 신(神)을 가리킨다.
 범행이 가능한 용의자의 수도 얼마 안 되는 등 사건은 처음 굉장히 단순하게 보인다. 그러나 이 문제에는 미묘하고 신비적이며 측량할 수 없는 그 어떤 것이 개입되어 있어서 좀처럼 사건을 풀 해결의 실마리를 얻지 못한다. 오로지 시간의 추이를 기다리는 것만이 진상에 이르는 유일한 방법이라고 할 정도여서 탐정 역을 맡은 번스도 살아생전 처음 해본 경험이었다고 훗날 술회할 정도이다. 다행히 36시간 만에 사건은 해결하지만 기록을 담당한 반 다인도 가장 충격적이고 자극적인 하루여서 몇 년이 지나도록 그 전율이 잊혀지지 않았다고 당시를 회상했다.

그러한 긴박한 공기 속에서 번스는 냉정하게 사건의 윤곽을 추측하고, 아직 범인의 계획이 끝나지 않았음을 간파한다. 교묘한 범인의 의도에 타격을 주기 위해서는 새로운 움직임으로 유인할 수밖에 없다고 생각한 번스에 의해 마침내 두 사람 사이에는 불꽃 튀기는 두뇌싸움이 전개된다.

한편 독자들은 그동안 이집트학에 관한 방대한 지식을 자랑하는 저자의 강의에 또다시 넋을 잃게 된다. 어쩌면 매컴 검사나 히스 부장처럼 저자의 현학적인 취향에 무어라 항의하고 싶은 생각이 들지도 모르지만, 사실 누가 뭐래도 어떤 의미에서 반 다인의 매력은 이 현란한 문장과 끝간 데 없는 방대한 지식에 있다고 할 수 있다. 대학에서 공부한 언어학과 인류학 외에도 작품집필에 앞서 깡그리 긁어모은 그의 전문적인 자료들이 작품에 재미와 무게를 더하는 요인이 되는 셈이다. 반 다인의 《딱정벌레살인사건》보다 2년여 늦게 엘러리 퀸도 《이집트십자가의 비밀》을 내놓게 되지만 그때 이집트학 관련 자료를 뒤지다보면 곳곳에서 반 다인의 흔적을 만났다고 털어놓은 적이 있다.

이 책의 제목은 일명 '딱정벌레'로 불리는 유리로 만들어진 계란모양의 옥새가 사체 옆에 놓여 있었던 데서 유래한다. 이집트 왕의 옥새를 현대식 넥타이핀으로 변형시킨 이 첫 범행단서를 계기로 이집트

심원한 학문을 끌어들인 대담한 수법 351

고대 왕조에 대한 반 다인의 해박한 지식이 마치 봇물처럼 쏟아지면서 특유의 매력을 유감없이 발휘하고 있는데, 여기서 말하는 '딱정벌레'는 물론 진짜 곤충을 의미하는 것이 아니라 이집트 장신구에서 널리 응용되는 장식적 문양을 의미한다. 좀더 정확히 말하면 히에로글리프(hieroglyph)라고 부르거나 신성(神聖)문자, 또는 성각(聖刻)문자로 번역되는 장식성이 강한 그림과 비슷한 문자를 가리키는 것이다. 게다가 작품에 나오는 히에로글리프의 의미도 실은 딱정벌레와는 모양이 거의 닮지 않은 '스카라베'라는 곤충을 의미한다.

스카라베는 사막을 지나는 낙타나 사람이 흘린 똥을 먹고 사는 곤충이다. 이 곤충은 사람이나 낙타의 똥을 발견하면 모래 위에서 열심히 굴려서 공 모양의 덩어리로 뭉쳐놓은 뒤 식량으로 삼거나 그 속에서 알을 낳는다고 알려져 있다. 고대 이집트인들은 흥미롭게도 이 곤충을 '태양의 사자' 또는 '신성한 곤충'이라고 부르면서 신성시했다는데, 아마도 스타라베가 똥을 굴리고 다니면서 태양과 비슷한 구체를 만들기 때문이 아닌가 하는 추측이 일반적이다. 그리하여 고대 이집트인들은 이 스카라베의 모양을 본뜬 그림글자를 고대 왕의 묘나 비석에 새겨 넣었고, 이집트 여인들은 오늘날까지도 반지나 브로치에 이 문양을 새겨서 몸에 지니고 다닌다고 한다.

엘러리 퀸의 경우는 이미 앞에서 언급했지만 이 비슷한 시기에 다른 몇몇 작가들도 이집트를 소재로 한 작품을 썼다. 가령 애거서 크리스티의 《이집트분묘의 비밀(The Adventure of the Egyptian Tomb)》과 같은 초기 단편이라든지 유명한 1937년 작 《나일에 죽다(Death on the Nile)》가 있고, 시대는 조금 벗어나지만 1945년 카의 《청동램프의 저주(The Curse of the Bronze Lamp)》 등이 그것이다.

이것은 역시 뉴스의 영향이 컸다고 생각된다. 즉, 하워드 카터와 카나번 경에 의해 발굴된 투탄카멘왕묘가 발굴된 것이 마침 1922년에서 1932년 무렵으로, 이 역사적인 발견은 발굴 관계자들이 차례로 갑작스런 죽음을 맞이하면서 '파라오의 저주'라는 소문이 되어 온 세상에 퍼지게 되었고 한동안 '이집트 붐'을 형성하였던 것이다.

그 무렵 이집트 고고학은 커다란 전환기를 맞고 있었다. 1922년 이집트가 영국으로부터 정식으로 독립하면서 지금까지 발굴권을 갖고 있던 자가 마음대로 처분해도 좋았던 발굴품들을 개인이 취득할 수 없도록 법이 개정된 것이다. 카터의 스폰서였던 카나번 경도 발굴권을 가져 자신의 컬렉션을 더욱 충실히 하겠다는 차원에서 계속 지원을 하고 있었던 터라, 실제로 발굴이 이루어졌을 때는 법 적용이 실로 미묘한 시기였다는 점을 이용하여 두 사람이 작은 미술품들을 뒤로 많이 빼돌렸다는 것은 공공연한 비밀이기도 했다. 따라서 《이집트 십자가의 비밀》에 등장하는 블리스 교수와 그 스폰서인 가일의 관계, 또는 하니의 발굴에 대한 증오 등은 그즈음의 시대 분위기를 아주 실감나게 전해주는 것이라 할 수 있다.

이처럼 일반인들에게는 생소한 깊이 있는 이집트학문을 미스터리 소설에 도입한 대담한 수법도 흥미롭지만, 범인의 트릭을 무력화시키는 번스의 선제공격이나 아슬아슬한 허허실실 작전의 대응도 미스터리소설로서의 재미와 박력을 느끼게 하는 데에 조금도 부족함이 없다. 이따금 장식적인 면에 너무 치우친 것은 아닐까 하는 기분이 아주 없는 것은 아니지만 본격파 거장의 역량이 무엇인지 충분히 확인할 수 있는 박진감 넘치는 작품이라는 점에는 전면적으로 동감하는 바이다.